"一带一路"国家当代文学精品译库

主 编 郑体武

斯拉夫东欧系列

永恒的瞬间
Міг бясконцасці

〔白俄罗斯〕纳塔莉娅·巴特拉科娃／著

贝文力 何潇／译

上海外语教育出版社
SHANGHAI FOREIGN LANGUAGE EDUCATION PRESS
www.sflep.com

图书在版编目（CIP）数据

永恒的瞬间 /（白俄罗斯）纳塔莉娅·巴特拉科娃著；贝文力，何潇译. —上海：上海外语教育出版社，2021
（"一带一路"国家当代文学精品译库 / 郑体武主编）
ISBN 978-7-5446-6683-1

Ⅰ.①永⋯　Ⅱ.①纳⋯　②贝⋯　③何⋯　Ⅲ.①长篇小说—俄罗斯—现代　Ⅳ.①I512.44

中国版本图书馆CIP数据核字（2021）第023396号

出版发行：**上海外语教育出版社**
（上海外国语大学内）　邮编：200083
电　　话：021-65425300（总机）
电子邮箱：bookinfo@sflep.com.cn
网　　址：http://www.sflep.com
责任编辑：岳永红

印　　刷：上海中华商务联合印刷有限公司
开　　本：890×1240　1/32　印张 13.25　字数 330千字
版　　次：2021年11月第1版　2021年11月第1次印刷
书　　号：ISBN 978-7-5446-6683-1
定　　价：55.00 元

本版图书如有印装质量问题，可向本社调换
质量服务热线：4008-213-263　电子邮箱：editorial@sflep.com

"一带一路"国家当代文学精品译库

顾 问：
姜　锋　上海外国语大学
李岩松　上海外国语大学

主 编：
郑体武　上海外国语大学

编委会（以姓氏拼音为序）：
陈众议　中国社会科学院外国文学研究所
高　兴　《世界文学》杂志
刘文飞　首都师范大学
宋炳辉　上海外国语大学
吴晓都　中国社会科学院外国文学研究所
张和龙　上海外国语大学
郑体武　上海外国语大学

总序

自习近平主席2013年访问哈萨克斯坦和印度尼西亚时提出共同建设"丝绸之路经济带"与"21世纪海上丝绸之路"（简称"一带一路"）以来，这一倡议日益得到国际社会的广泛理解和支持，也得到了越来越多国家的积极响应。到目前为止，中国已经与100多个国家和国际组织签署了共建合作文件，各个领域都取得了重大进展和积极成果，极大地促进了我国和相关国家之间的政治、经济、文化的交流与合作。

"一带一路"的建设，势必会促进国家之间的人文交流与合作，同时，国家之间的政治经济交流与合作也需要人文交流作基础和后盾。也就是说，在"一带一路"的建设中，人文交流举足轻重，不可或缺。常言道，国之交在于民相亲，民相亲在于心相通。文学是心灵的窗口，是民族性格、文化传统乃至国家精神的生动写照，一个民族和一个国家的历史经验和现实关切，总是会在相当程度上，以艺术的方式，通过重大事件的书写和日常生活的描绘，具体而微地在文学作品中得到反映。因此，要了解一个人、一个民族、一个国家的精神世界，走进其心灵，最好的途径莫过于文学。必须承认，同经贸合作的突飞猛进相比，我们与"一带一路"沿线国家的人文交往还明显落后，而对其中许多国家的文学，我们更是要么所知甚少，要么一无所知。这个空白亟待弥补。

正是本着"民相亲，心相通"的宗旨，同时也是为我国外国文学知识体系中的盲点和薄弱环节提供新知，我们策划、组织翻译出版了这套《"一带一路"国家当代文学精品译库》。

本《译库》根据语言文化和地缘因素，将"一带一路"沿线国家分成若干区域，并以此区域为基础，形成相应的若干系列，如"中亚与高加索系列""斯拉夫东欧系列""中东阿拉伯系列""中欧与北欧系列""东南亚与南亚系列"等。关于入选作品，原则上每个国家限选一部，要求是近二十年出版的新作，题材上反映当代生活，体裁上以小说尤其是长篇小说为主，艺术上有较高水准，在该国有一定的代表性。

由于"一带一路"沿线涉及的国家和区域众多，语言和文化具有多样性和复杂性，而我们对其中大多数国家的文学缺乏了解，再加上作品甄选、版权谈判乃至译者物色颇费周折，使得本《译库》在组织翻译出版过程中遇到的困难远超预想，缺点和遗憾也在所难免，诚望业内专家和广大读者提出批评和建议，以便我们在后续工作中不断改进。

本《译库》得到上海外国语大学重大课题立项和上海外语教育出版社重点图书出版支持，在此一并致以诚挚谢意。

郑体武

2019 年 7 月 22 日

永恒的瞬间

献给我的父亲
和莲娜·纳列伊科

第一部

一声枪响……六天时光接踵而至
为人生做了总结：
世界分崩离析，
把人的命运也撕得支离破碎。
突然梦境重现。
真相与谎言搏斗，
使无罪的灵魂伤痕累累。
它奇迹般地得到解救……
但如何在寒冷和黑暗中生存？
是否要经过无数个岁月，
才会在晒焦的荒漠上升起拯救的曙光？

1

……卡佳走到林边，放慢了脚步，她环顾四周，被眼前展现的景象迷住了：周围，是伸向天空的高大云杉，桦树和白杨连成一片，仿佛一道厚实的墙；地上，长满灌木丛，茂密得难以插足。秋日的阳光，从上而下，穿越层层泛黄的树叶，一会被遮挡，一会又透出令人目眩的光芒，最后如一块柔软的丝巾，飘到枯萎的草地上。落地后的光线又像蜘蛛吐出的缕缕丝线，泛着银光。仿佛，有个隐形人用一把巨大的梳子把它们细细地梳理过。森林的景色层次丰富，以一种非凡、庄严的静穆令人心醉神迷，使人沉浸到甜蜜无声的安宁之中——静寂，没有些许声响。

突然，猛地吹过一阵风，背后传来轻微的咔嚓声。卡佳转过身，看见了在灌木丛后悄然行走的猎人：他身穿斑点迷彩服，相同色调的针织帽低低地压到眉毛上面。突然，他停下脚步，凝神倾听，接着迅速地举起猎枪，朝向卡佳站立的地方。枪口的两个黑色管洞如同一对木然、冰冷的瞳孔，死死地盯着她，随即，像在动画片中那样突然开始变大。里面显露出来的深渊非常恐怖，使她的身体和思想逐渐麻木，无法呼吸。那股神秘不解的魔力彻底征服了牺牲品，迫使她的目光往下移动，移向扳机护圈，移向缓慢垂下的手指、手套上的开孔、锉修得很整齐的粉色的指甲……

"是我！别开枪！"她想喊，但是，极度的恐惧使她甚至张不开嘴。

从喉咙里蹦出的嘶哑、哽咽的声音仅仅比枪响早了一秒钟……

……卡佳·普罗斯库琳娜睁大眼睛，在床上一跃而起，继而坐定，由于阳光过于明亮又立刻眯起了双眼。楼下传来金属物发出的响声，声音在渐渐地轻下去。

当颇有特性的声音停下来后，她猜出"是锅盖。落到瓷砖上了……"随即她又倒到枕头上。"唉，做了个恐怖的梦！是啊，像我这样敏感、神经脆弱的人,睡觉前绝对不能接触打猎的故事!"

使人麻木的恐惧感慢慢褪去。等到狂跳的心恢复到正常的节奏,她再次睁开眼睛,由于近视,她眯起眼,环顾四周:两张木床,两把扶手椅紧靠着写字台,地毯当中是解开的睡袋,角落里堆着破旧的旅行包,墙上贴着用图钉固定的儿童画,床头上方是金色的金属模压装饰画。

"有些熟悉。"卡佳把目光停留在装饰画上,手在床下摸索着,摸到了眼镜盒。"好像,我们家也有过这样一幅画。"

的确,这幅画和伴随叶夫谢耶夫[1]一家辗转各个驻防部队的那幅画几乎一模一样。卡佳的脑海中,立刻出现了童年时的生活场景:带陈旧家具的军官住房,局促逼仄,装物品和书籍的大盒子——因为它们,父母在搬迁时总要争吵:运输车里的地方通常不多,而每个人肯定都想带上自己的东西、喜欢的东西。他们还为这幅模压装饰画争吵过,这是一幅简朴的画:一个披着头发的女孩,一片枫叶悬挂在她的头上。

是谁又是在什么时候把这幅画送给妈妈的,卡佳不知道,但爸爸显然不喜欢这个人。八年前妈妈去世,这个头顶上方有枫叶的女孩也随即消失了。至少,在父亲搬到日丹诺维奇[2]之后,她就再也没有见到过这幅画。

"有意思,这幅画哪去了?应该去了解一下。"她不由自主地陷入怀旧情绪当中,但立刻让自己止步:"停!今天——没有任何感伤,没有任何回忆!我是来休息的!莲卡和米拉[3]哪儿去了?"她不安

---

[1] 叶夫谢耶夫是卡佳娘家的姓。——译注
[2] 日丹诺维奇是位于首都明斯克附近的一个市镇。——译注
[3] 莲卡是叶莲娜(莲娜)的小称、爱称。米拉、米尔卡、柳达、柳特卡是柳德米拉的爱称、小称。——译注

起来。

下面传来阵阵笑声，据此判断，莲娜·科列斯尼科娃、柳德米拉·波列沃娅和女房东雅娜正在一楼聊天取乐，这种两层楼的单独住宅当年是为切尔诺贝利事故[1]的迁居者建造的。

"十一点半！"卡佳抬起戴表的手。"睡过头了！尽管……应该谢谢姑娘们没有叫醒我。还有莲卡，要特别感谢她把我从城里拽到这里来过周末。"

卡佳甜甜地打了个呵欠，伸了下懒腰，掀开被子，起身，双脚踩到地毯上，从包里取出一件长袍，拿上化妆包和隐形眼镜盒，朝浴室走去。

"既然今天是休息日，那么我们也要从化妆品中解放出来。"她端详着镜子里的自己，这样想道。她用毛巾仔细地把脸弄湿，慢慢地涂上洗面奶、精华液、乳霜。"如果说到外表，那我的脸，或许，是我最大的优点。"

这倒是真的。她天生有着白净的皮肤（从小女伴们就因此而羡慕她），灰蓝色的大眼睛，丰满的嘴唇，一笑就显露出的洁白的牙齿，小巧的鼻子，浅亚麻色的头发。从照片和大人的讲述可以推断，童年的时候，她就像一个金发碧眼的洋娃娃。当然，眉毛和睫毛有点逊色，但没关系：可以每月一次在美发厅为它们润色。化妆风格上，卡佳更喜欢略施粉黛，几乎不露痕迹，化妆只是为了凸显天生的柔美和清纯。

卡佳在厨房里找到了女伴们。

---

[1] 1986年4月26日凌晨，位于乌克兰普里皮亚季附近的切尔诺贝利核电站四号反应堆发生爆炸，引发了大火并散发出大量高能辐射物质，其剂量是广岛原子弹的400倍以上。事故给紧邻乌克兰的白俄罗斯造成的影响最为严重，全国有3 600个居民点遭到放射性污染。——译注

"啊，我们喜欢睡懒觉的人终于起来了！来，快来！"她的出现让她们非常高兴。

她们每人手里都端着一杯红酒。桌上的这瓶酒显然来自莲娜丈夫著名的葡萄酒收藏：银行经理伊戈尔·尼古拉耶维奇·科列斯尼科夫享有美食家的声誉，他从世界上最好的葡萄园购买——更经常的是预订名牌葡萄酒。

"哇！"卡佳仔细地看了看瓶子上的标签，发出赞叹声。"波尔图，1986年的！"她叹了口气，"可惜，我无缘享受。"

"你的白葡萄酒在凉台上，"女友告诉她。莲娜·科列斯尼科娃和她是住在同一单元的邻居。"我们的卡坚卡[1]要么喝白兰地，要么喝干葡萄酒。"她对用惊异的目光看着卡佳·普罗斯库琳娜的女房东解释道，"这是一位非常随和的客人，所有的东西都自己携带。"

"而我喜欢红酒。甜的。"

女房东雅娜，就像大多数生活在外省的人那样，说"混合语"。这是白俄罗斯语和俄语的混合体，而且带着独特的当地口音，有时有些刺耳。但雅娜说的话，由于她那异常美丽而低沉的嗓音，听上去和谐悦耳。[2]

"以前她也喜欢，但是后来，吃了很多药，出现了过敏。包括对红酒过敏。"

"她生什么病？"

"怀不上孩子。"莲娜压低声音说道，"当着她的面，千万不能说这事：她特别难受。她也好，她丈夫也好，医生已经检查了上百次了，说：你们一切正常，等着吧。这不，他们已经等了十年了。"

---

1 卡佳、卡坚卡是叶卡捷琳娜的爱称、小称。——译注
2 原文中，雅娜通篇都说"混合语"或白俄罗斯语。——译注

"真可怜。"女房东摇了摇头,"怎么会没有孩子?我有三个。我还想生,可这几个要把他们抚养长大。老大明年要读大学……唉呀呀,怎么会没有孩子!"

柳德米拉·波列沃娅就着酸黄瓜喝名牌葡萄酒——全然不按美食家的规范,她安慰道:"没事,上帝让生,就会生的。话说回来,她这样,倒也不用吃药打胎!做那事,男人们很乐意,而对我们,女人,尽是麻烦。"

"为什么是麻烦?我们也很开心……"雅娜犹豫着没有说完,脸红了。"我的格里沙[1]在床上很温柔。"

"他们想要的时候,都很温柔。"柳德米拉神色冷峻地眯起眼睛。"而且,请注意,他们对每一个被他们拉上这张床的人都这样。特别是年轻的和腿长的!"

"来来来!不要再给米尔卡倒酒了!"莲娜把空酒杯从她身边推开。"快别说了!你的嫉妒让我们的脑袋都大了!'年轻——的、腿长——的!'……",她讥讽地重复着柳德米拉的话,"我们又有哪点差了?而且,我们的经验,各方面的经验,显然更多。卡佳,你又去哪了?"她有些不耐烦地朝凉台方向喊道。

"刚找到酒。"门口立刻出现了普罗斯库琳娜。她坐到桌边,用脸颊碰了碰酒瓶,"凉凉的……男人们打猎什么时候回来?"

"谁知道呢?"女房东耸了耸肩,头朝窗外停着的那辆小巴士示意了一下,"我请司机进屋来,他不愿意,要留在车里。不打到点什么,男人们是不肯走出森林的。他们要求,四点之前别去接他们。"

"打猎的地方远吗?"

"离这里40公里左右。除了你们的男人,我们和当地人的男人

---

1 格里沙、格里什卡是格里戈利的爱称。——译注

们之外，还有猎场看守人米哈雷奇，今天有其他很多人来打猎。什么人都有，演员、政治家、各种各样的教授！米哈雷奇是我的格里沙的表舅。他妻子早就去世了，儿子去年结婚。儿媳妇是个年轻漂亮的姑娘，技校毕业。结婚的时候，客人们来自全国各地，开开心心地热闹了三天！都是些有名望的人！新娘的女伴们都很喜欢！都很快乐……"

"这些女友常到看守人儿媳妇这儿来？"波列沃娅表情立刻沉郁起来。

"我不知道，也许，经常来。米哈雷奇是个很严格的人，但关心儿媳妇。她一个人在村里无聊，她可是从区中心来的。"

"是这样啊……引狼入室……我得和司机一起去。给我一支烟。"她向普罗斯库琳娜要求道。

"你不是已经戒了吗！"科列斯尼科娃气恼地挥了下手。"你真不正常！他们一整天在森林里转悠，顾不上女人！"

"有的人顾不上女人，有的人，一看到两条腿的母山羊，就想把她按倒。"

"唉！"莲娜撇了一下嘴，在女主人面前觉得有些难堪。"别听她的。我们的柳德米拉总有些近乎病态的幻想：她会因为巴沙与每个穿裙子的人交往而吃醋。要是都这样的话，那我怎么办？在我的伊戈尔手下，三分之二的银行女员工都是美人，聪明，没有结婚。而你的丈夫波列沃伊，甚至连个邋里邋遢的秘书都没有！除非在快退休的时候冒出个脾气暴躁的老女人。那就要他先当上大学校长。"

"我的格里什卡有个女秘书……那又怎么样？"雅娜不理解。

"她几岁？"米拉略带讥讽地笑了一下。

"明年是大寿。50 岁。"

"50 岁……如果是 50 个 20 岁的呢？我指的是女大学生！还有函

授女生、女研究生。一会儿是测验,一会儿是答疑,一会儿是教研室活动,一会儿是研讨会……不然的话,就弄到家里来,说是要写评语!'巴维尔·瓦连金诺维奇[1],巴维尔·瓦连金诺维奇!'"她用嘲笑的口气模仿着那些想象中的女大学生,用手摸了一下脖子,"她们就骑在我这里,这些一知半解的小骚货!所以我们既不要当校长,也不要配女秘书!假如我的那位长得像丑八怪,就不会有任何问题了。"

然而,幸运或者不幸的是,47岁的巴维尔·波列沃伊却是个美男子。挺拔的身材、鹰钩鼻、夺人心魄的蓝眼睛、矫健迅疾的步伐、诱人的嗓音、卷曲的略带花白的深色头发,而且,聪明智慧!身材不高且略显敦实的柳德米拉在外表上与他相比自然逊色许多。但是,要知道,当时是她征服了他!凭借热情、年轻,或许还有能力,年轻的女研究生在两年的时间里一直是巴维尔·瓦连金诺维奇最喜爱的人之一!

当然,在经过11年的婚姻生活之后,她向女伴们坦陈,与丈夫相比,她感觉到自己的衰退:由于生育孩子而未完成的论文早已失去了现实意义,加上十年里作为全职太太,一直在家中坐着……

"我觉得,即使是丑八怪,你也会由于他与每个像木头桩子一样的女人交往而吃醋的。"卡佳过来插话,"主要原因不在于他,而在于你,在于你对自己不满意。我们对你说过多少次了——去工作。"

"得了,现在还有谁需要我——一个没有工龄的学经济出身的人?!37岁了,但一天都没工作过——读研期间协助组织研修班不算在内。"

"工龄——是可以获得的东西。只要你愿意,工作总能找到!当

---

[1] 巴维尔·瓦连金诺维奇是波列沃伊的名字和父称。在白俄罗斯,表尊重和正式时,称人名字和父称。巴沙、巴什卡是巴维尔的小称、爱称。——译注

然，一开始，你要忘掉自己优秀毕业生的红色文凭，收敛起自己的奢望。但是你聪明，能很快地学会一切。不然的话，你会由于自己不被需要——包括专业上没有用处——而发疯！"

近年来，波列沃伊夫妇的生活确实使人觉得像一部夸张做作的情节剧，不断重复着一些令人腻烦的场景。他们会先有一段安宁幸福的时光，接着会不断吵闹，还会把亲戚朋友们拉进来评理。问题还在于，现在每次争吵之后，安逸时光在缩短，问题时段在加长。大多数情况下，人们把一切都归咎于柳德米拉：坐在家里，不工作，只是一味地埋怨丈夫。

莲娜和卡佳两人不止一次地讨论过这个问题，并且部分同意大多数人的意见。但是，在同情巴维尔的同时，她们也怜悯自己的女伴。嫉妒是一种病，可悲的是，这是一种无法医治的病。她在小时候就染上了这种病，看着自己的父亲，一个位高权重的人，像换手套一样地换着自己的情妇。对这位大企业负责人表现出的男人的任性，党委和上级领导都视而不见：主要的是下拨给他企业的生产指标要上去。但他的妻子和两个已长大的女儿的日子就不好过了。在一家之长公开承认他和在该厂一个分部工作的女人有两个孩子之后，母女三人都尽量避开别人的目光。甚至连大门也最好不出！

柳德米拉发誓，永远不会再让自己和自己的孩子经历这样的耻辱，她从一开始就实施了对丈夫的全面监控，去哪里，干什么，与谁，多久都要汇报得一清二楚。小妻子（她身材娇小，就像俗话所说的，戴上帽子也最多一米）的问题，巴维尔每天都要回答一百遍。起初，这样的监控只使他觉得好笑，特别是因为他真的没有让妻子嫉妒的理由：他从内心爱着他清秀的米拉，甚至连男人圈子的聚会也很少参加，只是偶尔让自己和唯一的朋友伊戈尔·科列斯尼科夫一起放松休息一下。

然而，柳德米拉对此并不满足。相反，她的怀疑像加了酵母一样不断膨胀，一个原先笑意盈盈的女郎眼看着就变成了母夜叉。当这种状况使受人尊敬的巴维尔·瓦连金诺维奇开始感到压抑的时候，第一起严重的家庭冲突爆发了，别人送的作为结婚礼物的一套餐具也被打得粉碎。

这是很早以前的事了，当时他们的大女儿丽莎刚满一岁。自然，夫妇俩很快就和好了，距事发只过了几个小时，而且，关于这件事，知道的人很少。但是六个月之后，砸碎餐具大吵大闹的事又再度重演。此后是连着几天的紧张沉默。

是科列斯尼科夫在自己的别墅里让他们重归于好的。但也是他引发了另一场冲突：为庆祝银行成立五周年，朋友们在这个别墅里聚会，一直坐到早晨。这种没回家的理由在所有人看来都是正当的，但对于柳德米拉而言则不然。

这种情形愈演愈烈。到后来，在嫉妒发作、火冒三丈的时候，她不仅会与丈夫争吵，而且还会与所有碰巧在周围的人争吵。结果，她的朋友几乎消失殆尽。亲戚间她很少走动，与公公婆婆的关系从第一天起就很紧张。只有伊戈尔的妻子莲娜、莲娜的邻居和朋友卡佳继续对她忍耐有加。不过，她们也不常见面，只有都到科列斯尼科夫家去的时候才会碰头。

"怎么能把所有人都看成淫妇呢？"卡佳感到愤慨。"如果女学生们爱他，那是他身上有东西值得她们去爱！我，一年前在写一篇关于你的波列沃伊的文章的时候，听到了许多对他的赞美：知识渊博、才华横溢、魅力无穷，还是正义的化身！大家只是去听他的课，听一听聪明人是怎么讲的！我自己就聚精会神地听了两节，尽管对他讲的那些财政问题一无所知！但巴维尔举的例子，都来自现实生活当中！清晰，易懂，就像看着自己的手指一样，一目了然！因此，我几乎都懂了！简直觉得自己太了不起了！"

"瞧，瞧，他知道用什么手段勾引人。"柳德米拉嘟哝道。

"你要理解，女大学生——她们年轻、幼稚、生活阅历浅。"卡佳气呼呼地说道，"因此，像巴维尔·瓦连金诺维奇这样出色的人成为他们的偶像毫不奇怪。想想你自己！我们，比如，在大二的时候，全都疯狂地爱上了哲学课的教师。姑娘们给他塞纸条，邀他约会！那又怎么样呢？结果什么都没发生！"她伸了一下小拇指："他一丁点都没有回应。与此同时，又没有与任何人搞僵关系。因为他每年这样的学生有不下百个，他连她们的名字都记不住！但我们至今还记着他的好处。难道你真的认为，为了某个女孩，巴维尔会舍弃家庭？除非你自己让他忍无可忍……"

"啧啧啧！谁还能来给我上课啊！"柳德米拉不怀好意地眯起眼睛。"你最好看住自己的维塔利克！"

"维塔利克怎么了？我们在各方面都充分信任。"卡佳冷静地反驳道。"他现在和朋友们在红海，我和你们一起在这里。他很清楚这点。同时，请注意，我俩谁也不嫉妒谁。"

"是吗！和他一起去埃及的，清一色都是男人？肯定有两三个女人死乞白赖地跟着他们，我敢用我的脑袋向你保证。你可盯着点这个温暖的团队。"

"米拉，别说了！"莲娜试图止住女友的想象。"你自己的事情还少吗——现在管起别人的丈夫了？卡佳，别跟她做这种愚蠢的争论。"

"愚蠢的争论，我同意。不过，请听我把话说完。和他一起去的那几个人，我认识已经很多年了。托里克·扎米亚金是中学同学，根卡·舒利加是大学同学，谢尔盖·古列维奇是一起服役的朋友。每个人都有一个美好的家庭，每个人都是经验丰富的潜水员，游历了世界上一半的地方。如果你想知道的话，两天一夜的潜水之后，睡下去，累得像瘫了似的！我试过，有切身体验。如果不是因为要上班，我也会和他们一起去的！"

"他是上礼拜二去的？"柳德米拉抬起头，用讥讽的眼光看了一眼卡佳。"回来是……"

"这礼拜二下午四点。"

"大概说不用去接他了吧？"

"说让我别担心。怕我工作忙。朋友会送他回来。"

"当然，对你来说，工作是第一位的。这样吧，我建议你自己去机场，亲眼看看这个'纯男士'的团组。同时也看看接机的人。只是把眼睛睁得大点！不然的话，你，老像驼鸟那样，埋着头，把头埋在你的报纸里。而男人也好，女人也好，对你来说，都只是作为信息源而存在的……你跟踪一下看看，如果不想公开地，那就悄悄地做。"

"这太有损尊严了。"卡佳厉声说道。"难道你不明白这有多丢人吗？我永远不会堕落到去做这种事情。"

"如果你想失去丈夫的话，那就不堕落吧。"

"我怎么会有一个我不信任的丈夫呢？"

"你信任吧，但也要检查！"

"米拉，别扯了！"莲娜拉了拉波列沃娅的袖子，"你最好告诉我，你怎么能容忍我出现在你的巴什卡身旁的。就因为我是他最好朋友的妻子？"

"因为你永远都不需要他！我那位的钱比你的科列斯尼科夫少多了。"

"天哪，这哪像朋友啊！"莲娜生气了。

"简直就是受虐狂。"卡佳疲惫地用手摸了一下脸朝窗外望去。把她从睡梦中唤醒的秋日明媚的太阳已经升到了最高点，毫不吝啬地把最后的温暖播撒给经过了一个晚上而变得冰冷的大地。"莲娜，你该提醒我，波列沃娅正酝酿着又一轮嫉妒的爆发。早知道的话，我是无论如何都不会来这里的！现在她会先把我们折磨死，接着会又哭又嚎，请求原谅，而我们又会可怜她。够了，我受够了……雅娜，请原谅我们。告诉我，怎么从这里去明斯克？"

一阵令人难堪的沉默。

"你们这些城里人，真傻！"女主人接着的反应出人意料的平静，"尽说些乱七八糟的话，为鸡毛蒜皮的事争吵……男人是要凭内心去感觉的。"

三个"城里人"惊讶地抬起眼睛，朝她看去。接着，她们中的一个肯定地点了点头，另一个更紧地皱起眉头，第三个则扭头朝向窗户，继续观察外面的景色。

"在这方面需要女人的智慧。来，让我们为女人的智慧干一杯！"女主人举起酒杯。

"好，"莲娜赞同她的提议，"为我们，美丽的、聪明的……"

"哦，不，不……"雅娜打断了她，"聪明和智慧——不是同一样东西。"

"为什么？"

"这是因为……"柳达轻声插了进来，根据声音可以感觉到，与女伴们对峙之后，她已经开始对刚才说过的话感到后悔，"聪明女人事后分析，智慧女人事先防范。"

"噢，是的。智慧的女人能预先听到男人的心声：他自己还不知道想要什么，而她就已经悄悄地把他那些自由散漫的思想发送到该去的地方。就像直接在他的鼻子底下拨好了方向箭头一样。而他，很蠢，就让他继续认为，是他自己选择了这条轨道！"

"立刻感觉到：是在铁路上工作的！"科列斯尼科娃突然高兴起来，她总是能很快转换情绪，而且努力遵循这样一条原则生活——别去操心别人的问题，自己的问题已经够多的了。

"来吧，为我们，智慧的女人们，干杯！"她把酒杯伸向雅娜，"斟上！"

一阵碰杯声。

女主人为自己做了一块三明治，接着说道："你们和男人一起来打猎，这很智慧！叫你们，那就应该去，第二次可能就不会有了。如果男人有某种娱乐消遣，这也是好事，蠢念头就有地方释放。他们像孩子一样，玩具玩够了，林子里转够了就回家了！如果觉得饿了或者冷了——那更要往家里钻了！如果妻子再递上一杯酒，在桑拿浴室里给他搓个澡，到床上给他暖暖身子——那其他人他瞅都不会瞅一眼。告诉你，这就是家庭生活的哲学。"

"怎么样？这套哲学合我心意。"莲娜表示支持，"我的科列斯尼科夫，如果他不出差的话，我无论如何都不会让他晚上一个人待着的！我会给他弄吃的，体贴他，和他一起看电视。或者到一个幽静的餐厅坐坐，共进晚餐。这样的话他就不会到别处寻求欢乐！雅娜是对的，在女人看来，他们打猎，就是犯傻，没别的！看看外面，冷得不得了，还好没有下雨，可他们在森林里游逛。是喜欢？那好吧！那就乐吧！我们，顺便说一下，也有事可做。卡佳，米拉！"她转向女伴们，态度友好，"别生气了。让我们为智慧女人干杯！"

普罗斯库琳娜和波列沃娅举起酒杯，努力避免目光接触，碰杯，轻轻地抿了一口杯中的葡萄酒。

"你们是工作呢还是做居家主妇？"女主人饶有兴趣地问道，仿佛刚才那场提高嗓门的对话没有发生过一样，"我知道，卡佳是记者。你们两位呢？"

"我们是居家主妇。"科列斯尼科娃代表两人回答。

"怎么样？"

"我觉得还好。"莲娜耸了耸肩,"但柳特卡觉得郁闷。卡佳说得对:她身上蕴藏着未被利用的巨大能量!另外,她是白羊座。"

"那……应该去工作。"

"她害怕。"

"我什么都不怕!"波列沃娅不同意。"问题是……我研究生还没毕业就直接去休产假了。从那时到现在,变化多大啊。我与生活脱节了。"

"所以我说你害怕。"

"我不害怕!"

"嗬,真不怕?那好……那我让伊戈尔给你安排个位置。我会对他说,这关乎好朋友家中的安宁,他肯定会尽力的!"莲娜热诚地保证,"你可别再拒绝!长话短说,为了你即将就业,干杯!"她提议道,"现在我们来想想,你做什么好。你以前的专业是什么?"

科列斯尼科娃立刻启动了自己全部的想象力,开始为女伴寻找与之能力、作为学者妻子的形象和物质需求相对应的工作岗位。渐渐地,雅娜和卡佳也加入了有关柳德米拉未来工作的讨论。不知不觉,两瓶葡萄酒喝完了,狩猎结束的时间自然也快到了。

"唉,姑娘们,请原谅我,原谅我这个傻瓜。"波列沃娅向朋友们道歉,她脸色通红,态度变得很友善。"没有你们,我能做什么呢?现在这样,我们一起去找那些打猎的男人们!"她发出号令,"首先,我们自己来鉴定一下乡间美人,其次,亲自确认我们的猎手们没有干那种事。"

"一句话,我们展示自己,观察别人!"莲娜自豪地甩动了一下自己的卷发。"他们都想象不到,怎样的明星会突然降临到他们身旁!"

科列斯尼科娃明白她说的是什么。一旦她出现在某个聚会上,而参加者中即便只有一位男性,那么,对于所有想赢得他欢心的女人来说，她的到来就意味着聚会的结束：因为从此男人就会把目光紧紧地粘在她的身上，愿意步步跟随。无论是她已婚女士的身份、她的丈夫，还是她手上戴着的结婚戒指（顺便说一下，她从来没有摘下过）都不对此构成障碍。同时，不能指责莲娜，说她存心引人注目：是的，她漂亮，保养得很好，身材匀称，目光含情，声音温柔，服饰簇新。但是周围有很多这样的人啊！然而，聚会结束时，正是在她的身边，男人们像柴堆一样，心甘情愿地挤成一团，这让其他女人嫉妒得几乎要背过气去。

但无论是这些人，还是其他什么人，都不会使莲娜激动。她根本不需要一堆燃情的"柴火"，不需要新的嫉妒者，不需要流言蜚语，更不需要问题。它们原本就很多：光和丈夫间的年龄差距就是不得了的事。两人相差 16 岁——这可不是开玩笑的！还有，她丈夫性格严厉。因此她所到之处时时刻刻都展现自己的爱和忠诚，从不离开丈夫身边半步。

"又该摆脱这张摆着美味的桌子了，要关心身材。"莲娜率先从舒适的转角沙发上起身。"这不也是一条新闻素材吗，啊，卡佳？原始野生景致中的男人！"

"对我来说还真是个素材！"普罗斯库琳娜哼了一声。"总的来说，我是'绿色和平'分子。原本我听了他们的打猎故事之后就一个晚上尽做噩梦。你们不会相信的，在梦中，真的朝我，就像朝着野禽那样开枪！"

"打中了？"科列斯尼科娃开玩笑地眯眼做了个瞄准的动作。

"我不知道。幸运的是，我及时醒了过来……好吧，你们说服我了，我去。真的不妨去散散步。你呢，雅娜？"

"不，姑娘们，我在这里的事情就多得不得了，澡堂要烧热，给孩子们洗澡。另外也没叫我去……你们去吧！你们可以去！"

……已经落到地平线上的太阳，继续发出炫目的光芒，使四周的色彩对比更加鲜明：树上泛黄的叶子、依然绿色的草地、刚锄松的黑色泥土、湖泊溪流蔚蓝色的如镜子般的水面。从小客车的窗口望出去，看着这样的景色，感觉很舒服。好像，玻璃窗外相当温暖，犹如夏天一样。不过，刚才从房子跑向汽车的过程中，女人们已经领教到了十月明净景致的欺骗性：透明的、几乎是水晶般的空气冰冷刺骨。收音机里的广播也没有带来转暖的希望，反而预告说夜里有霜冻。

"奥斯特罗维茨[1]郊外自然景色真漂亮……是谁想出要在这样一个保护区建造核电站的？"卡佳叹了一口气。"十月底了……不久之前，白天还有20度，今天，已经听到冬天的敲门声了……我真该把山地滑雪服带上。"她把目光转向自己穿着的牛仔裤，她非常喜爱这条已经很破旧的裤子，"至少应该穿上羽绒服。为什么同意一起去，甚至连去哪儿都不清楚？又得进到寒冷里去。最好待在温暖的地方，睡一觉或者翻翻报纸。礼拜一，我要做报纸的责任编辑。要看看电视和网上的新闻。我自己的栏目就不少，报上又开了个社会纪实。再加上指导实习生斯特列利尼科娃。唉，接下来几天，恐怕觉都要没得睡了。"她重重地叹了口气。

波列沃娅和科列斯尼科娃蜷缩在一起，打着盹，身体随碾着路上小坑洼产生晃动的车身而晃动。看来，在喝酒和长时间交谈之后，想要睡一会的人还不止普罗斯库琳娜一个。

"为什么睡得越多越想睡？"卡佳自问着一个老问题，她调整了一下姿势，让自己坐得更舒服些，接着闭上了眼睛。"不，周末出来还是好。在城里放松不了：上网，回信，礼拜天睡到中午才起床，起

---

[1] 奥斯特罗维茨是位于白俄罗斯格罗德诺州的一个小城，距城市18公里处正在建造一座核电站。一期工程计划于2020年1月完成投入使用。——译注

来后又坐到电脑前。双休日结束时，头肯定痛。总是这样。循环。但是在这里，一切都不同：不用赶着去哪儿，不用做什么事……你就睡觉、吃饭、观察、思考、幻想……彻底的重启。看来，这种'无所事事'可以作为药物以适当剂量开给工作狂们。有意思，柳德米拉关于维塔利克的那些明显的暗示指的是什么？"她突然想起刚才喝酒时的谈话。"仔细看看他周围的情况……一家主要由男人组成的普通的公司，所有的人都有家庭，有孩子。稳定的生意，同样，也没有受到冲击。严肃体面的人决定休息一下，潜水，放松。有什么比极限运动型休息更好的呢？……干吗我让自己心神不定？"她重重地叹了口气。"一切正常，我相信我的丈夫，他也相信我。最好小睡一会儿，或者想想什么愉快的事情。"

但是，无论卡佳怎么努力，脑子中的想法还是不由自主地回到丈夫埃及之行这件事情上。

"不要去机场接机的主意确实是维塔利克提出来的。但他是对的。我干吗要放下手头的工作？他们坐的是包机，起飞可能会有延迟。而抵达明斯克后，扎米亚金的司机会把他一并送回来。先把自己的上司送到博罗夫利亚内[1]，再把维塔利克送回家。司机原本就要再回市区。'你可盯着点这个温暖的团队！'"她在心里讥讽地重复着柳德米拉的话。"我都知道！他们坐上飞机，喝点酒，和空姐调调情！在这几个小时里，男人们还能做些什么呢？"她试图克服钻进她心中的不安。"我真的在嫉妒吗？……好吧，是的，是在嫉妒。因为，我无法想象我的生活里没有维塔利克……唉！都是些什么愚蠢的念头钻进脑子里啊？嫉妒是种传染病。"她转过脸，朝柳德米拉投去不满的目光。"应该想想开心的事情：新年快来了。"卡佳振奋起来，但又立刻陷入忧

---

[1] 博罗夫利亚内是明斯克市附近的一个小市镇。——译注

伤,"但我的愿望还是没有实现……"

"看过无数个医生,做过无数次检查和测试,忍受过无数遍痛苦的、病态的治疗,但还是没能怀上孩子。医学巨擘们每约定一个疗程,照例都会信誓旦旦:会成功的。但是还要等多久呢?"

对这一直截了当的问题,他们的反应是双手一摊:"那要听凭上帝的旨意。"卡佳也去教堂,忏悔所有的罪过(她自己好像并没有觉察到这些罪过),学会了一些祷告文,虔心地在睡前诵读,但还是没用。激素疗法,试管婴儿……都一无所获。每次失败之后,她都会陷入泪水、沮丧之中……但是,几个礼拜、几个月过后,精神上的痛苦就会减轻,信心又会回归:普罗斯库林家早晚会有孩子的,他们的父母一定有孙辈绕膝。于是,又去寻找新的大夫,进行新的疗程……

"或许,我们真的不匹配?"卡佳现在越来越多地这样想。"如果他一切正常,我也一切正常,那么就应该还有什么其他原因?"

在这个问题上,卡佳的父亲,退伍军官亚历山大·伊利奇·叶夫谢耶夫的焦虑并不亚于女儿。八年前,当妻子和年迈的父母在一年的时间里相继去世后,他卖掉了一套公寓住房、家乡斯卢茨克的两栋房子,迁居到离女儿更近的地方。他在日丹诺维奇买了一栋小楼(很幸运,是在价格暴涨之前买的),园地很大,在洗车场谋了一个职位,很快成了单位的领导,三年后他又和女婿一起开了家自己的洗车场,但就在这时,在冬天最冷的时候患上了肺炎。

就像俗话所说,因祸得福:当他躺在医院里的时候,爱上了为他诊治的大夫阿丽娜·伊万诺夫娜·谢苗诺娃,一位50岁的女士,她唯一的女儿住在德国。一年后,他向她求婚,把她带到位于郊外的家中共同生活。自己再生儿育女为时已晚,而谢苗诺娃的孙辈们都住在国外,于是,他们开始越来越频繁地暗示卡佳和维塔利考虑继承人的问题。小夫妻俩情投意合,生活富足。还要拖多久啊?

亚历山大·伊利奇甚至要求阿丽娜·伊万诺夫娜和女儿谈一谈这个微妙的话题。于是，一切都暴露了……此后，父亲再也没有用这样的谈话来使卡佳烦心，但在见面时，会看着她的眼睛，内心充满期望：有了？

由于没有孩子，与住在斯莫列维奇[1]的公公婆婆的关系也变得越来越糟糕。有时，他们会说出一些气人的话——什么一切并非没有原因的，等等。婆婆特别不宽容，有一次，甚至非常过分，竟然说她在认识他们的儿子之前肯定堕过胎。但她从来没有做过人流，维塔利克非常清楚这一点，因为他是，而且至今还是她唯一的男人！

这样的"相互理解"自然不会为与亲戚间的关系增添暖意，而且丈夫经常是独自去拜访他们，不带妻子。但是卡佳为此倒很感激他：这样可以少听到一些明显的暗示和令人痛苦难堪的谈话。另外，她也没有时间跑来跑去做客——所有的空余时间也都被工作占据了。顺便说一句，这和维塔利克一样：他也是不知疲倦地经营着自己的生意。

在经历了艰难的创业过程（包括口袋里没有分文的困境）之后，普罗斯库林夫妇在物质上达到了一个可观的高度。高档小区新楼里一套宽敞的公寓，两辆车，度假必定到国外：冬天在白雪皑皑的阿尔卑斯山，夏天享受温暖的海水。每月一次，去扎米亚金家吃烤肉串，每周两到三次床笫之欢。即使白天他们每个人都绕着自己的轨道运转，但晚上一定转回家中。他们从来没有询问过、追问过对方"为什么、去哪儿了"，彼此充分信任。他们甚至极少争吵，都不制造争吵的理由。

总的来说，普罗斯库林夫妇一切都好。安宁，略微有些单调，但

---

[1] 斯莫列维奇是位于明斯克州的城市。——译注

稳定。这在我们这个时代也很重要。

　　缺少的只是孩子……

2

　　……蔚蓝的大海，从卡佳赤脚站立的地方开始伸展出去，直到地平线，并在那里与蔚蓝的天空融合，根本看不出两者间的过渡。

　　脚踩温暖的沙滩，卡佳沿着海岸边走边欣赏着这一美景，她真想一直欣赏下去。突然，远处出现了一个白点，快速地越变越大。

　　"轮船……那么大，那么漂亮，"她打量着，"它朝岸边开来……直接朝向我……"她突然意识到了什么，环顾四周，"但是这里既没有港口，也没有码头……它要开到哪儿？难道船长没有看见他在把船驶向何方吗？现在已经能听到音乐声，甲板上的人兴高采烈，在朝我挥手……上帝啊，难道他们不知道很快就要触礁了吗？"她惊恐地睁大了眼睛，竭尽全力大声喊道："停！快停！！！"

　　但是没有人听见她的声音。与此同时，船正迅速驶近，她的头顶上已经笼罩起甲板的阴影。卡佳害怕地往后退了两步，转身想跑。但双腿不知怎地不听使唤，绝望地陷在泥沙里……这时，大地震动起来……

　　卡佳惊恐地睁开眼睛，刹那间她没有明白自己身处何方。车厢里很黑。原来，小客车从沥青路上拐了下来，正沿着坑坑洼洼的小路慢慢地朝密林深处开去。司机是科列斯尼科夫银行里的，他熟练地驾驶着奔驰车，越过贯穿着粗壮树根枝条的窄窄的泥径，巧妙地在紧靠道路旁的树木间迂回前进。为了不被从座位上颠下来，几位女士只得抓紧扶手，不再打瞌睡。

　　终于，远处出现了灯光。树木好像是退到两边，让出了一条道路，前面的景象跃入眼帘。这是一个位于湖边的荒凉村庄：用粗大深色原木搭建的房屋很沉闷，偶尔从几扇窗户里透出些许灯光，大门歪斜，栅栏倒塌。在浓密的暮色中，这一切看上去特别令人沮丧。

　　奔驰牌小客车继续小心翼翼地绕着洼坑颠簸着前行，一直开到湖边，几乎要触到湖水了，突然朝左来了一个急转弯，眼前的景象刹那间改变了：沿湖岸出现了一排用新砍伐的圆木搭建的结实的房子。它们的周围是金属格栅，铺设整齐的小径，明亮的路灯。

　　"那是别墅。"卡佳说着伸直了由于蜷缩在座位下面而变得僵硬的双腿。"这样的房子，对当地人来说有点贵，很可能，是我们明斯克人的。这里很美，真没说的，但远了点。冬天下雪的时候，根本就来不了这儿。"

　　开过几栋看上去一模一样的新房子之后，小客车再次左转，爬上了一个土坡，随即顺势直接驶进了一个大门敞开的院子。就在车头几乎要撞上停在那里的一辆带棚载重卡车的那一刻，司机刹住了车。

　　看着人们正一个个从载重卡车车厢跳到发亮的沥青地面上，司机得意地说道："我们准时到达。"

　　"怎么样，姑娘们？我们也下车吧？"莲娜率先起身，打开车门。"大家好！没想到吧？"她带着迷人的微笑，妩媚地招呼道。那些男人，其中有雅娜的丈夫格里戈利，大感意外，一下呆住了。她对产生的效果颇为得意，用假作笃诚的声调问道，"我们那几位在哪里啊？"

　　"你们那几位——在那里。"格里戈利缓过神来，朝棚屋方向指了一下：那里猎人更多。"那……"

　　"雅娜留在家里。"科列斯尼科娃让他放心，随即高声喊道："伊戈尔！"

对女人的这一声响亮的叫喊，所有的人无一例外地都做出了反应。有人困惑地呆立在那里，有人看到莲娜惊讶地张开了嘴。那是有原因的：鲜亮的洋红色连衫裤，雪白的围巾和帽子，帽子下面的深色卷发一直披到肩上，蓬松的刘海垂到眉心，莲娜是如此的漂亮，看上去就像某家昂贵商店橱窗里的人体模型，至少像一个放大了的芭比娃娃。

她朝着那些目瞪口呆的猎人们走了几步之后，又微笑了一下，这一刻，你会发现，那个大受吹捧的塑料娃娃在各方面都不能与她相比。她的步态是独一无二的，她的笑容是不可能在几百万张芭比娃娃的脸上再现的！珍珠一般的牙齿，丰满的、轮廓明晰的双唇，双颊上迷人的酒窝。还有那双眼睛！难道还能在别的地方见得到这样的眼睛？大大的、墨绿色的，带着棕色的瞳孔。黑色的睫毛很浓密。

正如大家所说的那样，科列斯尼科夫（他是个略微谢顶身材矮壮的男人）对自己妻子美貌的自豪丝毫不亚于对自己银行资本的骄傲。他宠爱她，呵护她，只和她一起参加所有的招待会和派对。但是，对于妻子及其女友们的意外到来，他和其他人一样，显然没有思想准备。

"你……你们来这里做什么？"他走近妻子，不知所措地喃喃问道。

"难道你不高兴吗？"她奖励了丈夫一个轻轻的吻，戏剧性地噘起了嘴唇。

"怎么会呢？我总是很高兴……只是……"伊戈尔尴尬地环视了一下猎人们。"预先告诉一声也好……"

与波列沃伊夫妇不同，科列斯尼科夫两口子在任何情况下都不会当众对掐。尽管，家里的问题实际上也不少。伊戈尔独断专行，而且自尊心极强，又好嫉妒。另一方，则是有着模特容貌的年轻妻子，身材线条分明，生育对体形丝毫没有影响。甚至还起了相反的作用：少女时期那些扁平的地方都丰满了起来,十分诱人,优雅的步态和动作变得更有女人味,更平稳流畅。现在简直可以把她比作一只养得很好的纯种猫。但是莲娜很清楚该怎么表现才不会使自己——一个被爱的女人受到许多伤害。而科列斯尼科夫也能自控。

"我们试着联系过,但你们把手机关了。"柳德米拉走到科列斯尼科夫夫妇的身边,回答道。"我的英雄在哪里?"

"在棚屋里。"

"猎打得怎么样?"

"挺好。对了,你的巴维尔,表现出众:打到了一头漂亮的公猪!"

"真是一群残忍的人。"卡佳走近他们,她不认同男人们感受到的喜悦。

"我们去看看?"波列沃娅向女友们建议道。

"无论如何也不去!"莲娜摇头,"我怕血,还会晕倒。"

"我也不去!"普罗斯库琳娜断然拒绝,"我可怜小动物。"

"好吧,悉听尊便!"

卡佳让科列斯尼科夫夫妇单独待着,自己走到离棚屋更远一点的地方,掏出了香烟。

"难道真的一点都不想看看打到的野味吗?"背后传来一个男人悦耳的声音,她转过身,迎面遇到的是从一顶压到眉心的保护色针织帽下射出的嘲讽的目光。这人身上有着某种她熟悉的东西。"那您为什么要来这里呢?"身穿迷彩服的高个男子用打火机为她点上了烟。

"纯属偶然。"她耸了耸肩。"女友们叫我,我就来了。但我对你们的战利品无动于衷。"

"明白了……狩猎一小时前结束了,但是……"他朝右面看了一眼,随后又朝左面看了一眼,咧嘴一笑,"从最新情况来看,还没有完全结束……请问您尊姓大名,如果不是秘密的话。"

"这不是秘密。我叫卡佳。"

有着悦耳嗓音的男人没有等到相应的"那请问您叫什么"。

"……我叫瓦季姆。"稍微停顿之后,他自我介绍道,"瓦季姆·谢尔盖耶维奇。"

"这样的话,我是叶卡捷琳娜·亚历山德罗夫娜。"

"怎么会这样,太巧了……"男人略微有些惊愕。

"您指什么?"

"哦,是这样的,名字听起来很美。"他含混地答道,"让我们继续相互认识吧:在下拉德舍夫。37岁,快38了。射手座,B型血,RH阴性。身高1.94米,体重94公斤,鞋码45……单身。"

"奇怪的结识方式。"她哼了一声。

通过罗列一些解剖学——而且不只是解剖学上的细节做自我介绍,她还是第一次遇到。

"我只是想让您避免提出这些肯定会有的问题。"他洋洋自得地解释道。

"噢,那当然,只剩下弄清楚身体最重要部位的参数了!"卡佳暗自嘲笑。"他把我当什么人了?"

"您认为我会需要您鞋的尺码吗?"

"嗯……万一……"他微笑了一下,用浓密睫毛下的棕色眼睛凝望着她,非常认真地说道,"如果您突然决定要送我一双拖鞋作为生日礼物呢?"

"您需要拖鞋?"卡佳对这种厚颜无耻感到惊讶。"请别见怪,但有一个重要原因使我根本不会想到要送您这样一种……几乎是私密性的礼物。我结婚了。我有要送拖鞋的人。"她自豪地补充道,随即,她看到格里戈利出现在科列斯尼科夫夫妇身旁,便转身直接朝他们走去。

"……林子里的轰隆声很响！雌麋鹿带着小鹿两次朝我走来，第二次靠得非常近，我紧张得几乎要尿裤子了。"伊戈尔在与众人分享狩猎体验。"但不能射击，拿到的许可证只可以打野猪。"他抱怨道，"事先提醒过，这里特别严格。唉，不像上礼拜六！那里，他们直接说'您可以打任何移动的东西'。"

"米哈雷奇这里很严格。"格里戈利从小胡子下面发出嘟嘟哝哝的声音，"因此森林里野兽成群。"

"这倒是的。如果你们欢迎，我们还会来拜访的。"

"为什么会不欢迎呢？……我们，当地的猎人，在第一次围猎的时候，给你们尝到了点厉害了吧？"

"我们马上就猜到了，这是考验，"科列斯尼科夫点了点头表示理解，"你们大概觉得，城里人在林子里赶不上当地人吧？"

"什么事都是可能的。"一位上了年纪的人嘟哝着走了过来，听他说话的口音，是当地人。"你们是好样的！所以后来我把你们安排到了重要的地方。你们会打猎。至于说到城里人，那在这里，除了你们之外，还有五位来自明斯克的。我们的猎场很大，很多人来打猎……我叫米哈雷奇，是森林看护员。你们是谁？"他转向女人们。

"我来介绍一下：这是我的妻子莲娜。"科列斯尼科夫突然醒悟了过来："这是我们的邻居卡佳，第三位是巴维尔的妻子柳德米拉。她们是来评定我们的战利品的。"他好像表白似的说道，"您不介意吧？"

"啊，就是说，出于好奇，想看看。"猎场看护人赞许地说道，"为什么要反对呢？妻子尊重丈夫的爱好——这很好。"

卡佳感觉到在寒冷的空气里人开始有点冻了，便轻声地问格里戈利："我们还要在这里待很久吗？"

"看情况。要喝一杯,庆祝打猎成功。"

"姑娘们,既然你们来了,那就帮我儿媳妇一起来摆桌子吧。"米哈雷奇出人意料地对卡佳和莲娜说,"食品在搭建的外屋里,桌上摆着。我儿媳妇在正房里。如果需要什么,去问她。"

"对,我们早点上桌,早点吃,早点离开这里。"格里戈利接过他的话。

"好吧,"普罗斯库琳娜和女伴们交换了一下眼色,表示同意。"顺便暖暖身子。"

"当然,房子里暖和些。昨天外屋也开通了暖气。侄子,领大家去吧。"

给格里戈利下达指示之后,米哈雷奇朝棚屋走去。

"为什么在外屋里?"莲娜感到好奇。

与卡佳不同,她并没有因为要摆桌开饭而感到振奋。但拒绝也不方便。毕竟大家对猎场看护人都非常敬重。

"因为它是专门为猎人搭建的。在房子的另一边。来,我带你们过去。"格里戈利招呼女士们跟着自己。"米哈雷奇的儿媳妇是个爱干净的人,不让从屋里穿过。"

"那当然,"普罗斯库琳娜想,"这里有 20 个人,不会少于这个数字。所有人都穿着靴子,假如进去,会踩得一塌糊涂。然后,可够你洗地板的。"

"你们检查猎物吗?就是看看会不会有各种各样的疾病?"当他们一起绕着房子朝外屋走去的时候,莲娜好奇地问道。

"那当然!米哈雷奇甚至还有一台自己的显微镜呢!"

转过屋角,女人们迎面撞见了两辆挂明斯克牌照的黑色汽车,它们紧贴房子停着,车身在浓密的夜色中倒映着月光。

莲娜凑近去看车的标志,认出了其中的一个,轻声地吹了一下口哨:"噢,路虎!全新的!真没说的!揽胜[1]!独此一家!奢侈品的至高化身!啊啊啊!我也想要有这样一辆!看来,你们的猎人都不错啊!"

"当然!"对她的兴高采烈,格里戈利反应平静。"我们到了。"他的手指向门廊。由于是用新木板搭建的,门廊看上去像是白色的。

房间很大,用护墙板装饰,只摆着一个旧的三门橱柜,几张做工粗糙的双层床和长条桌、长条凳。简陋的木制家具与上漆地板、镀金吊灯、有白色护板的蒸汽加热器以及雪白的薄纱窗帘颇不协调。

格里戈利注意到了女士们眼神里流露出的疑惑,解释道:"米哈雷奇搭建外屋只是为了给猎人们提供些方便,但他儿媳妇一心想使它看起来更有居家的感觉。她善于持家。那是食品。"他指着桌子尽头的一大堆纸袋和盒子。"要切一下,还要……"

"我们会弄好的。"女士们宽容地把他的宝贵指示打发了回去。

她们拿起猎人用的刀具,开始从袋子、盒子里取出简易狩猎食品——腌猪油、香肠、煮鸡蛋、蔬菜、面包、洋葱。

过了大约五分钟,米哈雷奇领着另一名男子走进房间,两人都穿着迷彩服。米哈雷奇打开吱吱作响的橱柜门,里面藏着一个很大的保险柜,他打开保险柜,取出一本书和一个金属盒子。

"瞧,一切准备就绪。"他满意地说。"第一只野猪的切片——在碟子里。"

"没问题,米哈雷奇。我来检查一下。"卡佳听到一个熟悉的男人声音。

瓦季姆·拉德舍夫从头上摘下帽子,用手捋了一下黑色的头发,打开盒套,轻轻地取出显微镜,放到桌子的另一端。

---

[1] 揽胜是路虎旗下的一个车型。——译注

"您这是要做什么呀？"科列斯尼科娃娇媚地问他。

"检查有没有寄生虫。"他答道，没有转过头。

"这些……它们叫什么来着……我在哪儿读到过……滴……滴虫？"

拉德舍夫表情愉快起来："亲爱的小姐，我可以明确地告诉您，滴虫是由于另外的原因、在另外的地方查找的。顺便问一下，你们中哪位可以帮我一下忙？寻找旋毛虫幼虫，光我一个人没有助手可不行！这可是一项非常非常严谨的工作！"

卡佳没有看他一眼，只是朝女伴点了下头："帮一下。"

"让莲娜来拿他开开心。"卡佳预感到会出现这样一个标准场景：一个男人，被科列斯尼科娃的魅力迷倒，彻底失去正确感知现实的能力。"应该有个人来教训一下这个自高自大的男人。"

拉德舍夫的行为在她心里引起的只有恼怒。

莲娜走近正在摆放小玻璃片的男人，软绵绵地问道："我能帮什么忙呢？您一定是兽医吧？一个非常浪漫的职业……"

接着是一个必要的停顿，在此期间，她关注的这个对象，照理应该做自我介绍并请教美丽的陌生女郎的芳名。然而，停顿却不体面地持续着。

"请问您尊姓大名？"没有等到这个问题，她便自己向对方问道。

普罗斯库琳娜懊恼地哼了一声：剧情没有按照剧本的规定发展。通常，毫无例外的是，一个男人看到身边有位貌若天仙的女子会赶紧献殷勤，甚至还会亲吻她的手。

"您觉得呢？"拉德舍夫一只眼睛贴在显微镜上，有些随意地回应道。

又没有按照剧本。但看现在的情形估计是由于忙碌。

"阿尔乔姆？安德烈？阿纳托利？……"莲娜从字母A开始罗

列男性的名字,这使她的声音显得低沉,十分迷人。"难道我还没有猜到?"

"等说到需要的那个字母,会耗去很多时间……这样吧,我们加快进程。"他站起身,摘下手套,手在裤腿上用力地擦了擦,随后伸到科列斯尼科娃面前,轻轻地触碰了一下她那女性的纤指,"我叫瓦季姆。"

"好!"一旁观察着他们表现的普罗斯库琳娜感到满意了。"但是,这更像是在演戏:好像,科列斯尼科娃的迷人魅力还没达到目的。好吧,我们再等等。现在还没到晚上。"

"您尊姓大名……"

"叶莲娜。"

"美丽的……"男人点了点头,表示理解人如其名[1],他坐回自己的位置,朝显微镜里看了一眼,又抬起了头,毫不掩饰地用欣赏的目光把莲娜从头到脚打量了一遍。"噢!请原谅……有这样的美女在旁边,是不可能……工作的……"他轻声嘀咕,随后突然朗声说道:"思想不连贯,双手在颤抖。心脏激烈地跳动……但是……没有回头路了!"

尽管这些句子本身没什么不妥,但听起来却有些嘲弄的意味。这又使卡佳警觉起来。"哇!您还是诗人?"

"15岁的时候我想成为诗人……但我的父母希望他们的后代从事另一个职业。"

"兽医?"科列斯尼科娃的语气里带着挖苦。

"这就是生活。"他用法语说道,摊开双手,做出无奈的表情。"来,这样吧,亲爱的美人。"他换了一种事务性的语调,"让我们拿

---

[1] 这一起源于希腊的女性名字传入俄罗斯后广为流传,民间故事里出现了美丽的叶莲娜和智慧的叶莲娜的形象。——译注

起这本厚书，按目录找到我需要的部分。我可以解释一下怎么做。"

"我们能行。"莲娜听出了话中的讥讽，噘起嘴，坐在板凳上，打开了书。

封面上写着"兽医学"。

看来，迷醉拉德舍夫的首次尝试失败了。

卡佳半转身，朝那个正在通过显微镜专心致志工作的男人偷偷地看了几眼，并不由自主地把目光移到他的手上……人随即呆住了。因为她天性如此：正是男人的双手首先作用于她下意识的反应，启动或者不启动那些使她对这个男人动情的生化过程。

她最初是在幼儿园、在玩堆沙游戏时感受到这一点的。当时，他们班里新来了一个小朋友——金发碧眼胖乎乎的男孩盖那。自然，积极的、和所有小伙伴都交好的小姑娘卡佳立即担负起了辅导他的责任。那情形就是在第一次做游戏时发生的：看着那双胖小手缓慢、认真的动作，卡佳像着了魔似的，说不出话来。盖那往小桶里装满沙子，反过来扣到地上，轻轻提起小桶，仔细地整理桶状沙堆的边沿……在这些动作里，有着某种神奇的东西，会唤起一些莫名的感觉。第二天，这样的情形又重复了一遍，在接下去的几天里，小卡佳都是迫不及待地盼望游戏时刻的到来——她渴望再次体验这些奇异的感觉。

当然，她和这个神奇的小男孩交上了朋友。

但是，这一莫名其妙的事情很快就结束了：秋天来了，随后是冬天，春天的时候父亲从铁米尔套调往雅罗斯拉夫尔[1]。接着全家人也一起搬了过去，卡佳开始在那里上学。新的朋友，新的交际圈。胖

---

[1] 铁米尔套位于俄罗斯克麦罗沃州，雅罗斯拉夫尔是俄罗斯雅罗斯拉夫尔州的首府。——译注

乎乎的男孩盖那和那些与他有关的感觉逐渐被遗忘了。但是，长大之后，她突然惊讶地意识到，在对异性的感受中，首先打动她的，依然是对方的手……不是身高，不是体形，不是眼睛的颜色，不是声音，而是手，是双手做出的迷人的动作。

关键不在于手保养的程度。如果在手的动作中有隐形的能量，如果卡佳无法从它们那里收回着迷的目光并且感受到难以克制的触摸它们的欲望，那她就可能立即迷上手的主人。这一情形发生在与维塔利克结识的时候：当时，他在编辑部填写申请表。命运为她安排了与另一位盖那的相遇……

"宣……"此时，莲娜在用手指沿着书的目录寻找所需的条目。

"旋……"男人用几乎听不见的声音提示道。

科列斯尼科娃从书本上抬起眼，扑扇了一下长长的睫毛，放声大笑起来。瓦季姆也跟着笑了。

卡佳迫使自己不去看那个男人的手，她不易察觉地叹了口气，然后又把身体转向放着香肠的砧板。

"米哈雷奇的那个被说得好上天的儿媳妇在哪儿？这里一个盘子都没有！这些食物放哪儿啊？"她暗自恼火。

"找到了！"身后传来一声胜利的呐喊。"啦—啦—啦！"莲娜唱了起来并且自豪地看了一眼那个继续在摆弄显微镜和玻璃片的男人。

她把一条腿搁到另一条腿上面，再把书放到膝盖上，翻到需要的那一页，感叹道："哇！这部分写了那么多啊！"

"是啊，还是小号字体。"瓦季姆忍不住又挖苦了一下，随后安慰说，"别担心，您不用读很多。我们只要温习几个地方：病理解剖变化和诊断。请读出声来。"

"好吧。这样……动物肌肉纤维结构被打破……"

卡佳克制住了观察他们进一步交流的愿望，再次把注意力转移到砧板上。她把食品摆放到那些塑料盒里和餐巾纸上，近乎挑剔地检查了一遍桌子，把垃圾扔进袋子，然后又不由自主地朝左边看去。

莲娜娇媚地张开手指，眼睛紧贴着显微镜，在观察着什么。

"……哦，它们看起来真的像闪闪发亮的气泡！"

看来，科列斯尼科娃决定改变战术，开始按照别人的规则来游戏，这对她来说是不同寻常的。但是，她的努力纯属徒劳，因为此时，拉德舍夫嘲弄的目光注视的不是她，而是卡佳。

"您不想看看脂肪细胞吗？"他的黑眼睛闪闪发光，"我建议您看看！多数人的大患！特别是女人的大患！"

"怎么，故意的，触及我的痛处？"普罗斯库琳娜闪过一个念头。

体重是她的第二个大问题。在过去的两年里，她不多不少整整重了 10 公斤。而且，这是在她天生就不属于苗条型的情况下发生的！现在，她 1.69 米的身高，却有 75 公斤的体重！而一切都归咎于荷尔蒙药物。总是这样，你在治疗身体某个部分的同时，又在损毁另一个部分。各种各样的节食方法都试过了，可以说，根本就不是吃饭，而是像鸟儿那样啄食。但体重依然增长。感觉光是吸气都会发胖！真想彻底不呼吸。瘦身变得越来越困难，以前，为了穿上某套晚礼服，她还能够在一周之内调整好自己的体形。现在，柜子里三分之一的衣服挂在那里不派用场。

但是，卡佳还是接受了"为了实现目标——怀孕，所有的手段都是好的"的想法，于是，在某一天，她又去进行新一轮的激素疗法：普罗斯库林夫妇决定重复体外受精的尝试。体重秤的箭头缓慢地，但坚定地向上爬去……

卡佳觉得瓦季姆的话是对自己冒犯性的暗示，她感到脸开始红了，便转过身去。

她耸了耸肩，含糊地说了一句："我无所谓。"

对拉德舍夫的怨恨瞬间达到了顶点，假如她不是一位受过教育、有教养的女士的话，她会抄起一盒香肠朝他扔过去的。

"您别怕，它们不咬人。"瓦季姆好像并没有注意到她的情绪状态。"即使您最后一次看显微镜还是在中学的植物课上，也并不意味着您迷失于我们学术共同体之外！"他开玩笑地说道，"我们这里所有的人，可以说，都是自学成才的。"

听起来，好像并无恶意。

"我为什么要责怪他？"卡佳试图说服自己。"也许，'人类的大患'这句话只是脱口而出，没有任何意图。"

"对了，请问一下，您是做什么工作的？"拉德舍夫显然试图让卡佳参与谈话。

"就职业而言，我，可以说，从事的是那种积少成多的工作……"她泛泛地、不情愿地回答道。

"我们的卡佳是一名记者。而且，非常有名。"莲娜为自己的朋友深感自豪。

"是吗？"

瓦季姆的目光突然失去了表情，人仿佛被什么东西绊了一下。在随即而至的静寂中，只听见碰着的小玻璃片发出的叮当声响。

"她是最有才华的！"科列斯尼科娃对这一效果很满意，继续说道，"在《昨天·今天·明天》上发表文章。《昨天·今天·明天》。您，应该读过她的文章吧。"

"应该读过。"拉德舍夫声音低沉，目光再次与卡佳相遇。

他眼中的光彩没有了。而且，她觉得他的眼神很痛苦。但是，瞬息之间，眼中的痛苦就消失了。取而代之以严峻和冷酷，唇边掠过一丝讨厌的得意洋洋的微笑。

"在这种情况下，很奇怪……我了解记者，我一直惊讶于他们动物般的好奇心：所到之处，不管需要不需要，都要伸出鼻子嗅嗅。卡佳，如果您突然需要写一篇关于新奇节食方法的文章，怎么办？那您肯定会后悔自己没有利用这个机会近距离观察脂肪细胞。我愿意和您打赌：你们编辑部肯定没有显微镜！"瓦季姆勉强地试图笑一下，瞬间之后又变得像先前一样的自然、威严、活跃。

"一分钟之内三个不同的人！"普罗斯库琳娜感到惊讶。"难以置信……或许，这只是我的感觉。另外，这里光线不太好。我很久没有遇到这种类型的人了，一会儿吸引你，一会儿排斥你。就像游戏一样。有一点是清楚的，他有无比强大的能量，他知道这点并且善于利用它。对这样的人，女人们总会爱得死去活来。那……他为什么不结婚呢？挑不到自己的另一半？离婚了？要么，是个典型的万人迷？什么都有可能。他显然不待见记者。好吧，和他打交道的时候我们会防着点。"她心里这样想。"但也不妨想法子榨点他的信息出来。要装出样子，在莲娜之后，我也愿意按照他的规则来做游戏。到时候我们看看，谁赢谁！"

"好吧，您说服我了。"卡佳随意地抛出了这么一句。

她带着无动于衷的表情走了过去，双手插进外套的口袋，俯身，眼睛贴近显微镜，看了一下，失望地叹了口气：玻璃片上的无色气泡是如此的不起眼，没有引发任何感觉。

"怎么样，很有感染力吧？"她听到就在耳边响起的话语，同时感觉到瓦季姆的呼吸，人不由自主地僵住了。

头开始发晕。这个人发出的能量是如此的强大，仿佛穿透了她的身体。她甚至摇晃起来。

"怎么了？"他立刻做出了反应。"您不舒服？"

"我睡得太久了。"她抓住了第一个出现在脑子里的解释理由，"我的身体不习惯这种长时间睡眠。"

"是的,"科列斯尼科娃在一旁证实,"差不多要到 12 点的时候才醒。连我都比她起得早。我们什么时候能看到您的宣……旋……唉!"她任性地跺了一下脚。好像,她不喜欢她朋友受到关注。"您至少让我们看一眼这些幼虫,在它们还没有蜷缩成螺旋状并且被荚膜覆盖之前!"

"最好我们见不到它们!"

瓦季姆坐回桌旁,继续刚才中断了的检查,他用手术刀挑起一小片放在碟子里的肉。

"不然的话,我们会把大家的心情破坏的……"他边用玻璃夹住薄薄的切片,边解释道。"而且,木棚里正在剁解另一头公猪。"

"我们只听说一头。"

"一头是你们的猎手打到的,另一头是当地人打的。"

"您也打猎了?"

"打了。但今天不是我的幸运日。"关于自己的体验,他说得极其简约。

"那两头猪大吗?"科列斯尼科娃坚持不懈地试图抓住他的注意力。

"一头大概两岁,另一头是当年生。"

"他的口才哪去了?"卡佳困惑地看了一眼瓦季姆。"专心致志地在检查切片。莲娜未必能把这样的人收入自己的情网。这个可怜的女人一直在努力:但她的语言学教育背景无法使她记住'旋毛虫病'和'旋毛虫'这些词汇!甚至对打猎这个话题她先前也是无动于衷的!"

"什么叫做当年生?"卡佳决定表现出职业好奇心。

"就是说,那头猪还不到一岁。今年生的。"

"不觉得可怜吗?"

"修辞性的问题,继而自然过渡到主要问题——打猎的意义是什么?"他反驳道,同时继续看着显微镜。

"那打猎的意义是什么?"

"在于触摸原生态,原始性……基因。远古祖先的记忆。"

"祖先打猎,可以理解:他们是为了获取食物,"普罗斯库琳娜表示同意,预想着舌战的情形。科列斯尼科娃没办到的,她完全能办到。应当摇动一下这座"海洋中的冰山",试探他最关心什么,引他来争论——真理在争论中诞生。"我感兴趣的是,为什么现在还需要打猎?难道您和与您一样的那些人还会感受到难忍的饥饿吗?"她努力让对话者上钩。

"挑衅性问题……现在我愿意相信您是一名记者了。是的,我和与我一样的猎人们确实感受到饥饿。但不是生理上的。"他抬起头,用一种新的——仔细的、打量的目光凝视着她,仿佛在试图识透她的思路。

"那是什么呢?"

"这样吧……首先,请您说出'饱'的同义词。"

"好的。'饱'……同义词是……'满','足',这种或那种需求的完全满足。"

"很接近,但太一般了。"他失望地耸了耸肩,稍一停顿后,开始像连珠炮般地说道,"'饱'——就是无聊!正因为如此,我是在感受着理智的人所固有的饥饿感:寻找新的体验,追求新的刺激,它们使你后背发凉,冷汗淋漓,身体内部所有的东西都麻木,翻转颠倒。如果您愿意的话,可以称之为生化反应:狂热加剧,肾上腺素水平飙升。在这种情形下,新的东西,就是被完全遗忘的旧物。此外,恢复起狩猎的本能会给我们自我肯定和感受胜利喜悦的机会。从某种意义上来说,所有的人都是猎人:每个人都设定目标,都努力去达到它。

每个人都希望成为胜利者。这是正常的。因为失去这种狩猎本能的人，对社会而言，没有任何价值。是包袱。"

"也就是说，如果你不去射杀这个当年生的小东西，你就一文不值？"普罗斯库琳娜对他的话做了总结。

看来，她的争论对手比想象的更厉害。

"什么是饱足感？"她不由自主地在心里重复了一下他的问题。"是啊，要回答的话，还真不容易。答案是什么？饱——就是无聊！在心底里，可以同意这一点，但是，其他一些论点……什么'胜利者'、'包袱'……整个就是一套拿破仑的观念！"

"总之，您准备断言，胜利者是不受谴责的？"

"为什么？人们还是谴责他们的。最常见的，是那些好嫉妒的人。还有，懦夫和失败者。但我们跑题了。请允许我提醒一下，我们讨论的题目是狩猎。"

"好吧……"卡佳略感窘迫。"那还有一个问题，可能很平庸，既然你们天生狩猎的本能如此强大，为什么还要使用武器？"

"Homo sapiens[1]……人，是理性的动物。为什么要冒多余的风险呢？"

"这样的话，肾上腺素分泌不就少些了吗？我个人建议你们打猎的时候不用猎枪。我保证，这样得到的刺激够你们享用一辈子！"卡佳感觉信心又回来了，嘲讽地说道。

"可以，如果生命能得到保护的话。"拉德舍夫令人意外地表示同意并且笑了笑。"一般来说，这里还有一种本能在起作用——自我保护的本能。但是，必须要说，带着猎矛去打熊的计划，我已经有了。"

"这是对无聊彻底忍无可忍？也就是说，对饱足感忍无可忍？还

1　智人。——译注

是您打算战胜自我保护的本能？"

"根本不是……更多的，是人的一种愿望：检验一下自己有多强大，尝试使能力自动化。一种训练。毕竟，武器并不总能救你。您听说过发生在别洛韦日森林里的事情吧，一只受伤的野牛把一个德国人撞到树上顶死了。全部问题在于，那个猎人惊慌失措，挪步转移都做不到，更不要说开枪射击了。在这种情形下，所有的希望都寄托在本能上面，寄托在反应的迅疾和……"瓦季姆再次微笑着看了一眼卡佳，"旁边那棵树的强度和高度上面。"

"您也有过上树自救的时候吗？"科列斯尼科娃睁大双眼，做出害怕的样子。

她提问时的语气使瓦季姆不由自主地朝她转过身去。美丽的女郎似乎已经厌倦了这场知识分子间的争论——她在其中觉得自己是个多余的第三者。

"没有，但米哈雷奇这辈子爬过不少树。"

他想到了猎场看护员，心中升起敬意，"真有他的，能立刻想到女士们的到来会引出一些什么事！"他记起先前格里戈利和女人们的身影刚消失在房子角落后面，猎场看护员就发出了一条简要的指示："她们和丈夫一起来的。不要对任何人动脑筋张嘴流口水。不然，我会让你们知道厉害的！"

一切简单至极：二十几个还没有从狩猎激情中冷静下来的男人和三个女人。只要有人稍稍多喝一点，放任自流，男性猎人的本能就会轻易地膨胀起来。如果女士们自己不介意调情的话，那就更不得了。噢，真有你的，米哈雷奇！

"他要躲避什么动物？"科列斯尼科娃的眼睛睁得更大了。

"我不喜欢转述别人的寓言故事。您自己问他。"

"不再打猎！"她神情坚决地晃动了一下自己的卷发。"毕竟，我的伊戈尔，以他的体重，是爬不上任何一棵树的。"

"不会的！在极端情况下，不要说超常的体重，就是折断的骨头，人们都会忘得一干二净！肯定爬得上去的！相信我这个医生！"

"给牛治病的医生？"莲娜因被忽视而向他报复。

拉德舍夫只是咧嘴笑了笑，又把眼睛贴到显微镜上。

"但是和您，卡佳，我愿意继续讨论。"他说。"还会有其他问题吗？"

"会有的。狩猎给您个人带来了什么？当然，除了战利品之外。"

"它教会我最主要的是分析情况，分清我自己打猎和我成为别人狩猎对象两种情况。"他提高声音，强调了最后几个字，从显微镜上抬起头，嘲笑地看着卡佳的眼睛，"如果您还不明白这一点，这很奇怪。"

她僵住了。他想说什么？想说看穿了她们的意图？要知道是她想挑起争论的！可实际上，他从一开始就什么都明白了，巧妙地把谈话引到需要的轨道……

"真是个混蛋！"她生气地想。

"从此刻开始，我成为狩猎的激烈反对者！"莲娜依然用先前任性的语调继续说道，并没有意识到这场战斗已经不光彩地输了，胜利在男人一方。

"我怕，您这样做不会有什么结果，根据我对伊戈尔·尼古拉耶维奇的了解，生活中的一切都由他自己决定。我相信，这个问题，去还是不去打猎，是他生活中最简单的问题。当然，去！"

"你们早就认识了？！"科列斯尼科娃很惊讶。

"很久了。十年左右。当然，直到今天之前，我们之间只是纯粹的业务关系。"

"我明白。您，可能，是那种……他银行的客户？"

"那种……"拉德舍夫笑了笑,眼里再次流露出做作的欣赏目光,"我很高兴认识他那迷人的妻子。"

"您妻子对爱好狩猎怎么看?"

尽管得到赞美,但能感觉得到,莲娜并不满足,也不打算放弃。

"提与妻子有关的问题,是武力侦查的做法,尽管有效,但也说明其他方法都用尽了!难道她没有看见,他跟我们周旋,就像玩猫和老鼠的游戏一样?……真是神魂颠倒了。可别撞上伊戈尔。"卡佳开始担心起来。

"据我所知,瓦季姆·谢尔盖耶维奇·拉德舍夫,37岁,快38了,单身。"普罗斯库琳娜决定为女友解围,"射手座,B型血,RH阴性。哦,对了,我差点忘了。身高1.94米,体重94公斤,鞋码45。"

"你怎么知道的?!你们也认识很长时间了?"莲娜更加惊讶了。

"刚认识半个多小时。奇怪,别人怎么没以这种方式向你做自我介绍。"

"难道你真不明白,眼前是个什么样的人?"卡佳朝女友投去意味深长的一瞥。

"您的记忆力惊人!"瓦季姆向她表示肯定和欣赏。

"谢谢!"她回答,为了不让对方觉得她好像真的对这些细节感兴趣而受宠若惊,她接着补充道,"这只是专业基本素质。"

"智慧的敏锐,逻辑。"出乎卡佳的意料,瓦季姆又继续说道,"遗憾的是,在生活中,大多数男人本能地害怕聪明的女人。所以,您结婚了,这有点奇怪……莲娜奇卡,您做什么工作?请原谅我的冒昧,但是,假如我是一名摄影师的话,我会为您拍照,登载在那些最为华贵、熠熠闪光的杂志的封面上。凭这样的美貌,您能大有作为。"他再次恭维科列斯尼科娃。

"实际上，我毕业于外语学院，"她说着，娇媚地垂下眼帘，"说到拍杂志封面照……我都厌倦了。"她随意地挥了下手，看了卡佳一眼。

她确实不止一次地收到过拍杂志封面照的邀请，但问题是丈夫坚决反对。也许，是因为他自己当初一见到 T 型台上的莲娜（那时她还是名大学生）就立刻爱上了她，几个月后，就同她结了婚。他对妻子提出的唯一要求就是离开模特行业。当然，她同意了，而且从来没有后悔过。科列斯尼科夫在工作中很严厉，有时甚至很冷酷，但对自己年轻的妻子不光呵护备至并且宠爱有加。对丈夫，她获得了一定程度的控制权，并很快学会了如何利用它：主要的，是不公开抬杠。通过爱抚和耐心从丈夫那里能够得到一切。但千万别引起他的嫉妒！

"好杂志我们这里没有，去莫斯科又太辛苦。摄影模特的职业并不像看起来那么轻松。我从 15 岁起就干这行了，什么没见过啊。就拿角色遴选来说，您可知道，那里水下暗礁不计其数。"莲娜谈起了自己喜爱的话题。

"是吗！那就从选角开始，请说得更详细点。"瓦季姆感兴趣地回应道。

卡佳叹了口气，走到窗前。模特行业幕后的故事，她已经不止一次地听到过了，而且不仅仅从自己的女友那里。

"我不知道，他们两人当中，是谁在猎捕谁，但总有一人会达到目的。"她注意听着科列斯尼科娃的低声轻语，做出了这样的结论。

好像，莲娜转入公开的调情。

"大多数男人都害怕聪明的女人。"她在心里嘲讽地模仿着拉德舍夫，"去他的！反正我的维塔利克不'害怕'，而且很幸福！"

她收回注视窗外夜色的目光，伸手从口袋里掏出香烟，随即朝门口走去。

"劳驾，请把第二头猪的肌肉切片给我拿来！并请告诉他们，第一头猪完全健康！"瓦季姆朝着她的背影说道。

普罗斯库琳娜甚至没有转身回应。她走到门廊上，点上烟抽了一口，抬起头，若有所思地眺望夜晚的天空，星星像一颗颗明亮的钉子那样镶嵌在那里。心里觉得不舒服，原因要么是在争论中惨遭失败，要么是这场戏不合心意：她在其中像个多余的第三者。也许，这一切的罪魁祸首就是瓦季姆·拉德舍夫本人……

"英俊、自信、机智——简直就是女人心目中理想男性的化身……但他还是选择了莲娜。"她得出了一个不愉快的结论。"难道，这比一场完败的争论更刺痛我？但这很自然：在两个女人当中，男人迟早会选择一个的。但如果她也选择了他，那就没有其他可能了。实际上，我也不需要他，我有维塔利克。但是，难受……什么日子啊？所有的人，只要愿意，都一个劲儿地来破坏你的心情！先是柳德米拉，现在则是这个自以为是的家伙。我还说是来休息的呢！"

一阵冰冷的风把她从不愉快的思绪中拉了回来。她拉上羽绒服的拉链，竖起风帽，戴上手套，沿着台阶走了下去，刚绕过房子，就与正匆匆赶往那里的格里戈利打了个照面。

"要我转告说第一头猪健康，要求把第二头猪的切片拿去化验。"她毫无表情地转达了信息。

"好。你到棚子那里看看，我觉得，他们已经把猪切分好了。"

"我们很快就走？"

"你们桌子摆好了？"格里戈利问，在看到卡佳点头肯定之后，用愧疚的口气说道，"你瞧，我忘了，米哈雷奇的儿子廖沙今天生日。他是我的教子，所以我得留下来。我现在和司机一起去趟商店。"

"明白了。"卡佳觉得沮丧，"就没法把我捎到雅娜那儿去吗？"

"不……商店在另一个方向。你再等等，别急着离开。我们还要乐一乐呢！"他想使她振奋一点，说罢，便消失在黑暗中。

"真是的，干吗到这里来？"她彻底沮丧了。

棚子门口亮着灯，猎人们拥挤在那儿。她刚一走近，人群就退让开了，出现的景象惨不忍睹：一个巨大的木质托盘上放着一大堆血淋淋的肉。

坦率说，她不是素食主义者，但她尽量不把肉当作杀戮的产物，并且更愿意看到它们被加工成食物后的样子。

"第一头猪是健康的。你们的兽医要求把第二头猪的切片送过去。"她依然尽量看着其他地方。

周围的人们欢快地喧嚷起来。一个身材魁梧、胡子拉碴，看上去有点像拉德舍夫的年轻男子在她耳边突然哈哈大笑。

"大概，他是最饿的一个。"卡佳在心里嘲笑。

"好吧，既然是兽医请求……"年轻男子继续笑着，快速递上一碟粉红色的肉片。"拿着。"看到女人的手颤抖了一下，他便说，"不要害怕，肉不咬人！请别忘记转达第二位兽医的问候！"

"那您最好自己送去。"她试着把碟子还给他。

"别别别……又不是求我拿过去的。"这时，众人和他一起哈哈大笑起来。"您快去，快去。兽医等得太久了。"

"或许，还是您拿去吧？那里桌子都已经摆好了。"

"不不不！我们来得及！"这群人齐声反对。"您别白白地在这里受冻，快回到屋里去。气象预报说晚上要降到零下六度。"

是的，卡佳喜爱的破旧牛仔裤显然难以抵御寒冷。只得回到外屋去。

瓦季姆和莲娜并排坐在一起，低声絮语地说着什么。

"噢，第二头的切片也到了！"看到卡佳回来，拉德舍夫的反应特别愉快，他从莲娜身边稍稍挪开了一点，伸出一只宽大的手掌，

"给我吧。"

卡佳默默地把碟子放到他的手掌中，碟子看上去立即变小了。瓦季姆用另一只手的手指轻轻地捏住碟子的边沿，小心翼翼地把它放到桌上显微镜的旁边。这一切在他做来是那么的优雅，普罗斯库琳娜瞬间呆住了。

"我老是想着这双手。"她艰难地克制住了潜意识的又一次冲动，故意走开，在长凳的另一端坐了下来。

自然，她坐的位置，可以让她清楚地看到这一无价之宝——这双神奇的手的主人：深色的、近乎是黑色的头发，鬓角处有点银丝，宽宽的、略微有些弯曲的眉毛，浓密的睫毛，笔挺的鼻梁，紧抿着的轮廓漂亮的嘴唇。猎人厚毛衣下面的宽阔肩膀，紧收的腹部，没有一点"啤酒肚"。甚至不刮胡子也没有给总体印象带来损害，相反，使他的脸看上去有种狂野和神秘的感觉。

"他也可以靠做模特挣钱。"卡佳给男人的外表做了一个评估。"这样，他和莲娜一唱一和就不是平白无故的了。"突然，她发现了可以挑剔的地方，"我无法忍受胡子拉碴的男人！……但还是很帅……看来，科列斯尼科娃已经彻底晕头转向了，这是我第一次看到她这样。他们在一起看起来不错。而且两人都没有注意我……"

"莲娜，为什么你的朋友心情不好？"仿佛听到了她的心思，瓦季姆把眼睛从显微镜上移开。"也许我们在什么地方冒犯了她？"

"没有，瞧您说的！"卡佳略带嘲讽地回应道。"更多是我在影响你们。顺便说一句，请告诉我这个无知的人：胡子拉碴——是成功狩猎的必备标志还是通常懒惰的结果？"

"卡佳，你干吗责怪呢？"科列斯尼科娃对此感到惊讶："连我都知道为什么男人在打猎前不刮胡子，因为动物会闻出来的！"

"动物会闻到什么？"

"气味，你怎么不明白，所有的护肤保洁品都含有香味，在清新的空气中，能够随风飘散好几公里！我们的女家政员在为伊戈尔洗猎装时加了些洗衣液。所以被狠狠地剋了一顿！"

"瞧！马上看得出，这位是猎人的妻子！"瓦季姆称赞了莲娜并再次朝卡佳看去，但不是用胜利的姿态——这原本是自然的，而是带着探究的表情。"好吧，这次我们会看见什么？"他又转向莲娜，在板凳上移了一下身体，示意她坐到他的位置上。

"什么都没看见！"莲娜紧紧地盯着显微镜，看了一分钟后说道，"什么都没有……没有那些可疑的微生物荚膜……旋……"

"旋毛虫。"普罗斯库琳娜毫无表情地提示道。

"知道吗，卡佳，这些旋毛虫坏透了！煮、蒸，对它们都无济于事，只有超低温的条件下才能把它们冻死！由这个坏蛋引发的健康问题可多了！瓦季姆说，这样的病事实上是看不好的。"

"所以，在市场上或者商店里应该买经过检疫的肉。"

"是的。顺便说一下，家猪也会感染这种病，因为一有机会它们就会饱餐一顿跑进棚子的病鼠。还有……"

莲娜把位置让给瓦季姆，开始滔滔不绝地向自己的朋友转述她所了解到的关于旋毛虫病的一切。普罗斯库琳娜做出倾听的样子，同时继续偷偷地观察着拉德舍夫。从额头上出现的三条横向皱纹来判断，尽管平时看似随意，但对待猎物检疫他还是很负责的。

"干净！"他终于轻松地舒了一口气。"莲娜，我把这份荣幸赋予您：告诉大家这一愉快的消息，并请大家上桌。您是一位了不起的助手！我甚至都不知道，下次没有您的话怎么办。"

"我们会再来的！"科列斯尼科娃肯定地做出保证。

"说话一定算数啊！……"他说。科列斯尼科娃走了出去。门刚关上，他就转向卡佳，"您会帮助我吗？"

"做助手我不合适。"

"老实说……我想请求您的不是这个。"

"那是什么?"

"清洗玻璃片,再用酒精擦拭一下,放进套子里。"

"我应该怎么理解,您无法一个人应付这些事情,还是您无法容忍旁边有人无所事事?"她挖苦道。

"不,我想抽口烟。不过……您是对的,我自己能应付。只是想让您做些什么,免得感到无聊。"他耸了耸肩,"对不起。"

拉德舍夫默默地将玻璃片收拢,放进一个盘里,又往里面放了两个碟子,然后端着走向位于屋角的盥洗台。卡佳觉得心里像有猫爪在挠一样,很烦乱:"我这是怎么了?冲洗玻璃片根本不难……"

这时,门被一下子打开了,一个手里拿着锅子的年轻女人出现在门口。

"怎么还没摆盘子?"她不满地抱怨道,重重地把锅子放到桌上,盖子立刻滑落了下来,一股蒸汽从锅里飘出。"请帮我把食物和餐具从厨房拿过来,"她朝向卡佳,没有任何客气的表示,"我丈夫今天生日。一会儿,还有些客人要来。"

"是的,是的,我听说了。"卡佳猝然一抖,像从迷思中惊醒了一样,"当然,我这就去拿来。"

"廖沙今年几岁?"拉德舍夫转头朝向女主人。

"28。"

……几分钟后,当卡佳端着两个大色拉盘回到外屋时,那里已经挤满了人。她一跨进门槛,那个熟悉的年轻人——这次没有戴那顶遮住他招风耳的帽子——马上从她手中接过盘子,把它们送到桌上。卡佳用眼睛找到了瓦季姆,他正在默默地把显微镜和玻璃片放进盒子里,她轻轻地叹了口气,又朝厨房走去。

"想问一下，厕所在哪里。"她刚这么想，就听到前厅里声音不高的对话。显然，在她刚离开那会儿，又有客人来到了房里。

"你们该早点来的！"女主人在墙的另一边激动地责备着什么人。"从明斯克来了一些男人——银行家，经济大学的教授，两名有自己的司机、坐沃尔沃公务车的大官。当然，已经不年轻了，但是对生活而言，合适，有钱。最重要的是，拉德舍夫也现身了，也是和朋友们一起来的。据我了解，他们中有一个单身汉。"

因为"意外出现"颇为尴尬，没有被任何人发现的普罗斯库琳娜不由自主地退后一步，人碰到了墙上。

"上次我就喜欢上了这个拉德舍夫！"前厅里传来一个陌生的少女的声音。

"嘘！"女主人说道，"要注意我的公公……，这是第一。第二，三个明斯克女人在这里。是不是妻子，我还不知道。所以要小心点。"

"她们来干吗？"另一个不满的声音说道。

"女人干吗要跟踪男人？说明是嫉妒……她们自己也乐意玩玩：整整两小时，在那个拉德舍夫身边转来转去，我在门外听着。特别是其中一个，很漂亮，像个洋娃娃。"

"另一个呢？"

"另一个？这样说吧，像只灰老鼠，乏味得很。不像你们。来，快点把外衣脱了。"

卡佳努力屏住呼吸，踮着脚尖退到外屋，弄响门闩，用力关上门，脚步很响地走向厨房。在前厅里，她先顺便与那些刚来的姑娘们打了个招呼，接着转向女主人，干巴巴地问道：

"还要拿什么东西过去吗？"

"谢谢，她们会帮我的。认识一下：这两位是莉丽雅和维拉。顺便说一句，我叫索尼娅。您怎么称呼？"

"卡佳。"

"您是和丈夫一起来这儿的?"

普罗斯库琳娜犹豫了一下。而这就足够让这位年轻女人以自己的方式诠释她的沉默了。

"明白了。但是像您这样的人很少到这里来的。"

"'这样的人'是怎样的人?"

"嗯……总之,一句话,不是妻子。"

"指给我们看,哪个是您的,我们不碰他。"其中一个姑娘,边照着镜子打扮,边咯咯地笑着,"希望,不是拉德舍夫吧?"

"我丈夫没来这里,他在出差。"卡佳宽慰她,"我是和我的朋友们结伴而来的。拉德舍夫是谁?"听到这句话,女主人转过身来,怀疑地看了她一眼。"我在这里几乎谁都不认识,除了我朋友们的丈夫和雅娜的丈夫格里戈利,我们住在他们那里。对了,还有这位兽医。他叫什么来着……对了,瓦季姆。"

"那就是拉德舍夫!"索尼娅笑了一下,依然带着疑惑。"这不,我想给朋友们说媒。他漂亮,未婚!"

"啊啊……"卡佳表示理解地点了点头。"这是件好事。"

她暗笑着,"乡村美女们很自负啊……很想知道她们会和这位知识分子谈论些什么?尽管,她们想向他建议的话题,猜都猜得出来。"她注意到,其中一个姑娘穿着显眼的短裙,紧紧地包裹着她那远非小巧的臀部。"灰老鼠……"这时她想起了对她的评价和自己身上那条穿了多年的牛仔裤。"只是这只老鼠的姓名经常出现在最受欢迎的报纸上最有影响的文章下面。"

"这里卫生间在哪?"她想起了早就该解决的问题。

"总的来说,在外面街上。但这是对其他人而言的。您可以使用房子里的。就在这。"女主人按了下墙上的开关,推开一扇不容易看出来的门。"那里的洗脸池里还有热水。"

"谢谢!"卡佳感谢她的热情。"我不喜欢冷的。"

她仔细地洗完双手,走出卫生间,前厅和厨房里已经空无一人了。时钟显示的是差一刻七点。显然,在米哈雷奇这里还要停留很久。

"要么,出去抽口烟?"她这样想,为了避免穿过外屋,她推开了前门,外面是一个旧凉台。

她走下吱吱作响的台阶,拿出一支烟,点燃,沿着房墙走了几步,遇见一个男人在试着点着打火机,但一直没有成功。

"试试我的。"她建议道,同时惊讶地发现在她面前的,不是别人,正是那位拉德舍夫。

"可能不行。这里风很大。可以把您的香烟给我吗?"

卡佳默不作声地把香烟递给他,她眼睛注视着烟头的红点,心里则再一次对男人在今晚发生的变化感到惊讶,现在,他语调平静、均匀,声音里没有任何的放肆、挖苦或调情。

"谢谢!"他把香烟还给她。"原来,我们抽的是同一种牌子。"

"是吗?我原以为,既然是淡烟,那就是女用的。"

"以前我也是这么认为的。我们到门廊那儿去吧,那里会安静些。"他建议道。

他们默默地沿着房子走到外屋的台阶边停下。

"您不冷吗?"没等她回答,瓦季姆就侧身为她遮挡同样也吹到这里来的寒风。"对不起!"他无意中碰到了她的胳膊肘。"总的来说,对不起……人家是来休息的,但这里却有一个胡子没刮的人纠缠不休。我能想象,您是怎么想我的。"

卡佳愣了一下。太多了,关于拉德舍夫的印象太多了。

"他又在演戏?"她对他的话充满怀疑。

"是啊……那些细节——体重、身高、拖鞋。"

"我同意。要知道,起初,我以为您是本地人,而和她们是可以这样开玩笑的。对不起,结果弄得很傻。"

"那,这样的话,也请您原谅我。"脱口而出的话,连卡佳自己也觉得意外。"原谅我误解了您的笑话。我的确是好不容易挤出时间来休息的。至少一月中旬之前估计不会有休假。我没能马上切换角色……但应该肯定,您是一位天生的挑衅者。那么巧妙地挑起了关于狩猎的争论。"

"我想让您活跃一点。您看上去太忧郁了。另外,与能够捍卫自己观点的聪明人交流总是令人愉快的。"

"那些不为男人喜欢的聪明女人呢?"

"不会吧?"他调皮地笑了笑,眼睛在黑暗中闪烁。"我自己就喜欢这样的女士。您发脾气的样子很好看。"他开玩笑地补充道,这既像是恭维,又像是新一轮挑衅。

"我很少发脾气。"卡佳严肃地回答。"我们编辑部里的人甚至开玩笑地说,为使普罗斯库琳娜生气,必须联合整个单位共同行动。"

"我相信。"他表示同意,"这就是为什么我说您适合发脾气。您非常真诚,自然,尽管也试图控制情绪。看来,在大多数情况下,自家人更容易受到您的惩罚?比如说,丈夫?"

"您没猜对。我们根本不吵架。我只对闹钟发火。"卡佳掐灭了香烟,笑了笑。"在过去的一年里,我砸坏了三个闹钟。都是无意间砸的。我是一只夜猫子,喜欢早上多睡一会。半睡半醒中,无论如何也找不到关掉闹钟的按钮。"

"真有趣……我也是一只夜猫子,也讨厌闹钟。这就是为什么我没有闹钟的原因。"拉德舍夫笑了起来。

"您早上怎么起床?"

"家政员早上七点前到。她自己有钥匙。所以,我是听到吸尘器的响声醒来的。"

"我在早上七点不会被吸尘器的声音叫醒。"卡佳走上台阶,叹了口气。"我们没有家政员。"

"我可以与您分享。她在我这里每天反正也没什么事,我一个人住。经常出差。"

"那您怎么醒来呢?"

"您给我打电话。"

"您又在开玩笑吧?"她笑了笑,在最高的台阶上停了下来。

"不。实物交易:我为您提供一名家政员,您给我叫醒信号。可以发短信。"

"那您会扔掉电话的。半睡不醒的。"

"这样的话我会买一批电话!"他笑着为卡佳打开了门。

房间里都是人,他们的出现立刻受到了人们的注意。

"哦,瓦季姆!你终于来了!"长着两只招风耳的年轻人挥手招呼道。显然,这就是拉德舍夫的那位未婚朋友。"到这儿来!"

在他坐着的靠墙摆放的长凳上,女主人的几位女友之间似乎正好有一个空位置。

"您和我一起?"瓦季姆问。

"看来,那里只等您一个人去。"卡佳注意到了那几个姑娘不满的目光,便嘲讽地回答,"她们会把我眼睛抠出来的。谢谢,我还是到自己人那里去。"

"想抽烟的时候,也告诉我一声。您知道我的打火机有问题。"他轻声对她说道,这又引起了她的微笑。

卡佳挤到自己的朋友那儿,在空位上坐下,抬起眼,立刻与拉德舍夫的目光相遇。他在继续微笑。她不好意思地垂下眼帘,也忍不住地微笑。心里温暖起来,仿佛有过节的感觉,想再回到寒风中,在清洌的空气里继续那场轻松自如、不是说给别人听的谈话。

她希望的就这些。至少,她是这么认为的。她怕承认瓦季姆引起了她的兴趣。这是十年来的第一次。他身上有着与其他男人完全不同的东西,这种"东西"越来越迷人……

3

……"妈妈!妈妈!看,多好看的小鱼在水中游啊!我想抓住它!"

卡佳顺着小溪跑着,从一块石头上跳到另一块石头上,竭力不让水中银光闪闪的小鱼游离自己的视线。

"你还活着,多好啊!快来帮我抓住它,趁小溪还没有汇进河流之前!"她大声喊着,朝站在岸上的母亲挥动双手,招呼她过来。

她确信母亲正赶过来帮她,便头也不回地赤脚走进水里。

"水真温暖!"卡佳刚有这个惊异的感觉,马上就发现有个大大的黑影在疾速地追赶着银鱼。

在几乎要追上银鱼的时候,阴影把一张宽阔扁平的脸伸出水面,并露出了牙齿……

"你敢!这是我的鱼!不许碰它!"卡佳使尽全力地叫了起来,跑得更快了。

她沿着小溪奔跑,加快了脚步,滑了一下,摔倒了,当她抬起头时,看见黑影露出的牙齿就在自己的面前……

"天啊,又做噩梦了!"普罗斯库琳娜睁开眼睛,发现自己正坐在开往明斯克的班车上,她摇晃了一下头,仿佛要把梦境的残余驱除出去。

外面，斜雨打在车窗玻璃上，车厢内干燥，甚至很热，特别是脚的部位。显然，她正坐在通风格栅的正上方，暖气就是从那里出来的。

"至少身子暖和了。"她解开羽绒服，"刚才在公交站台，冻得像只小狼崽一样。不妨把靴子脱了。"

卡佳弯下腰，摸到鞋带，把它们松开，然后依次脱下靴子。刚做完这些，就感到血液涌上太阳穴，头开始发晕，后脑勺隐隐作痛。她觉得喉咙那儿堵得有些恶心，便稍稍解开了点毛衣的领子。

"昨天应该少喝点酒的……"卡佳又将身子靠回椅背，并闭上了眼睛。"先是白葡萄酒，接着是红葡萄酒，还是半甜的那种。我知道我根本不能喝混酒！还好最后没有一路喝到伏特加……"

对晚会的回忆在凌晨时就已经急剧地褪去了彩虹般的光环，当时，她从剧烈的头痛中醒来。她服下药片，又钻进被子，闭上眼睛，但睡意并没有回来。相反，大脑出乎意料地积极转动起来，开始逐步分析昨天的行为。在用尽管疼痛但颇为清醒的脑袋对昨晚发生的一切做了分析评估之后，她感到一种静谧的恐怖：那是某种理智丧失的发作！

"为什么我没有试图阻止自己，让自己理智些？"她又回到了早上起就折磨她的悔恨之中。"要知道，我还没有醉到那种程度，以至于不假思索心甘情愿地跳进愚蠢情感的深渊！没有人强迫你，没有人在背后推着你！那是为了什么呢？想向自负的村姑小姐们证明我不是一只'灰鼠'？或是向莲娜表明，如果我愿意的话，我也能让任何人为我着迷？怎么会呢，真是荒谬……但如果这真是那原本隐秘的东西袒露出来、变得显而易见，即所谓真相暴露的时刻呢？家庭生活中琴瑟和鸣的高峰期早已远去，已经很久没有其他男人以这样的关注来使我心旷神怡了。于是隐秘的欲望脱颖而出……甚至在寒风里接吻……真是个傻瓜！"她生气地脱口说道，立刻由于惊恐而睁大了眼睛，小心翼翼地环顾四周，好像没有乘客听到。"要知道，除了宿醉状态之外，还有其他一些不愉快的事情：莲娜的不满，柳德米拉怀疑的目光。最好不要再想起乡村美女们那些能把人烧成灰烬的眼神！从今往后，通往米哈雷奇家的道路，对我来说彻底封死了：他儿媳妇连门槛都不会让我跨进的……唉，我可真傻，真傻！我需要这个拉德舍夫干什么呢？也许，人就是这样开始背叛的，先是允许别人拥抱，然后是亲吻……假如再喝上烈性酒，会发生些什么，想想都可怕！这样，我们来确认一个赤裸裸的事实：我昨天喝多了，背叛了自己，背叛了自己的原则，几乎背叛了丈夫……现在怎么再去直视维塔利克的眼睛？我可从来没有欺骗过他……我真恨自己！"

意识到昨晚令人羞愧的行为是匆忙逃离主人好客家园的主要原因。很快地，没有等到女友们醒来和那些一早就去打猎的男人们回来，她就赶紧去了公交车站。对于雅娜，她找到了一个完全合理的解释：猎人们不知道何时能回来，而她需要早点回家，上网，看电视新闻。礼拜一一大早就要大干特干，在讨论工作计划的短会之前，要浏览一遍新闻机构的各种信息。

"……还有这些梦……多年来，睡觉一直很安稳……这是第一次梦见妈妈。这一切会引发什么？"卡佳双眼茫然地盯着车窗的湿玻璃。剧烈动作导致的疼痛缓解了，恶心消退了，脑子也清醒了。"你是想提醒我什么吗，亲爱的妈妈？晚了，妈妈，晚了。你的女儿，可以说，跌跤了。没有你，我多难过……"

一想到母亲立刻就想放声大哭，想得到她的爱抚，听到她的声音。

从记事起，在生命中最重要的阶段，卡佳总是会做各种各样的梦，鲜明生动、多姿多彩，有不同寻常的人物：邪恶的、善良的。童年的时候，梦是如此的真实，以至于她会在梦中说话、欢笑、哭泣，然后会从惊恐中醒来，哭着跑到父母的卧室，只有在他们身旁才能睡着。

"别担心，只是您的孩子特别敏感，"当妈妈就女儿晚上做梦的问题向大夫们咨询时，他们这样安慰道。"她学习成绩很好，发展高于平均水平，行为没有任何异常。所以，会变成或者……会成为一个伟大的作家！您有一个才华横溢的女儿！她写的诗真出色！"

这倒是事实：卡佳从六年级开始就在少年儿童报纸上（有一次甚至是在《少先队真理报》）发表作品了，长大一点之后，连续三年，是州征文比赛的获奖者。父母的骄傲，全区的骄傲，学校的骄傲……教授俄罗斯语言文学的母亲是多么为她的成功而高兴啊！

卡佳感觉到眼睛湿润了，这会把她的心绪暴露出来，于是，她把脸转向窗户。这很及时：仿佛是对玻璃上雨滴线的重复，她的眼泪也瞬间沿着脸颊斜着流淌了下来。头又开始疼了起来，只得再吃一片药……

就这样，带着眼泪和忧伤，她回到了明斯克长途汽车站。

转乘出租到家，向司机付了车费，之后，她走上四楼，打开房门，关掉自动警报装置，在门厅里脱掉外衣，走进卧室，就直接倒到床上。床罩也没掀。她已经没有一丁点力气来做任何事情了，无论是哭泣也好，思考也好。确切地说，服了药片之后，脑子里一片空白，什么想法都没有。她的肌体，也好像厌倦了与丧失理智的女主人的斗争，出于自保，决定冻结意识，紧紧地封闭住了她所有的感情和情绪。

"四点多……该工作了。"过了一会儿，卡佳的目光停在了墙上的时钟上。

突然，好像有魔杖一挥，房间里立即充满了各种声音：楼下有人在练习弹钢琴,玻璃阳台上的通风装置发出轻微的呼呼声,门厅里,手机在响,仿佛在求你去接电话。

凭借着不可思议的意志的力量,她强迫自己从床上下来,站起身,走到门厅,从手提包底部掏出了电话。

"喂……"她疲惫地跌坐到软条凳上。

"你好,小猫!"手机里传来兴高采烈的问候声。"好了,都泅出来了!半小时前,最后一次潜水成功结束,明天休息,后天回家。我希望,还像先前那样,有人在等待我……卡佳,你怎么不说话?"维塔利克警觉起来,"为什么这么久才来接电话?我打了三次才打通。我只得给莲娜打电话,她们还没有启程回明斯克。你为什么不和她们在一起?今天是礼拜天啊。"

"大家都可以休息,可是我有报纸的事要忙。"她好不容易把持住了从禁闭中挣脱而出的情绪,紧贴着手机。"责任编辑。你知道的,这是什么活儿:读、看、想。很多工作。另外我答应给杂志写篇文章,但一直没法完成。很快,到处都会不要我的。"

"不要就不要!下次我会一把抱住你,让你摆脱电脑,带你到天涯海角!"

"抱起我带我走……"

"卡佳,你怎么,感觉不舒服?"稍稍停顿后,维塔利克问道。

"不好,非常糟糕!"差点脱口而出。

"不,瞧你说的……"她咽了一下哽住的喉咙。"只是刚才看着电视睡着了。还没有醒透。维塔利克,快回来,好吗?拜托……你不在身边,我感觉糟透了。"

尽管卡佳竭力克制,但眼睛还是渐渐地充满了泪水。

"你在哭?"丈夫的声音里出现愧疚感,"别哭,小猫,不要哭。我以后再也不会留下你去任何地方,我保证!听见吗,不要哭!你真不知道，我有多想你！"

"我……我也想你……非常想。"卡佳使劲不让自己哭喊出来，紧贴着手机。

"别烦恼！我让你兴趣大增，好吗？我有一个令人兴奋的消息！出来之前没来得及说给你听。"

"那现在说。"

"不，我不想在电话里说。回来后，告诉你，带你去，给你看。只是，注意，现在什么也别问。这是个意外的惊喜！"

"好吧，我不问……我到机场去接你。"

"这就不必了！"维塔利克又恢复了快活俏皮的语气。"你知道，我们乘的是包机。最好是我先回来，在家里等你。想象一下，你从编辑部下班回来，我在门口迎接你，给你吃我亲手做的晚饭，再抱你上床……我爱你！"

"我也……爱你……"

"听起来怎么底气不足啊。来，再说一遍！"

"我爱你。"

"再说一遍！"

"我爱你，我非常爱你！"卡佳激动地喊道。

"现在我信了！那，就这样。等着我吧。快了，只剩一天两晚。吻你，小猫。再见！"

"吻你……"

卡佳边擦眼泪，边盯着暗了的手机显示屏看了很久，脑子里只有一个念头在旋转：自己真是坏透了！

该打开电视了……

普罗斯库琳娜的星期一是这样开始的：她显然睡过了头，不是像计划好的七点，而是八点才跳下床。她甚至都不记得是否在睡梦中听到过闹钟。接下来还要淋浴，还要收拾，还要开车到单位……

为了赶时间，卡佳牺牲了晨妆（没什么，可以在单位的卫生间里化妆），大约40分钟后，她腋下夹着一大包报纸，飞也似的冲进编辑部，扑到电脑前。

"嗨！早！"出现在编辑部的同事们一个接着一个地和她打招呼。"没睡醒？你看起来不怎么样啊。"每个人都同情地摇头。

"卡捷琳娜·亚历山德罗夫娜，早上好！……出什么事了吗？您不舒服？"这是实习生斯特列利尼科娃在关心她的身体情况。

编辑部在编制里没有正式的实习生，但是，定期会安排一些有发展前途的新人跟最有经验的记者结成对子，让他们向青年人传授专业技能。这是一件工作量很大的事情：自己写稿都来不及，还要一读再读各种各样学员的稚嫩习作，把它们修改得尽善尽美。由于普罗斯库琳娜是最受欢迎、也是负担最重的记者之一，她已经很久没有获得这种为人导师的"荣幸"了。

但是，半年前，轮到她了。主编亲自把漂亮的、娇小得像拇指姑娘一样的奥丽奇卡[1]·斯特列利尼科娃指派给了她。

奥丽娅曾就读于白俄罗斯国立技术大学，学习营销，但她是这样一种人：从童年起，他们就在睡梦中看见自己的名字出现在流行出版物重量级文章的下面。应该对她的毅力表达敬意，刚学会写作，她就开始拼命向各家报纸投稿。但是她又不想高中毕业后进新闻系学习。她的观点是，写作她会学会的，但扩展自己的知识、获得真正的专业更为重要。大多数伟大的记者都没有读过新闻系！

应该说，这句话很有道理：普罗斯库琳娜同事中三分之二的人真

---

[1] 奥丽奇卡是奥丽娅的小称、爱称。——译注

的与新闻系没有任何关系，在他们的高等教育证书上（如果声名狼藉的证书真有的话），"专业"一栏五花八门。总之，刚成为技术大学的学生，奥丽娅就把《昨天·今天·明天》认定为最著名的、能完全满足她追求的出版物，并且连续两年多准时去编辑部，像上班一样，或整理信件，或跑商店，或去某个地方办差。与此同时，她一直在写东西并将它们交给主编审阅。

简而言之，她苦磨穷缠，有时能达到自己的目的——报纸上不时地会出现一些署名为"奥莉嘉·斯特列利尼科娃"的短文。

起初，普罗斯库琳娜并没有太关注自己的实习生——自己的事情都忙不过来。她做的，只是布置任务：你要完成并且报告。但事与愿违！姑娘不会独立地工作，而且几乎到了匪夷所思的地步。你刚想集中精力做点什么，这个美人就会及时出现！要么又来提问，要么带来一个"令人惊叹"的故事，建议一定要写下来发表！这一切不能不令人恼怒，尽管卡佳向来性情平和。

斯特列利尼科娃关于卡佳身体的问题是"最后一根稻草"[1]，它使得卡佳从座位上一跃而起，奔向厕所。占着整个墙面的大镜子明白无误地显示，同事们是对的，她看起来形象欠佳。眼睛红红的，皮肤苍白，头发蓬乱。头依然很疼。连续两天了。这个礼拜六真是让她够受的！

她匆匆地化了下妆，服下一片药，然后跑去参加计划会议。感谢上帝，一切都很顺利，没有什么争论冲突，都在按通常的工作程序进行。先是浏览了媒体，然后听取了意见，分配了任务，最后，真诚地嘲笑了一番自己的"杰作"。

---

1 谚语"压倒骆驼的最后一根稻草"源自阿拉伯寓言，意思是说事情发展已经到了极限的临界点，再加量一点点就会使之崩溃。——译注

例如，整个夏天，报纸都发布河流和水库的温度信息。直到上周，有一位女士打电话到编辑部，批评说，某某区的一条河流完全错了，张冠李戴！查一查地图就那么难吗？当然，不难，但是，信息是卫生站提供的，所以觉得来源应该是可靠的。

下一"杰作"依然与水有关，并且出自斯特列利尼科娃的手笔，是她和图片编辑合作的作品：作为对关于捕获一条50公斤重鲶鱼的短文的插图，他们设法对河流及其所有支流做了镜像描绘。读者又打来电话："你们画的西德维纳河流向错了！"

听到批评后，实习生的脸红得像煮熟的虾一样，她垂下眼帘，躲到同事们的背后。卡佳看了她一眼，宽容地微笑了一下：也许以后还会有！唉，新闻行业不可能没有错误，有时还会出现明显的失误。但是，如果这些失误只是引起一些微笑，而不是正式的驳斥，或者法庭诉讼（上帝保佑，千万不要！），那就最好了。姑娘无法抑制的积极性毫无疑问地显示，她会经历很多。

"当年，我也是这样起步的。"普罗斯库琳娜怀旧地叹了口气。"唉，年轻的岁月、彩虹般的梦想、不屈不挠的能量都去哪儿了？一切都是要付出代价的，包括经验和智慧……用生命中的那些时光。"

"卡捷琳娜·亚历山德罗夫娜！"过了一会儿，好像什么也没发生过一样，斯特列利尼科娃又在"头儿"的桌边摇晃着她的卷发。"如果您觉得不舒服，明天就待在家里。我自己来完成'秋天的故事'：几乎所有的来信都读了，做了排序分类。'乔治·桑'也同意，我刚刚征得了她的允许，她也让我自己来完成这个工作。您可以歇一歇。"

"乔治·桑"——大家在背后这样称呼主编叶甫盖尼娅·亚历山德罗夫娜·卡莫洛娃。是什么时候，又是谁从她的名字和父称出发创造出这样一个令人羡慕的外号已经没有人记得了。但它听起来令人印象深刻，并与主人的性格对应：一位意志坚强的女士，对待男性相当宽容，对待女性则非常冷漠。当然，必须承认，她与每个人交谈时都很有分寸，十分得体，无懈可击，绝少提高嗓门。但如果有谁撞到她的枪口上，那我们对那个人只有同情的份了。

在共同工作的十年里，卡佳和主编之间建立起了特殊的关系。在领导休假和出差时，正是普罗斯库琳娜正式但又非公开地代行她的职责。可能，因为卡莫洛娃非常清楚，与有些人不一样，卡佳甚至想都不会想要取代她。卡佳既是她的左膀右臂，又是单位里的主力：她写得又多又好，从不逃避工作，从不请病假，即使在医院里治疗的时候，她也继续干活，通过电子邮件转发材料。幸运的是，现在是信息技术时代！此外，普罗斯库琳娜构建起了大量重要的人脉关系，这都是千金难买的，了解她和尊重她的人，远远超出了编辑部同仁的范围。

叶甫盖尼娅·亚历山德罗夫娜在坦诚相待和环境选择上是非常谨慎的，她喜欢在她的像小柜子一样的办公室里和卡佳单独相处，喝咖啡聊天，商讨事情。她们不是完全意义上的朋友，但能彼此在对方身上寻找到支持和理解。当然，把她们关联在一起的首先是报纸。

让卡佳更觉得惊讶的是，"乔治·桑"会同意实习生去完成"秋天的故事"，这个项目实施已经不止一年了，而且公认为是普罗斯库琳娜的选题。

"可以歇一歇，就是说……"她机械地重复着斯特列利尼科娃的话，眼睛没有离开电脑显示屏。"可以很长时间？可我一切都还好啊。我很好奇，主编还同意什么了？"

"还有，她说，您已经很长时间没有休假了。早就该让您放松一下了，我可以帮忙。"

"在年底，工作多得难以胜数的时候？这可不是好消息。"卡佳这样告诉自己。"显然，斯特列利尼科娃很快就会成为'乔治·桑'的宠儿。有趣的是，我想知道她在报社里将占据谁的位置？好像没有空缺啊。"

"谢谢你，亲爱的。你已经帮我了……"普罗斯库琳娜停顿了一下，迅速地想着再补充点什么，让这个暴发户清醒些。但是，脑子里一个聪明的想法也没有出现。"好吧，管她呢，让她干吧。"她慷慨地原谅了这个女孩。"请把选出的信拿来。"

"那文章呢？"

"你文章都已经写好了？"她略感惊讶，心想，看来最近得让斯特列利尼科娃的热情冷却一下。"好吧，把它发到我的邮箱。我也拿出自己的材料，看看。"

"OK！"姑娘瞬间消失了。"只要一有电脑空出来，我就发！"她的声音从把卡佳和其他员工的工作区域分开的隔板后面传来。

跟往常一样，一天在不知不觉中飞快地过去。一切照常，一会儿埋头于文章之中，琢磨着再为这一期报纸增添些什么，一会儿去关注某个新闻，一会儿浏览从莫斯科传来的版面，一会儿出去抽口烟听听新鲜笑话……快到下午四点钟的时候，编辑部里熟悉的面孔全部更新了，一些人出去办事了，另一些人带着新材料回来了。

卡佳把一些准备好的简讯发往校对员的文件夹，接着决定在网上核查一下某条信息，同时看看一位重要官员对法案修正案的评论是否已经寄回来了——他是在电话里口述的，所以要审看。与这些人合作真是太不容易了，每句话都要征得他们的同意。稍有什么差池，你就等着被起诉，进行道德损失的赔偿吧！

官员那里没有回音。普罗斯库琳娜用电子词典确认了几个吃不准的术语的含义，查了查新邮件，然后看了下每日计划簿，重重地叹了口气：工作无穷无尽，周末真不该去那里。首先要做的是修改对雕塑家杜金采夫的采访，他最近获得了一个很有名的国际奖项。他的生日是在这个星期四——为什么不安排点让他愉快的事情呢？

快到晚上六点的时候，执行秘书终于把这期排好的版样送往印刷厂，而普罗斯库琳娜办公桌边出现了主编的身影。在所有的优点之外，"乔治·桑"还有一个独特的本领，那就是不易察觉地消失和出人意料地出现。

卡莫洛娃在对下属要求颇高的同时，自己以身作则，可以说，她白天和黑夜都是在玻璃隔断后面的小房间里度过的。她是在什么时候、又是如何打点家务，教育自己那个非婚生孩子的，没有人知道。

"卡佳，我知道你不太舒服，但我别无选择。明天早上你可以睡睡足，中午时你带上韦尼亚和司机，跑趟机场。"

"发生什么事了？"普罗斯库琳娜抬了下头。

"拉娜·索斯诺夫斯卡娅和经纪人要一起来明斯克，待一天一夜。他们有拍摄。我们要有人出席新闻发布会。"

"直接在机场？"

"是的，在机场贵宾室。有传言说她将乘自己的私人飞机抵达。"

"那架她未婚夫答应送给她的飞机？"普罗斯库琳娜笑了一下。"太棒了！一年前，在俄罗斯，还没有人听说过她，现在，所有的通俗报刊都靠索斯诺夫斯卡娅的名字来提高发行量：寡头斯涅日金差不多是未婚夫了，经纪人则是古别尔曼本人。贵宾厅里的新闻发布会……还是什么，女神！你看着吧，一年后会派她去参加'欧洲电视歌曲大赛'。只是这位女士除了未婚夫的钱包之外什么都没有：既没有嗓子，也没有天赋。但是，原先的生活里有多少有趣的东西啊！"

"卡佳，我赞同你的冷嘲热讽，但莫斯科要求做索斯诺夫斯卡娅的返乡报道。"

"哇！"普罗斯库琳娜笑道："比我想象的还要酷。她在这里有什么活动?"

"参加两个脱口秀节目,在第一频道和央视,还有……你几乎猜到了:她打算一年后参加'欧洲电视歌曲大赛'。计划从春季起,开始欧洲巡演。"

"什么巡演???"卡佳差点呛住。

这条消息使她惊讶,身体从桌子边弹开。

"什么巡演?她的声音听上去像野鸭叫一样!除了皮肤和脸蛋,什么都没有!"

"这已经不关你我的事了。总之,明天三点你应该在机场。最好星期三能出报道,但这不现实,我们来不及,而且飞机也可能会迟到。这些明星总有一些与众不同的地方。这样,你就计划礼拜四出稿子。"

"说什么也不行!礼拜四我有雕塑家杜金采夫的采访。这是一。第二,为什么要我去?"

"因为明晚我要去莫斯科,不可能亲自看材料。而一切都应该做得最好,像该做的那样。"

"谁该做的?"卡佳哼了一声,坐着椅子滑到桌边,再次盯着电脑。"假如有人决心写出真相就好了……"她嘀咕道。

真相就是,斯维特兰娜·索斯诺娃是个漂亮但没有任何声乐才能的女孩,在莫吉廖夫的文化教育学校毕业后决定去明斯克试试运气。没能考进文化大学,但没关系,斯维特兰娜是个执着的姑娘,她立刻嫁了人并继续着征服首都的尝试。毕竟,她从小就梦想成为一个明星。想方设法去电台、电视台,去模特公司参加选拔,但都不成功!明斯克这座英雄城不向她敞开怀抱!

于是,她尝试了另一种方法,在一家广告公司做送递员,而公司老板不是别人,正是叶甫盖尼·斯捷克洛夫———一位年轻的、才华横溢的作曲家，初出茅庐的音乐制作人，高官的女婿。正是得益于他，两三年之后，索斯诺娃已经在大学里学习，并且作为歌手首次亮相。而斯捷克洛夫，顺便说一句，接受过高等音乐教育，他为自己最喜爱的人聘请了一位声乐老师，自己则担任制作人，为此，斯维特兰娜先是抛弃了丈夫，后来又为斯捷克洛夫生了一个女儿。但没有广而告之，因为叶甫盖尼·斯捷克洛夫断然拒绝与妻子离婚，不过认了孩子。

索斯诺娃把委屈埋藏在心里，就像当初来明斯克那样，她又秘密出发去征服莫斯科。在莫斯科郊外的朱科夫卡（这个地方因其居民富裕而闻名），她找到了母亲那边的一位远房亲戚。这个轻松活泼的乌克兰女人是著名的餐厅老板格里戈利·费克利斯托夫先生的管家，而餐厅的合伙人不是别人，正是非常及时和成功地和这一任妻子离了婚的阿尔卡季·斯涅日金。

一切是怎么发生的，没有人说得上来，但是，过了一段时间之后，报纸上出现了一个浪漫故事：在一次郊游中，寡头认识了正在采蘑菇的新歌手拉娜·索斯诺夫斯卡娅。这是在寡头身边的警卫像看院狗身上的跳蚤一样多的情况下发生的！而通常千米之外就不让任何提着篮子的"玛莎"[1]靠近他了！很快，斯维特兰娜匆匆地从母亲那里接回女儿，搬进了莫斯科郊外的一座豪宅。而叶甫盖尼·斯捷克洛夫则被彻底辞退了，因为现在索斯诺夫斯卡娅的经纪人是谢苗·古别尔曼本人，他打造明星就像在传送带上模压制造那样。

"一个现成的丑闻，轰动性事件，而所有的人对此好像都一声不吭！请问为什么？"

"卡佳，怎么这么不专业？你很清楚，古别尔曼与大众媒体和电视有什么样的关系。斯涅日金的能耐我就更不用说了。"

---

[1] 一位俄罗斯童话故事中在树林里采浆果蘑菇的女孩。——译注

"我知道，"她又嘟哝了一句，继续打着字。"'多家工厂、报纸、游轮的拥有者'……只是厌烦了。你读着关于迷人、纯真、丰满、才华横溢的索斯诺夫斯卡娅的文章，心里很清楚，这是个平庸的小人，这时，你会感到恶心。确切地说，她有才能——只是在卑鄙下流方面。叶甫盖尼娅·亚历山德罗夫娜，请您原谅，我不想写她。出于各种考虑。斯捷克洛夫，我并不同情，他是搬起石头砸自己的脚。但为他的妻子感到委屈。所以，在这件事情上，要么和盘托出，要么什么都不说。"

"不管你愿意不愿意，你必须要做。""乔治·桑"在短暂停顿之后坚定地说道，"你是个专业人士，所以，请控制住自己的情绪，完成任务。请把这看作是我个人的请求。你知道，并不是对每个人我都可以做这样的委托的……所以，回家，休息，集聚力量！"她把语气从命令改为信任。

"我不行。我要采访杜金采夫。"卡佳强调说。

"你可以推迟。我们下礼拜刊登关于他的文章。"

"这个礼拜四是他的生日！30岁，但已经获得了一个重要的奖项，在国际大赛上获奖！真是见鬼，因为某个吹出来的明星，这么精彩的材料要泡汤！"普罗斯库琳娜怒气冲冲地脱口而出，"在这样的时刻，我是多么地痛恨自己，痛恨这个新闻业！不，叶甫盖尼娅·亚历山德罗夫娜，您就不要要求了。我不能。另外，明天维塔利克从红海回来，我想早点回家。我顾不上这位索斯诺夫斯卡娅。"

"我明白，"主编平静地听完卡佳的话，点了点头，"但也请你理解我：假如我留在明斯克不去出差，我会把这个采访委托给其他人，比如说，给那个斯特列利尼科娃。她可是一个劲儿地要投入战斗。"她意味深长地补充道。

由于惊讶，普罗斯库琳娜停止了在键盘上的敲击。而这一不由自主的停顿则赋予了"乔治·桑"最后一句话以特别的意义。

"她暗示什么?"卡佳今天第二次警觉起来。

"不过,这里有两个'但是',"卡莫洛娃叹了口气继续说道,"第一,她没有名气,而关于索斯诺夫斯卡娅的采访只应由名记者来写。第二么……对于进行独立工作而言,她还嫩了点,真要去写'耸人听闻'的事件,会力不从心。因此,还是让她做完你的'秋天的故事'项目。顺便问一下,你有没有看过她的文章?觉得怎样?"

"我觉得,至少可以删掉三分之一。"

"我同意。但总的来说,对于新手而言,还算不错。我们在礼拜六拿出双签名的材料。""乔治·桑"仔细地看了一眼卡佳,注意到她故意盯着电脑,试图淡化不愉快消息的影响:"她真该正儿八经地开始做了。从莫斯科回来,我自己把文章弄完,你可以在礼拜五休息一下。"卡莫洛娃住口了,但是,显然是感到了尴尬,依然停留在原地。"你累了,卡佳,我知道,"卡莫洛娃把手放到她的肩上,亲切地说道,"相信我,让斯特列利尼科娃帮忙,我只是想为你减压。尤其是,你现在又有一项新的重要任务。"

"好吧,那就听您的。"普罗斯库琳娜同意了,语气里没有特别的热情。

"我就说嘛,"主编微笑着说道,"除了你,还能有谁?"

"任何人!"卡佳几乎是脱口而出,"任何人,包括斯特列利尼科娃,都可以轻松地去机场并且炮制出这篇愚蠢的报道文章!我对维塔利克怎么交代?最早也要九点左右才能回到家。还好没有孩子,丈夫又耐心。"她苦笑了一下。

"最近一次就诊,大夫怎么说?""乔治·桑"好像听出了她的想法,便完全改用信任亲切的语气。

"让我们安心。"卡佳还没有从不愉快谈话的印象中摆脱出来,不情愿地回答道。

"什么时候再做人工授精?"

"两周后。"

在同事里面,卡莫洛娃是唯一知晓卡佳有妇科疾病的人。当年,她自己在生孩子的时候也吃尽了苦头,两次流产,在医院里双腿高抬躺了差不多九个月。总的来说,怀孕是能使卡莫洛娃对女员工不仅更加友好而且宽宏大量的唯一原因。但是,一旦年轻的母亲决定上班,"乔治·桑"便立即要求她全身心地投入工作。不会因为有小孩而给予任何的宽容和优惠。道理铁一般的坚硬,如果你回来上班,那就干活,干不了,就待在家里。

她始终记着自己的过去,在苏联解体后那段混乱的时光里,当所有的一切眼看着分崩离析的时候,她的家庭也坍塌了。善良的人们告诉她,她躺在医院里保胎,她丈夫常去看望她的女友。她怀抱吃奶的婴儿,咬紧牙关,埋藏情感,赶走了丈夫,雇了个保姆,担任了一家俄罗斯报纸地区出版的领导。

她坚持了下来,也提升了报纸的水平。执行编辑的名字一直在变,报纸本身也重新注册了多次,员工离职的,新加入的,来来去去,但主编依然是同一个人。顺便说一句,卡莫洛娃再也不交亲密的女友了。

"好,愿上帝保佑!只是,如果可以的话,请稍微再忍一忍。一月份,谢尔巴科娃产假结束,而斯特列利尼科娃正好开始毕业前的实习。你再教她一段,然后可以去休产假。"叶甫盖尼娅·亚历山德罗夫娜轻轻地拍了拍她的肩膀,转身走了,留下了那些话让她咀嚼。

"她真会培养斯特列利尼科娃来坐我的位置吗?"卡佳不愿相信这样的事情。"落到这种地步了⋯⋯看起来,轮到我要为阳光下的好位子斗争了。好吧,让我们看看,谁能战胜谁!"

印刷厂确认这期报纸一切正常，等到这一消息之后，卡佳做出了与卡莫洛娃建议相反的决定：留在编辑部。她想尽快消化掉不愉快谈话的影响，冷静下来。在这种情形下，首选良方便是工作。

"把关于雕塑家的文章写完！"她给自己下达了命令，随即打开草稿文档并按下了采访录音机的播放键。

但是，还是难以集中注意力，那些想法一直在脑海里萦绕：阴险的女实习生，忘恩负义的"乔治·桑"，在错误的时间飞来明斯克的索斯诺夫斯卡娅，永远不要放松，更不要吃老本。

她还是费了点心思写完了采访文章（感谢上帝，杜金采夫是老朋友，完全信任她，所以不要求再审看一遍稿子），她机械地把文章存入礼拜四的文件夹并关上了电脑。

卡佳看了一眼电子钟，开始收拾东西，突然感到饿了。真难以置信。一天里，除了咖啡、小巧克力棒和一个苹果外，还没有吃过任何东西。

"去哪里吃个晚饭？"她心里想着，朝停车场上自己那辆"宝马"车走去。"但又不想一个人去吃。家里的冰箱空空如也。最好去商店看看。"

她刚发动汽车，手机就响了。

"哎，你好，邻居！"莲娜在电话那头招呼道，带着对于她很罕见的冷淡口吻。"我想去你家看看你，说说话，但你不在。顺便说一下，现在差不多是九点了。"

"我的日子你过一天试试？"普罗斯库琳娜想，没有感到任何的不快，她清楚地知道，她是女友最关心的人。

莲娜在语言大学读五年级的时候成功出嫁，之后她一天都没工作过，也不打算工作。尽管如此，她的日程都是按分钟安排的！美容院、健身课、精品店和展览会占据了所有的时间和精力。尽管忙碌，也要面面俱到！与此同时，还要培育儿子（安排进入好学校，找一位有名望的家庭教师！），操持家务（有一个好家政现在是个大难题，你找找试试！），打点丈夫的衣柜（连袜子都应该凸显他的地位！），和丈夫一起出席剧院的首演式、各种派对，陪他参加宴会，有时还要陪着到国外出差。与此同时形象上要尽善尽美！

　　在科列斯尼科夫夫妇的熟人圈子里，大多数妻子忙碌的是同一件事——竭尽全力与丈夫的地位相适应。很明显，莲娜在她们中间没有朋友。原因还是在于突出的外貌、青春，部分是性格。她对所有这些呆笨迟钝的女人非常宽容，据她说，和这些人只能谈谈天气，扯扯八卦。上帝保佑，不要让自己说出哪怕一点点的心里话！不然的话，到第二天，它们就会变成各种各样的故事，给你带来麻烦。也正因为如此，她才会被卡佳吸引：卡佳既聪敏，又过着完全不同的生活，既能与之讨论商量，又能与之分享内心的秘密。此外，普罗斯库琳娜几乎与莲娜同龄，比其他人更理解她。

　　她们大约七年前是在一家医院的妇科诊室里认识的，当时，一个保胎，一个检查不孕不育。两人在双人病房里一起住了三个星期，结下了深厚的情谊，以至于莲娜分娩前夕她们每天都要通几回电话！

　　科列斯尼科夫夫妇的儿子出生之后，她们的交往变少了：一个要养育幼儿，做家务，另一个忙工作。假如科列斯尼科夫夫妇和普罗斯库林夫妇没有纯属偶然地都在某栋新的高档楼宇的同一单元里购买了住房的话，那么，随着时间的推移，这一友谊非常有可能会最终消失。当然，银行家居室的面积比普通商人与文坛女将购得的平方数大一倍，但这并不重要。

　　两个女人之间的关系达到了新的程度。令人惊讶的是，完全不同的生活方式不仅没有使她们疏远，反而更接近了。莲娜会张着嘴，无比投入地接连几个小时听卡佳讲述与有趣的人会面的情形和同事的故事。普罗斯库琳娜则获得机会，纯粹出于职业的好奇心，去窥探另一个她难以理解的世界。这是一个巨额财富的世界，一个围绕着财富蒸腾着情欲、流言和阴谋的世界。但每个人有选择道路的自由，两位密友也以自己的方式感觉幸福：莲娜是作为一个女人，卡佳更多是按男人的标准，因为她无法想象一个没有工作的自己。

"……刚离开编辑部。"普罗斯库琳娜启动了刮水器。"工作很多，'乔治·桑'又派了一个采访要人的任务。"

"得了，不要找借口。"女邻居打断了她的话，停了一下，仿佛不经意地补充道，"我想，你是和拉德舍夫在一起吧。"

"你为什么这么想？"卡佳吃了一惊。

"难道她看到我们在院子里接吻了？"卡佳胸口发冷。"不可能，伊戈尔是一步也不会让她离开自己的。"

"我不知道……昨天，你，用英语的表达来说，是如此可疑地消失了。还好雅娜告诉我们说，你乘公共汽车回明斯克了。你该说一声的。"

"我说过，礼拜一我要出新一期的报纸。"卡佳试图保持冷静，神经质地用手指按了一下点烟器。"有什么可疑的？你们可以甚至每晚都参加派对，坐到很晚，而我，一旦明白晚上12点之前到不了家，就要快速想好怎么回去。"

"总的来说，你是对的：我们快半夜一点钟的时候才回到明斯克。"科列斯尼科娃表示同意。"当时我想马上去你那儿看一下，但伊戈尔不放。"

"当然喽！你可是个真正的妻子，要为他唱摇篮曲。对了，你为什么用这种口气？你对我有怀疑？"

"有怀疑。"

"怀疑什么？"

莲娜停顿了一下。

"礼拜六你在米哈雷奇那里的表现太奇怪，眼睛熠熠发光。或许，是喝多了，或许……"

"确实是喝多了。"没等下一个"或许"被说出来，卡佳立刻终结了这个危险的话题。"今天我的头还疼着，几乎没法起来上班。听着，我要赶紧去商店，家里什么都没有。我一到家，就告诉你。你来吗？"

"不……今天不去了。我想睡觉。伊戈尔刚才坐飞机去了莫斯科，而我，周末之后，怎么也恢复不了。我累了。"

"你看，连你也累了。好的，你休息吧。但是，等一下，你为什么突然问我拉德舍夫？"

"有原因的。礼拜六的时候，所有的男人都只关注你。连拉德舍夫也是。我第一次看到你有这种情况。顺便说一句，昨天傍晚，打猎结束之后，整队人马都转到格里戈利和雅娜那儿去了，所以我们回来也晚了。瓦季姆在那里就关心你去哪儿了。"

"所以你认为我现在和他在一起？你可真是我的好朋友啊！"

"我什么都没有认为！只是……他后来也变得沉闷起来，与前一天不一样，既不开玩笑，也不说俏皮话。在桌上他一直沉默，沉默，然后突然开始收拾，就和朋友们一起走了。"

"拉德舍夫先生甚至没有跟你说再见吗？"

"怎么会呢？和我是说再见了，甚至还留了一个电话号码。我可以给你。"

"谢谢，我没什么用。"

"如果这样的话……那好吧，就这样。明天我们再聊。"

"明天不太可能。你忘了？维塔利克要回来了！"

"啊，我忘了。遗憾。伊戈尔要到礼拜四回来。不然咱们可以聊两个晚上。"莲娜叹了口气，"好吧，让我们等待维塔利克的回归吧。"她有点神秘兮兮地补充道。

"什么意思？"

"没什么。"

"明白了……我觉得，你这是与波列沃娅交往过多，受她影响了。"

"嗯，在某些方面她是对的。"

"比如说？"

"比如，她说'平静的水里藏鬼怪'，'礼拜六至少要带上你'。"

"莲娜，够了！"卡佳果断地打断了她的话，"你要么一小时后到我这里来，我们把一切解释清楚，要么继续和柳德米拉去扯这个话题！"

"你别生气么。"莲娜变换了语调。"不管和谁，但和她我肯定不会谈私人话题！"

"是什么私人话题？"

"我稍后告诉你。"科列斯尼科娃摆了个迷魂阵，"我的猫又在那里闹腾，一会生病，一会要打针。"她突然转换了话题，"已经三天了，晚上在那里大喊大叫的。"

"最好带它去和公猫约会。"

"说什么呀？我们这只猫血统纯正，要找的话，也要让莫斯科俱乐部给它找一个骑士。"

"那去找呀。老实说，对于完美幸福而言，我只缺少对你猫的关心了。各种信息搞得头都胀了。莲娜，我得走了。"她瞥了一眼仪表盘。"马达要烧坏了。"

"你那车没什么东西会烧坏的，不久前你刚做过检测。"科列斯尼科娃提醒她，语气里带着委屈，"以前，你在开车途中都会和我聊天。"

"那是以前。今天我读了交警的最新通报，明白不能再这样了！交通安全第一。顺便说一句，我也建议你遵守。"

"眼下我还没有车，你忘了还是怎么？……好吧，我觉得，今天和你说不到一块。"莲娜重重地叹了口气，"晚安。"

"晚安。再见。"

卡佳将手机放到膝盖上，打开前灯并推动自动变速杆。

"莲娜是在猜疑着什么。"她驶出停车场，懊恼地想，"还提起了拉德舍夫。我一整天都在试图把他、把礼拜六和打猎的事情忘掉……但是，最终却这样！要么，再回去，工作一会儿？"她抬起头，看了一眼编辑部亮着灯的窗户。"不，已经很晚了。去买点食品，然后回家。"她突然想起手上卢布所剩无几，"要去有兑换点的地方。"

卡佳开车来到扎斯拉夫街上的超市，换了钱，拉过手推车，把在饥肠辘辘时觉得可口的所有东西都一股脑儿地扔了进去，来到结账柜台时，觉得再没有力气忍受饥饿了。她边与良心的谴责进行着搏斗（这个时候吃白面包！），边掰下一小块面包，悄悄地塞进嘴里，叹息道："我不该来商店。"

自从医生安排第一次激素疗法、她的体重开始增加之后，购买食物的任务就落到了维塔利克的身上。他每个周末去市场，如果需要的话，下班后也会去超市看看。

结完账后，卡佳把推车中的东西装进两个袋子里，又从长棍面包上掰下一小块，塞进嘴里，咀嚼着朝停车场走去。在她那辆小汽车旁边停着一辆黑色的大型路虎揽胜车。她觉得这辆车有点眼熟。

"好像，那天停在猎人屋边的正是这辆车。可惜，车牌号码我没记住。车里没人……车主人是谁？"她砰地关上后备厢盖，饶有兴趣地看了一眼旁边的车。

她把长棍面包带进车厢，放到座位上，发动了引擎，但没有立即上路，她决定等等。好奇心占了上风。等待的时间不长：很快，左边先是传来报警器发出的嘟嘟声，并且看见它闪了几下，接着听到后备厢盖关闭的声音，一个留着黑色长发的女郎坐到了副驾驶的位置上，一个男人在她身后关上了车门，随即从车子后面绕过来走向驾驶座。卡佳试图看清他的脸，便探出头去，但立刻又缩了回来，把身子埋进座椅中，人几乎滑到了方向盘的下面：开车的是瓦季姆·拉德舍夫。

他打开车内的灯，撕下CD盒上的塑封。几秒钟后，灯光熄灭了，车厢内映着液晶显示屏泛出的幽光，扬声器发出轰鸣声。那女郎笑着，身体趋前，手伸向控制面板。声音变轻了。接着，她转过身，对着瓦季姆，亲了一下他的脸颊。

终于，汽车慢慢地开了出去。看着渐渐远去的后侧灯，卡佳从方向盘下挺起身子，闭上了眼睛。"这就是需要证明的一切。上礼拜六的晚上，我的位置上可能是任何一个其他人：那个莲娜，那些乡村美人。要知道他真诚地提醒过，狩猎中最主要的，是明白谁猎捕谁。原来，我只是个猎物。而我自己这个傻瓜，还真相信了说我是如此特别的那番话。感谢您给了我这个教训，瓦季姆·谢尔盖耶维奇！呵，真是多么好的一天啊！"她把目光转向左边，已经有另一辆车停到了刚空出的位置上。这家商店正以突击的速度完成面临的任务——向那些被耽搁的人们提供吃喝。"忘了吧！什么都没有过，现在也什么都没有！"卡佳仔细地从膝盖上把面包屑收集起来，放入烟灰缸，随后毅然决然地挂上倒挡。"就像没有也不会再有先前的叶卡捷琳娜·亚历山德罗夫娜·普罗斯库琳娜一样……"不知怎的这个想法跳进她的脑海。

4

……深夜里的各种梦境这次融汇成一个彻底的噩梦。依旧与狩猎有关：人们穿着迷彩服，但不知怎的，扛着战争期间的德国机枪，茂密得难以穿行的丛林代替了通常的混合林，枪声、狗吠……同时，确切地说，他们正在猎杀她，而她正试图隐藏、逃脱……但是只要她一脱离追逐者并且松口气，某种龇着牙的莫名生物的可怕形象就会出现在她的眼前……

噩梦里那些闪电般的转折有时是如此骇人，会吓得你从床上蹦起，跌跌撞撞地冲进浴室，用水冲脸。但这无济于事，一旦脑袋再次触碰到枕头，深夜梦境又瞬间充满了那些奇怪、恐怖的角色。

卡佳又一次从床上跃起，浑身都是冷汗。她觉得再也没有力量去抗拒缠人的噩梦，便无望地起身走向浴室。她在水帘下站了，更确切地说是坐了不知多久，然后，用毛巾裹住湿漉的头发，披上浴袍，坐到梳妆台前，低下头，陷入了沉思。

"明年我要33岁了……年轻人，就那个斯特列利尼科娃，早就在背后叫我卡佳阿姨了。对他们来说，我确实是'阿姨'了。问题不仅仅在年龄的差异上：当年考新闻系时怀揣的改变世界的愿望远去了，几乎消失了。有什么可装的，当时，我当然想扬名，成为名人。但这不是主要目标。积累生活经验和写书，这才是我的夙愿。只是这个梦想被淹没在数不胜数的访谈和报道中，消退到了最远处。诗歌写得越来越少。勉强来得及通过报纸上枯燥简约的几行字向人们通报已经发生的事实。每天这样的写作令人恶心（真正意义上的），视力在下降。在旁人看来我是一个名人，有趣的工作，物质条件有保障，正如人们常说的，一切都有了。但实际上呢？难道，我会一直做记者，追着各种各样的索斯诺夫斯卡娅，直到退休吗？不，应该改变些什么……维塔利克快回来吧！"

她打开一瓶面霜，把一层半透明的白色的面霜涂在脸上，用指尖轻轻地拍打皮肤，随后起身去厨房煮咖啡。对面房子的窗户闪烁着明亮的光线，街上的行人和车辆越来越多。咖啡机在加温，卡佳几乎是惊讶地注视着窗外的一切，她都不记得最后一次是什么时候这么早起床的。她通常睡到最后一刻，起来后匆匆喝下滚烫的咖啡，飞也似的出门，在车流中赶着上班。从来没有过多余的一分钟，可以在窗户边停留。

终于，她停止了对正在醒来的城市的观望，把空杯子放到水斗里，看了看钟。还只是早上七点，但一点都不想睡。确切地说，是不想与那些折磨人的噩梦进行新的搏斗。而这发生在完全可以赖在床上的日子里！

"但还是要再躺一会儿，不然上班时会撑不住的。"卡佳洗去脸上的面霜，穿着睡衣直接钻进了被子，出乎意料地沉沉睡着了。

普罗斯库琳娜到编辑部的时候，计划会议正要结束。这次是罗索马欣主持。他是文坛巨擘，苏维埃时代的小品文大师，当今报纸上大多数讽刺和可笑的标题的作者。此刻他显然心情不佳，喃喃地在嘀咕着什么，像在读祷文，要想在独白中捕捉到他对这个或那个事实的态度，哪怕是些许暗示，都是不可能的。所有在场的人对此倒是颇为满足，大多数人安静地坐在椅子里打瞌睡，甚至有人打起鼾来。

"现在要开始了！"卡佳笑了一下，根据经验，她知道，在计划会议接近尾声的时候，罗索马欣一定会摇身一变，开始插科打诨，用些幽默段子来使大家振作。

果然这样。

"应该特别关注的最后一条消息：'大众媒体打鼾顶级会演'民间竞赛的奖项业已确定。评委一致决定将大奖授予我们编辑部成员，英雄父亲韦尼阿明·波久尼亚，大家鼓掌！"他意外灵巧地将自己庞大的躯体移近摄影师，并用香肠般的手指拍打着他的肩膀。

暂时处在离婚状态、但有一定数量的正式和非正式婚姻以及三个孩子的波久尼亚（正是由于这个原因他被罗索马欣命名为英雄父亲）[1]一哆嗦，很不情愿地睁开眼睛，费力地将目光集中到责任编辑身上。

"我们必须要拍一张获奖者的照片，并且要放到头版！最好安排在工作环境里。一定要有鼓掌的同事们在背景上出现。"罗索马欣开始一本正经地描述任务。"怎么样，您理解我的意思，您是专业人士！"

还没有完全清醒过来的韦尼阿明快速地眨了眨眼睛，机械地点了下头，伸出手去取相机，同时困惑地环顾四周。

"拍谁啊？"他问坐在边上的卡佳，尽管是耳语，但发出的声音却很响。

顷刻间爆发出的笑声席卷了整个编辑部，使周围房间里那些与此无关的人都羡慕地看着会议室紧闭的百叶窗。好像，最有趣的一幕开始了，罗索马欣马上就会变成演员，并把这出戏演到底。但这没有发生，神情忧虑的"乔治·桑"探头朝里看了一眼，干巴巴地打了声招呼，问是不是有什么问题，当听说"没有"后，就让罗索马欣和阿特罗先科到她那儿去一下。

可能是指自己的妻子，也可能是指主编或者是自己两个已成年的女儿，罗索马欣并无恶意地嘟囔了一句"我们都被女人踩在脚底下"，晃了晃那头变稀的蓬松头发，喘着粗气朝卡莫洛娃走去。亚历山大·彼得罗维奇·阿特罗先科则停顿了一下，以显示自己的尊严，随后，不紧不慢地跟了过去。

计划会议结束了，大部分人笑着走到门廊里：抽口烟，再议论一

---

[1] 苏联时期，为表彰生育多子女的母亲，曾设立"英雄母亲"奖章，这里反其意而用之。——译注

下罗索马欣的笑话,还有卡莫洛娃的淡漠:要么她对所有人所有事真的没意见,要么心思已经在莫斯科了?她上班迟到了,从来没有发生过……

对今天"乔治·桑"如此反常的行为,大家做了各种各样的猜测,一致觉得最有可能的三个原因是生病,坠入爱河,为出行集聚力量。还有一个主要结论:最近几天肯定会有人被撵走。带着这种不悦的感觉,大家返回到了各自的工作场所。

借助互联网上的资料,普罗斯库琳娜为关于索斯诺夫斯卡娅的文章准备了一个"骨架",随后,她开始给参加"秋天的故事"比赛的读者写回信。总的来说,按新的规定,现在这已经不是她职责范围内的事情了。当然,按老规定,也不是她的事:编辑部极少回复读者的来信。但是,有时来信中的话语非常感人,因而卡佳常常主动回复。特别是有人在信里讲述爱情、远不总是幸福的爱情的时候。感觉到他们需要支持,哪怕只是一两行字也好。

……去机场时,司机带着卡佳开足马力,像飞一样:由于波久尼亚的缘故,他们要迟到了。在会计部,波久尼亚名下总有一堆执行票。自然,正式工资根本不够养家糊口,而且,他又是个有责任心的老爸,因此,他到处挣钱,不管什么人什么事都拍——写真、婚礼、纪念日、生日派对。韦尼奇卡[1]在专业上很出色,因此,所有的顾客都很满意,把他推荐给自己的朋友、熟人。订单数量不断增加。比如,今天,他预约要去妇产科医院,因为他在为一位著名商人拍摄家族照片编年史,因此不能错过家族长孙出院的历史瞬间。

出于对韦尼奇卡后代物质福祉的真诚关心,卡佳和司机一直在产院门口等着,直到他拍摄结束。然而,当这一又增添了一名新成员的

---

1 韦尼阿明的小称。——译注

商人家族坐进两辆奔驰轿车和两辆吉普离开之后,他们发现,等待是徒劳的,客户还要求记录下新生儿来到乡间别墅的时刻。

普罗斯库琳娜在心里骂了一句韦尼奇卡,从包里摸出一只旅行用的数码相机,检查了一下电量,和司机一起,驱车朝机场疾驰而去。正如预料的那样,他们没能在指定时间到达,迟到了20分钟左右,索斯诺夫斯卡娅也好,她的随从也好,都没有看到。

沮丧的卡佳开始沿着机场内长长的走廊跑来跑去,遇见穿制服的人就出示记者证,并问同样的一个问题:"哪里可以找到索斯诺夫斯卡娅?"工作人员们都小心翼翼地看着这个衣冠不整、涨红着脸的年轻女子,只是以耸肩作答。

真不知道这还会持续多久,所幸的是,在机场的一间酒吧里,她遇见了正在气闲神定地喝咖啡的记者同行以及某个电视频道的采访团队。原来,大明星还没有起飞。

在此后的半个小时里,又有几名记者加入了他们的行列。他们又点了些咖啡,抽了烟,每人吃了两个干硬的三明治,顺便把自己的老板、索斯诺夫斯卡娅和她的经纪人以及三明治不可思议的昂贵价格都批了一通。他们交换了一下各自搜集到的信息,还聊了聊即将举行的新闻发布会。他们觉得,最有可能的是把所有的人集中到一个大厅里,做个新闻发布,让提两三个问题,就完了。就像常说的,下次再见。后面,你们去忙活吧,绞尽脑汁吧,为第二天的报纸炮制各不相同的报道(至少标题各异),而不是双胞胎一样的文章。

四点半的时候,韦尼奇卡飞也似的跑进酒吧,他眼睛瞪得很大,气喘吁吁,但还没来得及张嘴,就有消息传来:"到了!"所有的人都跳了起来,冲出门去,先是向右,然后向左,你追我赶,争先恐后,朝独联体国家班机抵达大厅奔去,最终,他们遇上了大歌星人数众多的随从:她的随行人员在领取行李。

索斯诺夫斯卡娅女士本人则被摄像机聚光灯照耀着，外表形象也因此好像完全改变了，她站在稍远处，迷人地微笑着，为挤在周围的粉丝们签名，其中也有不少机场工作人员。她的身旁是两个铁塔般彪悍的保镖，前面，是经纪人谢苗·古别尔曼，他在回答电视女记者的问题。这群人就像一团未被科学认知的毛虫一样，慢慢地向贵宾厅蠕动。显然，新闻发布会正是计划在那里举办。是啊……很用心。世界级流行歌星都未必能受到这种排场的迎接。

门打开了，入口处出现了一个健硕的、戴着眼镜的红发女士。黑裤子，像军靴一样的厚皮鞋，暗红色粗针织长毛衣，腰的部位系着皮带——所有的一切都再好不过地与她脸上的表情相协调——难以接近，甚至还有更好的比喻——凛然不可侵犯的中国长城。在把流行天后、经纪人和保镖让进贵宾厅之后，她朝前迈了一步，用自己厚实的身躯严实地堵住了通道，扯开嗓子喊道："请止步！电视摄制组先进。应该有三个组。"

她看了一下攥在手里的名单。"一、二……我看到两个，第三个在哪里？……没有第三个？那我们就勾掉……"她展示性地在纸上划了一条线。"现在是电台，五个电台……都在吗？请出示证件……好……好……好……这个台名单上没有……请退后一点，一会我们来解决……四、五……"

那个未被列入名单的电台的代表是个年轻女孩，她擦了擦涌出的泪水，顺从地退到一边。

"我在她那年龄的时候，口齿很锋利。"卡佳暗想。

"现在是报界。记者可以进，摄影师得等等。会给他们做专门说明。"

普罗斯库琳娜和韦尼奇卡交换了一下意味深长的目光，把证明递给了这位声如洪钟的女士，从她身边挤进了门，随即立即扑向小桌子，放上录音机。助理正在桌边为歌星扑粉、整理发型。由于可以摆放设备的地方很少，只有直截了当地争夺，同时，还要夺取能够"立足"的地方，只有最后几排还是空的。

"真应该坚持让主编派斯特列利尼科娃来。"卡佳讥讽地看着眼前发生的一切，"有人会把采访这种看起来像马戏表演一样的活动当作幸福，可我已经厌倦透了！"

新闻发布会最多持续了20分钟，活动的节奏显示，似乎对索斯诺夫斯卡娅和她的经纪人来说，这是已经令人厌烦了的迷你剧的又一场联排：带着像粘贴上去一样的灿烂微笑，大明星妩媚地说了两次话，但听不明白，经纪人则说了几句激情奔放的话。接着，摄影师们被放进大厅，允许他们使用闪光灯拍摄五分钟，随后，便宣布活动结束了，流行歌曲天后要赶去参加脱口秀节目的录制，已经迟到了。好不容易开始的活动就这样结束了。

众人颇感懊丧，开始慢慢地散开，边走边刻薄地讥讽、挖苦，有人甚至破口大骂。急着赶路的只有电视记者，他们的时间总是很紧，需要在路上就把材料剪辑好，马上提供给最近一档新闻播出。报纸记者并不着急，一些人还有傍晚、夜里和明天早上三个时段可以利用，另一些人（例如周刊记者）的时间甚至更多。此外，索斯诺夫斯卡娅计划在明斯克至少逗留一天一夜，或许，还会有机会相遇？

在大楼的出口处，记者们聚在一起抽烟，并得出了一致的意见。第一，从抵达时间来看，这位明星乘坐的是固定航班，因此，所谓作为礼物的私人飞机，极有可能只是一种寻常的公关噱头。第二，几家国家出版机构的同行未在机场出现不免使人猜测他们应邀直接去参加脱口秀节目了。

这肯定不会增添到场记者们的热情，不管怎么说，每个人都爱自己的报纸。但在这种情况下，生气也不值得，而且也不知道具体该生谁的气。但是，可以做些小小的坏事，例如只在新闻版的最后用一句话报道明星抵达的消息。但是，但是，但是……这些"但是"有一大堆。最重要的是，考虑到阿尔卡季·斯涅日金的庇护赞助以及他与当局的良好关系，上面下达了一条内部指示，要求用一切可用的手段并且只能从正面来报道介绍索斯诺夫斯卡娅的创作道路。不管怎么样，今天，对她回到故乡的轻视忽略可能会引来麻烦。

卡佳请韦尼奇卡在编辑部的车里等一下，自己则与原来的同班同学嘉丽娅·斯诺普科娃（现在叫爱丽丝·谢列兹涅娃）聊一会儿。她在一家时尚杂志社工作，出版商努力复制莫斯科的出版物，报道精英们的娱乐生活。在他们那里，材料的呈现非常醒目大胆，记者们知道如何小题大做，如何为初出茅庐的人、为想一夜成"星"的人无中生有地公关造势。只要客户付钱，没有什么办不到的。

还在组建阶段，杂志就邀请卡佳这位颇有名望的人物参与。无疑，在大型采访方面，杂志当然更胜一筹：报纸会在最有趣的地方让文章戛然而止或者将其压缩到难以辨认的程度。但是，每月一篇的大文章还是不能与每日鲜活的媒体相比！此外，根据与从莫斯科邀请来的主编的对话来判断，那里不像有真正做新闻的样子。于是，卡佳就把原先的同班同学推荐给了杂志，后者当时在生活中刚好遇到了些问题。

嘉拉奇卡[1]在一个大家庭中长大，童年时，她就给自己定下了目标，无论如何都要离开所在的小城镇。必须要说的是，对她来说，朝向预定目标的道路并不顺畅，但这个女孩有着极大的韧劲儿。尽管是经过三次努力才成功的，但她终究进入了大学，而此前则拿到了家乡报社的推荐信——她在那里的非专业岗位上工作了两年。

1　嘉丽娅的小称、爱称。——译注

人生计划中的下一个目标是在首都落户，唯一的途径是与明斯克居民结婚。年轻漂亮、身材苗条的她使尽浑身解数试图与首都精英的后代交往。但是，上层青年不接受她，女孩住在集体宿舍，穿戴并不时尚，哪儿也没去过，没见过什么世面。而且，说话也很可笑，用词、发音都很粗陋。

总的来说，嘉丽娅的第一次尝试以全败告终。不仅如此，还被迫做了人流。斯诺普科娃不想把诊断书交到院长办公室，所以只得到班长卡佳·普罗斯库琳娜那里哭诉，卡佳自然同情她，并为她遮挡。

受尽了痛苦、哭干了眼泪，嘉丽娅决定做第二次尝试，寻找年龄更大一点的郎君。最好在创作人士的圈子里，是位生活浪漫的艺术家。现在她对这一领域名人的生活感兴趣，不错过各个剧院里的任何一场首演式，任何一个展览会，细心地注意语言，为自己找到了个好裁缝，穿上了尽管价格低廉但时尚雅致的服装，让自己尽可能得体。

五年级的时候，她终于达到了自己的目的，出人意料地嫁给了一位著名的、年龄当然已经很大了的、突然丧妻的电影编剧。改姓为谢列兹涅娃，之后，她在同学们的视野里消失了很长时间，因为她忘我地把自己奉献给了丈夫，做饭、打扫、陪伴他参加电影节（人们顾及老交情，因而还邀请他出席），确保他减负荷工作，能睡足，及时吃药。

坦率地说，她知道，为了住房、户口和在学校合法注销，她需要付出，也因而真诚地扮演着家庭主妇和保姆合二为一的角色。这也使老年丈夫的两个已成年的孩子和众多亲属觉得满意，谁也不需要这个老头，电影衰落，剧作家的新剧本不招待见，钱，相应地也不再进账了，少得可怜。

于是，嘉拉奇卡找了一份工作，打扫首都主干道上一栋华丽房子边的院子。凌晨，天还没亮，她就起床，坐三站地铁去上班，清扫院子，扒出门洞里的垃圾，接着，再飞也似的赶回丈夫身边：给他做早饭、烧午饭，照管他，扫灰掸尘。

剧作家由于自己创作的成果没有回报而忧郁寡欢，老毛病也一个接着一个地开始恶化，最终导致中风。他在轮椅上又过了一年，嘉丽娅在这段时间里像松鼠蹬轮子似的忙得团团转，上班、料理、洗衣服、为年老的丈夫擦身、护送他去看医生。

随着丈夫的离世，一切都崩溃了。从墓地回来后，她真的进不了原先居住的房屋，在她离开的几个小时里，亲戚们换了锁，收拢起她的物品，放到门外。于是，开始了与继承人之间的官司，出庭，分割财产，有被剥夺的危险，包括位于市中心的一套长期未得到修缮的四室公寓，在泽辽那耶村的一座几近废弃的夏季小屋和一辆生了锈的"伏尔加"牌小轿车。而那些创作遗产，事实上在苏联时期就被卖掉了。

尽管觉得遗憾，但剧作家的同事们都站到了他第一个家庭的一边，理由是所有的财产都是在幸福的第一次婚姻中获得的，现已去世的剧作家在那个阶段撰写了他最重要的作品。

也许，形式上是这样的。但她呢？难道不是她把青春岁月中最美好的六年时光奉献给了一个衰颓的创作天才？难道不是她热情地款待丈夫的那些戏剧和电影界的老伙伴？难道不是她每天用自己赚来的钱购买食品带到医院？

唉，这所有的一切都不算了。经过与亡夫亲戚们不平等的抗争之后，她只得到了大公寓里的一个房间。她把它卖了，用这笔钱，好不容易在城郊买了一个私人小住宅。生活必须重新开始，首先要找到一份体面的工作。但是，在哪里找，又如何找呢？

记者多得不得了，但岗位却是零。此外，大学毕业后，她真正做过的工作只是院子清洁工。没有其他办法，只能向原来的同学求助，至少，请那位班长帮忙，因她已经在报界颇有声望了。

靠在富有同情心的普罗斯库琳娜的肩头哭了一个晚上，夜里，她把自己全部的衣服翻了一遍（它们都过时了）。第二天，她用口袋里最后一点钱修了指甲，剪了头发，染了色，然后去杂志主编那儿面试。说实话，他并没有被她征服，但是，注意到她提供的推荐信和本人强烈的工作愿望，他同意试用她。他没看错人：他手下没有一个员工能像嘉丽娅那样全力以赴地去实现目标。

首先，她决定为自己取一个笔名，于是便开始以"爱丽丝"向众人推介自己。三个月后，杂志社就与嘉丽娅，也就是爱丽丝·谢列兹涅娃签了一个一年的合同，善于交际的女郎带来了不少客户。她是在哪里又是如何找到他们的，没有人感兴趣，也没有人会猜到。普罗斯库琳娜的笔记本和人脉关系在这方面发挥了不小的作用，爱丽丝最大程度地利用了这些资源，与每个人结识——从小铺老板到开设娱乐和博彩中心的大牌商人。卡佳对此并不后悔。重要的是她帮助了处于困境的人。

一年后，爱丽丝已经判若两人，她坐上了部门负责人的位子。现在，她负责城市全部娱乐生活的报道，从夜总会到上流社会的晚会。当然，是考虑个人生活的时候了。

顺便说一句，作为对于帮助的报答，现在是爱丽丝定期与卡佳分享这个或那个名人的生活劲爆细节，告诉她值得注意的人物抵达首都的时间，甚至帮助她安排采访，还提供俱乐部会员卡。

每月一次，她到普罗斯库琳娜家去喝茶。顺带让自己能尽情地聊聊各种各样的人和事。正如她所解释的那样，广阔的交际圈使我们养成缄口不语的习惯，不然，肯定会有人出卖、背叛，还会给最无助的对象带来致命的伤害。对卡佳她很信任，视为朋友，也愿意与卡佳的密友们交往。但是，波列沃娅和科列斯尼科娃没有接受——这位单身的时尚女士立刻使她们无法忍受。她们还试图劝说普罗斯库琳娜,那女的准会把维塔利克拐走的!

但卡佳对此只是一笑了之,她知道,错过一次之后,爱丽丝现在要为自己寻找的丈夫是一个无论过去还是现在身份上都是没有婚姻章戳的人。没有孩子,这样丈夫死后就没人来争夺遗产。别人怎么样不知道,但普罗斯库林是绝对不会进入她关注的领域的,他不参加聚会,更不会带谁去加勒比海、巴厘岛和塞舌尔群岛,而这都是爱丽丝梦寐以求的。

"嘿,老妈。"爱丽丝穿着超级时髦的大衣,把抽完的烟头优雅地抛进机场大楼入口处边的废物箱。"我对你说过多少遍了,给奥克萨娜打个电话!同一件外套要穿多久啊?"

"挺好的外衣啊,挺暖和的。"卡佳打量了一下自己,耸了耸肩。

"是啊,挺暖和的。在日丹诺维奇大市场买的,大概还是三年前吧。"爱丽丝咧嘴一笑,"我真弄不懂你,家里钱有的是,但穿得就像一个小摊位上的阿姨。奥克萨卡[1]半个小时就能为你配齐需要的服饰,编辑部里的人会羡慕死的!"

"为什么要人家羡慕我?这件外套也没有三年,最多只有两年。我不是你,我不追求光鲜。"卡佳一点也没有感到不悦。"对我来说,最重要的是暖和,在车内方便。"

"啊哈,还要说,为了更接近大众。"爱丽丝笑了笑,"好吧,显然没法改变你。"

"是的,改变不了。这些时尚品牌对我来说都只是信息。如果要写像你这样的人,知道这些信息,上帝保佑,就不会把古奇与范思哲混为一谈。不然我会闹出问题的!"她微笑了一下,"嘉丽娅,

---

1 奥克萨娜的小称、爱称。——译注

你……"

"爱丽丝！要对你说多少遍啊！我是爱丽丝！护照都换了，可你还是嘉丽娅嘉丽娅的。"

"哦，对不起，自己蹦出来的！爱丽丝，你别为我的衣服操心，最好告诉我，你最新的男朋友怎么样？他好像是从事建筑行业的？"

"在建筑业干，他还会什么。"谢列兹涅娃叹了口气，"他好像只对在外边做爱感兴趣。最近了解到：他早已结婚，有两个孩子。大女儿已经读大学了。你知道我忌讳已婚、丧偶和离异的男人。所以我就刹车了，他也好像不再纠缠了。"

"嗯……是啊，在我们这个时代，你到哪儿去找这样的人啊——未婚、没有孩子，还要有财力保障？不觉得是时候改变一下标准了吗？"卡佳决定开个玩笑。

"我也在想这个。"爱丽丝认真地答道，"特别是，年龄不等人。但总的来说，你的话并不对，有保障的单身汉城里多得是。但他们同时又有很多问题，要么刚愎自用，要么把与女人的关系当作体育运动。竞争对手也很多，成群的小妞在俱乐部周围漫游，原本看中一个男人，结果被别人劫走了。"

突然广播里传来通知："接机的朋友们请注意，来自赫尔格达的……航班已经降落。"

卡佳看了一眼玻璃门后面的告示牌，几乎跳了起来。真是运气！多亏索斯诺夫斯卡娅的晚到，多亏与爱丽丝的这场谈话，她现在能给丈夫带来一个惊喜！他要她别来接，那又怎样呢？既然一切这样发生，她又在机场，为什么不接呢？

"爱丽丝，对不起，我得走了。"她匆匆地与女友告别，"知道吗，维塔利克就是乘这趟航班从赫尔格达回来！我留在机场真是巧了！"

"是吗？你，怎么让他一个人去的？"爱丽丝瞪圆了眼睛，"你彻底傻了！在南方，盯着休假男人的女猎手可是多得不计其数啊！"

"哎，讨厌！"卡佳挥了下手。"他们一群全是男人，去潜水。住在船上，没有一个女人。相信我，维塔利克是不会骗人的。"

"你太轻信了，卡佳！"女友叹了口气，并不赞同。"好吧，快去吧，我也得走了。想办法要再见到这个索斯诺夫斯卡娅。这妞真幸运，绑到了这么个男人！你是对的，我是该改变标准了。好吧，再见！"

卡佳给韦尼亚打了个电话，请他再稍等一会儿，随即便匆匆走进机场大楼。她粗略算了一下时间，跑进卫生间，拿出化妆包，用棉签擦拭掉睫毛上睫毛膏的微小块粒，补了补口红，扑了点粉，梳了下头发，突然把目光停留在外套上：也许爱丽丝是对的，该换一换了？只是这件放到哪儿去？还几乎是新的。另外，也很适合她。维塔利克是这样说的，这很重要。

她把心思从外套上收回，将化妆袋放回包里，用满意的目光最后再打量了一下自己，然后便朝抵达大厅跑去。她站到拐角后面，想象着见面的情景，开始观察第一批过关进来的乘客。这些人推着装满行李箱的手推车，皮肤晒得黝黑，兴高采烈，挥手打招呼，高兴地喊叫，与人拥抱。突然，一个单独站立着的有着长长金发的女郎的后背跃入她的眼帘。女郎微微转身，现出侧影，卡佳立刻就认出了她——圆圆的脸，蓝色的眼睛，丰满的嘴唇，翘鼻子……要知道她只在简历照片上见到过这个女孩。这就是职业记忆的本领！

"她的名字，好像是阿纳斯塔西娅，但是她姓什么……好像有'猫'的含义……"她试图回忆起姑娘的姓。

这个姑娘在维塔利那里工作，负责广告。

对这样一名员工的需求大约出现在一年半前，当时卡佳觉得，她无论在精神上还是在生理上都再也无法承受这一负担了：丈夫的业务缓慢地、但稳定地增长，那些当初令她自告奋勇帮助他的原因，感谢上帝，都失去了现实性。商品的范围扩大了，除了零售业外，维塔利克又开始做批发，开设了几家新的销售店，建起了一个建筑材料仓库。又有资金，又有理念，在这个阶段，需要以不同的方式来处理业务，例如，聘请专业人士或者自己来培养专业人士。

普罗斯库林越来越经常地表示不满，说妻子几乎不再抽时间来帮他处理业务，某天晚上更是断然建议她离开报社，转来为他工作。卡佳当时对事态的这种转变全然没有做好准备，也以同样断然的态度予以回绝，广告不是她的活儿。维塔利克激动起来，他卖力工作，不是为了在广告上耗费钱财，况且妻子还专修过广告课程。如果不是她，那还有谁，可以而且应该来帮他做事？卡佳反驳说，他现在终于明白了对待广告应该认真。是的，她仍然对他的生意感兴趣，但她没有精力在两条战线上工作！

总之，说得客气点，他们当时没能达成一致，甚至开始分床睡觉。一周之后，再回到这个话题时，普罗斯库林承认，可能，卡佳是对的，上帝保佑，如果业务情况在未来也继续这样发展的话，那么就不得不建立一个广告部或者与某家代理商签订服务协议。感到满意了的妻子建议立即寻找合适的专业人士，甚至自告奋勇地提供帮助。她拟了一份问卷，其中包括许多未来员工候选资格的要点。经过商议，他们决定广告员应该直接受命于经理，尽管他的编制在公司的商业部。

很快，两周后维塔利克确定了人选。申请人是学经济管理的，掌握几种语言，广告课程也修过。不过，这是个姑娘——某商业大学四年级学生。维塔利克认为最好是自己来培养，这样的话在第一阶段支出会少些，姑娘也只做半工。卡佳对此略感惊讶，但也仅此而已。看过简历之后，她本能地注意到姑娘在外表上与自己有些相像，并且同意了她丈夫的观点。对的，暂时没有太多的工作，但如果有必要，女大学生也可以站柜台。此外，卡佳已经习惯于相信维塔利克的直觉，并且不干涉公司的事务。他一个人白手起家从零开始建立起了自己的事业。如果不是他,那由谁来决定录取什么样的人呢?

"过去认识一下?"卡佳想,但刚迈出一步就犹豫着停了下来,"她在这里做什么?接什么人?奇怪的巧合……"

不知从哪儿冒出来的怀疑使她退后一步并继续站在拐角后面观察。

终于,在抵达乘客的人群中,出现了扎米亚金魁梧的身影,私人司机也瞬间现身在他的手推车旁。然后,一个接着一个,又出现了他们男人团里的另外两个人——舒利加和古列维奇。维塔利克不知怎的还没出来。握手告别后,两个男人朝出口走去,但阿纳托利停了下来,开始仔细打量接机的人群(他们眼看着在慢慢地变少),好像在寻找什么人。

隐到拐角后面,卡佳又等了一会儿,然后小心翼翼地探出脑袋,看见扎米亚金站在那里,半转过身,把手机放在耳边,迅速地说了些什么,对走近的"广告女郎"笑了笑,随后把手机放进胸前的口袋里,头也不回地朝大楼出口走去。姑娘直接走到"抵达"出口的大门旁,终于,维塔利克在那里出现了。

卡佳刚想从自己的隐蔽点出来,上去搂住丈夫的脖子,但有人已经抢先了。金发女郎急切地扑向普罗斯库林,抱住他并亲吻了他的嘴唇……

他小心翼翼地看了看周围,在她脸颊上亲了一下,然后,带着她,把车推到一边。在这之后,他才让自己的感情表现出来。卡佳惊讶地眨着眼睛,无法相信眼前发生的一切。好像她正在看一部由她丈夫主演的电影:他松开推车的把手,温柔地拥抱了姑娘,亲吻她,将她紧紧地贴向自己,再次吻她,看着她的眼睛,抚摸她的长发……

卡佳甚至想,这样的恋人机场相会场景可以为任何一出情节剧增光添彩，只是……只是她，卡佳，是谁呢？偶然到场的观众，没有台词的配角？不，这不是电影。

缠绵一番之后，维塔利克转动推车，两人朝大门走去。就像被催眠了一样，卡佳跟在他们后面，没有丝毫的谨慎，靠得如此之近，以至于闻到了熟悉的香水的精致气味。维塔利克在三月八日送给她的也是这款香水。

走出大门，一阵冷风猝不及防地迎面扑来，压住了呼吸，还把头发吹到了眼睛上，卡佳不由得眯起眼睛。等到再睁开时，她发现他们停下了脚步，于是立即闪向一边。这非常及时，维塔利克小心翼翼地环顾了一下四周，从姑娘手中取过钥匙，朝停在"禁止停车"标志旁的那排汽车快步走去。

几分钟后，一辆金色的欧宝开了过来。普罗斯库林下车，把行李放进后备厢，打开车门，殷勤地向女士伸出手，帮助她入座，自己坐回驾驶座上，发动汽车，左拐驶去。

目瞪口呆的卡佳目送着汽车尾灯远去。

她机械地把手机放到耳边，听到韦尼奇卡不耐烦的声音，如同透过一团棉花传过来那样："你快了吗？'乔治·桑'急需用车，她要去车站！我们在四号口。"

"我马上到。"

卡佳收起手机，慢慢地走了几步，突然，好像听到发令枪一样跑了起来。

在沉沉的夜色中她准确无误地找到了编辑部的汽车，猛地打开车门，重重地坐到座位上，深吸了一口气，蹦出一句："赶上金色的欧宝！它两分钟前刚开走！"

"为避人耳目，索斯诺夫斯卡娅将私人飞机换成了其貌不扬的外国轿车？"波久尼亚感到奇怪，"抑或是你的东西被偷了？"

"是啊，丈夫被偷了！"她几乎要脱口而出。

"告诉我，原因？"韦尼奇卡继续追问。

"信息。"为了摆脱缠绕，普罗斯库琳娜简短地答道。

"轰动新闻？"

"更酷。"

"那好，快！"他拍了下司机的肩膀。

不过，这已经是多余的了。司机听到"信息"和"轰动新闻"，如同输入了启动密码，瞬间踩下油门，汽车先是发出急刹车时的啸声，随后，猛地朝前窜去，犹如手枪射出的子弹。站在附近的交通警察甚至连眼睛也来不及眨一下，更不用说对这种不成体统的行为做出反应了。

卡佳像是被用力推进座椅一样，双手不由自主地去摸安全带。

"狗仔队会有活儿了吧？"波久尼亚的劲上来了，听声音，他在急切地解开相机的背包。"我超级喜欢轰动新闻。"

"别急。"卡佳拦住了他。"先要确认一下，万一错了呢。"

"所有重大丑闻都是建立在这些错误基础之上的！"他嘲笑她的犹豫不决，"错误越大，丑闻就越劲爆。丑闻越劲爆，真相就越多。最后证明，根本就没有任何错误。事实上，一切都是真的！"韦尼奇卡口气坚定地下了结论。"只是并非所有人愿意承认它！……呃，我们没有生活在那样的国度！在我们这里，没有丑闻，没有真相，没有八卦消息……我们的生活索然无味，灰色暗淡，枯燥无聊。可以说，我们是行尸走肉。"

"你怎么，韦尼奇卡，正在死去？"普罗斯库琳娜凝视着被汽车前灯切割开的夜色，终于找到力气咧嘴笑了笑。"假如你朋友中有个作家，那他写你个人生活的小说会破销售记录的。"

"我说什么了？只得自己装饰灰暗的日子。为了不无聊至死！"

"无聊是一种饱足感。"卡佳说得很轻，几乎听不见，"看来，韦尼奇卡，你很饱。"

"什么？"波久尼亚没明白，"拜托你别提吃的，早上到现在，滴水未沾。那个什么，你哪怕一句话暗示一下：去追谁？"

"最重要的，是要知道，是谁在捕猎谁？"普罗斯库琳娜再次嘟哝道。

"不知怎的，我今天怎么看不懂你……你只要说我们在追谁？或许，我能帮忙提供些信息？"他突然变得严肃起来，"我不记得我们哪位名人有金色的欧宝。颜色，当然，很时尚，但这个牌子现在已经不怎么样了。不是顶级的。但它发力快。"他说道，越过驾驶员的肩看了一眼表盘上速度计的箭头。

有一段时间，车内非常安静。两位乘客目不暇接，刚焦急地目送右侧闪过的汽车，马上又把目光转移到前方车辆的灯光上。始终没有见到那辆金色的欧宝。

"奇怪！"司机说，"如果它在我们前面的话，那么我们应该已经赶上它了。您确定，它是要去明斯克市区吗？"

"那还去哪里？"卡佳急躁起来，她抽出一支烟，但立刻又把它放了回去。没有人在编辑部的车上抽烟，无论是"乔治·桑"（她自己定下的这条规矩）、司机还是报社其他工作人员。"没有其他的路。"

"为什么没有，有。可以拐到莫斯科公路上。"

"那不多绕圈子了么。"她颇为怀疑。

"怎么说呢……如果直接从机场转向索科尔，那么去到游击队员大街甚至会更方便些。"

"对啊！"卡佳记起来了，"另外，维塔利克不喜欢在黑暗中驾驶……如果是他在工作中遇到了问题会立即去哪里呢？而我还在这里胡思乱想！"她抓住了一根救命稻草，但立刻又沮丧起来，"对不上：

普通员工之间是不这样亲吻的。还是要澄清一下。"她伸手到包里去拿电话。

"您所拨打的用户不在服务区或者已关机!"一个愉悦的女声令她"很高兴"。

"维塔利·利沃维奇[1]在出差,明天会来上班。"拨通单位电话后她得到了这样的信息。单位里的人没有听出卡佳的声音,这并不奇怪,自从她提供服务的需求消失之后,就再没有在丈夫公司里出现过。平时夫妇之间主要通过手机沟通,单位里最近又增加了新的员工。"对不起,您有什么问题吗?"

"我……关于广告的问题……我是报社的……我们以前和你们……也就是说,和你们公司合作过……您能帮我接通负责广告的那位小姐的电话吗?"卡佳即刻想出了说辞。

"阿纳斯塔西娅·谢尔盖耶夫娜?"

"噢,是的,阿纳斯塔西娅·谢尔盖耶夫娜。请为我提示一下她的姓……"

"科什金娜[2]。"

"啊,是的,就是这位。"普罗斯库琳娜低声说道,并且尽力地回忆,"我记得,她是商业部的员工,兼职?因为是学生……"

"不,瞧您说的!您这可是过时的信息:阿纳斯塔西娅·谢尔盖耶夫娜现在是商业部副主任,还在读大学,不过这没关系,何况,是最后一年。但现在她不在。对不起,您是哪位?"对话者突然醒悟过来,"哪家报社的?"

"但维塔利克从没对我说过任何关于阿纳斯塔西娅·谢尔盖耶夫

---

1 丈夫普罗斯库林的名字和父称。——译注
2 "科什金娜"与俄语"小猫"(科什卡)词根相同。所以此前卡佳在努力回忆时觉得这个姓"好像有'猫'的含义"。——译注

娜职务升迁的事情。"这个想法穿过迷雾闪现在脑海里。

"谢谢,我明天再来电话。"她快速地打断了对话。"再见。"

"从什么时候开始你也关注起广告了,还有,维塔利·利沃维奇和阿纳斯塔西娅·谢尔盖耶夫娜是谁呀?"停顿之后,韦尼奇卡开始好奇地打探,但没有等来解释。"科什金娜……一个不熟悉的人物。"

卡佳没有搭理他,她咬着嘴唇,思索的目光又投向下一辆汽车。路边出现了很多道路标志,前面有很多刹车灯在闪烁,显然,通往机场的路段即将结束。

"很可能,我们今天将与轰动新闻失之交臂。"韦尼奇卡边扣上相机包,边以自己的方式理解她的沉默。"听着,卡佳,你保证,摸清情况后再叫上我。我可是冒着生命危险的啊!一路过来几乎都不会少于160码……"

"看情况吧。行了,不要追了。"她对司机说道。"看来,他们真的走了另一条路。还有……你们不要在单位里传。我自己来。先把一切都弄清楚。"

"听您命令。"司机放慢速度,耸了耸肩。

一踏进编辑部,卡佳便冲向办公桌,没脱外衣,先开电脑,立刻打开电子电话簿,姓科什金的人有很多。

"嗨,怎么样?!"背后传来斯特列利尼科娃的耳语,她因高兴而一时喘不过气来,卡佳吓了一跳,立刻关闭了搜索框。"索斯诺夫斯卡娅怎么样?"

普罗斯库琳娜猛地一下转过坐着的椅子,抬头看了一眼穿着短裙的小个姑娘,随后把身子靠在椅背上。

"像通常那样,鲜花般绽放而芬芳。知道吗,这应该是你写的材料,'乔治·桑'真不该把我派去机场。我只是浪费了时间。"

"我说么!"奥莉嘉激动地接过这个话题。"索斯诺夫斯卡娅年轻、时尚、才华横溢，她的歌很现代，所以，关于她的报道也应该由年轻人来写！"

"让我们先从她的歌不怎么样开始。"普罗斯库琳娜打断了她的赞美，显露出怀疑的样子，"虽然打造它们花了很多钱。最近一张碟很好，这我同意，但这更多是导演的功劳。还有……有些东西，为了总体发展，你必须要知道，拉娜·索斯诺夫斯卡娅，不久前的斯维特兰娜·索斯诺娃，已经30出头了，有一个三岁的女儿。还有什么？……做过耳朵整形手术，某些部位几次吸脂。但这些是不会让任何人感到惊讶的。不过，关于她寻找富有丈夫的故事广为流传！在这里一无所获，便去了莫斯科，一下找到了个寡头！当然，为认识这样一个人所做的准备花了很多时间。"

"您是从哪儿知道的？"实习生瞪圆了眼睛。

"从'骆驼'那儿知道的……你在桌子底下钻来钻去的时候，她已经在文化教育学校合唱团唱歌了，或者跳舞。但是，现在这没有什么区别。"

"为什么这些没有人写呢？"

"没人写，是因为这些都不符合一个年轻、时尚和才华横溢的女人的传奇。你不明白，为什么需要形象？有些事让我怀疑，女大学生斯特列利尼科娃的公关技能似乎很差。显然，她没有去听这些至关重要的课程，而是坐在编辑部拆读信件。或者，根本就在闲逛。"

"我根本没有闲逛。"实习生沉下脸来。"我是我们那批人中学习最好的，或者说几乎是最好的。当然，我的专业是经济。"

"瞧，瞧！不清楚你是否能成为一名伟大的记者，但你总有一个备用机场……好吧。"卡佳平和地叹了口气，"不要因为专业担心，没问题。在我的同行中，大多数人，学什么的都有，但就不是新闻。对了……为什么不呢？如果你非常希望的话，你可以来试试写这篇文章。带上优盘,我把我这里关于索斯诺夫斯卡娅的材料拷给你。现在让它成为你的选题。"

"真的?马上?"斯特列利尼科娃瞬间消失,又瞬间出现在桌边。"我等到了您,真是太好了!"她兴奋地晃动着她的卷发。"我不会让您失望的,我保证!"她递过优盘,看着卡佳,目光非常热忱。

"稍等。"卡佳转向电脑,开始快速地敲击键盘。"你打开那个文件夹。"她用目光朝自己的包示意了一下,蓝色布面文件夹露出一只角,"那有新的新闻稿,打印好的附有互联网链接的文章。录音材料我就不传了,那里没有什么新东西……好,都好了……一个小时后你让我们看看写的东西。现在韦尼亚在什么地方耽搁了,我用他的电脑工作一会儿。"

"乌拉!"斯特列利尼科娃跳了起来,头几乎要触碰到天花板,随即立刻用手捂住嘴,小心翼翼地坐到普罗斯库琳娜腾出的椅子上。

"卡捷琳娜·亚历山德罗夫娜,您在找什么?"她打开普罗斯库琳娜刚才放弃的搜索框。"您需要电话号码?"她很快就明白了,"或许,您最好要手机号码?"

"唉,网上的信息都是老的。"

"我来帮您!我的一个追求者在 Velcome[1] 工作,在 MTS[2] 也有熟人!您只要报出姓名即可。"姑娘保证道。

卡佳怀疑地笑了笑,关闭了搜索框,在纸片上写下了她感兴趣的那个人的姓、名字和父称,收起自己的物品,走到波久尼亚的写字台边坐下,打开他的笔记本电脑,继续刚才中断了的事情。她打开电话簿和城市地图,开始勾勒"欧宝"可能的行进路线。从逻辑上讲,城

---

[1] 白俄罗斯最大的电讯公司。——译注
[2] 俄罗斯著名电讯公司。——译注

市的大部分地区——沿着独立大街更方便抵达的地区可以不考虑。她标出所有姓科什金的人的家庭电话号码,再从列表中删除地址不符的信息。完成工作的结果并不特别令人高兴,表格的容量只减少了三分之一。

"给,请看!电话号码、家庭住址都在这里!"斯特列利尼科娃自豪地在她面前放了一张写有数字的纸条。"如有必要,请联系!"

"谢谢你。"普罗斯库琳娜真诚地表示感谢,她迅速地扫了一眼那个让她陷入死胡同的地址。

从地址来看,这个姑娘住在市中心,离他们家不远。不明白……尽管,她当然可以变更居住登记,甚至可以租房子。

"或者是维塔利克可能租一套房子用于约会。"她突然这样想,"或者是借用别人的房间。"她继续顺着思路想下去。"如果这是扎米亚金在游击队员大街上的两居室旧房呢?我记得,托里克是把它出租给什么人的。如果他知道这个女孩是维塔利克的什么人,并且从在机场他们相遇时的表现来看,他肯定知道,那么很可能,他把房间租给他了……必须查一下!"

卡佳攥着写有号码和地址的纸条,关掉电脑,拎起手提包,来不及等到电梯的到来,直接奔下楼梯,跑到编辑部的停车场。

路上至少花了半个小时,高峰时段,交通堵塞,黑暗,蒙蒙细雨夹着雪花,还有几起事故。

"好像是故意的!"她很恼怒,每个路口都遇到红灯,要等很长时间。"白天的话,十分钟就能到……到了,就是这栋房子!"远远地,她看见大楼侧面被灯光照亮的很大的门牌号码。

刚驶进院子,汽车前灯就在黑暗中照出了那辆熟悉的金色欧宝。身体内好像有什么东西断裂了,眼前发黑,头晕目眩,而她在内心深处原本还存有希望……

"就是说，一切都是真的。"她把车停在远处黑暗角落的一个空位上，绝望地想。"现在怎么办？像在最糟糕的电影中那样：冲上楼去，敲打负心汉和他的情人？扇她耳光，对他歇斯底里？然后呢？如果你清楚地知道下一步该做什么，那这样做才有意义……"

仿佛撞到了隐形障碍物，头脑中的思维过程突然停止了。心脏在继续跳动，但意识好像被什么人在没有空气的空间冻结住了。全真空，没有思想、没有情感、没有愿望。甚至从嘈杂街道上传来的声响也渗透不进。

"唉，该把波列沃娅拉来，她准知道该做什么。"终于，意识又显示出了自己的生命体征。卡佳熄了火，抬起头看着六楼的窗户。原先，普罗斯库林夫妇常来这里做客，而卡佳出现在扎米亚金家的频率要远远高于丈夫，因为她是他们孩子的教母。"维塔利克真是好样的，安排得不错。托里克是不会出卖他的。"

手摸到了手机，不知怎的，自动拨了那个"喜爱"的号码。

"您拨打的用户不在服务区域……"

没等听完，卡佳露出了讥讽的微笑："用户，姑娘，刚好在服务区域。"

她把手机扔到座位上，放下车窗玻璃，抽搐着点燃了一支烟。脑子里的真空开始慢慢地在被填补。

"可以说，用户甚至是在可见区域。"她又补充了一句，继续看着上面拉上窗帘的窗户。

"有意思，他们早就开始约会了？可以算一下。首先，她在维塔利克那里工作了近一年半。大约就在那个时候扎米亚金一家搬到了城外。一切都对得上……他们保留了城市户口，但房间不打算卖掉。奇怪，我怎么什么都没注意到、感觉到？我可并不傻呀……"

"聪明女人事后分析，智慧女人事先就防范……"突然想起了柳德米拉的话。

"但我还是有所感觉的。"这一想法意外地出现在脑海里。"这就是为什么会有那些莫名其妙的情绪波动!"

确实,最近一年,大白天的,她突然会被某种莫名其妙的痛苦包裹。仿佛空气越来越稀薄,仿佛隐形保护被关闭。感到无比孤独、恐惧,眼睛里涌出泪水,惊慌失措中双手不由自主去抓电话——打给丈夫,想得到他的支持、安慰。但奇怪的是,正是在这些时刻,要么他不接电话,要么没有信号。

"就像现在一样。"她瞥了一眼沉默的电话。"好吧,够了。"她用手掌擦了一下不争气的眼泪,在烟灰缸里掐灭了烟头。"原因清楚了,对此该说谢谢……多么狡猾啊!他过一会儿总会回电话,要么是手机忘在办公室里了,要么是有业务会谈。晚上则拿着玫瑰,带着葡萄酒出现在你面前。'给您,我亲爱的、备受尊崇的妻子,对您愚蠢信任的报答……'"卡佳苦笑了一下,"对的,我缺乏的正是这种女性的智慧。可以说,是我自己推动丈夫去找情妇的。可见,我是个傻瓜……前天还受内心懊悔的折磨,真是枉然。多好的家庭啊,妻子与就近碰到的猎人调情,在棚子后面接吻,而丈夫则在机场受到情妇堂而皇之地迎接! 这是什么,体裁危机[1]? 关系建立在完全信任基础上的模范家庭——普罗斯库林家庭不光彩的崩溃?……托利亚[2]也真是个好人啊,这家伙……今年夏天,我们邀请他们夫妇和我们一起庆祝结婚十周年:坐在海边的礁石上,直接从瓶子里喝香槟,维塔利克对着整个

---

[1] "体裁危机"是苏联作家伊利亚·伊尔夫(1897-1937)和叶甫盖尼·彼得罗夫(1903-1942)创作的小说《金牛犊》(1931)第八章的标题。现作为对某人创作中的一系列失败以及无法创造出新颖有趣事物的幽默讽刺性的评语。——译注
[2] 阿纳托利的小称。——译注

土耳其海岸大声表白,他是如何地爱我。我,这个白痴,还无比真诚地以为自己是世界上最幸福的女人。"她冷漠地看了一眼这栋12层楼房唯一的大门入口。"您的爱回声般沿着海岸飘去,叶卡捷琳娜·亚历山德罗夫娜,撒落在蔚蓝的大海之上,而您却丝毫没有察觉。真痛苦……那怎么办呢?"

手再次伸向电话。

"阿纳托利,你好!"卡佳让自己的声音带上一点活力,装出很喜悦的样子问候道。"一路上怎么样?……我有点担心,为什么维塔利克一直不接电话。你说是忘了打开手机?他刚从你那里离开?是吗……那好吧,我等他。向你妻子问好。再见。"

"真是好样的!"她向丈夫的朋友表示敬意,"甚至连声音都不颤抖一下!极有可能,他现在就会打电话过去,告诉维塔利克我在等他。而这位就会匆匆打道回府。要么在这里的大门口堵住他,问他在这儿做什么?"突然她开心起来。"那会很好笑!透过眼泪的笑……有趣的是,他会不会惊慌失措?看来,会的,但很快会恢复常态。编个什么谎话。不过肾上腺素会升到顶点!可怜的人,他多不容易啊:编造、圆谎……这需要怎样坚强的神经啊?……不,不,这样做不合适,对家人、亲人应该爱护。不然过后你就去和他那个好妈妈解释吧。当然,他未必会吓得中风:经过轮番税务检查之后,我们的商人什么都能承受,妻子的意外出现更不在话下。不,我不等他,这可不是什么高尚的事情。我先想想,接下来怎么办……很冷……"她哆嗦了一下,转动了汽车点火钥匙。

车厢还没有变暖,就有一辆画着黄色条纹的出租车驶进院子。两分钟后,两个人影出现在大门的台阶上,随后朝欧宝车走去。信号系统发出吱吱的声响,大灯随即闪烁了几下。维塔利克打开后备厢,在出租车司机的帮助下,把行李转移到出租车上,他把钥匙递给裹在大衣里的姑娘,在她脸上猛亲了一下,然后坐进车里。汽车右转以后驶上大街,融入车流中。

卡佳手里的电话响了。

"你好,亲爱的。"她听到维塔利克的声音,"我刚从扎米亚金那里脱身,现在正全速往家里赶。先是飞机误点,接着我们转到托里克这里。原本想——就去几分钟,结果……台球打得忘了时间。嗯,你理解的:我们不常见面,难舍难分。请原谅我。"

"噢……!"卡佳的脑海里立刻组合起又一轮拼图。"从去年秋天开始,我们突然成了台球爱好者!但是在夏天,在酒店里,维塔利克和阿纳托利朝台球桌甚至看都不看一眼!这就是罗曼史的起点。事实上,他并没有撒谎,他是在扎米亚金老房子那里。问题是和谁在一起?"

她控制住了自己的情绪,为了彻底检验丈夫的表演和编剧能力,用一种受了委屈的语气问道:"你为什么不立刻打电话?要知道,我很担心。"

"对不起。忘了打开手机。还有,反正你还在单位里。我说对了,在单位里?"

"在单位里。只是假如你告诉我你去扎米亚金家,我会抽身到你们那儿去的。瓦莉娅和孩子们,我有很长时间没见了。"

"他们都在疗养院。明天托里克会去接他们。你愿意的话,我们周末去他们那儿?他终于把澡堂里池子的水灌满了。[1]"

"看情况吧。"卡佳避开了这一话题,"好,你打来电话就好。我正好出来吸烟。对不起,我又要回到电脑前去了,有篇文章要紧着赶出来。我都不知道,该做什么……"

---

1 桑拿型澡堂,隔间有小池子,用于蒸浴后冷水浸泡。——译注

"什么叫作'该做什么'?该欢天喜地!丈夫回来了!"

"丈夫尝尽美色。"她嘀咕道。

"没听清你的话?请再重复一遍。"

"没什么。"卡佳一哆嗦,"脑子里都是各种想法。"

"我知道。"维塔利克叹了口气,继续略带委屈地说道,"在文章没写出来之前,和你谈任何话题都是没用的。好吧,快去吧……家里有吃的吗?"

"我昨天买了些。"

"要么,我们到哪儿去吃晚饭?我饿坏了。我快速地洗个澡,换衣服……"

"唉呀呀!难道阿纳斯塔西娅·谢尔盖耶夫娜没让心爱的上司吃点东西?"卡佳几乎脱口而出。

"难道托里克那里没有吃的东西?"

"切了点香肠什么的垫垫饥。我告诉过你,瓦连金娜在疗养院。家政在度假。怎么样,出去吃晚饭吗?你什么时候能结束?"

"现在还不知道。"

卡佳陷入思索,"在餐厅里当着服务员和顾客们的面把事情说清楚,这不是我的做派。而是否能忍住也根本无法保证。就像不能保证有充足的才能表现出对期盼已久会面的喜悦一样。"

"不行,维塔利克,我又在节食了。"

"唉,总是这样。"他在电话那头沉沉地叹了口气。"好吧,那我就自己弄点什么。只是你别在单位里耽搁得太久。我很想你,渴望拥抱心爱的人。"

"一天中的第二个?"卡佳差点就要说出这句讥讽的话,但她又克制住了自己。

"好的。你等着。我会再打电话的。"

她把手机放到膝盖上,手臂靠到方向盘上,双手埋进头发,陷入了思考。

"难道他真为这个小荡妇租了房子?如果……如果他真爱上了那会怎么样?我一个人怎么办?"此前未被意识到的惊人想法刺痛了她的心。"我怎么能够没有维塔利克???或许,集聚力量装出我一无所知的样子?不放他去任何地方,步步跟随?难道在世界上我最害怕的是独处?……原来,读读信中那些有关别人幸福崩溃的故事是轻松而简单的,但是,要设想这一切发生在自己身上,很艰难……"

突然,手机震动起来了。

"编辑部来的。"她朝下看去,认出了号码。

"喂。"

"卡佳,您听听!您是诗人,我在读者的邮件中发现了这样一首诗!——

多么精彩的剧本!同样精彩的表演!
成功!辉煌!简直就是无上幸福!
灵感的巅峰,技巧的巅峰!
壮丽的尾声!完美至极!
演员——光彩夺目!
对文本的即兴创作
炉火纯青……
落幕时的大厅掌声雷动。
幸福得心儿阵阵发紧。"

"天哪,真对题!"卡佳苦笑了一下。

"怎么样?"斯特列利尼科娃停了一下。

"暂时还不好说……后面呢？"
"后面更有趣——

台上灯光熄灭。寂静无声。
第二天一早——轻松热身：
'我亲爱的……'——'我的太阳，你睡得怎样？'
双方说着假话，习以为常。
'你是指路明星，'
'你整天都在我的脑海里。'
每个人都让自己相信，
他是世上最好的演员。
一切都规规矩矩，人人都彬彬有礼。
彼此无法形容的喜悦……
谎言就是由惊吓导致的
第一句瞎话里滋生成长。
日复一日，年复一年。
它像花朵绽放，他们都说假话……
最后没有发现，
竟然玩过了自己……"

"很棒，不是吗？"斯特列利尼科娃一口气读完。
"一团乱麻，但……很符合事实。你文章写完了？"
"差不多。还剩一个细节要核实一下。我在等一个电话。"
"谁的电话？"
"就是普通的电话。要弄清楚一些细节。"
"为什么？"卡佳紧张起来。"材料够多的了。"

"那是！可以整出 20 篇文章，而不是一篇！而且每篇都能引起轰动！"

"你又有什么主意？"她担心起来，"我现在过来看看。我不在，别给别人看。韦尼亚走了？照片怎么样？有没有好看的？"

"那还用说！索斯诺夫斯卡娅当然非常上镜，形象清新，就像黎明时的玫瑰花瓣，但对有些照片，我们还是笑话了一番。他还给我看了他拍摄保存的照片。"

"一句话，清楚了，你们在那做什么。"卡佳笑了笑，打开前灯，正要挂挡，从大门台阶上跑下一个熟悉的女人的身影。"记着，波久尼亚有三个孩子。等着，我很快就到。"她挂断了电话。

"这次我们的美女要去哪里？"她来了兴趣，跟着金色欧宝，开车出了院子。

汽车尾随欧宝，保持着安全距离，在一个转弯处，她突然意识到，正在朝着……位于近卫军街自己家的方向驶去！真是这样。姑娘将汽车直接停在禁止线边上，跳下车，从前排座位上拿起一个袋子，匆匆朝放下的栏木走去。卡佳刚熄火并关掉车头灯，另一个身影，一个男子的身影就从院子里跑了出来。在路灯光的照耀下，卡佳认出了维塔利克。

"还真的通知她，说妻子不在，要到深夜才回来？"她想着，觉得胸口怒气升腾。"哼，这种无耻我可不能容忍！"

然而，狂暴起来的情绪没有得到恣意喷发的理由，男人从情人那里抓过包，确切地说是一个外壳包，摄像机的外壳包，在女人脸颊上啄了一下，就匆匆返回去了。

"他忘了摄像机外壳包……不过，倒真像搞秘密活动一样。"她肯定了他的机敏谨慎，她很清楚，院子和栏木都有视频监控。"好吧，让我们继续跟踪小猫吧。"

接下去的一切并不有趣，欧宝开到科什金娜女士户口所在地的胜利者大街，艰难地挤进原已停在那里的汽车之间，关闭了前灯。姑娘抓起皮包和袋子，下了车，快步走到门口，按了密码，随即消失在沉重的铁门后面。

"今天的追逐赛到此结束。"卡佳明白了，"就是说，她不住在游击队员街的公寓里。那个房间维塔利克只是用于享受爱情乐趣的。真是的，甚至感觉都有点轻松了。"她笑了一下。"该回编辑部了。"

半路上，科列斯尼科娃的电话追上了她。

"卡佳，马上放下手中的一切，到波列沃娅家里来！"她用不容反驳的语气说道。

"你放下手中的一切马上到你的波列沃娅那里去！我——要去单位。"卡佳用相同的语气回应道，但是，想了一下，还是决定弄清楚，"出了什么事？柳德米拉的嫉妒又发作了？"

"确切地说，是结局，巴沙走了。"

"去哪了？"

"离家出走。"

"那有什么？怎么走的怎么回来。"

"你不知道，情况更糟！"莲娜打断了她的话。"五分钟前，丽莎打电话给我，说爸爸走了，妈妈把自己锁在浴室里，不开门。一时糊涂吞下很多药片！巴沙不接电话，伊戈尔在出差，也无法联系！而我在照看猫。"话筒里背景声音中真的传来猫的嚎叫。"我现在要带猫去看兽医。卡佳，求你。"莲娜恳求道，"去一趟谢列勃良卡小区，看看究竟怎么了！你从编辑部过去更近些。把猫的事弄完，我也马上过去。"

"首先，我还没在编辑部，其次……唉，好吧。"卡佳心里急切地想着处理关于索斯诺夫斯卡娅文章的方法，有意识地飞快驶过可以转向编辑部的路口，直接朝火车东站方向开去。仪表板上的时钟显示正好八点。"10 到 15 分钟后，我就会到那里。"

"怎么一切都那么不巧……"科列斯尼科娃懊丧地嘀咕道，"好吧，我们那儿见！"

"奥丽娅？"普罗斯库琳娜拨通了斯特列利尼科娃的电话。"情况有些变化，今天不要在编辑部等我了。"

"那文章呢？"姑娘失望地拉长了声音问道，"都写好了。我真想您今天能看看，明天一早我要到学校里去。有测验。"

"好吧。你用编辑部电话，打到我手机上，读给我听。包括标点。"

"我不明白……"实习生感到困惑，但立即又惊呼一声，"懂了！我们现在就做！"

"这样……"一分钟后，她对着话筒呼出一口气，又深深地吸了口气，突然有些不好意思地说道，"只是题目太呆板……"

"明天我们再想。你先读文章。"

"……星辰是不会黯淡的，如果它们生来就是要成为星辰的话。不是成为陨石、成为无限宇宙中的尘埃，而是成为星辰。谁能想到，斯维特兰娜·索斯诺娃，一个来自普通区县城市的瘦小女孩，最终会成为著名的拉娜·索斯诺夫斯卡娅，她对明斯克的短暂访问会被所有媒体争相报道？"

"您觉得开头怎么样？"

"不好。"

"怎么——不好？"

"根本不能用！第一，不应该提斯维特兰娜·索斯诺娃。今天只有拉娜·索斯诺夫斯卡娅就够了。童年的时候，她是谁，做什么，与我们无关。"

"那从哪儿开始呢？"实习生困惑了。

"从经纪人想读的内容写起！你以为我不想把这位女士的一切都放到报纸上吗？只是过后谁来和她的律师对簿公堂？针对我们报社，现在就有两起诉讼在法院里搁着呢。你怎么不写'为了当上明星，要找相应的情人！'这样……你把电脑关了，回家准备测验。明天谁是责任编辑？"

"阿特罗先科。"心烦意乱的斯特列利尼科娃缓慢而又含糊不清地说道。

"他读到你的文章会晕倒的。这样，奥丽娅，快回家。明天我来把一切搞定。晚安。"

"天哪！"把车转到特罗斯捷涅茨街后，卡佳懊丧地叹了口气。"一天贡献出去了！……索斯诺夫斯卡娅、斯特列利尼科娃、科列斯尼科娃和她的猫，波列沃娅……还要有一个与心爱的丈夫'热烈'的会面！还是要确定一下见面时自己的态度，立刻和盘托出呢还是等等，继续欣赏他的谎言？顺便了解一下，对他来说，阿纳斯塔西娅·谢尔盖耶夫娜是什么人？情人，心爱的女人？那我，卡佳，又是谁呢？有趣的是他会怎么样，毅然决然地说出一切还是迂回开脱？或者直截了当地问他，我们两个，他更爱谁？愚蠢，男人不可能同时爱两个女人。所有的心理学家都确认这一点！韦尼亚也说，男人喜欢在他身边的女人。那不在身边的那个呢？会败下阵来？但是，要知道，总在旁边，是不可能的！！！无稽之谈，文字游戏。"卡佳摇下车窗玻璃，再次抽起烟来，开车时抽烟，这在她是很少的。"我不能再和他生活在一起了，即使他和这只烂猫分手。因为再也没有信任了。就像阿萨多夫[1]说的，'最可恶的盗窃是盗窃信任'。盗走了信任——那

---

[1] 爱德华·阿尔卡季耶维奇·阿萨多夫（1923—2004），俄罗斯诗人。——译注

全完了。结束。"

感觉到眼睛又不争气地湿润了,她深深地吸了口烟,在烟灰缸里掐灭了烟头,摇起车窗玻璃。

"好。够了。要控制住自己,先了解一下波列沃娅家发生了什么事。"

她费了些周折,才在新的高层建筑的院子里把车停好。她下了车,按了一下车钥匙上的报警按钮,抬起头,边走边寻找波列沃娅家的窗户,看看是否亮着灯。走到大门口,在对讲机上按了号码。

"谁啊?"一个稚嫩的声音问道。

"是丽莎吗?请开门,我是卡佳阿姨。"

一秒钟之后,传来吱吱的声响,一个难听的金属般的声音宣布门已打开。她决定沿着楼梯走上去,还好,不高,只是三层。美国"9·11"恐怖袭击事件发生后,柳德米拉断然拒绝购买高于四层的住房。

一个可爱的金发小女孩等在门口,她看起来非常像她的母亲,卡佳问:"你们这里怎么了?对我说说……小萨沙在哪里?"

"在看动画片。她没有听到他们吵架,不知道爸爸离开。"十岁的丽莎像大人那样认真地报告着,"她刚才在邻居家做客。"

"可怜的小姑娘。"卡佳叹了口气,把外套挂进前厅的衣橱。"从小就要照顾更小的。"

"这就好。爸爸妈妈吵了很久?"

"不太久。他们已经很长时间没有吵架了,差不多一星期。"她在心里默数着时间,"今天,爸爸回来得早一点,我们一起吃了晚饭,后来,单位里给他打来电话,他说,叫他去夜校生那里代班。妈妈就开始骂,爸爸又给哪儿打了个电话,然后他们跑进厨房,关上门,互相大喊大叫,再后来,他把东西塞进包里就走了。他说,他厌倦了一切。"

"妈妈呢?"

"妈妈先是在厨房里哭,后来就把自己锁在浴室里。她在那里待了很久。我从邻居那里把萨沙领回来,给莲娜阿姨打了个电话。在我们家电话簿上,科列斯尼科夫家的号码写在最前面。但我没有给您打电话。"

"是莲娜阿姨让我来的。她也快到了。"

"卡佳阿姨,我打电话对吗?"丽莎看了一下她的眼睛,随即又飞快地垂下目光。"我很害怕:万一妈妈出什么问题?"

"当然,亲爱的!你做得非常对!"卡佳摸了摸孩子的头。"一切都会好的,别担心。已经很晚了。你去安排萨沙睡觉,我去看看妈妈怎么样。"

小姑娘笑了笑,点点头,跑着去起居室找小妹妹。卡佳神情忧伤地目送着她——连孩子都被扯进父母的冲突中了。她进到卧房,走近浴室,把耳朵贴到门上,仔细地听,里面很安静,只有水流的声音。听上去,浴缸快满了。

"柳达!"她轻轻地敲了敲门。"柳达奇卡,开门。是我,卡佳。柳达,别犯傻了!开门,听见吗?"她敲得更重了一点,"快开门!你有孩子,你想什么呢?"

无济于事。没有声音,一丁点声音都没有。前厅门上对讲机响起的铃声也因此显得更加突然。

"我来吧。"她对从儿童房探出头来的丽莎说道。她疾步走到门边,抓起电话,"莲娜,是你吗? 快点上来!"

"里面怎么了?"科列斯尼科娃很随意地把自己那件华贵的貂皮大衣扔到长条凳上,匆匆朝浴室走去。

"什么什么!锁在里面,不开门。真要命……谁知道情绪激动时她会做出些什么来!"

"米拉!米拉,开门!"莲娜开始用力地拉动门把。"要撞开。"她看了一眼门,坚决地朝卡佳挥了下手,"帮忙!"

然而,在几次撞门尝试没有成功之后,科列斯尼科娃最后一次恼怒地用脚猛踢了一下亚光漆木门,便停止了没有结果的进攻:

"真结实,捣蛋鬼!纹丝不动。肩膀都撞疼了。"

"我们弄不开,需要帮助。"同样也在揉着肩膀的卡佳仔细地看了一下锁,"最好有男人帮忙。要么,去请邻居?"

"不用。"科列斯尼科娃若有所思地抬起眉毛,低声说道,"会有一个男人现在来帮我们的。"

她披上貂皮大衣,突然停了一下,接着,颇为歉疚地说道:

"只是你对什么都不要感到惊讶。不要砸门。"

"要么,给'急救中心'打电话?"

"别急。"说这话时,她已经在楼梯上了。

"还是应该打电话。以防万一。"卡佳不同意她的意见,用座机拨打了"103"。

当她向急救中心值班员解释完情况并挂上电话时,房门再次打开了,门口出现了莲娜和……瓦季姆·拉德舍夫。

"嗨!"他朝惊得目瞪口呆的卡佳发出一声问候,随后脱下鞋子,把外套挂到屋角的衣架上,再在上面挂上科列斯尼科娃的貂皮大衣,简短问道,"在哪里?"

"那里。"莲娜用手指了一下卧室的方向。

他拎起一个小金属箱子,走到浴室门边,摇了一下门把,随即坐了下来,开始仔细检查锁舌。

"主人应该挑选更好的配件。"他笑了笑,打开小箱子,箱子的功能立刻清楚了:里面整齐地摆放着各种螺丝刀、螺栓、螺帽。"尽管在现在这一情形下这倒是件好事。"

莲娜和卡佳对视了一眼,叹了口气。波列沃娅家的装修经过她们非常清楚:指导装修的女主人是个节俭的人,所有的材料都是她自己买的,大部分在波兰采购,她想方设法在那里找到更便宜的市场。她甚至为此还咨询过维塔利克。但是,老话说得不错,"守财奴得付两次钱"。装修过程中不止一次地证实,价格和质量是相互依存的,好多东西都不得不重新购买。结果,装修的费用远远超过计划数额,而且,时间也几乎延长了一倍。

"差不多好了!"拉德舍夫说,紧随着他话音的是浴室里有什么东西啪地掉到了地面瓷砖上的声音。

他从工具箱中拿起一把更大的螺丝刀,把它插进挖出的孔中,按下门把手,慢慢地转动手柄。成功了。

莲娜和卡佳几乎同时挤进门去,眼前的景象使她们一下呆住了,室内蒸汽弥漫,女主人侧身躺在蓬松的蓝色条毯上。她显然是睡着了。浴缸溢流系统已无法承受不断涌出的水流,地上的积水快速地增多。

科列斯尼科娃不知所措地眨着眼睛,只会说"天哪"!

卡佳和瓦季姆推开她朝前冲去,她关水龙头,他抱起条毯上那具看起来已经没有生气的女性身体。他摸了摸她的脉搏,摇了摇她的头,看了看瞳孔,闻了一下空气,随后又把她侧身放下,环顾四周。目光立即落到角落里喝剩一半的伏特加酒瓶上。

"一切都清楚了。先把她从这里搬出去,这里闷热,而且还有地暖。"

柳德米拉完全没有意识,因此,在因为浸水而变得更加光滑的瓷砖地上,瓦季姆要把她抱起来很不容易,抱起的好像不是一具身体,而是一个包着华丽真丝长袍、无法确定重心的胶冻状袋子。他让女人靠到大理石盥洗台上，脑袋对着面盆。他打开冷水龙头，往正在无意识嘀咕着什么的女人的脸上泼了几下水。

这一招产生了作用，尽管作用不是瞬间显现的。柳德米拉发出一些听不懂的声音，一只手试图撑住盥洗台的边缘，另一只手晃了几下，作出驱赶的动作。

确信女友还活着之后，卡佳开始排水。没有时间寻找地板抹布，就直接用上了挂在旁边的大浴巾。

"给我一些可以擦的东西。"瓦季姆对呆立在那里的科列斯尼科娃说道。

莲娜打开角柜，拿了一块干净的毛巾递给拉德舍夫。这时，门厅里的对讲机响了起来。

"难道会是邻居？"普罗斯库琳娜心烦意乱，推开垂到额前碍事的一缕头发，加快了动作的节奏，用浴巾吸水，直接拧到浴缸里。

"他们不大可能用对讲机。"瓦季姆若有所思地说道。

"那就是急救车！"卡佳领悟过来，朝朋友喊道，"快去开门。"

"你为什么叫急救车？"莲娜瞪圆了眼睛。"我说了让你等等！你想想看，如果有人看到柳达烂醉如泥会怎么样？"

"我怎么知道浴室里会是什么情况？怎么知道我们会有自己的医生……哪怕是兽医。"她试图为自己辩解。

"做得对。"拉德舍夫突然表达了对她的支持。"莲娜，请让救护队进来。她经常这样吗？"后一句话他已经在问卡佳了。

"第一次。至少，在我的记忆中是第一次。她几乎不喝酒，有时只喝点葡萄酒……"

"考虑到喝下那么大的量，这很糟糕。"他皱起眉头，一个猛劲把依然还没有恢复知觉的柳德米拉抱了起来，走进卧室，放到床上。

"在这种情况下，救护队甚至是非常需要的。我来和他们谈。当然，如果你信任的话。"

在这种情形下，卡佳无条件地信任这个知之甚少的男人。有他在边上立即会觉得平静和可靠。另外，她习惯于男人通常采取主动。她生活中一直都是这样，先是爸爸，然后是维塔利克。还有，不管怎么样，瓦季姆毕竟是医生……因此她没有必要和他抬杠。

"好的。那我来擦干地板，把浴室收拾好。你可以关上门，这样我不会影响你们。"

急救车很快就开走了。瓦季姆和他们谈论了些什么以及救护队对柳德米拉做了些什么，卡佳和莲娜都不知道，卡佳一直在浴室里收拾，莲娜则被拉德舍夫派去照看孩子。

约莫半小时之后，三个人聚集到了厨房里。

"你怎么这么晚，还身着盛装？"普罗斯库琳娜感兴趣地问女友，直到现在她才注意到莲娜穿着新的长裤套装，据她所知，这是不久前在米兰买的。

"哪里啊，不是啦。"莲娜显得有点不好意思，说话也不连贯了。"是这样，我的姆霞猫有点问题，你知道的。于是，我请瓦季姆帮忙，但是很遗憾，他不给猫看病……我们只好带姆霞去另一位兽医那里，然后丽莎打来电话。"

"啊……明白了。"卡佳点点头。

事实上，明白的是另一回事，在这种情况下，猫只是个借口，女友很认真地迷上了拉德舍夫。确确实实，神魂颠倒了！如果伊戈尔起疑心的话，她会倒霉的。

"或许，我们喝点茶？"她感觉到有些尴尬，于是建议道。

"谢谢，不过我们该走了。"瓦季姆谢绝了，专注地在想着什么。

今天他看起来一点儿都不像卡佳在礼拜六认识，尤其在米哈雷奇屋子边接吻时那样自信。

"是的,是的。"原本正要坐下的莲娜立刻忙乱起来。"猫独自在车里也很无聊。只是我们要确定一下,谁留下来。我,你知道,要照看猫,还要回去接替照看儿子叶戈尔的家庭教师,放她回家。只有你了。"

卡佳差点喊出来:"你的猫觉得无聊,可我丈夫刚休假回来!"她讷讷地说。

在拯救波列沃娅的行动中,她自己的家庭事件好像不知不觉地退到了第二位。但对她个人而言,它们要比觉得无聊的猫和烂醉如泥的柳德米拉更重要。还有那篇关于流行歌星的文章,像吊在脖子上的石头!

"另外,我明天很早就要去上班。索斯诺夫斯卡娅来明斯克了,要出篇文章。我委托给了实习生,可她弄砸了。你为什么不能在这里过夜?先把猫带回家,和家庭教师商量一下。在我记忆里,你还从来没有遇到请人陪伴叶戈尔的问题。"

"瓦季姆,对不起,我和卡佳到一边去一下。"莲娜立刻把女友拉到客厅。"我请你,求你,在这里过夜!"她关上门,压低嗓子,声音却很响,"你知道,问题不在猫上!伊戈尔出差回来,我哪儿也去不了!"

"你有良心吗?"卡佳试图开导她,"再说,柳德米拉更多是你的朋友,而不是我的朋友!"

"怎么,是我自己选她作朋友的?"莲娜气冲冲地脱口而出。

这倒是真的。柳德米拉和莲娜只是由于一些客观原因而频繁来往的,因为她们两人的丈夫从在国民经济学院读书的时候起就是朋友。他们是如何走到一起的,而且关系日益坚固、密不可分,对每个人来说都是一个谜。在性格、行为和生活方式上,他俩完全不同。巴维尔异常勤奋,博学多才,在各方面都很优秀。伊戈尔被认为是一个很马虎的人，挣钱全靠机灵和运气。外表上他们也迥然不同，波列沃伊挺拔英俊，科列斯尼科夫中等个儿，相貌欠佳。与此同时，一个安静，另一个则好出主意和扰人安宁，而且不仅仅在学院的女孩子那里。

毕业后，巴维尔立即进入研究生院学习，通过答辩后，开始在母校任教。伊戈尔在部队服役后，到一家工厂当经济师，没多久就不干了，开始做……不过，说他没做过什么可能更容易些。因为他什么都做过——倒卖外国货、炒外汇，开过商业合作社、商店（都是市里的第一批），也是首都最早拥有新款"梅赛德斯-奔驰"车的人之一。90年代初期，当其他人都还刚在为自己的事业活动打点时，科列斯尼科夫已经在考虑开设一家银行了。他请朋友为团队挑选一些有发展潜力的金融专业毕业生，自己在国外和俄罗斯找了几位可靠的伙伴，最后把事情弄成了，尽管最初几乎没人相信会成功。

其实真不应当怀疑。原本就该考虑到科列斯尼科夫腻烦人，或者说不达目的不罢休的性格、交际能力以及他有朋友和顾问波列沃伊（他真正能够将理论知识付诸实践）这些因素。顺便说一句，嫉妒的人至今还常常说，伊戈尔能够白手起家办起银行，绝大部分的功劳应该归于巴维尔·瓦连金诺维奇。

事业归事业，男人们继续做好朋友。两人的妻子也亲近起来。正式说来，莲娜是伊戈尔·尼古拉耶维奇的第二任妻子。第一个妻子甚至连柳德米拉都没见过，科列斯尼科夫大学期间婚姻的解体速度与它的缔结速度一样的迅疾。女友怀孕，他们结婚，女儿出生。一年后，他离了婚，此后很长一段时间单身：没有时间安排个人生活，事情很多。

"你想想，在这种情况下，也不能给柳德米拉的婆婆打电话！她们的关系原本就一直很紧张。"莲娜继续说服卡佳。

"如果巴维尔正是去他母亲那儿呢？"

"绝对不可能！他从来不在家庭问题上把母亲牵扯进来。我会给你的维塔利克打电话解释。而文章你能搞定，我了解你！一早你把那两个孩子送到幼儿园和学校去之后，就去编辑部上班。我把安东沙送到学校后，马上来接替你。而且，早上米拉也该醒过来了。"

"你觉得他真的离家出走了？"卡佳透过玻璃门看了一眼正在打电话的瓦季姆，问道。

"谁？巴维尔？我想是的。"

"假如他知道这里发生的一切，他会马上赶回来的。他可是个不记仇的人。"她叹了口气。

"也许会赶来，也许不会。提醒过这个傻瓜多少次了，不要这么吃醋，不要羞辱一个受人尊敬的人，不然他会离开的。一点都没用！"科列斯尼科娃绝望地挥了一下手，"怎么样？留下吧，拜托了！"

"你要拉德舍夫干什么？"普罗斯库琳娜忍不住直接问道。

莲娜猛地转过头，盯着朋友："你明白，要守口如瓶。伊戈尔会打死我的！"

"是的，要狠狠地打。"卡佳耸了耸肩。

"至于说到瓦季姆……昨天你自己明确表示，你不需要他。所以现在为时已晚。"

"什么为时已晚？"

"说你也喜欢他为时已晚。"

"你为什么这么想？"

"就是这样。不然我就不懂你了。你那套忠实于婚姻什么的东西，都是暂时的，一旦你遇到一个让你忘记一切的男人就烟消云散了。只是过后良心会折磨你。你是我们这里的完美主义者，正确，理想。所以请把我看作你的拯救者吧。我礼拜六就意识到你喜欢他。他身上肯定有些什么特别的东西……连着三天三夜，我脑子里只想着他。结婚这么多年来我甚至对谁都没看过一眼！但现在想起他我就会发疯！"莲娜心醉神迷地闭上了眼睛。

"你的良心呢？万一伊戈尔知道或者猜到呢？他那么爱你……你这是想一下把全部生活都毁掉！不可怕吗？"

"可怕。"科列斯尼科娃毫不隐讳地承认，"可怕，非常可怕！但谁会告诉他呢？至于良心……或许，这个拉德舍夫被命运派到我身边，就是为了知道，我也爱自己的丈夫。"

"难道维塔利克也需要知道这点？"卡佳在心里想，"只是，不管把这个称作什么，它仍然被归类为'通常的背叛'"。

"悉听尊便，但我不明白你说的这个。"

"你不会明白的，因为你太正确了。顺便说一句，礼拜六的时候，如果我是你的话，一个人，丈夫不在身边，我不会犹豫再三的。至少，会尽情地接吻！不说了，过去吧，不然不方便了。"

外套鞋子穿戴整齐的拉德舍夫焦急地在门厅里来回转着。他朝女人们看了一眼，明确无误地断定谁会留下，默默地把大衣递给科列斯尼科娃。

"晚安！我会再打电话的。"她与卡佳告别。

瓦季姆只是点了点头，就匆匆地走下楼去。

卡佳锁上门，没有开灯，她走进客厅，拉开窗帘一角，朝外看去：莲娜坐进了那辆熟悉的"路虎揽胜"。车的主人，就像前一天晚上那样，在女士身后关上车门，坐到驾驶座上，发动了引擎，仪表盘月色般的照明映亮了车厢。

"要知道我现在最想的就是置身在这辆车子里，坐在她的位置上。"她发现自己有一种谋反的想法。"车子里面，一定和外表一样奢华……他身上肯定有些什么特别的东西。"她在心里重复着莲娜的那句话。"当然，有。英俊，聪明，根据汽车来判断，还很富足。难道兽医的收入在我们这里有这么好吗？应该去查查……不过，干吗要查呢？如果他能出色地了解动物的疾病，就像他洞悉女性心理的话，那么，就是说，他是位优秀的专家。有意思，他为什么不给猫看病？兽医的分类真奇怪……"她感到疑惑，从窗边离开。"要知道，一切都是从打猎开始的。简直就是某种命运的转折！而且不仅发生在我的生活里。"她同情地朝卧室看了一眼。"可怜的米拉。我也很可怜。至少，很快就会在周围人的眼中是这样的，如果我将孤身一人的话。没人可依靠，没人可信任。我想知道，什么样的人会更多些，同情我的，还是幸灾乐祸的？嫉妒者会多高兴啊，普罗斯库琳娜的童话故事结束了！"她苦笑了一下。

在旁人看来，她的人生确实像一个童话故事。一切都非常顺利，一切都能轻而易举得到：各方面出类拔萃，积极活跃。中学毕业，获得一枚金质奖章，立即进入新闻系，马上被任命为班长。认识了一位可爱的技术大学建筑系的学生，一年后结婚。大学一毕业，就进了一家广受欢迎的报社工作。父母还帮忙给这对新婚夫妇买了一套两居室的房子。尽管小一点，但是自己的。看上去，一切都很顺利。

但事实上，没有一样东西是轻易得到的，包括那些赫赫有名的五分好成绩。每天去上学的时候，她都做好充分的预习、完成所有的功课，即使为此不得不在午夜后才能上床睡觉，她也毫不懈怠。而在坐下来写作文之前，翻阅过的材料堆得像小山一样！由于她不止一次地转校，所以要再三地自我确认，证明原先的成绩名副其实。当然，她罕见的社交能力帮了她很大的忙——她能很轻松地融入任何集体，愿意与每个人做朋友，帮助大家。所以，没有人会说她是书呆子。相反，大家都承认她有想法，是集体的灵魂人物。

初恋只是在读大学的时候才降临的，而且成了她人生中遭遇的第一个失败。最好不去想它。不过，那时，她得到了妈妈的支持，妈妈是她可靠的朋友、听众和顾问。

"会过去的，亲爱的，会过去的……初恋，之所以是初恋，就是要让你学会感受痛苦，学会珍惜那个真正的爱——真爱一定会来找你的。"她安慰哭泣的女儿。

爱找到了她。卡佳当时觉得，这是一份相互的、美丽的、终生唯一的爱。举行了婚礼。但妈妈突然去世了，这对卡佳父女来说是一个真正的打击。

妈妈天生是个身材高大的胖女人，患有高血压，但从没检查治疗过，只是自己服药，大把大把地吃，因为她在学校工作——这可不是一份神经衰弱的人能干的活。当然，俄语和文学并不是最难教的课程，但妮娜·谢尔盖耶夫娜还对戏剧非常热衷。每到一所新的学校，她都要组建一个戏剧小组，每逢节日，都会和学生一起排戏，带他们参加各种比赛和艺术节。一直这样，直到有一天肝脏出了问题。她被紧急送进了区医院，几周后就因为肝硬化去世了。

"妈妈，好妈妈。"卡佳的眼睛不由自主地湿润了。"为什么，难过的时候，我是那么需要你的温暖？假如还有兄弟或姐妹的话……爸爸，当然是爱我的，这我知道，但我和他不会像和你那样亲密。你总是在我身边，而他总是突然回来的，风趣地说笑，表扬我的学习成绩，接着又会消失几个星期，训练、执勤、秘密任务……"

父亲每次去哪儿、去多久，甚至连妈妈都不问。军事秘密。正因为如此，卡佳也从来不盘问维塔利克。如果觉得有必要，他自己会说的。而他也没有特别关注她记者生涯中的波折。虽然他也读报，一直看署名普罗斯库琳娜的文章，为妻子感到骄傲。

"一定要再次成为叶夫谢耶娃！"卡佳脑子里突然冒出了这样一个念头，由于吃惊，更确切地说，由于意识到自己想法的趋向，她甚至喘不过气来。"难道在潜意识里我已经想离婚了？……要么，给他打电话?"

洗漱完毕,她把隐形眼镜放进旅行盒,在脸上涂了点梳妆台上放着的晚霜,到小女孩们睡觉的房间里看了一下,随后,拿起隔板上的毯子和枕头,便在门厅里的一张窄窄的沙发上躺了下来,从这个角度望出去,所有房间的门都看得很清楚。

"我们今天不见面,或许是好事。"她拿过放在旁边搁架上的电话,给家里拨了电话。"经过一天一夜,脑子里一切都会平静下来,都能各就各位,都会被考虑清楚。难怪老话说早上要比晚上聪明。或许,至少能够保全脸面,不歇斯底里。"

正如预料的那样,与丈夫的对话颇为紧张,尽管莲娜已经向他讲述了这里发生的情况。维塔利克真的生气了,他已经有一个多星期没见到妻子了,但她却放弃共度良宵而跑去照顾喝醉酒的朋友!果真如此,他对这个嫉妒心极强的歇斯底里的女人从来就没有好感!

主要是丈夫在说。卡佳默默地听着,试图在他的话语里捕捉到哪怕一丁点虚假的印迹。然而没有,听起来一切都是那么的真诚。假如不是亲眼目睹他们俩在机场的激情场面,卡佳现在会感到非常内疚的。她甚至连一句辩解的话都不愿意说,很可能,正是这点使维塔利克彻底生气了,冷冰冰地说了声"晚安"之后,先把电话挂了。

"真的不厌倦双重生活?"她冷笑了一下,把手机放了回去。"他那么确信,一切都被遮掩得天衣无缝!……还有,莲娜也真好啊……"

刚想到莲娜,她的电话就来了。

"拉德舍夫,是个混蛋!"科列斯尼科娃愤愤地叹了口气。

"这又是为什么?"卡佳长长地打了个哈欠。"他怎么,直接在车里就强求你?"

"更糟糕。"

"那在哪?"

"哪都没有！他把我送到家，让我和猫一起在门岗那里下车，自己就开车走了。混蛋！"

莲娜，这位知识分子和美学家一下骂开了，骂得酣畅淋漓，以至于普罗斯库琳娜睡意顿消：哇！真行啊！真不愧是外国语大学毕业的！

"你怎么，为什么不说话？"

"我该说什么呢？"

"说我为事件的转折而感到高兴？好像不是这样。"但是，在倾听了自己的内心之后，卡佳觉得，心里确实轻松了一些。

"他去哪儿了？"她问，这也是她最先想到的。

"我怎么知道？甚至都不肯开进院子，也没下来为我开车门！你能想象吗？……你也不同情我一下。"莲娜没有听到女友对"混蛋"拉德舍夫行为的评判，便开始责备起来。"我第一次想来段浪漫史，可你瞧！"科列斯尼科娃继续披露着自己的忧伤，"但是前面我给他打电话时，我觉得，他甚至还很高兴！我想，我们一起把猫的事情搞定，再共进晚餐……唉，柳达不知道，她今天把我的好事弄砸了！"

"明天你自己会说谢谢她醉酒正当其时。你并不需要他。"

"你这么想？……或许，真的不需要。"莲娜叹了口气，停顿了一下以后表示同意。

"那，拉德舍夫是怎么解释自己行为的？"

"他说他有急事。但半夜三更会有什么事？"

"不知道……也许，有女人在等他。"

"哪里，没有人在等他！我敢肯定！他这样做是想让我懊恼！报复柳达闹出的那些事。"

"胡说八道，这和柳德米拉有什么关系？至于女人么……昨天我们通话后我在商店附近见到他了。不是一个人，和一个黑发姑娘在一起。肯定的，金发姑娘，黑发姑娘，他有的是！"她以纯粹女人的方式开始"安抚"朋友。

"为什么你没告诉我？"

"我也是刚知道！他没有看到我，我在车里坐着。还有，我怎么知道你想干什么？"

"这样的话，情况就不一样了……比起我来，他更愿意选择另一个女人，尽管这点……卡佳，或许，我开始变老了？"

"你？疯了！你离老还远着呢，就像离月亮那么远！记得吗，就是那位拉德舍夫说的，应该为你拍时尚杂志封面照。我觉得，他只是害怕了。"

"怕什么？"

"什么怕什么？对于他这种人，你已结婚这一点倒并不是最重要的。问题在于他认识科列斯尼科夫很久了。你自己想想：他为什么要破坏与银行家的关系？还有，我是目击证人。女记者，说不定就会对谁捅上一刀。"

"很可能，你是对的。"莲娜再次表示同意。"但总的说来……"她停顿一下后重重地叹了口气。

"总的说来什么？"

"我不知道。我累了。很无聊。"

"我理解。在这种情况下，请原谅，我为你引用了那位拉德舍夫的话'无聊是饱足感'。你厌倦了老是在家坐着。你，柳德米拉，都是。你们所有的问题都由此而来。生第二个孩子或者去上班……"

"不，我不想生第二个，够了。至于工作……我去哪儿工作呢？到中小学去当老师？不，绝不可能！"

"那再去学习。做点什么，例如景观设计，你不正在建造房屋吗？我要是你的话，早就再学一门专业了。"

能够感觉到，莲娜陷入了思索。

"不，我不想再学习了。"她终于回应了，"没意义。因为我不想工作，一大早就要起来，还要对什么负责。我爱交际，喜欢美好的东西。"

"好，那就开个精品店或者……哦！我知道，什么事情适合你：开画廊！你将和画家们交朋友，穿着自己华丽的服装，庄严地行走，高雅地交谈。一句话，自由浪漫的艺术家！你英文没问题，所以还可以接待外国人。我甚至可以推荐几家旅行社。他们会为了分成抢着要你！"卡佳打了个哈欠。"你会喜欢的，我敢肯定。同时你也会提升科列斯尼科夫在上层社会的成就率，好商店很多，银行也不少，但好的画廊，在这个城市里，只有一两个。"

"知道吗，这倒是个好主意。"莲娜又停顿了一下，利用这一时刻，普罗斯库琳娜关掉了灯，蜷缩着躺到毯子下面。"明天我和伊戈尔谈谈。你保证会提供媒体的支持？"

"这取决于你的伊戈尔愿意出多少钱。那是另外一个市场，另外一些规矩。我本人不喜欢介入，但我会召集些记者朋友来参加你的开业式。我们的兄弟姐妹中想要免费吃喝的多的去了。如果再加上付钱给他们，那你需要什么他们就会写什么。"

"你开玩笑？"

"完全没有。你就把这当作给你的小小的免费科普，未来用得着。车不上油不走。"卡佳把电话贴在耳边，竭力不让谈话离题。"就这样吧，莲娜，我的眼皮快要粘在一起了……明早别迟到了。晚安！"

道别后，她放下握着电话的手，立刻就陷入睡眠的空虚中。

5

"……叶夫谢耶娃……叶夫谢耶娃在哪里？"她就读学校的校长

对着喇叭喊道,刹那间校长变成了索斯诺夫斯卡娅团队里那个戴眼镜的高大女人——军靴一样的厚皮鞋,暗红色粗针织长毛衣,腰间系着皮带。

"叶夫谢耶娃……叶夫谢耶娃……叶夫谢耶娃在哪里?"喊声沿着学生的队列传布开来。"她在这儿……她在这儿!"

"是啊,她在这儿,在你们旁边!"从校长身后冒出了经纪人,他开心地笑着,抓着一个相貌平平的瘦小女孩的手,把她从队列里拉了出来。那姑娘根本不像中学时代的卡佳。

"这不是我!"她立刻在心中抗议。

突然,女孩在众目睽睽之下开始发生变化,长高了,丰满了,脸上出现了靓妆。

"这是索斯诺夫斯卡娅!你们看看互联网,找找报纸上她的照片!你们怎么,都瞎了吗?"她依然很气愤。

"为表彰您对目标的不懈追求特奖励一颗明星,叶夫谢耶娃。""女校长"说着递过一只礼品袋。

耀眼夺目的拉娜·索斯诺夫斯卡娅穿着缀有亮片的白色校服围裙,自豪地接过袋子,从里面掏出一只闪亮的小球,球开始快速地变大。随着体积的增大,分量显然也在增加,因为她脸上出现了紧张的神情。拉娜使出全力试图用两只手握住球,但是双手颤抖了……

"……啊!啊!"叫声沿着队列传布开来。

学生们四散逃离,球以越来越快的速度继续变大,并朝卡佳滚过来。

"快跑!快跑!"四面八方传来惊恐的叫喊声,但卡佳被球的华丽和发出的异乎寻常的光芒迷住了,她甚至一动都没动。

与其他人不同,她一点都不感到害怕:这个球本来就是给她的,现在只是迎面向主人滚来而已。

"多漂亮！怎么能避开呢？"她没有其他人的恐慌。

她无畏地朝着球伸出双臂，期盼着非常非常重要的事情发生，不由自主地闭上了眼睛，脸上露出了微笑……

耳边响起了学校的铃声……

普罗斯库琳娜半梦半醒，懊恼地意识到"是电话"。她没有睁开眼睛，用手摸到了手机。

"莲卡，你有点良心好不好……"半睡不醒的她不满地嘟哝道。

"卡佳，是我，瓦季姆·拉德舍夫。我在下面门口。我不想用对讲机，怕吵醒孩子们。请开一下门。"

"干吗？"意识到是谁来电话之后，她睁大了眼睛，一下从沙发上跳了起来，开始用手在墙上摸索，寻找电灯开关。

"我想拿回工具。我把它们忘在房间里了。"

回答看来是合理的，工具箱好像真的留在了卧室里，紧靠浴室的门摆着。

"其实也可以明天来拿。他真愿意半夜跑那么远的路穿越整个城市？"卡佳不明白。"还是他的工具包里有贵重的铂金螺丝刀？要是……要是为我而来呢？"一个温暖的想法穿透了她的心。

"好的。我这就开门。"

她按了一下对讲机上的开门键，把毯子披到肩上，从包里拿出眼镜，马上就后悔睡前把隐形眼镜摘下，她不喜欢戴眼镜，觉得戴眼镜不好看。但是没有时间再去弄隐形眼镜了。

卡佳跑进卧室，拿起工具包走到门边，贴着门镜看，等到熟悉的身影出现在门口，立刻摘下眼镜，转动锁把，把门打开一半。

"给。"她把工具箱递了过去。

"呃……我可以进来吗？"瓦季姆似乎没有料到会是这样的接待，

"我需要看看柳德米拉。"

"为什么？她一切正常。"

"这只是表象。事实上，最不愉快的情况随时可能发生。"

"什么会是最不愉快的情况？"她嘲讽地问道，觉得这是拉德舍夫在为进入房间寻找借口。

"或许，你还是让我进去？"他意味深长地朝邻居的房门看了一眼，那里传出一些声响。

"那好吧……"卡佳掖紧了毯子的下摆，退到一边，让出通道。"只是请您解释一下，什么不愉快的情况会发生？"

"你是想让我相信，你从来没有醉成过这样？"现在轮到瓦季姆嘲讽了。

"为什么没有？有过两次。"

"有过一次，就不会提这种问题。"他向前迈了一步，未经邀请就脱下鞋子，继而脱下外衣，挂进衣橱。

"据我理解，您习惯于不达目的决不罢休，并且对所有的人都称'你'？"她决定冷却一下他的热情。

瓦季姆拿起随身带来的一个塑料袋，愣了一下，不解地看着卡佳。

"如果我没记错的话，上个礼拜六的时候，我们就转而以'你'相称了。"他提醒道，没有一丝调情的味道。"但如果你不喜欢，那让我们重新互称'您'。这是第一。第二，是的，我习惯于达到目的，并不觉得这有什么不对。第三……既然已经开始这样的谈话，我想澄清一下情况，我回到这里的原因只有一个——你朋友酒精中毒。我想减轻一点她的痛苦。这就是证明。"他打开塑料袋一一盘点，"葡萄糖、滴管、注射器。我是明天早上七点的航班，所以时间很紧，没工夫开玩笑。"

就在这时，从房间深处传来奇怪的喘息声。

"看，开始了。"他把她推到一边，直接朝卧室走去。

卡佳跟在后面。

卧室朝向浴室的门半开着。只往那里看了一眼，卡佳就彻底相信了瓦季姆的话是对的。柳德米拉跪在马桶边，看上去要么是想抱住马桶，要么是想站起来。她又做了一个笨拙的动作，膝盖磕到了睡衣的前襟，人一下朝侧面倒去。拉德舍夫抓住她。波列沃娅微微抬起头，认出了瓦季姆和卡佳，由于难受翻了下白眼，从干裂的嘴唇里低声吐出几个字："水……药片。头像裂开一样。"

"马上就来。"卡佳猛地转身，"我有！"

"服药现在没有意义。但是喝水越多越好！"瓦季姆在她身后说道。

卡佳已顾不上自己的种种规矩了，她戴上眼镜，在包里找到一袋药片，倒了一杯水，匆匆返回浴室。她装着没有看见拉德舍夫的讪笑，展示性地把药片递给柳德米拉并帮助她喝水吞下去。

"到床上去。"精疲力竭的柳德米拉要求道。

在瓦季姆的帮助下，她站直了身体，走了几步，突然发出含糊的声音，像在请求什么，并用动作示意要去马桶那里。

"我说过，没用。"他叹了口气。"她的肌体无法接受任何东西。只有静脉注射。再拿点水来。请暂时忘却一下女性的固执，试着像一个小时前那样'我需要你的帮助'。"

声音里还是没有任何调情的成分。公事公办般地直接、理性、简短，但足够礼貌。

卡佳感到尴尬，于是脸红了。她觉得，再去厨房取水倒是救了她。

"他真的需要帮助，而我，这个傻瓜，不知道在乱想些什么。"她懊恼地责备自己。

"请您启蒙一下,男性和女性的固执区别何在?"一分钟后她还是提了一个挑衅性的问题。

"好吧。在于男人,用另一个词表达:执着。"他从她手中接过盛了水的杯子,毫不犹豫地"启蒙"道。

答案很简洁,就像那个曾让她折服的"无聊就是饱足"一样。虽然毫无疑问地散发着大男子主义的味道。但要对此做出有尊严的评论得等一等了,因为柳德米拉又开始呕吐痉挛了。

等这阵发作过去之后,瓦季姆把虚弱不堪的女人扶到盥洗台边,仔细地帮助她冲洗了脸,随后递上一条毛巾。

"现在鼓足劲,再把这杯水喝下。"他又给柳德米拉递了一杯水。

"我不喝……喝不下。"她试图把目光集中到镜子上,疲惫地摇了摇头。

"您可以的。"他用钢铁般坚硬的语调说道,并再一次显露出了他新的一面:不听从他是不可能的。"当然,稍微晚了点,酒精已经被吸收,但喝水还是必需的。遗憾的是,一小时前您睡得太沉了。我会给您做一个静脉注射,给您打针。一切都会好的……再倒点水。"他没有转头,把空杯子从左肩上侧向后递给卡佳,再要求柳德米拉,"现在让我们站起来,等等,别引起恶心……来……来……好,聪明的姑娘……"

几乎所有的细节又重复了两次:一杯水,马桶,盥洗台,停顿,又是水,马桶,盥洗台……最后,瓦季姆双手抱起踉踉跄跄的柳德米拉,把她放到床上,他环顾四周,请卡佳帮忙找根带子和绳子。卡佳默不作声地去找绳子,但她不明白,他为什么需要绳子,更不知道哪里能找到绳子。她在自己家里也未必能找到,更不要说在别人屋里了。她把放瓶瓶罐罐的小储藏室翻了个遍,厨柜抽屉里什么都有,就是没有绳子。幸运的是,鞋架上有一个长长的白色蕾丝镶边的放纽扣、针线的盒子，里边有一条松紧带。

对卡佳问是否合适吗的问题，拉德舍夫以点头给予肯定，他把一个透明袋子系到壁灯架上，在柳德米拉的手臂下垫上毛巾叠成的"靠枕"，用折叠两次的松紧带勒紧肘上方部位，用棉塞擦拭静脉——根据气味判断，卫生棉条被酒精浸泡得很彻底，随后插入针头，用橡皮胶固定。没有任何多余的动作，沉稳，精准，恰到好处。仿佛他每天晚上做的，就只是救护女性免于酒精中毒，为她们打点滴。

又是这双神奇的手……卡佳仿佛被催眠了一样，目光一直跟随着拉德舍夫双手的动作，直到她发现自己冒出这样一个念头：她会不介意身处柳德米拉的位置，在自己身上感受那双手的触摸。

"够了！这样会发疯的！"她强迫自己转移视线，并晃了晃脑袋。"总之，这里有什么东西不对劲。"

最后，瓦季姆为柳达盖好被子，走进浴室，再次（今晚已经开了无数次）打开盥洗台的水龙头，用手掌边缘按了一下洗手液瓶子。

"可以再提个问题吗？"呆立在门口的她决心打破持续着的沉默。"难道从一位替牛看病的医生变成为人治病的大夫、给人打点滴，就真的这么容易？您面不改色，镇定自若。"

"打点滴是中级护理人员的工作。而医生就是医生。"瓦季姆通过镜子看了她一眼，"是为牛看病还是为人看病这不重要……"

"请再告诉我，奶牛也有酒后综合征吗？"她暗笑了一下。

"不知道，没见过。但，我想，有这种可能性。"

"震颤谵妄呢？"

"震颤谵妄也可能。"他拿起毛巾，转身面对她。"有很多相同相似的。还有其他问题吗？"

"还会有的……什么时候开始明斯克半夜里也发放滴管和葡萄糖溶液了？"

"我喜欢你对探索真相的执着和渴望。"瓦季姆继续直视她的眼睛，微笑着说道。

"就是说，你之前觉得我肤浅？"

"部分是的。像大多数的记者一样。职业总会留下印迹。你自己就是这样描述它的：'潜移默化'。"

"谢谢你的诚实。"普罗斯库琳娜突然生气了，但尽量不显露出来。"下次我会谨慎些。请告诉我，你为什么那么不喜欢记者？"

"我和他们之间有恩怨。个人的。"

"如此的个人恩怨，以至于我必须为我所有的新闻业同行承担责任？"

"每个人为自己负责。你在这件事情上没有关系。"

"是的，但我有一种感觉，当提到'记者'这个词的时候，你身体内部仿佛就会打开一个信号灯，你开始无缘无故地生气、嘲讽、挖苦。我礼拜六就发现了这点。当你知道我是记者的时候，你脸色都变了。"

"这只是你觉得。"他低下头，"尽管……可能这与我感到意外有关。因为之前我觉得你是和你女朋友一样的人，坐在家里，不知如何打发时光。"

"你经常和这样的人打交道？"

"有时吧。"

"现在明白你当时为什么装傻了。你觉得，显微镜旁是两个幼稚可笑的家庭主妇。一眼望去很难相容并存的事物。只是有个细节要告诉你，我和莲娜都有红色的优秀毕业证书，不是用钱买的。但你的结识方式……"

"我想，我已经在礼拜六道过歉了。"瓦季姆皱起眉头，"因此，你的提醒，请原谅，就像那种通常的唠叨埋怨。这对你不合适。"

"不喜欢人们提起失误？"卡佳嘲讽地纠正道。

"你喜欢吗？想想 40 分钟前你是怎么迎接我的。要知道，在对我回来原因的判断上，你也失误了。"

她垂下眼帘。

"你适合戴眼镜。"拉德舍夫马上改变了话题并且笑了一下。"真的，你其实没有必要缺乏自信，一直戴隐形眼镜。"

"戴隐形眼镜更方便。"

她感到自己脸红了，想离开，躲起来，但又觉得这会被视为彻底失败，于是竭力克制自己并且大胆地抬起头来。

"你说得对，早该克服这种不自信了。"

瓦季姆唔了一声，毫不掩饰自己的兴趣，看了她一眼。

"没想到。看来，在你们三个人当中我注意上了你并不是无缘无故的。"

"既然我们俩都那么透彻，那就让我们像正常人一样说话吧。"

"你为什么觉得我们说话不正常？是你今天语气奇怪。尽管礼拜六我们分手时是另外一种情调。"

"原因很多。"

"比如说呢？你丈夫回来了，而你在这儿，因此你感到不安？这是对的。据我对家庭生活的了解，没有任何理由要求你在别离重逢时再使自己和他失去家庭的安宁闲适。我，比如说，会因此很光火的。而且不仅仅是由于这个原因。"

她把最后那句话视为又一个影射，暗示她礼拜六的率性行为，于是皱起了眉头，转过身背对着瓦季姆。

"好吧，对不起。这不关我的事。看得出，你正是由于这个原因心情不好。"

"心情不好，是因为我想睡觉。这是一。其次，我想，要你老是待在这里，在这间屋子里，你也不会特别高兴吧。毕竟，你晚上的计划也泡汤了。"

"特别不高兴。"瓦季姆表示同意。"晚饭还没吃。"

"这样的话,那就非常感谢你的帮助,我会满怀感激地接受你的进一步指示,那我们就……"

"你这是在赶我走?"

"没有。但我们如果继续以这样的语气交流,我们会吵架的。明斯克是个不大的城市。日后再偶遇,两人的心情又会被破坏。"

"说到点子上了!"瓦季姆再次点头。"只是我今天的计划并不包括与你争吵。好的,抱歉。我真的该走了,只是要等到吊滴结束。锁可以拧到位吗?"他瞥了一眼摊在地板上的门把手。

没有听到回答,他默默地从门厅里拿来工具,五分钟内就把门把手修好了。他把工具放回小箱子,检查了一下柳德米拉的情况,回过头来寻找卡佳时朝厨房看了一眼。她正坐在餐桌旁。

"如果你觉得饿了,我可以为你沏杯茶。"她好像顺便这么一说。

"能有两个三明治我也不会拒绝。"瓦季姆快活起来。"快饿死了。我正要去吃饭,莲娜打来电话。"

"于是你决定和尊敬的伊戈尔·尼古拉耶维奇的妻子共同度过一个美好的夜晚。"

"我是决定帮助有一只需要帮助的纯种猫的女主人。"他微笑着说道。

"瓦季姆·谢尔盖耶维奇·拉德舍夫妇女救援服务中心。"她笑着。"好吧,对此没有更多问题了。另外一点我不明白:你为什么回来?我对你,当然,怀有 respect[1],但是,老实说,我无论如何也找不到对此的解释!我认识很多男士,但我未必能在他们当中找出两三个

---

1 尊重。——译注

会这样做的人……这个故事中的一个意外人物,"卡佳继续感到疑惑,"还能坦然地去吃饭。"

"问题就在于我不能……"瓦季姆叹了口气,停顿了一下,"我和急救中心的人谈了谈,意识到必须要去找我以前的同学。他是医院的麻醉师。幸运的是正好他当班并且没有手术。"

"这家医院给奶牛做麻醉,还是给小狗做麻醉?"卡佳将头倾向一边,仔细地看着他。"还是也给人做麻醉?有些东西使我想到,你的朋友不是给牛看病的医生。就像你,其实,也从来没做过兽医。"

"好吧,我不是兽医。"拉德舍夫投降了。

"那是谁?"

"现在是一名商人,但曾经是一个崭露头角的外科大夫。"他笑了笑,表情里带着些忧伤。"那是很久以前了,是过去的生活了。我已经多少年没做这些事了,因此……你刚才说得不对,其实我手还是抖了。只是能够全神贯注,打开了记忆的阀门。但这已经是细节了。"

"手没有抖。"卡佳不同意。"真的……"她想,"我怎么没有立刻猜到他是医生?哪怕过去是。莲娜要是知道拉德舍夫根本不是兽医会笑死的!"她突然快乐起来。

"笑什么呢?"她的心情变化没能逃过瓦季姆的眼睛。

"想起了莲卡和她的猫。"

"噢,是的,那只猫今天不走运。但我给你朋友留了一位我认识的兽医的电话号码。从我记事起,我们家里总是有狗。大的,小的……现在妈妈有一只贵宾犬,开尔文。不知疲倦,精力旺盛!"

"而我从小就怕狗……我们还有多少时间?我是说,到吊滴结束。"卡佳朝卧室方向点了下头。

"15分钟。该去看看,她那儿怎么样了。"他站起身来。

"如果你真的很饿的话……得看看冰箱。我想,柳达奇卡会原谅我们的。"

打开冰箱的门，卡佳在心里赞赏女主人，格架上摆满了各种食物——从酸奶到放着做好菜肴的密封盒子。

"好像是柳达专门为我们准备的一样。"她感到惊讶，"这里晚饭、午饭、早饭，一应俱全。我永远做不到这点。"

"有红菜汤。土豆泥肉饼……蟹肉棒沙拉。"她一一报给回来的拉德舍夫听。

"我不喜欢蟹肉棒，但红菜汤和肉饼很愿意尝尝。"他坐到桌边，"我喜欢自家做的。你吃了吗？"

"来不及吃。"

"那我们一起吧。"

"不，这个时间我不吃东西。"

"其实没必要。辛苦忙碌的一天，多余的卡路里会燃烧掉。"

"在别人那里，可能会燃烧掉。"卡佳从冰箱里拿出锅子，重重地叹了口气，"但我不会。对了，顺便问一下，你从哪里得到我电话号码的？莲卡给的？"

"不，是她丈夫。昨天给的。"

"怎么回事？"卡佳正按下微波炉的开关，听到回答，不解地愣在那里。

"如果各种情况结合得好，我很快就会需要……怎么正确地表达呢……我会需要进行广泛的广告宣传。"他并不十分自信地解释道。"你在一家重要报社工作……"

"你不喜欢的报业……"卡佳哼了一声。老实说，她并不满意这个判断，她想起了阿纳斯塔西娅·谢尔盖耶夫娜，便皱起了眉头。"我未必能帮你什么：广告不是我的专长。还有，从今天开始，对我而言，'广告'这个词于我就像'新闻'一词于你一样令人生厌。"

"出人意料的回答。那为什么正是从今天开始呢？发生了什么事？"

"有原因的。"卡佳含糊地回答道。"所以你必须去找其他人。"

"告诉我，找谁？"

"最好预先知道你为什么需要他。你做什么的？"

"主要是医疗设备。"

"拥有医学知识背景——不奇怪。"卡佳点点头。"这样的话，打开目录，在符合你方向的栏目里寻找……"

"不行。我计划拓展业务。保持青春、美丽、健康。这不是审美医学，是一个完全不同的方向。最新的日本研制。白俄罗斯还没有过，请相信我。所以，如果没有认真推广是做不到的。"

"奇怪……你这是广告宣传先于市场营销？据我所知，首先应该对这类服务的需求做调研。"普罗斯库琳娜感到惊讶。"要知道，这些都不便宜啊。"

"是的。"拉德舍夫点了点头，"你不是一个普通的记者，你会思考……问题是我不想提前说得过分。"

"竞争对手没有打盹？"

"也包括这个原因。因此，需要一个可信任的人，最好是专业人士，既了解广告又懂商业。具有分析思维。这就是我自己寻找候选人的原因。我觉得，你在各方面都合适。所以，我建议你换个职业。这甚至是有益的。我觉得，你会成功的。我们会成功的。"

"你看，真没想到！所有事物都是重复的！'第二个阿纳斯塔西娅·谢尔盖耶夫娜'！"卡佳被又一个相似的情景震惊了。

正是神经质地哈哈大笑的时候。

"难道你单位里没有聪明的员工吗？"

"为什么没有？笨人我们不养。"他自信地声明，"但我说过，不希望信息泄露。在这些事情上，我能信任的只有我以前的经理，但他不久前开办了自己的公司。"

"竞争对手也培养起来了?"

"完全不是。他无线电技术专业毕业,技术人员,想换换方向。"

听到运行结束信号,卡佳打开微波炉,拿出一个盛着红菜汤的深盘,用鼻子闻了一下弥散出来的气味:

"真香啊。好样的,柳达奇卡。这是酸奶油。"她把一个小袋子推到瓦季姆面前,又转身朝向炉灶,准备加热肉饼。"如果不是秘密的话,你为什么要改变你的职业?坦率地说,在我看来,医生比商人更值得尊重。"

"我同意。但是,显然,作为医生,我并不为社会需要。"他津津有味地喝着浮着一层油的汤,口齿不清地说道。

"其实你不要这么想。我觉得,你曾是个好大夫。"

"是别人帮助我做出改行决定的。包括记者。"

"啊,原来如此!"普罗斯库琳娜陷入思索,"医疗事故或者什么类似的事情。"

"我不想回忆这事。现在我有自己喜欢的事情。所以,如果有关于生意上的问题,我愿意回答,其余的,概不作答。但首先,我想听到你对我建议的回答。"

"为什么你觉得我该换工作?"

"说实话?"

"当然。"

"昨天和今天,我特意在互联网上查看了你最近几年发表的所有文章。你的确是一个好记者,但是……你已经超越自己的报纸了。那些在一开始看上去是好的东西,对你来说,变成了陈规陋习。在旁人看来,这已经很明显了。"

"怎么?"他那令人不快的评价刺痛了卡佳。"这就是为什么你觉得我不应该做新闻而做广告，白白替别人，也就是替你工作的原因？"

"每个人几乎总是在为什么人工作。报纸也不例外。你们有很多的付费访谈，也有很多约稿……"

"我只写我感兴趣的人，不管他们是做什么的。"她在心里做了个补充。"当然，除了索斯诺夫斯卡娅之外。"

也许瓦季姆是对的，但她没有勇气张口承认。于是心里的委屈就愈发强烈。

"值得称赞！如果这一切都是真的，那值得称赞。然而在记者职业中，真的东西很少。记者的任务是形成某种需要的公众舆论，把某人对事实、思想和人的看法灌输给大众。和其他人一样，你们也受制于环境。完全独立是不可能的。对你们的操纵甚于你们对他人的操纵。你不要试图争辩。请冷静地接受我的看法，有空的时候考虑一下，周一我们见个面。这是我的名片。"他从皮夹里取出名片后夹在指尖，递了过去。"同时，请尽量清晰地表明你的条件。"

卡佳看着他的手，看着手指夹着的名片，想把它拿过来，但她觉得，再过一秒钟，男人这双手的神奇作用对一天来已疲惫不堪的心灵的又一轮攻势马上就会开始，她竭力控制住了自己，并转过身去。

"我去看看我们的病人。"他按自己的方式去理解她的行为，把名片放到桌上，"谢谢你的晚饭。"

当他回到厨房时，卡佳坐在已收拾好的桌子旁边，手里转动着那张名片。

"柳德米拉怎么样？"她问道。

"会睡到早上。如果头痛的话，你把自己的药片给她服下。我得走了。"

拉德舍夫把用过的注射器和滴管扔进垃圾桶，洗完手，朝门厅走去，刚走了一步，又突然转了回来，坐到一张空的椅子上。

"问吧，你不是想问点什么吗？"

"为什么这么想？"

"因为我俩有很多共同点。"他说道，直视着她的眼睛，"你和我一样，很多东西都凭直觉。你能很好地感觉与你对话的人，快速地分辨出他的弱点，直接在谈话过程中做出正确的决定。我喜欢你的思维方式，还喜欢你能轻松地扭转对自己的认识，迫使别人接受自己的游戏规则。这方面我们也很相似。这里有某种满足感：刚刚别人还觉得你不行，突然，你变得很好。刚刚别人还鄙视你，但一个小时后他们却准备追随你到天涯海角。开始时对立得越厉害，到后来变得越软弱。对他们的兴趣会立即消失……这是一种心理！礼拜六，我俩相识的开始，就可以作为例子。"

"他又说打猎的事。"卡佳垂下眼帘，突然感到全身乏力。"要说到什么时候啊！'直觉'……您错了，拉德舍夫先生，在直觉方面我恰恰有问题。不然我就不会在丈夫那里那么马虎。我可不打算扭转任何关于自己的认识，我就是我。至于礼拜六……我原以为，一切都是自然而然的，但事实是，这竟然也是一种狩猎方式，人家和我游戏，要我跑到天涯海角。我也几乎就要跑去了……所有的人原本就一心想拿我的失误说事。让我安静点吧！"

"看得出，您确实没有白白改变您的职业。如此无情的人是不应该当大夫的。这不是孩子无意间的残酷行为，您是有意识伤害。"

瓦季姆愣住了。

"你不明白。"他试图为自己辩护，"我说的是别的。"

"我早就什么都明白了。您走吧。我很累，想睡了。而且，您还要赶飞机。"她提醒道。"谢谢您的帮助。"

拉德舍夫看了一下手表，站起身来。卡佳依然坐着不动。

"无论你做出什么决定，我都会等你的……您的电话。"门厅里传来他的声音,"再见!"

房门砰的一声关上了。尽管眼皮直往下沉,她还是站起身,上了第二道锁,摘下眼镜,随即便倒在了门厅里的沙发上。

"'扭转对自己的认识'……也许,答案就在这里:他这么强大的能量是从哪里来的……只是今天我这里'被扭转的认识'够多的了。睡觉……如果我现在不与这一切断开的话,不会有任何好结局的……"

她刚这么想,意识就消失了,就像一台与网络断开的显示器……

6

……卡佳开车来到了父亲的家,推开一反常态没有锁着的门,惊呆了,"他什么时候又加盖了一层楼,还砌上了白砖?现在它看起来像……"她想起来了,"像雅娜和格里戈利的房子!……但是,爸爸从来没有去过他们那里……那些玫瑰很新鲜,但大丽花到现在还没被起出来,都被霜冻得发黑了。真奇怪,阿丽娜·伊万诺夫娜是那么爱花的一个人,难道真的是忘了还是没有足够的时间?得帮助她。"

不知道是怎么回事,她手中居然立即出现了一把铲子。卡佳铲起一块树根,朝四处张望了一下:"放到哪里?"身旁没有合适的盛器。她记得,在棚屋的角落里,有空的箱子和旧木桶。她放下铲子,朝棚屋走去。

"窗户上挂着白色窗帘……这可就完全不是一个棚屋,而是一家小宾馆了!他什么时候改建的?"她不解地呆立在那里,把大丽花也忘了。

这时,门开了,从里面涌出一群人:穿着色彩鲜艳裙子的女人、戴着耳环的男人,还有孩子。整整一个吉卜赛人的营地!

他们没有注意卡佳,更确切地说,根本就没有发现她,奔跑着,消失在房子的后面。

"去看看那里有什么?"仿佛被施了魔法似的,她跟随他们,朝凉亭走去——夏天的时候,一家人在那里喝茶。走过去后,她又停了下来,被看到的景象惊呆了。

专门用于种植土豆和瓜果蔬菜的地块不见了,取而代之出现在她面前的是一个很大的池塘,水面如镜。纯净、清澈的池水倒映着蔚蓝的天空,波光潋滟。小溪在旁边流淌,潺潺水声十分悦耳,石头上,蹲着一些样子奇异、个头硕大的青蛙,鲜绿色的背朝向天空,正在晒太阳。突然,对岸出现了一群大象。这些巨型动物把长鼻子伸入水中,然后再高高举起,扑闪着耳朵,制造出一场真正的大雨。阳光下,水帘闪闪发光,带出一轮亮丽的多色彩虹……

"噢,父亲这里简直就是天堂!"卡佳睁大了眼睛,这时,一只无比美丽的小鸟落到了她的肩头,发出熟悉的啼鸣……

机械地关掉手机上的闹钟,卡佳睁开眼睛,看了一眼显示屏:六点半。

天啊,多想睡觉啊!为什么把时间设定得这么早?应该想到……

脑子里稍微清晰了一点。这里是波列沃伊家……凭着令人难以置信的意志力,她迫使自己离开沙发,跌跌撞撞地走到浴室,爬进淋浴间,拧开水龙头,跨到又密又急的水柱下面。意识和身体拼命地抵制水流的冲击,双腿立即蜷缩起来,后背要紧急寻找依靠。卡佳蹲下身,缩成一团,额头靠到玻璃门上。一分钟后,透过朦胧的雾气,她看到了一个身影,孩子的身影。

"丽莎。"她辨认了出来。"孩子,幼儿园,学校。"从潜意识的深处传来微弱的信号。"该去上班……真要命！噢，索斯诺夫斯卡娅！"卡佳像被电流激了下一样。

睡意立刻消失了：融化了，洗掉了，随着浴盆角落的水涡冲走了。

"早上好，丽莎。萨沙醒了吗？"她打开一点淋浴房的门，伸出手去拿毛巾。

"早上好，卡佳阿姨。萨沙还睡着。我可以洗个澡吗？"

"当然，宝贝。来吧。"

"我不在边上的话请您不要叫醒萨沙。"小姑娘请求道，"不然她会害怕、耍脾气的。平时总是妈妈叫她起床。"

"别担心，我不会去叫醒她的。我去看看，妈妈那儿怎样了，你洗澡。"

"真是个好孩子。"她叹了口气。

柳德米拉看上去还睡着，呼吸平稳均匀。

卡佳踮着脚尖走进主卧室的卫浴间，在梳妆台上找到一盒面霜，一盒粉底霜，用电吹风吹干了头发，戴上隐形眼镜，接着又悄无声息地快速走出主卧室。在儿童室，穿好衣服梳好头发的丽莎已经在等她了。真要再一次惊叹小姑娘与年龄不符的成熟。

与担心的情形相反，波列沃伊夫妇的小女儿早晨起床表现也很好，她没有耍性子，迅速地跳下床，刷牙，穿衣。

"这是教养！"卡佳在心里暗暗地赞赏了她们的父母。"现在做什么？哦，对了，吃早饭！"

她打开冰箱的门，立刻看到了那几个熟悉的锅子。

"粥？肉饼？"

"酸奶！"姐妹俩异口同声地说道。

卡佳边用眼睛余光看着小姑娘们用勺子舀酸奶，边走进门厅，拨通了科列斯尼科娃家的座机，"我们将在十分钟后离开。你很快就到吗？"

"卡佳，我没法过去了。"莲娜对着电话低声说道，"出了这么档事！……是这样的，昨天伊戈尔的银行遇到了些问题。所以他夜里紧急坐火车从莫斯科回来，20分钟前刚进家门。现在在淋浴。但这还不是什么！知道吗，好像是'食人魔'告了密，说昨天有个男人来找过我！真是个混蛋，混蛋！"

"混蛋。"卡佳表示同意，但没有表现出太大的热情。

被住户称作"食人魔"的是最坏的一个门卫，喜欢到处打探，搬弄是非。人们厌恶他到了极点，但一直没有解雇他，因为他当班，老鼠就进不了大楼的门洞！

"我一味解释在哪里、和谁在一起以及为什么，但他，知道吗，他不相信我只是把猫送到兽医那里！"

"我完全能够想象，但瓦季姆·拉德舍夫不是兽医。"

"怎么回事？"

"很平常。他当过医生，后来去做生意了，医疗设备交易。而你的丈夫知道他是一名商人。"

"你是认真的？"

"认真到极点了。所以我现在甚至不知道，你怎么摆脱这一困境。"

这时，电话里除了莲娜的说话声外还传来后面男人的声音，一种很生气的语调。

"你把话筒给他。"卡佳要求道。"伊戈尔，你好！你妻子没有骗你。她直到刚才还确信拉德舍夫是名兽医。他是在狩猎时和我们开了玩笑。我也是昨晚才搞清楚的。"

"嗯……你是怎么搞清楚的？"短暂停顿之后话筒里传来满怀狐疑的嘟哝声。

"我们救了波列沃娅。"她朝孩子们那里看了一眼,走进了客厅。"顺便说一句,我们很幸运,瓦季姆·谢尔盖耶维奇真的当过医生。"

"真的?"科列斯尼科夫不太相信。

"真的。他是学医的。你自己可以去问他。只是不要今天问,他一早要坐飞机出门。"

伊戈尔陷入了思考。当然,他不大与卡佳打交道,但是,不相信她,他显然也没有理由。

"好吧。我们一步步来,你们出什么事了?"

"不是我们,而是波列沃伊两口子。柳德米拉终于把巴维尔惹火了,于是他离家出走了。为此,她喝得酩酊大醉。而你的莲娜,她确信拉德舍夫是一名兽医,求他帮助给猫看病。他把她带到兽医朋友那里,这时丽莎打来电话。事情经过就是这样,真的。拉德舍夫当过医生,这真是奇迹。他立刻把你妻子送回家,开车到医院,拿了滴管、葡萄糖液,再次赶到这里。所以在整个故事中,唯一不走运的,只有你们的猫。知道吗,一大早要赶飞机,而他却在这里做了大半夜的慈善工作!可以说,他救了柳达。"

"而我在救莲娜。"她暗自微笑一下。"有意思,如果知道维塔利克情妇的事,他们是否会挺身而出来救我,捍卫我?"

"这都是真的?"科列斯尼科夫不敢确信,再次严肃地问道。

"我骗过你吗?"

"没有。"

"好,既然没有,那你现在就把妻子送到谢列勃良卡来,你去找波列沃伊。"她看了看手表。"情况紧急。我这里,维塔利克昨天从埃及回来,我们甚至还没见上面,因为我得在这里守夜。就这样吧,我和孩子们要出门了,不然要迟到了,上学、上幼儿园和上班都会迟到。我还有篇文章马上要交,火烧眉毛。"

"好吧……我的司机先送我,然后送莲娜。我处理完事情后,就去找巴维尔。"

"好的。祝你好运!"

她放下电话听筒,做了个手势,把孩子们叫到门厅,请她们尽快穿好衣服出门。突然,电话响了。

"会不会是巴沙?"她高兴起来。

但是,不是巴沙,而是伊戈尔。他想检验一下她是否真的在波列沃伊夫妇的家里,他也诚实地承认了自己的想法。确认自己在场后,卡佳骂了声"见鬼",抓起车钥匙,猛地关上门,和孩子们一起奔下楼去。

"这是什么生活啊?谁也不相信谁!我不相信维塔利克,柳达不相信巴什卡,伊戈尔不相信莲娜,拉德舍夫不相信记者。没有信任的国度!真要疯了!"她边走边按下遥控开关,打开汽车门。

汽车发动了,没有发出像打喷嚏一样的声音,这是个好兆头。从秋天开始,已经用了十年的这辆"小马驹"尽捣乱,先是离合器的皮带断了,然后是油泵偃旗息鼓,而在这一切之后,常常会在最不合适的时候,突然断然拒绝对点火钥匙的启动做出任何反应。早该去修理站了,但一直没时间。

理想的话,当然,现在正是考虑买一辆新车的时候。但是丈夫把所有的钱都投到生意里去了,而且卡佳也舍不得和生命中的第一辆车告别。开着这辆车他们到过多少地方,经历过多少事情啊!

为了把车停靠到离幼儿园尽可能近些的地方,卡佳在各个院子里转了很久,然后又花了一些时间,把萨沙带到班上,交到老师手里。而丽莎,卡佳是卡着点伴着铃声把她送进校门的。而孩子还要在衣帽间里寄存外衣,跑到教室……这当口发生了一件出乎意料的事,这个能够坚强地忍受家庭烦恼的孩子大哭起来,不愿意以迟到者的身份进课堂。于是卡佳不得不拉起小姑娘的手，和她一起上到二楼，向老师解释耽搁的原因。说，妈妈病了，爸爸出差，她被请来照顾孩子，而她没有计算好时间。老师点了点头，丽莎于是跑到自己的座位上。

再次坐进车里后，卡佳轻松地舒了口气，猛地踩下油门，朝市中心疾驰而去。在火车东站附近一个环形交叉路口的红绿灯前，她停下了车，从提包小口袋里抽出杵在那里的香烟，继而翻找打火机，结果……拉出一串波列沃伊公寓的钥匙。她甚至不记得她是怎样又是在什么时候把钥匙扔进包里的！于是不得不再绕一个圈，往回开。

她刚打开门，门厅里的电话就急切地响了起来。

"喂！"她决定接听。

"柳德米拉·尼古拉耶夫娜？您好，我是教研室。您是否能告诉我们……"一个女性的声音犹豫不决。

"什么？"卡佳没有忍住。

"是这样的，巴维尔·瓦连金诺维奇今天没来上课。也没来电话。我们挺担心的，学生们也是。他之前没有发生过这种情况……他，是不是，生病了？"

"生病了。"普罗斯库琳娜自动地确认道，心想"真是的"！"病了……挺严重……感冒……他……在卫生科。抱歉，没有事先打招呼。他自己会给你们回电话的。"

"是的，是的，当然……抱歉。我们只是想确认一下。再见。"

放下电话，卡佳机械地从口袋里掏出手机并拨打了科列斯尼科夫的电话：

"伊戈尔！刚才大学里来电话，巴维尔没有去上课。"

"谁打来的？"

"不知道，教研室里的人。我这是告诉你信息。应该立刻做些什么。"

"知道了。"他重重地叹了口气。

"……他怎么了？"房间里传来柳德米拉嘶哑的声音，紧接着她的形体在门厅里出现了。老实说，很难把这称为"波列沃娅的正常形体"：蓬乱的头发，灰暗的脸色，凹陷的眼睛，虚弱的步伐。

"巴沙怎么了？"她歇斯底里地叫着，冲向卡佳，用拳头敲打她的前胸。"巴沙怎么了？他还活着吗？回答我，他还活着吗？！"

"见鬼！我哪知道？"普罗斯库琳娜试图避开这个失去理智的女人，她朝门口退去。"你的巴沙还活着！知道吗，他上课迟到了！"她气愤地提高了声音。

但是，怜悯立刻替代了愤怒，柳达翻了一下白眼，慢慢地朝地上滑去。卡佳忘了还在与伊戈尔通电话，赶紧过去帮她，把她拉到沙发上，试着拍打她的脸颊，但于事无补。她想起在冰箱门上看到过一些药品，于是跑向厨房，找到了一个小瓶，上面用很大的字体写着"氨气"，她用力打开（指甲也弄断了），把瓶子放到柳德米拉的鼻子下面。

一旁，电话又叮叮咚咚地响了起来。

"喂！"她甚至没看一眼显示屏上的号码，就抓起了电话。

而这时，女主人对氯化氨有了反应，试了两次，半睁开眼睛，头抽动了一下。电话从卡佳的手中划了下来。

"喂，你怎么不说话？"终于，电话里传来维塔利克冰冷的声音。"直到最后一刻，我还希望你至少会打个电话来说'早上好'。而你，就是说，……"

"那你想怎样？"卡佳一边继续观察着正在恢复意识的米拉，一边用同样的语气回答道。

"这样……我有点不明白……你整晚不知在哪里游逛，但受指责的却是我？你们编了一个关于波列沃伊夫妇的故事！柳德米拉不喝酒，这大家都知道！谁会相信你们！我昨天晚上在大楼门边看见科列斯尼科娃和某个男人一起坐在一辆很酷的'路虎揽胜'里！"

"所以你就告诉伊戈尔了？"

"我没事可做！"维塔利克气呼呼地说。"我就像一个大傻瓜，等待着，期盼着你会回心转意，你会回家。哪怕能道个歉！"

"给谁？给你还是给你的阿纳斯塔西娅·谢尔盖耶夫娜？"卡佳突然爆发了。"别再把自己打扮成无辜的羔羊了！我，顺便说一下，也是，像大傻瓜一样，相信你。一直到昨天，我亲眼看见，谁在机场接你，而你，在妻子还在上班的时候，又是如此急迫地赶往谁的那里？你戏还没演够吗？"她轻蔑地问道，同时帮着波列沃娅站起来。"喂，怎么不说话了？……没什么可说的了？那么再见吧！"

她按下电话结束键，搀扶柳德米拉坐到小沙发上，自己也在旁边坐下，同情地抚摸着她的头发。

"是有人告诉你的还是你自己猜到的？"突然，依然闭着眼睛的柳德米拉从没有血色的嘴唇里吐出这么一句话来。

"什么？"

"你的维塔利克……和那个女人约会？"

"你怎么知道的？"

"我早就什么都知道了。"

"多久了？"

"从秋天……去年秋天起……"

"怎么？……"卡佳深感意外。

柳达停顿了一会。

"一年前，科列斯尼科夫夫妇俩从埃及回来，莲娜礼拜天急着去修指甲，度假时她把指甲弄断了，而她和伊戈尔又临时受邀要去参加一个派对。于是，她赶紧去美甲师的家，就在大楼门边看到了维塔利克的车。她还来不及惊讶,他和这个美人就相拥着从门里走了出来。他没有注意到科列斯尼科娃,那天她没穿什么好看的服装,也没有化妆,原本就在尽量避开众人的目光……她立刻躲到旁边一辆车的后面。你是在游击队员大街的房子里发现他们的?"

"在游击队员大街……所以说,莲娜是第一个知道的?"

"她再告诉了我。我一开始不相信,就开始到那所房子边坐在车里观察,万一这是莲娜病态的想象呢?好在我住得不远。与此同时,科列斯尼科娃又向美甲师细细地打听了一番,那人告诉了她一切,楼上的邻居——原来就是你们的扎米亚金不久前搬到城外去了,自己的公寓给了朋友住。她在电梯里见过这个朋友几次。就在第二天,我也看见了这对人儿:他们是坐他的车来的,但驶进院子时,车上只有他一个人,这个家伙,他让她在转弯处就下车,为了避人耳目。他在大楼的门后等她。出来的时候他们也是单独走的,大概是在一个小时之后。我和莲娜决定弄清楚她是谁,在哪里工作。明斯克是一个小城市……科列斯尼科娃想办法打听到了她的姓名,然后甚至通过自己的熟人与那女人的朋友聊了一下。那些女人,都羡慕得眼红,娜斯佳居然绑上这么一位骑士!工作好,有钱,又有前途。她们说,他是个商人,没有孩子,妻子一直给报纸写些莫名其妙的文章。而他似乎迷上了她们的女友,只等她怀孕就胜利成功了!如果不是科列斯尼科娃,我早就告诉你了。"

"他们经常去游击队员大街的寓所吗?"

"一周三次,就像有日程表一样!礼拜三一次,他好像都要泡澡堂,礼拜四或礼拜五一次,这个时候你要么有讲座,要么有聚会。还有就是周末,大多数情况下是在礼拜六,傍晚的时候。"

"礼拜六,他总是上班,在建筑市场上!你知道的,周末,是讨价还价最热闹的时候。"卡佳不解地皱起了眉头,"他回家总是很累……"

"那是因为他在游击队员大街忙了一天。"柳德米拉冷笑道,"与自己的女员工一起。当你在补缺觉、打扫卫生、看电脑的时候,他却在那里心安理得地享用那具年轻淫荡的肉体。"她直截了当地表达出了自己的想法,"这叫精子狂热病。"

"什么?"卡佳不明白。

"精子狂热病。有两种:年龄型,一个男人,觉得自己正在老去,于是竭尽全力、想方设法试图延长自己的青春……对你的那位来说,这还早了点。"

"那我这位是什么情况?"

"公狗型。"柳德米拉叹了口气,"你真的没有注意到或者感觉到点什么吗?"

卡佳只是叹了口气。回答什么呢?在有关她直觉的问题上,拉德舍夫错了。

"是啊,看来……你没看住丈夫。你现在怎么办?"柳德米拉同情地看着她。

"我还没想过。没时间想。我昨天才发现这一切,还是很偶然的。也许,离婚吧。"

"你不怕独自一人吗?"

卡佳不解地看着自己的朋友:"为什么要怕?"

"嗯,经济上会有困难。"

"过日子的钱我总能赚到的。"

"过日子,也是各不相同的,可以只用一分钱,也可以享有好的度假村、汽车……万一,作为女人的你,再也不为任何人需要呢?虽然你很自由,没有孩子。"

卡佳紧张地想了想,随后答道:"没有孩子,这是真的。"

"人们说，遭遇背叛和离婚的女人，要么挣钱保障余生，要么沉湎酒色。"柳德米拉低声说道。"你会做什么？"

"我会组织一个受骗妻子俱乐部……如果在我之前还没人想到过这点的话……来吧，起来。"她醒悟过来，看了一眼手表。"看来……碰头会我已经迟到了，文章还没写好……我们去卧室吧。"

她扶着波列沃娅，把她带到床边，帮她躺下，并为她盖上被子。

柳德米拉突然想起："孩子们在哪儿？"

"在幼儿园和学校里。他们没事。"

柳德米拉平静了下来，但持续的时间不长。

"我知道巴沙可能在哪里！"她的头突然从枕头上抬起来。"我知道，我能感觉到，他很难受。我得去找他！"

她掀掉毯子坐了起来，脚在地板上摸索，寻找拖鞋。

"你疯了吗！你这种样子能去哪儿？酒气熏人，一公里外都闻得到，出门交警就会把你的证收了！"

"那你开车送我去他那儿。"她恳求地望着她。

"我不能！我不能，因为我有工作要完成，不能取消的。"卡佳回绝得很坚决，"又没有死人。"

"如果他正在死去呢，怎么办？"柳达马上接起这个话头。说这话时，她嘴唇颤抖着，泪水挂在睫毛上。"如果他死了，我也会死的。"

"你昏头了。"普罗斯库琳娜叹了口气，从口袋里掏出手机，拨了个号码，"莲娜，你在哪里？"

"我五分钟后就到。"

"太好了。柳德米拉突然想到，巴沙可能会在哪里。你们开车去，去那儿看看。我早就该去上班了。"

"哦，卡佳，我甚至都不知道……等等！"话筒里传来科列斯尼科娃与什么人交谈的声音。"卡佳，司机没法送我们去，伊戈尔叫他把我送到波列沃伊家后马上返回。我，你知道，现在没有车……"

三个月前，为祝贺莲娜生日，科列斯尼科夫决定送她一辆新车，不是随便购买的什么车，而是专门定制的"雷克萨斯"。在被告知他们的订单难以按时完成之前，他们已经把原来的车卖掉了。新车最快要到新年前才运到。

"那你就开柳达的车。她现在这种状态不能开车。"

"你怎么？我只开过驾校的车！我甚至都不记得怎么踩那些踏板！"

"踩离合器，挂挡……"

"可我驾照都没带！"

"那，你们就订一辆出租车！"

"我不坐出租车，伊戈尔不让我坐！"

"那好吧，我也不知道……你们决定吧，都不是孩子了。"

"决定什么？你送我们过去。如果巴沙在那里，那我们就立即把他带回来。你的日程是可以自由调整的！"

"你们所有人都听着：我不能！"卡佳恼怒地提高了声音，"为什么你们就不想明白：我要上班，我有义务，我有责任，我必须写好并提交这篇该死的文章！"

"卡佳，我明白，你有篇文章要写……会写好的。今天不发表的话，那明天肯定会发表。"莲娜轻声说道，"报纸，人们读过就忘了，但现在这里，是些你熟识的人，现实的人，还有他们的命运。要知道，这更重要！不然，你以后不会原谅自己的！"

看来，科列斯尼科娃的确把自己的朋友研究透了。不管怎么样，最后这几句话在卡佳决绝的态度上打开了一个缺口。她闭上眼睛，叹了口气。

"好吧。但只一个来回。"短暂停顿之后，她无可奈何地表示同意。"我们去哪儿？"她问柳达，后者正在专注地听着她们的谈话。

"加里宁格勒胡同。"柳达精神一振，接着摇晃着朝衣橱跑去。"老式简易房，巴沙在那里长大，我们婚后最初三年就住在那里。他经常回忆起那个地方，说只有在那里的时候他是真的幸福。我马上就好，很快。"她低声说着，把一堆衣服扔到地板上，开始翻找着什么。

"我怎么不记得那里有什么简易房……我知道有栋楼，是'明斯克'广播电台，记得库兹马·乔尔内街上有些木头房子……"卡佳说道，同时看着波列沃娅抽出一条牛仔裤和一件毛衣，把剩下的东西用脚踢到墙角。

眼前这个女人所做的一切，与以认真甚至拘泥细节著称的柳德米拉是格格不入的。她好像失去了理智。然而，在过去的24小时内，卡佳似乎已经适应了周围世界里各种各样无理智行为的冲击。

"那些简易房几乎都拆了，但神奇的是，我们的那栋仍然完好无损。是的，巴沙说过，那栋房子随时会被拆掉。所有的住户早已迁走了……我相信，他就在那里。"

柳德米拉边试着套上牛仔裤，边摇摇晃晃地走到床边，蜷缩着躺到皱巴巴的毯子上，继续完成这个由于醉酒而显得艰难的任务。

"嗯，既然你确信……好吧，不用这么急。"卡佳叹了口气。"我还要到阳台上去抽口烟。"

"你可以在厨房里抽。"女主人在她身后慷慨地喊道，"只是要打开排风机！"

……淹没在那些新的、看起来令人肃然起敬的高楼大厦中间的那栋两层简易房像是天外来客：剥落的绿色油漆，装着格栅的歪歪斜斜的窗户，紧紧钉死的大门。

"这里什么人都没有，也不可能有人。"她们一走近房子，科列斯尼科娃就断然说道。"看，紧靠着墙壁在挖基坑。"

房子后面，挖掘机轰隆作响，穿着工作服的人们在忙碌着，但前面，在钉死的大门的入口处那面，一切都很平静，没有任何迹象表明老房子正在度过自己最后的时光。除了破碎的玻璃和新切割的树桩——后者看起来像大的黄色煎饼。

"这里曾有几棵椴树，很高……我们以前住在那里。"柳达指了指二楼的中心部位。"我们得想办法进去。"

"问题是怎么进去？"卡佳想了一下，然后直接朝一扇门走去，转了转门把，"动都不动。我们试试另一个。"

第二扇门也不像能打开的样子。

"这些都是证明。"莲娜摊开双手。"米拉，我们回家吧。卡佳要去上班……你的巴沙会找到的。伊戈尔把银行里的事处理好以后，马上就会派保卫处的人去寻找。"

柳德米拉好像没有听到她的话，她慢慢地沿着房子走着，来到一个奇迹般保存下来的破旧的长凳旁，在凳子的边缘上坐了下来，呆呆地盯着双脚。

"我们抽口烟吧。"莲娜拉了拉女友的袖子。

总的来说，科列斯尼科娃很注意健康，只在节假日里抽烟。或者在神经最脆弱的时候。

卡佳默默地坐到波列沃娅的身边，掏出香烟，轻轻点燃打火机，突然……她们刚刚试图打开的第一扇门轻声作响，放出一个个头很小因而不易察觉的人，随即门又砰地关上了。

"啊！"科列斯尼科娃惊叹，"旧屋幽灵！"

就在这同时，柳德米拉忽地站起身，眨眼之间，就冲了过去，嘴里喊着"开门"，双手用力敲打那扇历经风雨的破门。但是徒然。感觉房子充耳不闻，像聋了一样，而且固若金汤，好像一分钟前没有放出过住户一样。

"门反锁住了。"卡佳猜测。"我们一起来喊'巴沙'！"

"巴沙！巴沙！"莲娜马上加入了进来。"巴沙，开门！请开门！"

"巴沙，亲爱的，开门！"柳德米拉歇斯底里地哭喊起来。"巴沙，请原谅我！巴沙啊……啊……啊！"她嚎叫着，背靠在门上，开始慢慢地朝地上倒去。

卡佳和莲娜试图把她扶起来，但是，波列沃娅推开她们，转过身来，开始用手拼命地去扯、撬、敲打那些钉成十字的板子，也不顾指甲破裂、皮肤划伤。没办法，只得和她一起来做这件疯狂的事情。她们三人用拳头敲、用脚踹这扇油漆剥落的木门，争先恐后地拼命叫喊，甚至咒骂。

筋疲力尽，普罗斯库琳娜和科列斯尼科娃突然同时沉默下来，靠在墙上，同情地看着继续嚎叫的女友。这时，房子里面传出两下吱吱声，好像有人在悄悄地走下楼梯。

"里面有人。"卡佳低声说道并看了一眼莲娜。

"嘿，你们是谁？开门！"她声音不大地叫道。"不然，我们报警了。"

"你们要干什么？"门后一个嘶哑的声音问道。

答话者的声音不是很友善。

"我们在找一个人，巴维尔·波列沃伊。"卡佳继续着这场谈判。"高个子，深色头发……"

"有些斑白。"停止了呜咽的柳德米拉补充道，声音里带着期盼。

"有些斑白。"

"没有这样的人。"

"我们需要确认。请开门。"普罗斯库琳娜坚持自己的要求。"他妻子和我们在一起。"

门后的人停顿了好一会，像在考虑着什么。

"柳达，是你在那儿吗？"最后，里面的人不确信地问道。

"是我！"波列沃娅马上回应道，"……您是？您怎么知道我的？"

"怎么知道的？总不会是骆驼告诉我的吧。我是你的邻居……以前的。"

"廖沙叔叔？……阿列克谢·安德烈耶维奇？阿列克谢·安德烈耶维奇，您听出我声音来了？"

"还没有。"男人回答。感觉得到，他还在思考。"我知道巴沙是不会从那个柳达的身边离开的。"

"他在里面。"卡佳信心十足地轻声说道。

"噢，廖沙叔叔！"柳达恳求道，"廖沙叔叔，他还活着吗？"

"活着，他会怎样？"

"廖沙叔叔，求求您，让我进去看看他！"

"你说放你进来？你知道吗，你把男人折磨到什么程度了？"

"我错了，廖沙叔叔。我……我，大概，可能，太爱他了。"她抽泣着说道。"廖沙叔叔，好人，让我进去吧。"

"好吧，别嚎……谁和你在一起？"

"我的朋友，莲娜和卡佳。巴沙认识她们。"

"你的朋友们都是好样的，大嗓门。死人都会被她们叫醒……让她们先在外面待会儿。"

从门后先是传出两下吱吱声，然后又是一声叮当，门开出一条缝，出现了一张脸，肮脏、干瘪、很久没刮胡子的男人的脸。闻到一股潮湿的气息，还有什么东西发出的霉味。

"好吧，你去吧，去叫醒你的巴维尔。万一，他们开始拆房，而你的他，快有一百公斤重。我们拖都拖不动他。"

柳德米拉像一只老鼠那样飞快地闪进门里，门立即砰地关上了。

"如果这个流浪汉撒谎，他不在里面，"科列斯尼科娃担心地说道，"那会怎样？"

"不会，她认出了老邻居。那我们就等吧。"普罗斯库琳娜焦虑地看了下手表。"我现在给单位里打电话。"

她走到一边，拨通了阿特罗先科的手机，但他没有接。打办公座机也没有应答。难道走开了？这可不像亚历山大·彼得罗维奇。他通常是个冷静而自信的人，但面对重大责任时，会发生根本的改变，如果他要出一期报纸，那整个编辑部就像被棒打一样。那几天里，团队的应激性明显提高，有人会一直与别人争论，唾沫四溅地捍卫自己的立场。有时，人们是真的争吵。导致这一切的，就是他一个人的神经过敏：他无休止地指示、检查、修改、要求重写，在众人的办公桌之间穿梭而行。

老实说，遇到阿特罗先科担任责任编辑时，经验更丰富、年龄更大的记者们都尽量休补假。让年轻人去为阳光下的一席之地较量吧，他们则要爱惜自己的神经，彼此商定好，把自己的文章交给普罗斯库琳娜或罗索马欣负责的那期发表。

要知道，曾几何时，阿特罗先科、卡莫洛娃和罗索马欣三人的名字都出现在主编候选人的名单上！当时，阿特罗先科最年轻、最活跃、最雄心勃勃。但是，感谢上帝，莫斯科的某个人并没有特别在意姓氏以字母"A"开头的这个人，而且及时意识到亚历山大·彼得罗维奇要当领导还为时过早。时间已经表明，他确实天生不是做领导的料。同样来看"乔治·桑"平静、稳重，但只要她吼一声，所有的人一个礼拜循规蹈矩。而这位……无论是自己，还是工作，都安排不好。顺便说一句，阿纳托利·弗朗采维奇谢绝了主编的职务。他说，他既讨厌当领导，也讨厌当领导的人。

"韦尼亚，我们那里怎么啦？"她拨通了波久尼亚的电话。"阿特罗先科没接电话。"

"我想，他又去上厕所了。"摄影师笑了一下。"我理解他，整整一个版面给了索斯诺夫斯卡娅，但你连计划会都没露面。怎么，没法离开丈夫了？我昨晚特地过来，想给你看照片。还好，至少斯特列利尼科娃在。"他颇感委屈地用鼻子抽了口气。

"出了点问题，韦尼亚，没有预见到的问题。"

"需要帮助吗？"他立刻改变了语气。

"谢谢，我自己来解决。你安慰一下阿特罗先科，告诉他，我很快就到。"

"关于索斯诺夫斯卡娅的文章写好了吗？"

"写好了。"不知为什么卡佳撒了个谎。"当然，还要稍稍修改一下。趁着还没忘记，我有个事求你，是关于杜金采夫的文章。"

"那个雕塑家，是么？"

"是的。请挑些他的照片。"

"昨天我就选好了。你要付费啊。太好了，你至少出现了。"

"谢谢你，韦尼亚。再见。"

挂了电话，卡佳把目光投向依然焦急不安的莲娜。这时，门里传来咚咚吱吱的声音，有人从楼梯上下来。门开了，这次开得更大些，门口出现了身材高大的巴维尔·瓦连金诺维奇·波列沃伊。他睡眼惺忪，胡子拉碴，全身的衣服皱巴巴的。除非你有巨大的想象力，不然，看着他这个样子，绝对不会想到这样一个人物会在大学里教课，拥有博士学位。

尽管天气相当阴沉，但巴维尔还是立刻眯起了眼睛，抬起手遮挡光线，稍微适应了一下之后，他迷茫地看着卡佳和莲娜。

"给我抽烟。"终于，他拍了拍皱巴巴外套的口袋，嘶哑地说道。

"我只有淡的。"普罗斯库琳娜递给他打火机和一包香烟。"柳德米拉在哪儿？"

"在和廖沙叔叔说话。"他挥了挥手。

过了约莫五分钟，身后传来波列沃娅的声音，随即，她拎着一个很大的旅行包出现了。

"谢谢你，廖沙叔叔。"她对跟在她后面出现的流浪汉说道。

"你，最重要的，是要记住我对你说的话……以后可没处找了。房子说不定哪天就会被拆掉。"

"我明白了……给。"她把眼镜递给丈夫，眼镜的框架亮得有些耀眼。

"好吧，就这样，巴维尔，别了。"老人已经伸出了粗糙、皮肤开裂的手，突然觉得难为情，又把它插进口袋里。

"为什么说'别了'？"波列沃伊不明白。"我们现在住在谢列勃良卡，欢迎您来。我想法帮助解决您的问题。对了。"他开始在口袋里摸索，"在哪儿写个地址？"

"这儿有。"卡佳从包里拿出一支笔和一个粉红色的便签本。

"罗科索夫斯基大街，……号……室。家庭电话……手机……教研室电话……廖沙叔叔，随时给我打电话。"

他把粉红色的便签纸递给老人。"我肯定会打的……再见，孩子！"老人看也没看，就直接把那张纸塞进了口袋。"你给我带来了快乐，来做客，看我。现在回家吧，那儿有人在等你。"

巴维尔低下头，双手抱住老人，紧紧地贴近自己，然后轻轻放开，提起旅行包，头也不回地大步朝停在一旁的汽车走去。女士们赶紧跟上。

老人目送他们的车拐弯后，仰起头来。他没有注意遮蔽天空的树枝，而是忧伤地看着树上的新鲜锯口。这些树和他的孩子们一起生长，在他妻子去世后，孩子们巧妙地把原先一套住房换成几间小的，留下他一人，没地方住。他叹了口气，从口袋里掏出那张鲜亮的纸片，揉成一团，眼睛朝传来机械响声的方向望去，随即张开了手指。

"是该搬了……"他喃喃自语道。

在大楼入口处旁边把波列沃伊夫妇放下车之后，卡佳调转车头，开出迷宫般的内院，来到大街上，朝编辑部方向疾驶而去。仪表板上的时钟显示正好 12 点。

"奇怪……不接电话。"科列斯尼科娃困惑地看了一眼手机。"接待室也忙音。"她向女友抱怨道。"只得给司机打电话……安德烈？……伊戈尔·尼古拉耶维奇在外面很远吗？我需要车……怎么'还没出去'？……好吧……我会在哪里？编辑部的地址？"她把目光转向女友。"好的，我会在那儿等。"

"怎么样？"卡佳忍不住问道。

"原来，他从早上九点起就一直在革命路那儿了。对我什么也没说。"

"那儿怎么回事？"她机械地问道，但很快闭了嘴。

这条街上有什么样的机构，普罗斯库琳娜很清楚。以前，她也曾被召去过，那里的人想了解，是怎么给非政府报纸上的文章付费的——曾经有一段时间她是这家报纸的编外记者。

"这是什么，惩罚，上天的惩罚？"她愤愤地说了一句。驶过火车东站，在与游击队员大街相交的十字路口前，一长串的车停着不动。"封路了！就好像是冲着我来的！"

她把所有的交通规则抛到脑后，左转掉头，开过两条挤得满满的街道，返回到环线，再转到特罗斯捷涅茨街。

"这样甚至更快些。"她得出结论，尽管在这条平时通常一半是空的街道上有不少车。"你没有注意到一个奇怪的联系吗：在那次去奥斯特罗维茨打猎之后,所有人都遇到了问题,不管是谁!你,我,柳达,你的伊戈尔……好吧,别担心。又不是第一次,不是吗?他们会弄清楚,然后把他放了。"

"三年前,就是这样'弄清楚然后放了'之后,伊戈尔发生第一次小中风。"

"你可别再嚎了!"卡佳注意到科列斯尼科娃颤抖的睫毛上的泪水,便提高声音,"为波列沃伊夫妇的事我的头都大了。司机还对你说了什么?"

"让我坐在你的编辑部里等电话……如果他被抓进去,我一个人可怎么办啊?"莲娜轻声抽泣着。

"说这话你舌头生疮!谁会抓他?!我没听说你丈夫与当局不和。而且,银行还有外国合伙人。光这样,无凭无据,不会把银行、把你的科列斯尼科夫怎么样的。可能会批评一顿,会施加点压力,要赔偿金。我们不知道,他为什么被传唤。万一是某个收银员收了假钱呢?"她开始安慰自己的女友。

"尽管为这种小事不太可能把经理传唤到革命街去……"她刚这么想,突然在视镜里看到一辆三菱吉普车追尾到自己的后面。

眼看就要撞上了,司机开始拼命地按喇叭,打开车头灯闪烁示意。卡佳试着往右靠,想为这位焦躁的车手让道,但始终没能成功,车流太密集了。

"这只山羊,难道没看见吗?"

与此同时,吉普车驶上逆向车道,从她左面超车,肆无忌惮地挤到她车的前面。

"哎,干吗,这个白痴!怎么没交警管他!"

她刚说出口,开在前面、挡着视线的深绿色三菱吉普就来了个紧急刹车。反应只慢了零点几秒,普罗斯库琳娜宝马车的前端就撞上了三菱车后部闪亮的弧形保险杠。后面传来一阵急刹车声。在心中闪过向身后车辆司机的技能表达敬意的意念之后，卡佳忍不住骂了起来，她关掉发动机，跳出车厢。莲娜也跟着冲了出来。

"眨什么眼睛，母牛？"一个40岁左右的男子怒气冲冲地迎面朝他们大步走来。"开得慢吞吞的，现在又把踏板踩混了？"

接着是一长串粗言秽语。

"是您撞了我，还怪我？"卡佳有些愤怒。

"先学会在平地走路，再坐到方向盘后开车！你现在要赔我的保险杠！"他边检查被碰撞部位，边恶狠狠地扔出一句，"我可是花了两千卢布配置的！"

"您的保险杠您出钱！再说，也只是些划痕。"科列斯尼科娃查看着损坏的地方，加入了争吵，"可我们，保险杠，引擎盖，前大灯！"她一一列举受损部位。"我是证人：亲眼看到您开到逆向车道，看到您撞我们！卡佳，别听他的，叫交警！"

"叫呀！我立马让你们丢驾照！"

"您说什么？您让我们丢驾照？您这样的人我们见过！"卡佳掏出手机，坚定地拨了102，随即移到耳边。

与此同时，科列斯尼科娃语气刻薄地说道："啊，您后牌照已经没有了？十分钟之后，前牌照也会没的！顺便说一句，驾照，也会没的！"

"蛮横无理！"卡佳这样评判肇事者的行为，她在等对方接起电话。

"粗鲁！"莲娜附和道，"就是一个坏蛋……"

其他表达她没来得及再添加。狂怒的男人突然跳了起来，转过身，把拳头重重地砸到了她的脸上。面对这样一个暴力场景，卡佳刹那间愣住了，随即，一切像电影中的慢镜头那样，卡佳看到被打女友

165

跌到宝马车的引擎盖上,她不由自主地放下拿着电话的手,机械地朝前迈了一步……

接着的一个瞬间,她的眼前有个东西闪过,莫名其妙的沉闷的声响伴随着明亮的闪光让她感到剧烈的刺痛,一阵头晕,意识屏幕上的画面消失了……

随后接连的两次击打是如此的突然和强大,以至于两位女性都来不及反应发生了什么事情。

卡佳躺在人行道上……慢慢地恢复了知觉。透过眼中逐渐变薄的雾幕,她看到了朝他们奔来的人影,她动了一下……身子不听使唤,脑袋嗡嗡作响,脸部疼痛难忍,泪如泉涌。流进嘴里的泪水,很烫,又苦又咸……有人帮她站起来,有人递来手帕、餐巾纸,有人打电话报警,叫救护车,有人把摔破的手机放到她手里,手机显然是被踩过了。

过了一会儿,交警车来了,后面是一辆带警笛的救护车,科列斯尼科夫焦急的脸一闪而过——他的妻子最终打通了他的电话。在这番忙乱中,没有人注意到三菱车的司机和他的汽车是什么时候不见的。

伊戈尔留下自己单位保卫处的人处理后续,谢绝了急救车的服务,让还处在震惊状态的两位女士坐进自己的奔驰车,然后驾车直奔医院。检查结果表明,总的来说还不太严重——卡佳有擦伤、淤青、轻微脑震荡,眉毛下面缝了几针。此外,一只眼睛完全肿了起来。从受伤情况来看,两人右侧伤得更多些:这个不知名的男人是左撇子。

科列斯尼科夫怒火中烧,他暂时忘却了自己先前的不快,发动起所有可能提供帮助的人寻找罪魁祸首。虽然没有那人的车牌号,但证人和两位女士能够详细地描述司机的面貌和他车的样子。因此,一小时后,伊戈尔手中已经有了一张在明斯克市和明斯克州注册登记的所有类似三菱车的清单,上面还列出了车主的全部信息。到了晚上,全国范围的同类名单也送到了他的手上。

普罗斯库琳娜怯生生地请伊戈尔把她送到编辑部,他不予理会,把服用了镇静剂和止痛药的两位女士送到自己家中,亲自安顿她们躺下,吩咐女管家照顾,随后匆匆离开了。

不用说,卡佳的头刚碰到枕头,由于一昼夜来发生的各种事件而超负荷的大脑立刻习惯性地阻止了对所有现实的感知,陷入了平行的世界里……

7

……周围正发生着不可思议的事情……人物的形象和他们活动的背景看上去难以想象的混乱——所有的人都在移动,变换着位置、脸庞和身体……一些异乎寻常的汽车和机械呼啸着往来穿梭,远处传来雄壮的歌剧咏叹调,突然,"全屏"飘来老流浪汉廖沙叔叔那张很久没有剃须的脸,他腼腆地微笑着。卡佳试图以微笑作答,但她发现,她什么也做不了:颚骨抽搐,不听使唤的双唇紧紧地闭着,被线紧紧地缝住。她竭尽全力,再次试图张开双唇,但是,立刻感觉到一股撕裂的疼痛。她呻吟了一下,抬起歉意的目光,投向老人,但在老人刚才的位置上,已经站着面带微笑的维塔利克……

"麻醉效用正在过去。"昏睡沉沉的卡佳感觉到。"应该起来,想法到单位去。"她睁开眼睛,看见床边预先摆着的一杯水,伸手拉过手提包,摸出一包止疼药。服下药片后,卡佳又倒到枕头上,合上眼睛。觉已经不再想睡了。什么事情都不想做,不想思考,不想动弹,不想出行。

"但是又不得不做。"卡佳意识到这点，感觉很忧伤。"工作十年来第一次没有完成'乔治·桑'布置的任务。唉，明天要出丑闻了！还好，至少关于杜金采夫的文章已经写好并且给了校对。希望阿特罗先科能想出填补漏洞的办法。关于索斯诺夫斯卡娅的文章今天无论如何都要完成。不然的话……不然的话，甚至自己都不知道会怎么样。没有人关心是什么原因妨碍了准时交稿。谁会在乎我撞见丈夫与情人在一起？在乎柳德米拉喝得烂醉而我不得不照顾她和她的孩子？对于今天的事故，说都不想说。除了要写一份有关路上那些粗鲁行为的说明。晚上还有一场与维塔利克的谈话……"

　　感觉到疼痛又有些退去了，卡佳迫使自己从床上站起来，她走到镜子前，吓了一跳：这种样子，不光不能去上班，上街都不行！而现在已经五点多了……

　　"只得申请休补假了……到礼拜三肿会消退，淤青变淡，把这难看模样通过化妆品遮掩起来更容易些。遗憾的是，线要一周后才能拆……"她用指尖轻轻地触摸了一下敷着膏药的地方。"只是希望别留下疤痕……应该用科列斯尼科夫家的座机给编辑部打个电话。"

　　想不到又是韦尼亚代替阿特罗先科接的电话。

　　"噢，你好，失踪女郎！大家都在拼命地找你。我也是。"

　　"我的手机坏了。你找到些什么了吗？"

　　"是这样的，我还想表示感谢呢……当然，现在两腿还在打哆嗦呢。"他用鼻子抽了口气，"我可有三个孩子。"

　　"我怎么搞不清这之间的关系。"

　　"关系很简单。明天全社会都会惊得发抖的，不光由于索斯诺夫斯卡娅的文章，还由于那张我在自己资料库里找出来决定公布于众的照片。照片上的她19岁，那么开放，我可告诉你啊！我一读完文章，就明白了，要么现在做，要么永远不做。"

"等等，什么文章？"

"精彩绝伦！我向你致敬！在'乔治·桑'身边拥有特殊地位，写自己想写的东西，真的很好。"

"你指什么？"卡佳一直没搞懂。

"怎么？为那些歌她准备和自己原来的经纪人打官司，光这件事，就够劲爆的！顺便问一下，你是怎么捕捉到这个的？这种材料，独联体国家所有社会媒体都会盯着不放的！即使招来一堆诉讼也在所不惜。"

"什么？打官司？等等……"卡佳开始慢慢地有点明白了。"你说的是……但我没写过任何关于索斯诺夫斯卡娅的文章。我还来不及写！"

"噢！那是谁写的？你自己说文章已经写好了，只需要稍稍修改打磨一下。怪不得玛丽娅·伊万诺夫娜在那儿抱怨：普罗斯库琳娜怎么啦？从没出过这么多错误。彼得罗维奇有半天的时间在那里试着又联系你，又联系'乔治·桑'，几乎要弄出心脏病来了。最后他总算下令把关于索斯诺夫斯卡娅的文章送排。五分钟后会被送到印刷所。"

卡佳感到胸部发冷，她喘了口气。

"韦尼亚，奥丽娅在吗？"她问道，不敢相信发生的一切。

"不，她不在，今天有个什么测验。你找她干吗？"

"因为，这篇文章我没有亲眼见过。文章是斯特列利尼科娃昨晚写的。她说她想试试，我给了她所有的材料。晚上她通过电话给我读了一下开头部分，我否定了，说我会在早上自己做。结果，她还是把它写完并发给了校对员。"

"嗯，是的……是在那里看到的。从你的邮址发出的。"

"是的，没错，她用我的电脑工作。嘿，韦尼亚，你能把全文读给我听一下吗？"

"可以。等一下……趁我找的功夫，你告诉我，你那里发生了什么事。"

"很多事，铺天盖地，一言难尽。说眼前的几件：汽车被撞，手机被踩，半张脸都是淤青，缝线。顺便说一句，这倒是一个不错的选题——道路上的粗野行为。但这与我从你那儿听到的相比，都算不了什么。你读吧。"

"好的，打开了……听着……'拉娜·索斯诺夫斯卡娅来明斯克打官司。明星不与前经纪人分享自己的歌曲和女儿……'"

"停！"卡佳打断了他。"我清楚地记得她准备为文章取'星辰不会黯淡'之类的标题。"

"文章里有，别担心。请听下去——"

"星辰是不会黯淡的，如果它们生来就是要成为星辰的话。不是成为陨石、成为无限宇宙中的尘埃，而是成为星辰。谁能想到，斯维特兰娜·索斯诺娃，一个来自普通区县城市的瘦小女孩，最终会成为著名的拉娜·索斯诺夫斯卡娅，她对明斯克的短暂访问会被所有媒体争相报道？

拉娜·索斯诺夫斯卡娅已经有一年多的时间没来明斯克了，但在这段时间里她在很多方面都有收获，得到了并非默默无闻的经纪人谢苗·古别尔曼的支持，录制了几首新歌，拍摄了一段视频，最重要的是，拥有了莫斯科大商人阿尔卡季·斯涅日金未婚妻的身份。

与记者的会面拉娜决定直接就安排在明斯克 2 号机场进行。有传言说她计划乘坐未婚夫在她生日那天送她的私人飞机前来，但她实际上是坐莫斯科—明斯克普通航班来的，在贵宾休息室举行了新闻发布会。歌星的心情很好，表示她来的目的是参加第一频道和央视的两场脱口秀节目。主要话题当然是索斯诺夫斯卡娅明年参加'欧洲电视大赛'以及与此相关的欧洲巡演。第一站是白俄罗斯。正是在这里，明星开始了自己的职业生涯，她打算也从这里开始她的第一次欧洲巡演。

'我非常想念白俄罗斯观众，他们总是热情地迎接我。'歌星动情地说，'我的父母和推心置腹的最好的朋友都生活在白俄罗斯。'

实际上，拉娜还是有东西可与众人分享的。当然，歌星自己把这些事都仔细地隐瞒着。但纸是包不住火的。索斯诺夫斯卡娅在文化大学的一位同班女同学日前透露了拉娜与她前经纪人叶甫盖尼·斯捷克洛夫关系出现严重问题的原因。索斯诺夫斯卡娅刚登上俄罗斯排行榜的前列，斯捷克洛夫就被彻底解职，于是他就对自己原来的保护对象怀恨在心。事情发展到这样的地步：他制止了歌星的几场演出，宣称她所有老歌的版权都属于他。当地的音乐会主办机构不愿冒险反对斯捷克洛夫，因为后者威胁说，如果有人胆敢举办索斯诺夫斯卡娅音乐会的话，他将向法庭提出诉讼。

歌星接受了前经纪人的挑战，并且准备先起诉他。可能，她是为此才飞来明斯克的。完全可能这件事会和平解决，因为索斯诺夫斯卡娅手上有王牌——三岁的女儿尤利娅，而她父亲正是叶甫盖尼·斯捷克洛夫。都说他对女儿宠爱至极，尽管不公开承认，因为他与一位大官的女儿有正式的婚姻关系，公布这个事实对他不利。

歌星对所有关于她个人生活问题的回答都很简短：'我是未婚妻，我很幸福。'关于女儿以及自己与昔日情人的关系，拉娜目前倾向于保持沉默，尽管这在音乐圈中早就不是秘密。他们是否能够达成协议，将在最近几天揭晓。如果在白俄罗斯首都出现拉娜·索斯诺夫斯卡娅的演出海报，那么就不会有明星大战。

明星不会黯淡，如果这是某人需要的话。"

"那里还有一些其他的内容，我跳过去了，没读。就是关于求学、第一任丈夫、整形手术什么的乱七八糟的东西。"波久尼亚解释道。

"真是一派胡言。"卡佳跌坐到旁边的椅子里，双腿已经无法支撑发软下沉的身体的重量。

"噩梦！……怎么办？"脑子里的想法很混乱。"但有一点是清楚的，要把文章从这一期中撤下。可以用关于雕塑家的文章替换！"

"韦尼亚！字数是多少？"

"什么？那篇文章吗？不包括照片和广告，有三分之二的版面。"

"那就这样。帮个忙。需要紧急替换。你看看，杜金采夫文章的校对做了吗？"

"……做了。有记号。"

"好极了！责任秘书是谁？"

"迈科夫。刚跑过去。可能是去印刷中心了。"

"马上叫住他！让他撤下关于索斯诺夫斯卡娅的那篇文章，换上写杜金采夫的。我会给阿特罗先科打电话，解释情况。"

"我们会被罚款的……"

"不管怎么样，总比打官司的代价要小。那个更糟……我大概15到20分钟后到编辑部。"

"明白。尽管还是什么都不明白……"韦尼亚拖长音调，"唉，你……会被批的……作为你的同谋，我也会挨剋。"

"你不会挨剋的，我会关心这事。现在这不是主要的。快去，赶上迈科夫。我这就打车。"

一跑进家门，卡佳就找出一顶戴上以后可以把前沿拉到眉毛下方的黑色针织帽，又试着用粉底霜覆盖淤青，但很快意识到没用。胶布覆盖的缝针藏不住，肿胀的眼睛睁不开。只得用带屈光度的太阳镜来代替平时戴的普通眼镜。

在出租车后座坐定后，她鼓起勇气，给阿特罗先科打了个电话。

谈话气氛紧张，但也听得出，她决定撤走那篇文章后，一块石头也从责任编辑的心里落了下来。

她飞也似的跑进编辑部，换上普通眼镜，迎头撞见了波久尼亚。根据他脸上的惊恐表情和一时失语的反应，可以这样理解：她现在这种样子最好不要出现在大庭广众之下。

"你……嗯……呃，看你涂得……"他终于喃喃开口了，"现在你完全可以去拍刑事纪录片了……噢，我马上就好。"说完就立刻蒸发了。卡佳快速跑到，更确切地说是飞到校对员的房间，隔着玻璃门能看见玛丽娅·伊万诺夫娜·索特尼科娃的背影。

编辑部里的人亲热地称呼她"老奶奶"。

她是苏维埃时代锤炼的，她可以日夜连轴工作，会为偶尔漏过一些最微不足道的文字上的错误而真诚地难过直到流泪。她很早就没有了丈夫，孩子们都长大、分开了，所以，这位拥有热爱生活、开朗乐观和有求必应非凡品质的妇女，可以说，把自己的全部身心都奉献给了集体。同时，她还承担着已被遗忘的工会的职责。她记得所有员工的出生日期，从领导到看门人，无一例外。并且不忘在祝贺生日的时候烘焙"拿破仑"牌蛋糕。

卡佳和玛丽娅·伊万诺夫娜很早就认识了。她们先是一起在一家90年代创办的报社里工作（当时这样的报社如雨后春笋般出现），后来又一同进入《昨天·今天·明天》，尽管年龄相差很大，却是忘年交。

"……早就好了，卡佳。"玛丽娅·伊万诺夫娜安慰道，没有抬起头。"好在我昨天就把杜金采夫那篇做好了。迈科夫已经换了文章，我再校一遍。哦，会怎么样，会怎么样啊！"她叹了口气。

身后传来责任秘书廖尼亚·迈科夫的嘟哝声，这是一个表情阴沉的大个子，眉毛粗长，声音低沉，威风凛凛。由于外表看上去颇不友好，许多人都怕他。特别是新人，尤其是第一次见面的时候。但是，一旦深入了解，你就会知道，很难再找到比他更善良的人。他会帮助你，提醒你，开车送你去要去的地方，自己则没有任何额外的要求。关于他的报纸拼版能力，则已经有多种传说了！

"害怕了？"迈科夫责备地嘟哝道，"这可不像你。如果你想知道我的意见，那我要说这是一篇很酷的文章！我干活时很少研究文章内容本身，但为这篇东西，我都想提名你去获一个什么奖。"

"完成！"校对员的话令他高兴，他的身影立即消失在门后。

玛丽娅·伊万诺夫娜抬起头，定睛打量了一下普罗斯库琳娜的脸，双手一拍："上帝啊，卡佳！韦尼亚说，有人袭击了你，打了你，可没想到这么严重！我们的街道上都在发生着些什么呀！这种恶劣行径必须立即处理，要惩罚……"

"已经在处理了，玛丽娅·伊万诺夫娜。"

"我的好姑娘，你，大概很疼吧！这是怎么发生的？"

"请您原谅，这事我们过后再说。"卡佳觉得自己没有力气和心情再来讲述事件的细节，便尽可能婉转地回绝道。"我们先来处理这期报纸。"

她瞥了一眼编辑部墙上的挂钟，走到自己的办公桌边，疲惫地坐到转椅里。目光扫过关着的电脑的显示屏、键盘，以及列放着的各种颜色的文件夹，最后停在了玻璃相框里的照片上：这是他们这对幸福的夫妻最近一次休假时的合影。

"与此同时，还并行存在着一个阿纳斯塔西娅·谢尔盖耶夫娜。那天，回来以后，他很可能也是去她那儿了。"看着照片上维塔利克微笑的脸，她想起了这个细节。"我在家里整理行李箱，他给某人打了个电话，然后匆匆地像要赶去单位。我当时甚至什么都没想……轻信人的蠢婆娘。奇怪得很，现在我在想这事——我在回忆，心里却很平静。人们说得对，以毒攻毒。显然，今天我被撞被打不是偶然的，肉体的痛苦削弱了我精神的痛苦，一举解决了这个难题。感情、愿望、感受是如此的麻木。再加上索斯诺夫斯卡娅的事。迈科夫这么久在搞什么？"她焦躁地看了一眼电子钟。

"我这就去印刷中心。"他终于出现在她的办公桌旁，放下手中文件夹，不慌不忙地拉上夹克的拉链，翻起衣领，从口袋里掏出手套。"别担心！阿特罗先科已经和那里谈妥了，推迟了付印时间。他在那里等我。"

"我和你一起去。"卡佳接口说道。

"什么，你也要去？这样的容貌只会破坏报纸的形象。"廖尼亚抓起文件夹，断然回绝。"和阿特罗先科你没必要再次见面。明天'乔治·桑'首先就会剋你。老实说，其实很遗憾，你决定换文章。"他叹了口气，转身朝向门口。"好吧，我让步——我会给你打电话的。"

"好，来！"突然，卡佳桌子边上响起一个声音。光线昏暗的房间里立即亮起了闪光灯，传来轻微的咔哒声。"再来一张！"

"韦尼亚，你彻底疯了吗？"卡佳眯起那只没有受伤的眼睛，用手遮住脸。"不正常了，是吗？"

"正常，但又不正常，明天你会对我说谢谢的。"

波久尼亚翻看着数码相机里刚拍的照片，咧嘴一笑。"今天文章的事情，大家很快会忘记的，这个么，是工作上的事。而关于这些照片，说什么的都会有。人们还会很长时间地同情你，并谴责那个伸手打女人的混蛋。卡佳，现在不是公对公，我们私下谈，你告诉我，为什么你在最后一刻拒绝发表那篇文章？难道是嫉妒斯特列利尼科娃吗？我们可不是生活在莫斯科，那里轰动性的事情铺天盖地！我们这里不一样。你知道如果发表的话，报纸的排名会上升多少吗？"

"韦尼亚，你非常清楚我为什么要这样做。这是第一。其次，文章不是我写的。"

"那又怎么样？我知道，但别人不知道。签名是你的。"

"签名是我的，这是事实。而我习惯对自己的签名负责。对签名负责，首先是面对报纸，面对所有做这份报纸的人，而不是面对那些可疑的排行榜。不管怎样，都是我的错，明天我来承担责任。"

"那斯特列利尼科娃呢？"

"斯特列利尼科娃？从她那儿得不到什么，她是实习生。大学毕业，安排进我们报社工作，成为'乔治·桑'的宠儿。你自己也说过：文章很酷。"

"好吧，别怕！随着时间的推移，她也会被又一个斯特列利尼科娃来代替。"波久尼亚说着把相机放进套子里。"廖尼亚是对的：你不要去印刷中心。回家去，躺着休息休息。大概，很疼吧？"他表示出同情。

"没什么，会好的。主要是别留下疤痕。"

"事故认定是谁的错？那个打你们的混蛋？"

"初步认定是他。事发后他马上逃跑了。由于事故中另一方的缺席，调查将被推迟。目前找保险公司也没什么意义。给警察局，我们和莲娜已经提交了一份声明。"

"有证人吗？"

"多的是！所以现在我是既没电话，也没汽车。"卡佳叹了口气。

"我可以送你回家。"

"不，我暂时不回家，等迈科夫那里的消息。万一有什么问题呢？"

"那按你的来。"波久尼亚耸了耸肩。"我得走了。别伤心，一切都会好的。"

卡佳用那只不肿的眼睛目送他离开，随后，从包里拿出那部几近破碎的手机，擦拭了一下，摆到桌上，又呆呆地盯着那张镜框中的两人合影看。

"或许，撕掉它？"她抽出照片。"但为什么呢？这是我的生活，有过幸福时刻的生活。尊重过去，嘲讽当下，乐观地展望未来。"她回忆起曾经听到过的座右铭。"在谁那儿能得到一点乐观呢？"

卡佳把座机拉近，不知怎的拨了家里的电话号码。如果维塔利克接电话，她未必会和他说话。但没有人接电话，这可以理解，这个时候，普罗斯库琳娜家通常没人。

"我发现丈夫有情人之后，只过去了一昼夜多一点的时间，但感觉好像有整整一年了。发生了那么多事，都不知道该怎么办！这一切都始于上礼拜六的狩猎。"她再次把两者对应起来。"而且，还有这个拉德舍夫和他的提议……奇怪的感觉，好像我已经认识他很久了……"她陷入了沉思。"对了，应该看看，他的公司以什么见长。他自己，显然是个颇有名望的人。如果有成熟的业务，那很可能已有写他的文章和报道了。"

卡佳打开电脑，翻了一下手提包，找到了拉德舍夫的名片，在电脑上输入"现代医学"的网址。几秒钟后，屏幕上出现了一个设计得很好的网站页面，有俄、英、德三种文字，登载着世界著名的日本公司 UAA Electronics 的一般信息。除此之外没有其他内容。

"有意思。"卡佳仔细看了看名片，"代表处负责人……明白。但靠这个是赚不到大钱的。这是什么？"名片下方罗列公司信息的地方，还用小字印着另一个名称。

她在搜索引擎中输入了她感兴趣的词，一分钟后，她就读到了网上有关该公司的所有信息。公司做的不是别的，正是 UAA Electronics 公司医疗技术的供应和维护（用更易理解的话来说就是售后服务）。这样，一切就清楚了。

"一个不开展业务活动的代表处和就在边上的驻扎公司，后者从事的正是前者的业务。"她哼了一声。"维塔利克也是这样的模式。那么，让我们来看看，还有什么……还真不错！在这样的公司里干也是可以的！"她想。"既然他的专业是医生，那开一家医疗中心更好。当然，事情会更多……可惜，商业活动不是我写的主题。不然，能早点认识拉德舍夫先生。"卡佳叹了口气。"他是个不同寻常的人，能做一次很好的采访。尽管，由于不喜欢记者，他未必会同意。瞧，我是对的，没有一篇报道。"她失望地打了个呵欠，头垂了下来。"我累了……迈科夫打来电话前小睡一下……唉，不该同意服用镇静剂……"

8

"……好女儿，起床了！"卡佳听到妈妈的声音。"你不是想在考试前再复习一下材料吗？"

"起不来，妈妈。"她摇摇头，没有睁开眼睛。"我整夜都没睡，准备考试……我起不来……给学校打个电话，说我不去了，我病了。"

"这不可能，好卡佳！你所有科目都应该考'优'。记住，亲爱的，每场考试都是通向幸福道路上的又一个台阶。你不是想要成为一个幸福的人吗？"

"是的，我想，非常想。"女儿在半睡半醒中确认。"只是让他们把考试改到明天吧。"

"不行，因为明天有下一场考试。每天都是这样。起床，女儿，快起床。我们大家都为你牵挂。听到吗，奶奶来电话了？快回答她……"

"……奶奶，我正在起床。"卡佳摸到了桌上的电话，拿过来，喃喃说道。

"我怎么是你奶奶？"传来迈科夫的嘀咕声。

"廖尼亚，是你吗？那里怎么样？"她立刻清醒过来，接上了对方的话。

"一切顺利，清样交了。"

"阿特罗先科怎么样"

"没怎么样。确切地说，不怎么样。他知道，他明天会被训斥。没有关于索斯诺夫斯卡娅的报道，任务没有完成。瞧着吧，说不定就被赶出责任编辑的行列。"

"他不会被赶出去的，更有可能会被提拔，因为挽救了报纸的形象，在最后一刻改变了局面。为此，会授予他奖章。"普罗斯库琳娜叹了口气。"或许是奖金。倒是我要倒霉了，轻则被警告，重则被解雇。"

"这扯哪去了！如果你会被解雇，那还有谁会留下来？"

"斯特列利尼科娃。要知道是她写了这篇让你们所有人惊喜不已的文章。"

"那怎么样？"

"就这样。而且，我同意所有人的看法，一篇不错的文章。虽然有些地方还有些生涩，但总体上很有火色了。小姑娘羽翼再丰满一些之后，价值无限。我已经不可能这样了。"

"你不可能？你只是一个劲儿地自我谴责。看得出，你真的被撞得不轻。"

"这不是自我谴责，而是确定事实。十年来，我已经习惯于循规蹈矩地工作，严格遵守'可以和不可以'，'需要和不需要'，'这会受欢迎，这不受欢迎'的规则。纯粹的解析。所以……谢谢你的热情话语，也感谢你专门跑了一趟印刷中心。"

"不用谢。我不知道你那里究竟发生了什么事，为什么你没写这篇文章,但有一点我可以说:一切正在过去,一切都会好的。低落的情绪,还有你的淤青。真想挖出那个恶棍。振作起来,我们大家全力捍卫你。"

"再次感谢你,廖尼亚。"

"拜拜。明天见。"

"好了,结束。现在该回家了。"卡佳推开电话,心里想道。"真不想回去,但又必须回去。总不见得在编辑部过夜。得拿上关于索斯诺夫斯卡娅的材料,夜里把这篇该死的文章炮制好。"

她把文件夹和录音笔扔进包里,打电话叫了出租车,把帽檐拉到眉毛部位,戴上墨镜,翻起衣领,打量了一下镜子中的自己,笑了起来:真太漂亮了,妈呀,简直和侦探一模一样!她低着头,像影子一样从值班守卫边上一闪而过,来到门廊,用目光寻找出租车。

"噢,总算等到了!"耳边传来维塔利克高兴的声音。"我等了你一个多小时了,像小狗崽一样冻僵了。你们的门岗只有通过强攻才能夺取!"

"为什么要夺取?还有,你在这儿干什么?"

"我在等你。伊戈尔把一切都告诉我了——发生的事故还有其他的种种事情⋯⋯请原谅,我起先没有相信你。我们明天就订一辆新车。直接从车行订。现在这辆早就该换了。遗憾,你当时没有马上给我打电话。"

"意义呢?在紧急情况下,人们通常是给自己的亲人打电话。从昨天起这样的亲人我没有了。几乎没有,我不想过早地让父亲担心。另外,手机也被砸坏了。"

"是的,我知道。来,拿着。"他递过一个亮晃晃的盒子。"诺基亚,最新型号。我买它想作为新年礼物的,既然发生了这样的事⋯⋯我就早点送你。我看到了你在展览会上看这款手机时的眼神。我请朋友从莫斯科带一个来。早上刚送到。"

"不是这样的!"她反驳道,"是我想送你这样一个型号的手机!"

"真的?那我很高兴,我领先一步了。我们回家吧,外面很冷。"

维塔利克轻轻地挽住妻子的肘部,朝编辑部停车场已经放下来的栏木走去,栏木后面停着一辆宝马7系。几乎要到汽车边了,卡佳放慢了脚步。

"我不和你一起坐车。"她抽回手臂,停下了脚步。

"卡佳……我理解你的状态,但我们到家里去谈,把一切都解释清楚。请吧。"

"我不能和你一起坐车,我叫了出租。"

"那我们现在就取消它。"维塔利克立即掏出了手机。"你叫了哪家公司的?"

"我不会和你一起走的。"她低声说道。"我不想再坐在你的车里,再要你的礼物。总而言之我不想要你的任何东西。最好把它送给阿纳斯塔西娅·谢尔盖耶夫娜……"

她把装着新手机的盒子塞还给他,急忙跑向开过来的那辆预约出租车。卡佳坐进车里,向司机报了地址,随即回头望了一下,维塔利克的"宝马"(由于车头灯很独特因而很容易被识别)正尾随上来。

"我什么都不要,不要什么谈话。我只想一个人待着……不仅仅是今天:我想一个人睡觉,一个人吃饭,一个人生活。为什么要做解释、说理由?一切都是谎言!我们去年的全部生活就是一个彻头彻尾的谎言。他为什么买这个昂贵的手机?简直就像一出轻喜剧:妻子撞见他和情人在一起,他试图用昂贵的礼物来补偿过错。我真想知道他为阿纳斯塔西娅·谢尔盖耶夫娜准备了什么新年礼物?根据香水来判断,偷情者一般都是送相同的东西,以免出错。可以不经意地问道:'亲爱的,你觉得你的新诺基亚怎么样?'与此同时不会把它与另一个品牌搞混。"她冷笑了一下,"是啊……令人不快的东西:盗取信任。开始在每件事情中寻找隐藏的动机。这离对所有的人和事都病态地不信任不远了。"她叹了口气,掏出钱包。

卡佳边走边摸出钥匙,她把芯片钥匙贴到门上,打开后走进门,快步走向电梯,以便先于维塔利克进入房间。

她在门厅里迅速地脱掉外套和鞋子,直接走进浴室,小心翼翼地脱掉衣服,看着镜子里的自己,心想,怎么才能既洗澡洗头,又不弄湿缝线?看来得分段洗,先是上半身,然后是其他地方。

卡佳把一块薄毛巾绞成辫形带子绑在头上,俯下身子,一只手拿着蓬头,另一只手抹香波,随后洗掉。这一切做起来很不方便,但是她想都没想要让丈夫帮忙,学习所有事情自己做,不要别人的帮助。

她非常艰难地洗完了澡,穿上毛巾浴袍,走到门边,侧耳倾听:房间里很安静,静得令人生疑。

"也许,他睡下了?"她这样想着,打开门,踮起脚尖走出浴室。

卧室里,就像在所有房间里一样,很暗很安静。只有从厨房那里透过来的一点光线。她悄无声息地溜进兼作衣橱室的书房,换上丝绒的家居服,套上暖和的袜子,打开电脑,然后想起录音笔和文件夹还留在包里。

她踮着脚尖悄悄走到门厅,抓起包,转过身,朝通向厨房的拱形门那里看了一眼……愣住了。桌上有一瓶打开的干邑白兰地,一只空杯子,一只烟灰缸,一支点燃的烟,要知道维塔利克极少吸烟,也极少喝酒。她看见了低垂的肩膀,耷拉的脑袋……

某种同情感在内心抽动了一下,心里难过起来。她叹了口气,默默地走进厨房,从柜子里拿出一只玻璃杯,坐到维塔利克对面。

"给我也倒一点。"她说。

维塔利克没有抬眼,他往宽口杯里倒了一点琥珀色的白兰地,递给了妻子。她喝了一口，从桌上的烟盒里抽出一支烟，用打火机点燃，用那只不肿的眼睛目送吐出的烟柱飘去，随后冷静地开口说道："你不要特别难过。也许你不会相信，但我真的很理解你。甚至同情你。"

维塔利克缓缓地抬起头，用不解的目光望向她。

"我明白你为什么会有情妇。"卡佳解释道。"你厌倦了平静的、有规律的家庭生活，你开始感到无聊。"

"不完全是这样。"他脸红了，再次把目光转向桌子。"她不是……好吧，总之……"

"不要绞尽脑汁欺骗自己，欺骗我。"她打断了他的话。"妻子之外的那个女人总是被称作情妇的。所以，让咱们直言不讳吧。确实，常常，不是妻子，而是情人被称为心爱的女人。"

"别冲动。"潜意识像红色灯柱一样闪烁了一下。"你今天还有其他计划：你要工作！"

"她，不是心爱的女人。"维塔利克说。"我一直只爱你。"

"为此真要谢谢你。"卡佳咧嘴一笑。"只是我用自己女性的理智难以理解，怎么能够爱着一个，但和两个人睡觉？难道，你的爱情是两者共享的？但是要知道，非物质的东西是无法分成两半的，如同呼吸和生活无法切割成两半一样！不可能只付出一半的爱，做半个被爱的人；知道人家爱着你，只爱你，这非常重要！"

"你把一切搞复杂了。"维塔利克摇了摇头。"我根本不爱她。我从来没有爱过她。"

"啊，是这样啊！不爱她，但按时与她在扎米亚金的寓所里约会。礼拜三，礼拜五，还有礼拜六或者礼拜天。按情况选择。当妻子没日没夜地忙活的时候，你让自己快活，享用那具年轻淫荡的肉体？"冲动中，她重复了波列沃娅的话。"她是个卑鄙的女人，荡妇，又干又瘦！"卡佳终于没能克制住自己，发作起来。

"你不对,她是个好人。"维塔利克嘟哝道。"她不像你想的那样。"

卡佳惊呆了,他居然还敢为她辩护?

"明白了……被彻底迷住了。"停顿一下后她说出声来。脑子里,红色灯柱之外又增加了声音警报,但为时已晚。"你难道不明白,她这个出色的荡妇毁了我们的生活吗?"

"她没有毁掉任何东西……我知道,我得罪了你。只是……只是你不知道,我有多痛苦!我一直想把它了结……"

"多久了?你这么想了结,以至于提拔了她?"她挖苦道,再一次显示自己已掌握情况。

"她是一名优秀的员工,我这样做只是为了让她有一份好的简历。我并不打算在她毕业后把她留在我身边。她有自己的事业和计划!"

"哦!你真是好样的!!只是她另有图谋,和你怀上孩子,让你和妻子离婚,同她结婚!而你,就像一只可怜的瞎猫!不要为她说好话!好人……我们见过这样的好人!她不看你是否优秀,看到的是钱、豪华汽车、出国旅行、不计其数的服饰!天啊,你多么天真!老掉牙的办公室的浪漫史!你在我看来是多么堕落啊!真难以置信!"她愤怒得喘不过气来。

"并非如此。这不是真的……"抓住卡佳停顿的机会,维塔利克再次喃喃地说道。"但是,感谢上帝,一切都结束了。我希望,一切都会转好的,即使不是马上。你也会原谅我的。"

"当然,原谅,我还能做什么呢?"卡佳冷笑了一下。"我不可能带着这个生活一辈子。"

"我会尽一切努力让你原谅我。无论你想要什么。我爱你……"普罗斯库林继续愧悔地嘀咕着。

"不要这样!就像我们的波久尼亚说的那样,男人总是喜欢一个女人,那个在身边的女人。但是,在我作为一个女人看来,从一个到另一个,赶来赶去,这是弱者的宿命。你想知道为什么我会原谅你吗?因为弱者必须得到宽恕,对他们,就像对孤儿、病人和穷人那样。"

持续的沉默笼罩在桌子上方。

"你干吗跑到这个该死的厨房里来?"卡佳的潜意识试图利用这一暂时的沉默冷静下来,停下来,并试图把它纳入自己的意识。"今天不要这样!你还有一篇文章要写!"

"你想让我难过吧?"他最后打破了沉默。

"我觉得,当你屈从于自己的弱点时,你就使自己难过了。"卡佳稍稍冷却一下自己的激烈情绪。"所以,亲爱的,不管承认这点有多么痛苦,但我与你的共同生活已经走到了合乎逻辑的终点。也许,这是好事,除了一些物质财产、共同的回忆和结婚证书上的印章之外,没有任何东西连接你我了。"

"怎么没有?"维塔利克不明白。"你怎么能这么无动于衷?十年的共同生活呢?你自己也总是承认,男人会有'短路'。"

"这不是短路故障。这是精子狂热症。"

"什么精子狂热症?"

"通常的那种,公狗型。"

"是你臆想出来的……你最好试着理解我。你永远在忙碌,永远在某个平行的世界里,永远在电脑前!会晤,采访,文章!我,就像你生活中的一个'附录'!总是在奔忙,总是在干活,总是……毫无激情!甚至连性也成了附录……我都忘了,什么时候你需要过我!"

"我一直需要你的。你一直是我这辈子最重要的人!就像根基,就像基础……"卡佳想。"不过,你或许是对的。最近,我也没有感觉到,对你来说,我是最重要的。但要知道,不这样是不可能的,在一个地方增加,在另一个地方就会减少。我们之间,能量的联系、彼此的内在需求都消失了。你有了一个情人,所有原来给我的东西都分成了两半。因此,是你自己把我推开的!"

"是你把我推向她的!等等……或许……不会吧……我,好像明白了……你也有人了?"

"不。"卡佳宽容地看着他。"我现在没有,也没有过。但是你的思路我很清楚:这是典型的男人的做法,把自己过错推卸到女人的身上。"

"我不推卸任何东西,我承认,我有错。但是……我不明白……不,我不同意,我不想失去你!我会竭尽全力,让这一切,像噩梦一样的一切,都被遗忘掉,让一切恢复得和以前一样!我什么都不想改变,不想重新开始生活!"

"这,又是弱者的宿命。"卡佳说。"维塔利克,要和先前一样是不可能的,人与人之间的能量关系一旦中断,是无法恢复的。过一段时间之后,你会同意这点的。你知道,我甚至很高兴我们昨天不能见面。不然,你又会欺骗我,而我在火头上则会说出一大堆讨厌的话。现在这样,过了一天一夜,所有的情绪都平息下来了,沉淀下来了。发生了多少事情啊,好像过了整整一年。形象地说,从过去了的这一年审视,我领悟到我的决定是对的。我们早就该分手了。我们不能彼此给予对方更多的了,比已经给予的更多,不可能了。"

"不!"维塔利克带着难以掩饰的惊恐看着她。"不!我不!我不同意!你现在是在气头上。"

"哪里,瞧你说的,昨天在气头上。今天不一样了,理解每个人都有获得幸福的权利。上帝保佑,我和你还会建立起自己的生活。最终会有人给你生孩子。有意者已经有了,而且还会出现。"

"除了我俩的孩子,其他孩子我都不要!我们还有机会,我们已经计划做试管婴儿!卡佳,你做任何你想做的事,哭,叫,拳打脚踢,只是不要说什么神话般的幸福权利之类的话!我知道,我做了一件糟糕的事情，我真诚地忏悔。但我无法想象我和另外一个女人而你和另外一个男人一起生活！"

"请冷静。我暂时也无法想象自己和别的什么人在一起。我甚至无法想象，一个人独自生活会怎么样……但我无法适应，我怎么能和一个我不相信的男人一起生活？万一，我不在身边的时候，他又屈从于自己的弱点？不，我不要！我的男人，必须是坚强的，而我，需要确信，他只爱我，就像我只爱他一样。但你，对不起，维塔利克，我已经不相信了。"

"会相信的！我们一切重新开始！"

"意义呢？我们还有什么可以支撑未来共同的生活？没有感情，没有孩子。有的只是一个习惯……对不起，但我必须工作了。我有一篇文章要赶。"

"还赶什么文章啊？你现在怎么能想别的事情呢？等等，别走！让我们把话说完！"他恳求道。"我明白了……这是事故发生后你产生的精神压抑！"他突然恍然大悟。"而你无法充分接受现实……"

"你错了。我已经说过，精神压抑和痛苦都是昨天的事。"

"但你现在所说的一切，都是完完全全的胡话！这个开三菱车的混蛋！你受伤了……头被打了，给你用了很多镇静剂！我们说定：我什么也没听到！"

"受伤，我同意……但内心更痛苦……这不是夜间胡话，不是冲个淋浴就很容易洗刷掉的梦，不是一周后就会被拆掉的伤口线……"她不由自主地用手指触摸了一下眉毛下面贴的胶布。"这是整个余生的痛苦……但我的头，非常奇怪，不痛。为使你更明白些，我就直说，我们必须在双方暗暗互相仇视之前分手。"

"我为什么要仇视你？"维塔利克困惑地摇了摇头。

"因为……"卡佳最后吸了口烟，吐出烟雾，掐灭了烟头。"因为，如果与科什金娜的关系对你来说只是露水私情的话，那我要彻底看不起你了。我更容易接受你爱上了另一个女人，而不是你出轨背叛了我一年。一年……不是一次，两次……"

"你肯定疯了……"

"没疯。我更会原谅你街头召妓。"

"胡说八道……怎么？你是怎么知道的？"维塔利克双手抱住头，呻吟般地问道。

"我告诉你，只是你别恼怒。根据编辑部的安排，我昨天临时去了机场。你们的飞机正好落地……我让同事等一下，赶紧跑去接你。我想给你一个意外惊喜！但你和阿纳斯塔西娅·谢尔盖耶夫娜给了我一个意外惊喜……知道吗，什么特别令人难受？是我的朋友们对所有事情都非常清楚但都保持沉默。觉得自己愚蠢的感觉痛苦至极。"

"除了托里克，还有谁可能知道这事？"

"莲娜和柳达。事实证明，世界比我们想象的要小得多。科列斯尼科娃的美甲师就住在扎米亚金夫妇住过的同一栋房子里。莲娜去她家修指甲，正好看到你和那女人搂抱着进出。后面，是技术型的活儿了。她们打听到了能打听到的一切。包括你恋人的计划。"

"原来如此！现在明白了她们为什么有怀疑的眼光……假如我早点猜到她们知道的话……"

"怎么，会更加谨慎吗？"

"不，不是那样……也许，我早就止步了。你甚至无法想象，有多少次我试图这样做！"

"假如你试过但没成，那说明，不是特别想这样做。所有你想要的，你都在生活中得到了。这我知道。当你想要什么的时候，对你来说，没有任何的障碍。你可以解雇她，直接把一个诱惑物从眼前移开，但是……"

"怎么可以呢？她是一名大学生，她想赚钱。"他试图为自己辩护，但是，意识到论据的薄弱，便沮丧地低下了头。

"总的来说，对要争论的问题，我们好像都已打上句号了。"卡佳重重地叹了口气。"我要去工作了。请不要打扰。我需要一个人待着。"她紧紧地关上了门，拿出工作用优盘、录音笔和文件夹，把提包挂到转椅的背面，呆呆地看着电脑显示屏那一行行字在眼前掠过……好像，在与维塔利克交谈之后，脑子里又形成了一个完全的真空。仿佛里面所有的想法都一个不剩地倒出来了似的。她不想哭，也许，是因为肌体不知道怎么用一只麻木的眼睛来做这件事。

门厅里那扇门的碰撞声把她从抑郁沮丧的状态中拉了出来。她朝过道看了一眼，走了出来，置身到黑暗中。她摸索着来到厨房，轻轻转动电灯开关：桌上是空的烟灰缸、白兰地酒瓶、酒杯，空气里有香烟的味。

她打开小窗给房间通风，又看了一下酒瓶，站了一会儿，叹了口气，关上灯，不知为什么又走到窗边。她看见一辆出租车停在大门边，一个男人打开了后排右侧的门……

"现在你不应该操心维塔利·普罗斯库林去哪里和干什么了，你要工作！"潜意识启动了。"从现在开始，叶卡捷琳娜·亚历山德罗夫娜，您要学习活在当下：当天、当下一小时、当下一分钟的生活。既不要沉湎于过去，也不要奢望未来。"

"还有什么？要么真的离婚后改回娘家的姓，开始过新的生活。"她苦笑了一下，从窗台边离开。"叶卡捷琳娜·叶夫谢耶娃。中学大学里同班同学都开玩笑地叫我科西娃。必须得再次习惯它。现在工作！"

奇怪的是，活儿干得颇为顺利。大约凌晨两点的时候，卡佳写完了文章。她检查了一下字数，调整到所需的篇幅，又重新读了一遍。还不错。确切地说，正常，正是要求的那样。在厨房里服下一片止痛药之后,她去卧室铺好床,又回到书房,关掉电脑,把东西放进包里。眼睛又瞥见波久尼亚打印出来的斯特列利尼科娃的文章。她扫了一眼开头,颇为意外地坐了下来,把它读完,然后又读了一遍。

"还真的是不错!"她想。"夺目、清新、流畅,同时又非常详细。没人听说过的新事实,即使连我……完整的调查。如果这一切都是真的,那真得要向她和她的消息来源表示赞赏。看来,在论坛上,这篇文章会被人们抓住不放的。瞧这赤裸裸的事实,瞧这排行榜。你可以尽情地谈论新闻伦理,但事实总是胜过神话。原因就在于它是事实。好吧,等到明天。确切地说,是今天……"

头一靠上枕头,她就睡着了,既没听见,也没看见,几分钟后维塔利克捧着一束玫瑰回来,在床沿边坐了很久,看着睡着了的她。要么是怕打破她的梦乡,要么是出于其他原因,他最终还是没在旁边躺下,而是去书房睡……

9

这天晚上她梦见了一些混杂的面孔,熟悉的和不认识的。确切地说,这是一些毫无生气的形象,表情呆滞,眼神空洞。它们移动的速度是如此之快,以至于超载的潜意识根本来不及将它们组成一个完整的画面。突然,这些可怕的怪影开始在一个大屏幕上集聚,屏幕好像希望再为自己摄取一个新的牺牲品,气势汹汹地朝卡佳冲来。形象定型了,体积也开始变动起来……

她本能地试图摆脱所看到的一切,身体在床上翻来翻去,急切地用手摸索着寻找遥控器,想关掉这一恐怖的画面,她摸到了什么,一把抓住,试着朝越来越近的怪物扔去……

轰隆声响起。就在那一瞬间,所有的脸再次僵硬,随后黯淡下去,屏幕发出刺耳的声响后熄灭了……

……卡佳筋疲力尽,一动不动地躺在床上,盯着黑暗的天花板,试图弄明白:这次深夜噩梦加密了什么信息?脑子里没有出现任何有用的想法,尽管答案是显而易见的:如果过去两天充满了令人不快的意外,那么即将到来的一天将对它们进行总结,而结果,总的来说,是很容易预测的。一切都取决于卡莫洛娃从莫斯科返回时的情绪,尽管,原本就不要指望从她那儿得到什么好东西……

不管愿意不愿意,应该起来迎接新的一天了。赤脚跨过又一只被打碎闹钟的残片,卡佳蹒跚着走进浴室……

但是,在碰头会上,关于昨天的事情,没有人提一个字,这是个意外。主编甚至没问为什么说过的关于索斯诺夫斯卡娅的报道没有刊登在今天的报纸上。要知道,对于她的到来以及参加脱口秀节目,从国家级到地方级的所有报纸都在拼命报道。关于这点,担任最后校对的斯拉瓦·沃斯科博伊尼科夫及时地汇报了,他还补充说:既然《昨天·今天·明天》报没做关于她的报道,那往后再推介其他各种虚假明星就没有意义了。这其实算不得什么新闻!但杜金采夫得奖可就不一样了!老实说,卡佳没有想到斯拉夫卡会这样明确地支持她,他可是一个愤世嫉俗的人,很苛刻,比任何人都要嫉妒同事们的成功。

其他人对这件事怎么看,不太清楚。开碰头会的时候,办公室里很安静,异乎寻常。尽管窗户有双层玻璃,但马路上传来的过往车辆的声音,甚至远处铁路上开过的火车发出的声音都听得清清楚楚。

最后总编开始讲话。大家都屏息静气。但是……卡莫洛娃从莫斯科的主要新闻开始讲起,由于不久后编辑部要重组,所有的地区代表处都将面临重大变化。究竟会有哪些变化,员工们将会在一周后举行的全体大会上得知。但是，叶甫盖尼娅·亚历山德罗夫娜还是透露了其中的一点：报纸的质量应与员工的质量相称。

"即将裁员。"大家猜测。

对记者而言，前景应该说不容乐观，新报纸、新杂志如雨后春笋般出现的时代早已过去。你现在去找工作试试，失业的同行一大堆。

"就到这吧。"主编宣布结束。"阿特罗先科、普罗斯库琳娜和斯特列利尼科娃留下。"

同事们朝三人投去同情的目光，站起身来回到各自的工作位置。所有的人都知道昨天的事故，而且，说真的，都等待着在会上直接开始审理。此前一直都是这样的。如果今天没有这样做，意味着两种可能，要么是悄悄地、不事声张地把事情解决掉，要么以裁员的名义把某人解雇掉。由于斯特列利尼科娃还不是编辑部的正式员工，要裁的话很可能就会是阿特罗先科或者普罗斯库琳娜，但这也不太可能。不管是他还是她，都是需要的人才，从编辑部成立的第一天起他们就在这里工作了。

"这样，"卡莫洛娃面对三人，语气依旧，"半个小时以后，我的办公桌上应该出现三份关于昨天事故的说明，要详细的。对你们有利的。"说着她朝一早起就用大墨镜将脸遮住的卡佳投去关注的目光。"我在办公室等你们。亚历山大·彼得罗维奇先来，随后斯特列利尼科娃，最后是普罗斯库琳娜。解散。"

卡佳继续努力地不让那些好奇的眼睛看到昨天交通事故留下的痕迹，她往上拉了拉肩头的披巾，低下头，匆匆走向自己的办公桌。她拿出一支笔和一张白纸，用大写字母写下"说明"两字，继而陷入沉思，从哪儿开始呢？

从"独家"采访在怎样的环境里进行的开始？那又怎样？一个优秀的记者从手指中都能吮出信息，如果有最新的通讯稿而且互联网上资料充足的话，那就更没问题了。另外，文章应该有明显积极的含义，就像布置给一年级大学生的作业。

应该承认，如果考虑到斯特列利尼科娃不知道这一提示要求的话，那她这项任务完成得还是很出色的。至少，在克服了阅读时自然的嫉妒感之后，卡佳在心里承认她，甚至羡慕她，写得大胆、新鲜、没有陈词滥调。这是一个事实，年轻的、初出茅庐的实习生胜过了普罗斯库琳娜，胜过了像她一样经验丰富且智慧过人的杂志人！这些人过分注意把握了什么可以，什么不可以，失去了年轻人的热情，变得过于谨慎，早就忘记了改变世界的愿望。用青年人的俚语来表达的话，他们变成了 old fashioned[1]。

"如果这个女孩在刚起飞时就被切断了翅膀，那真是太可惜了……如果她有机会成为我们中任何一个人命中注定成就不了的人呢？"卡佳从眼镜后面环顾了一下编辑部。"看起来，许多人好像已经到了可以直言不讳的年龄和地位了。但他们不这样做！有些人是变懒了，另外一些人是害怕，第三种人是写什么无所谓，只要报酬可观！如果这种情形继续下去，那么我很快也将成为他们中的一员，进入一条再也出不来的死胡同。如果还没跌进去……必须决断。决定离婚，改变姓氏和工作，结交新朋友，让生命充满新的意义！这种疯狂的忙乱，这种无休止的每日涂鸦，从根子上摧毁创造性的想象力！我都忘了，什么时候写过诗，更不要说那本想了多年要写的书了……应该抛弃一切妨碍，放松下来，要考虑的不是一个月内递交的字数，而是……例如，未来书中的主人公们可能会在哪里相识？今晚就可以写出最初的几页……意外地方的意外相识……例如，在狩猎的时候……"

---

1 过时的人。——译注

"卡佳，原谅我。"突然耳边响起一个声音。"原谅我吧。"

沉醉在远离现实生活幻想中的普罗斯库琳娜哆嗦了一下，抬起了头。斯特列利尼科娃站在旁边。从哭红的眼睛和没有妆容的面孔来看，她此前已经在卫生间里大哭过一场了。"我不是故意的。我没想到会这样。真的！"她抽了下鼻子。"我尽力……"

"那为什么你把文章发到校对员那里？老实说！"

"我希望至少有个人读一下。"奥丽奇卡真诚地承认道，神情愧疚地盯着地板。"我没想到一切会那样。"

"下次要好好想想。说明写了吗？"卡佳平静地问道。

姑娘点了点头。

"一切，还都像原来那样，文章是自己写的，是自己的想法，想提出自己的观点，而没有考虑报纸的利益、同事们的愿望和意见。"

普罗斯库琳娜皱了皱眉。

"有什么不对吗？"奥丽娅小心翼翼地问道。"我来改！您告诉我该怎么写！"

"不，也许，是对的。"她停了一下，紧接着表示了同意，"你写得都对。现在镇静下来，去找卡莫洛娃。然后我们再谈。"她用眼光指了指那张一字没写的白纸。

目送着斯特列利尼科娃离去的背影，她突然笑了笑，闭了闭眼睛。短暂的停顿之后，她又拿过一张纸，先写了写件人和收件人的名称职务，随后潦草地写下"申请"两字。

"……我什么都不会看的。"乔治·桑"对递过来的纸甚至看都没看一眼，她从椅子上站起身来，双臂抱在胸前，走到窗边。"我想听到至少一个有分量的理由并想弄明白，为什么你没有完成委托给你的任务。你，可以说是编辑部里唯一一个我信任的人，就像信任我自己一样。这就是我甚至没有从莫斯科打电话回来的原因！你是我的右手,我的支柱。是你,不是阿特罗先科。我现在应该相信谁?"她重重地叹了口气,转身朝向桌子。"我认真地听你说……但首先,请告诉我是在哪里、又是什么时候把你装扮成这样的。"

"昨天,在路上。一个混蛋撞的,后来还打了我和我的朋友,莲娜·科列斯尼科娃(您,可能听说过她的银行家丈夫)。叶甫盖尼娅·亚历山德罗夫娜,事情的发生应该归咎于我:与阿特罗先科和斯特列利尼科娃都没有任何关系。亚历山大·彼得罗维奇,就像您一样,曾经很信任我,奥丽娅……奥丽娅年轻,稚嫩,对许多事情还不太了解。把她留在编辑部吧,您不会后悔的。她,无疑很有才华。"

"嗯,你和斯特列利尼科娃搞得像连环保一样!"卡莫洛娃双手一拍,"她哭着为你求情,你则把所有责任都揽到自己身上!你知道,也许我会同意你的看法。这里,不能用任何客观理由来开脱,分配给你一个任务,但你没有完成。因此,我应该处罚你?"

"处罚我。"卡佳点点头。"所以,叶甫盖尼娅·亚历山德罗夫娜,我请您读一读这个。"她把桌子上的那张纸推到了上司面前。"您是一位智慧女性,我希望,您能理解我。这不是抗议,不是委屈,甚至不是对自己错误认识的结果。怎么对您解释呢?……总的来说,斯特列利尼科娃写文章这件事……"

"你觉得她的文章怎么样?"正在快速浏览书面申请的卡莫洛娃突然问道,"你有什么说的?"

"只有一点,我已经再也不能像她那样写作了。昨晚我写了这篇文章,既没有思想,也没有情感!您知道,原因是什么吗?因为文章被纳入到一个明确勾画好的框架中。无论我的愿望多么强烈,我都无法离开这个框架一步。因为我对游戏规则已了如指掌。这不正常。我开始不关注读者,而是关注上司的反应:是表扬,还是批评,月底是否会发奖金……厌倦了。韦尼亚是对的，无趣，无聊！如果很无聊，那就说明，我饱了。您知道，我有时会觉得自己像谁吗？一匹马，连续十年无动于衷地拉着车、绕着某天勾画好的圆圈走的马。够了，我再也不能这样也不想这样了！显然，我做够了。"

"原来这样。"卡莫洛娃读完陈述，把它放到一边，然后又走到窗边。"你什么时候觉得自己做够了？"

"今天早上。而且这不是一时冲动，相信我……"

"是不是一时冲动，你只有在过了一段时间之后才能明白。你打算做什么呢？"

"我还没想过。首先要把撞坏的汽车修好，还要把这个治好。"她用手指轻轻地摸了摸脸上的胶布。"但最重要的，是我想实现一个长期以来的梦想——写一本书。同时，办离婚……"她低下了头。

"什么离婚？"

"就是一般的离婚。前天，我偶然发现，我丈夫早有着一个平行的生活。所以我想让他摆脱个性分裂。"

"噢……真是些事啊……你是怎么知道的？"

"在机场，我去参加索斯诺夫斯卡娅见面会的时候。在相邻的抵达口，那女人在接我的丈夫，然后他们一起去了租的公寓。老套。没什么有趣的。"

"这样看来，在这件事里我也有一部分责任。是我坚持要你去机场的。"

"不管怎么隐蔽，"卡佳不同意，"就像常说的，一切迟早都会水落石出……所以，你没有责任。"

"现在详细地说说这事。"'乔治·桑'突然说道，并在对面坐了下来。

"您觉得，我需要倾诉？"卡佳垂下眼帘。"大概，以后会有需要的,但不是现在。我不想和任何人说这件事。我想一个人待着,远离忙乱。所以,请您原谅。我不能。"

"伤心吗?"

"伤心……而最有意思的是,闺蜜们都知道,但都闭口不语。好像是保护我。当然,感谢她们,但值得吗?如果我没有发现丈夫行为有任何变化,那就意味着……意味着,是我自己有错。简而言之,我们的家庭生活早已成了一种陈规,而坏习惯迟早都应该摆脱。所以我决定解放自己,也解放他。"

"总的来说,这一切都熟悉。""乔治·桑"把身体靠到椅背上,专注地看着她的眼睛,"只是完全不要责备自己。任何人、任何情况都不可能迫使一个人做卑鄙下流的事情,如果他自己心里不想去做的话。这是第一……第二,别急。先仔细想想,你是否还需要维塔利克,没有他,你同样能够生活还是……万一你有相反的想法——那样的话,就会找到原谅的力量。"

"不,叶甫盖尼娅·亚历山德罗夫娜,我不……"

"别急。"卡莫洛娃打断了她的话。"听听因经验而明智的女性的建议。你不知道,单身是怎么回事,特别是在结婚十年之后。你也无法想象,孤独是怎样的一头怪兽……"

听到上司声音里的伤心语调,卡佳抬起头来,看见她脸上带着深深的忧伤,眼神里充满苦楚。坐在对面的已不是一个意志坚强、毫不妥协、满怀自信的女领导,而是一个为个人生活悲剧感到痛苦的普通女人。听到别人的悲苦,她似乎又激发起了自己的痛苦,那份落到记忆底部的沉重的痛苦。

"好吧。"她双手交叉紧紧地抱住自己的肩膀。"我不准备教你怎么为人处世,在这些事情上,每个人都自己做主。我只是想提醒你,不要听命于情绪!你说你想解放他。女人对女人,你向我解释一下,从哪里解放？从你在他生命中的存在里解放出来？如果这正是有人希望的呢？你想知道接下来会发生什么事吗？首先你申请离婚，然后你搬出公寓，因为你已经不能再住在那里了……"

"您怎么知道的？"

早上，上班的路上，卡佳脑子里还真闪过这样的念头，该考虑新的住处。

"因为我自己曾经经历过这一切。你很像我，独立，高傲。太高傲了！只是当高傲，更确切地说是骄傲盖过理智的时候，那就不要期待有什么好事情会发生。我可以保证，如果一周后知道，那个女人怀孕了，你还会把所有积攒下的财产留给他们。"

"这个我还没想过。"

"但有人会想！你身上没有卑鄙龌龊的东西……一丁点都没有。这是你的不幸也是你的优点。"她意味深长地说道。

"乔治·桑"继续在想着什么，坐在椅子里的身体先是转向窗户，停了一下，突然转向卡佳："那么，这样吧……首先，你写一份休假申请和资助申请，把所有的补休都算进去。你会有两个月的时间。如果你想早点走，欢迎。你知道，工作铺天盖地。总的来说，你去处理家庭问题，把自己、汽车都收拾好，随后再回来。"

"谢谢您的支持，叶甫盖尼娅·亚历山德罗夫娜，但您没理解……"普罗斯库琳娜犹豫了。"我想永远离开。"

"你会回来的。"卡莫洛娃信心十足地回应道，"你没有工作是撑不久的。在这方面，我俩又很相像。要知道，我当时就是这样离开了我丈夫的，假如不是工作……别难过，一切都会好起来的。世间就是这样安排的，如果我们失去什么，那生活一定会把它补偿给我们。"她微笑着鼓励道。"及时告诉我你的情况。就这样，现在我得去做新一期报纸了。"她通过玻璃隔板瞥了一眼墙上时钟。"关于索斯诺夫斯卡娅的文章，我的理解是，你排在今天？"卡佳默默地点了点头。

"谁会怀疑……"主编叹了口气，"只是要决定，谁来代你。"

"斯特列利尼科娃。"卡佳建议道，感觉是理所当然的。"还要等多久？提拔新人吧。我看，您喜欢她。"

"怎么，已经看得出来了？"

"乔治·桑"狡黠地眯起眼睛。她有这么一个爱好：定期培养宠儿！时间不长，最多一两年。事实上，编辑部里的许多人都切身感受过盛衰变迁，就像老话说的，"老爷的宠幸及其后果"。先是赞扬，作为榜样，委托采写最重要的事件，突然，啪的一声，在你已经习惯于在荣誉中熠熠闪光的那一刻，人们开始忽略你，你的文章从版面上被抽走……不是每个人都能承受这种从受宠爱到被遗弃的转变的。如果这时主编有一个新宠，那么有些人是无法忍受的。

总之，在编辑部里能长时间干下去的，只有那些以哲学态度对待生活的人。

"好吧，心理学家……"卡莫洛娃嘲弄地把普罗斯库琳娜的申请揉成一团。"你重写一遍，然后就自由了。"

卡佳打开主编室的门，外面瞬间静了下来，她便在这一寂静中走向自己的办公桌。她拿过一张白纸，又陷入了沉思。如果"乔治·桑"是对的呢？也许，我不该操之过急？要走的话，总有机会。至少可以去科列斯尼科夫那里，他早就邀请了。或者去拉德舍夫那里……

想起瓦季姆，她暗自笑了一下，目送斯特列利尼科娃进入主编办公室，随后开始飞快地写新申请。写完后又重新读了一遍。她打开电脑，把自己的文件夹复制到优盘里，再打开桌子的抽屉，开始收拾东西。

"你能借我一个空袋子吗？"她问出现在身边的韦尼亚。

"她怎么……还是把你解雇了？"他的眼睛瞪圆了。"我不相信……"

"是不要相信。我是去休假,无限期。韦尼亚,我需要一个袋子,最好两个。一个袋子装不下所有的东西。"卡佳用眼睛示意了一下桌上成堆的物品——文件夹、化妆品、备用连裤袜和其他种种以备不时之需的小东西。

"我这就拿来,只是你回答我,你被解雇了吗?"

"我被建议去休假。例行的。"

"噢……"波久尼亚松了一口气,一分钟后,他再次出现,带来了一个很大的条纹袋,就是市场上商贩们常用的那种。"看,我找到了什么!正好会计部运来文具。"

"我会还的。"普罗斯库琳娜朝他投去感激的目光。

"啊,不用……又不是什么好袋子。"摄影师耸了耸肩。"他们那里这种袋子多的是。你接下去做什么?"

"休息。休息和打理个人生活。"

"和丈夫一起去哪儿旅行?"

"从现在开始,韦尼亚,我去任何地方都将是一个人,不和丈夫一起。"卡佳边把东西放进包里边回答。"我丈夫现在过着自己非常有趣的生活。"

"你们吵架了?"韦尼亚又像是询问,又像是确定事实。"别难过,这是暂时的。不要告诉其他人,不要让居心叵测的人有机可乘。大家都知道:你有一个模范家庭。"

"曾经有一个模范家庭,是以前……我会离婚,韦尼亚,这已经定了。"

"你?不会吧!"差点晕倒的波久尼亚拉过旁边的一把椅子,瘫坐进去。"昨天他还在找你,我在编辑部的门廊里遇见他了。卡佳,你好好想过了?"

"好好想过了,如果考虑到我们从机场出来追踪的正是他和他的情妇的话。韦尼亚,离婚后是什么状况?"她问道,没有注意摄影师因惊愕而张大的嘴。"很难吧,在一起,在一起的,突然一个人了?"

"我不知道……因为我从来没有一个人过,总是转去找另一个人。"

"啊……这样的话,就明白了。"卡佳边收拾东西,边叹了口气。"好吧,请原谅我的愚蠢,我没想过,我俩是在不同队伍中按不同的规则进行比赛的。你帮我提包吗?"卡佳拉上拉链,拿出一个优盘,放好,伸手去拿桌上的电话。"我还要打电话叫出租车。"

"为什么要叫出租车?"波久尼亚沉下脸来。"难道我不能送一下朋友吗?请等一下,我去把设备整理好。"

韦尼亚刚离开桌子,斯特列利尼科娃就出现在他站过的位置上。

"叶卡捷琳娜·亚历山德罗夫娜……我甚至都不知道该说些什么……"

"记住,不知道该说什么的时候,最好闭嘴。"普罗斯库琳娜建议道。"来吧,可以搬过来了。"她用手指了一下自己的桌子。"电脑上的密码你知道,来吧,工作吧。祝你成功!"

"卡佳!您生我气了?啊?我真的没想……"

斯特列利尼科娃的眼睛充满泪水。

"没事,奥丽娅。"她用手摸了一下她的肩。"请记住,多愁善感在这里并不受尊重。随着时间的推移你会明白的……我也没生你的气,你,可以说,还帮了我。"

"帮了什么?"实习生挥手抹掉脸颊上的眼泪。

"摘掉了眼镜。"

"什么眼镜?"她忽闪着睫毛。

"这不重要。"

斯特列利尼科娃垂下了目光。

"我，好像，理解您……难道它真的存在？"她犹豫地问道。

"什么？"

"中年危机。我以为，这只是臆想出来的，因为懒惰。"

"更可能，是因为绝望。"普罗斯库琳娜表达不同的意见。"但是，从世界各地有大量健康退休人员这点来看，这种危机是可以克服的。而且能非常成功。这样一种从量变到质变的过渡阶段。好了，再见吧。"看见韦尼亚匆匆走来，她打住了话头，披上外套。

"我可以给您打电话吗？"斯特列利尼科娃这位从此将是国内和世界新闻业的希望用一种令人难以拒绝的语气问道。"请同意吧。"

"当然！"卡佳慷慨地笑了笑。"再见了，各位！"她大声地向安静下来的同事们告别，并挥了挥手。

"应该让人们打不到我的电话。"一个突如其来的想法在卡佳脑海里一闪。

"韦尼亚，如果你有时间的话，让我们去趟涅米加[1]。我得把旧手机送去修理，再买一部新的。"她决定隐瞒此行的主要目的是把SIM卡还给编辑部，这个号码她已经用了三年多了。

同时，如果旧手机能够恢复，就试试把里面的电话号码都复制下来。

"为你，愿意为你做你想要做的一切！"

"……这个，交给斯特列利尼科娃。"走出商店时，普罗斯库琳娜递过一只信封。

"是什么？"

"她会知道的。"不知为什么卡佳高兴起来。

---

[1] 位于明斯克市中心，有商业娱乐设施。——译注

"没问题。"摄影师把信封揣进怀里。

"……要帮忙提袋子吗?"车在大门边停下时他问道。

"谢谢,我自己来吧!你是个真正的朋友!"她在他脸上亲了一下,随后从后座上拿下袋子,拖到门口。"我会打电话的,别消失啊!"她刚在对讲机上按下密码,耳边就传来他的话。

"乡下爷爷收[1]。"卡佳暗自一笑。"现在,如果真的需要,也只有我能够给别人打电话,号码信息都已转移到新手机上了。既然一切这样发生,那就必须走到底。"

"爸爸?"走进房间后,她用新手机拨了父亲的电话号码。"你好,爸爸……不,我一切都正常……维塔利克也是……这是我的新号码,你保存一下。爸爸,告诉我,阿丽娜·伊万诺夫娜在契卡洛夫街的房子现在有人住吗?……没有?太好了……爸爸,我需要钥匙,它在你那里吗?我以后给你解释,派什么用……希望你的另一半不会介意……这样吧,你等我,两个小时后我过来。"

整理出单独生活最初阶段的必需品用了近一个小时。最花时间的是弄书房里的电脑和碟片。把文件拷到最新款的东芝便携式电脑上,这是丈夫为结婚十周年送的礼物,尽管卡佳非常想把这台笔记本电脑留下,但理智还是占了上风:用什么写构思中的那本书呢?至于碟片,她和维塔利克从一开始就喜欢听不同类型的音乐。这样的话,她带走自己的那些就可以了。

卡佳用目光环视了一遍舒适的公寓,现在这里充满了依恋的回

---

1 俄罗斯伟大文学家安·巴·契诃夫写于1886年的短篇小说《万卡》中的细节:少年万卡在圣诞前夜给爷爷写信,向爷爷倾诉自己在鞋铺当学徒遭受的令人难以忍受的悲惨生活,再三恳求爷爷带他离开这里,回到乡下去生活。万卡将写好的信放入信封,在信封上写下"乡下爷爷收"后投入邮筒,开始期待爷爷的到来。后来"乡下爷爷收"被比喻为永远送不出或收不到的信息。——译注

忆。她打电话叫了一辆出租车,在门厅的矮凳上留了一张简短的字条,拖着塞满东西的大袋子来到走廊上,按了货梯键。

"不幸的是,在某些事情上,叶甫盖尼娅·亚历山德罗夫娜,您是对的:我再也不想住在这里了。这套房间不再是我的了。该给科列斯尼科夫打个电话问一下,我的车怎么样……祝贺新生活开始,叶卡捷琳娜·亚历山德罗夫娜!一切都会好的,别怕!不可能不好!"她跨进打开的电梯……

第二部

我努力忘记,但做不到。
我试图哭泣,但没成功。
我开始歌唱。但房间是空的
没有人听到我的痛苦。
我冻僵了。裹进毯子里——
但是感觉更加寒冷。
我驱赶难以控制的思想,
但它们显得更为强大。
我责备自己有力量。
我等待。我把自己变成
一块孤独可怜的小冰块。
我冻僵了。但还在呼吸。
带着某种最后的希望

我一动不动地站在蓬头下。

身体在慢慢变暖……

只是,如何温暖自己的灵魂?

1

在机场员工不满目光的催促下,拉德舍夫跑上舷梯,把票子递给空姐。空姐甚至看都没看一眼,就用手指了指机舱,随即快速地在迟到的乘客身后关上了舱门。瓦季姆走到自己的座位旁,试图把旅行箱塞到架子上,但没成功,图-134 的行李架只适合摆放小型随身行李。

他懊恼地把箱子放在过道里,仔细地折叠好外衣,小心地挤进狭窄的座位(还好,位子在边上,而邻座是个干瘦的老年妇女),系上安全带,习惯性地整理了一下羊毛衫上的褶皱。他一般都很整洁——这是童年养成的一种习惯,当时他试图在各方面都模仿他的父亲。而关于拉德舍夫教授的仔细严谨,医学界里流传的不只是一些说法,而是传奇!

瓦季姆刚喘了口气,立刻感到了轻微的晃动,这意味着飞机滑向了跑道。机组人员开始执行必要的飞行前程序。扬声器里传来嘶哑的、千篇一律的问候语,空姐用虚假的微笑装扮自己,并积极地打着手势,开始解释飞行中的安全规则。他疲倦地望了望她们,微微合上了眼睛,深深地做了几次吸气、吐气,为了让急促的呼吸平稳下来。

"该死的交通堵塞!"他开始暗自责骂让自己迟到的人。"礼拜五,傍晚……冬日将近,夏天别墅季早已结束,街上到处都很冷,人们能去哪儿呢?一句话,这就是莫斯科……如果这个大都市五分之一的人同时坐进汽车启动上路的话,那么没人能开出十米远。明斯克目前的情况要好些，虽然汽车在逐年增多……还好，我赶上了。"他睁开眼睛，把审视的目光投向最近的一位空姐，失望地叹了口气，看了看手表，"如果我们明天早上五点出发，那七点前就能到达目的地。米哈雷奇答应等我们的。有意思的是，科列斯尼科夫会来狩猎吗？鉴于最近发生的事情，看来不太可能……不过，很好奇，波列沃伊夫妇的故事是怎么结束的？一个摔门而去，另一个喝得烂醉如泥。这就是婚姻的意义吗？"他怀疑地笑了笑。"科列斯尼科娃女士也很好，说不定就会给丈夫戴上绿帽子。外表上，普罗斯库琳娜可能会输给了女友，但在其他方面更引人入胜：机智、理性、内敛，有自我组织能力，善于决策，视野开阔。如果情况需要，愿意自我牺牲……那又是什么将她与那些女人联系在一起的呢？是啊……女人间的友谊是难以理解的事情……"

三个年轻女人，在一个值得纪念的礼拜六，出人意料地出现在米哈雷奇的房子边，一开始，她们引起了瓦季姆完全可以理解的惊讶和好奇，她们是谁，在这里要干什么？当时他的心情糟透了（打偏了仅相距50米的野猪！），因此，为了安慰自己便决定找点乐子。但是首先应该观察并且确定，跟三人中的哪一个结识。

得出第一个结论并不难，女士们是来找自己丈夫的。情人很少会被带到打猎队伍中来，带到米哈雷奇这里来更不可能，他对此非常严格，比任何人都严格。因此，两位女士的情况，他很快就弄清楚了，他记起了曾经在哪看见过她们和丈夫在一起。但在她们的女友，第三位女士那里，暂时遇到了点问题。一个漂亮的金发女郎，好像并不寻找任何人，也不急着到谁那儿去。很放松，没有多余的言语，多余的动作，素面朝天，穿戴朴素，没有多余的装饰。

"看来，是本地人。一个人在这里。"他得出结论。

于是立即开始了一种颇具挑衅性的结识,这种情况下,对方要么立即同意继续交往,要么高傲地转身离开(这种情况极少出现)。

测试球以一个自恋者自满的简述形式被抛了出去,女士选择了第二种方式,断然拒绝继续谈话。从话语判断,这位女士是城里人,碰巧也叫叶卡捷琳娜·亚历山德罗夫娜(那位潜在的莫斯科伙伴叫这个名字。她是一位著名的女商人,向瓦季姆推荐了一个诱人的项目,现在他正在为此而伤脑筋)。

这一切突然刺痛了他,他的错误判断,她的拒绝,名字和父称的巧合。当然,这种状态没有持续多久,因为这时她们对他开始感兴趣了。那位动人的黑发女郎,银行家科列斯尼科夫的妻子,显然有意调情。和他一样,她好像也想找点乐子。

"业余女猎人。"他暗自这样称呼这位年轻女子,因为他很快发现,除了对自己魅力的不可动摇的信心之外,她无法以其他东西使他感到惊奇。"但这位女士很烦人,"在仔细观察了科列斯尼科夫妻子之后,他得出了又一个结论。"任性,被宠坏了⋯⋯应该对她更客气些。是个好女孩,没说的,但总有一天会玩出事儿的。"

他们此前并不认识,因此一切都可能对他有利。然而,有一个"但是"起着妨碍作用:不能激怒科列斯尼科夫,哪怕只是做出侵犯了他的猎物和财产的样子也是危险的。瓦季姆选择了另一种策略:通过放纵一个女人的愿望来影响另一个忽略他的女人的行为,促使她暗中加入到争夺男人青睐的斗争中来。要做的就是短暂地把女人们变成彼此间的竞争对手。这是一个众所周知的方法,一切都比独自坐在显微镜下寻找寄生幼虫更有趣!

起初,一切都很顺利:莲娜热情地回应了他的调情邀请。但是,她那位高傲的女友再次断然拒绝分配给她的角色,并以冰一般的冷漠回应将她拖入对话的企图。没有其他办法,只能挑动她来争论。这位罕见的女士此前一直拒绝加入谈话,特别是当话题非常现实的时候——狩猎的意义是什么?但这次成功了:没有意识到此刻人们"猎捕"的对象是她,这个表面上看起来冷峻的、高不可攀的女人,狂热地加入到争论中,并且输了。规则就像世界一样古老:当你猎捕一头凶猛的野兽时,不要迷恋成功的最初迹象,也不要陶醉于胜利在即的预感!

尽管在所有方面都赢了争论,但瓦季姆意外地没有感到胜利者的喜悦。相反,觉得有些羞愧。他所有清晰、简明的表述,并不是在激情迸发的时刻产生的,而是早就预备好的,斟酌过的,在其他女性身上试验过的。而她则盲目地摸索着,按照自己的逻辑、经验和直觉前行。卡佳与鲜亮的(但在瓦季姆看来是肤浅的)女友相比,外表上有很大的反差,在此背景下,她在智慧上高出一个头。如果事先知道话题,她多半不仅会在辩论中开仗,会迫使对手防卫(也就是说出错),并能获胜。

所有这一切使他用不同的眼光来看待这个女人,继而是研究这个女人,迷人的女性气质,不一般的,或者更确切地说,不同寻常的自然。她不戏谑,不卖弄风情,不竭尽全力地取悦他人以引人注目,这反而更能赢得和激起别人的兴趣。没错,有一个情况几乎把一切都毁了,那就是叶卡捷琳娜·普罗斯库琳娜原来是一名记者,而和记者之间,他有自己的恩怨……

但是,几个小时之后,他们已经在暗暗地相互使眼色,一同走到寒冷的空气中抽烟,彼此间讲述着什么,逗乐,开怀大笑。在某一时刻,略带陶醉的瓦季姆突然想要拥抱她,亲吻她,且最终这样做了。女人先是做出了一个胆怯的反应,随后躲开了,羞涩,脸红,谈话中出现了动人的尴尬,使他想起了早就被遗忘的初恋阶段:浪漫、纯洁、温柔。这正是魅力所在。

且不说他在饭桌上喝多了，多年来他好像第一次被别的什么东西"灌醉"了，也因此就没有尝试去分析人的行为，无论是别人的还是自己的。而这本身就很奇怪！

作为一名优秀的猎人，拉德舍夫总能凭直觉感受到别人对他的"猎捕"，并且学会了只从这个角度来看待男人和女人间的关系。但这里却没有猎捕的意味，也没有任何隐秘的欲望！他只是随着感情和情绪的潮流而漂游，在这个女人身旁感觉很好，很舒服。很久没有出现这种情况了。

"命运的苛求。"瓦季姆试着放松一下因坐在很不舒服的椅子里而发麻的后背，随后继续自己的分析，"刚把礼拜六晚上的事情从脑子里删除出去，可是，瞧：科列斯尼科娃和她的猫，然后是酩酊大醉的波列沃娅和富有同情心的叶卡捷琳娜·普罗斯库琳娜……还有自己也突然变得如此心软……"

礼拜三晚上，他意外地扮演了一个久被遗忘的角色——拯救者，救星，治疗者。当然，任何人道的东西对我们来说都不是陌生的，他会怜悯人、帮助人、同情人。但是还不足以到为此而改变自己计划的地步！

而在这里，仿佛有什么东西被激发了出来，仿佛心里发生了一次小地震，使得长期被遗忘的同情心和减轻别人苦痛的愿望挣脱坚固的铠甲奔涌而出……与此同时，又必须克制自己，控制自己：挂滴管的时候，要花多少力气才能稳定住激烈颤动的心啊！双手不听使唤，看不到静脉，还有就是那个女人，她那奇怪的目光，像在瞻仰神灵一般。而他的一切一览无余，开放，没有自卫能力……很长一段时间以来旁人没有这样看过他了！事实证明，他非常渴望这样的目光！

简而言之，他松弛了下来，"漂游"了一阵，甚至还向她建议了一份工作，好像是出于感激之情。结果，被拒绝了。在过去的十年中，他已经不习惯被拒绝了……

瓦季姆叹了口气，感觉到飞机开始下降，他睁开眼睛，看了一下手表。

"准时……别再去想这些乱七八糟的事了！原本这个礼拜就过得够艰难的，累得要命！而一切开始于没有打中那只公猪，懊恼至极。几乎是近距离射击，但是没有打中。应该检查一下瞄准镜……当然可以休息休息，睡睡足，但打猎不应该放弃，这也是自己打电话和大家约定的。安德留哈又一次在单位里申请了补休。在上次那恼人的打偏之后也要想办法恢复名誉。他还在猜想，普罗斯库琳娜会不会来电话？很可能，不会。按照猎捕的所有规则来看，她做的是对的……是啊……与姬拉完全相反，战术不同，战略也不一样。但她进到我心里去了。"他惊讶地确定了这一点。

姬拉·捷伦基耶娃猎捕拉德舍夫已经很久了，锲而不舍，但毫无结果。她有一头美丽的黑色长发，时尚，英语水平也不错。通常和这样的姑娘出现在社交活动上能凸显男人的身份，即所谓的陪伴，仅此而已。

但姬拉觉得这还不够。她是一个思虑周密的女孩，务实，内心冷静，渴望得到一个值得拥有的、有魅力的男人作为丈夫（这自然可以理解），首先要在资金上有保障的。一年多前，从在一家夜总会里"偶然"结识的第一分钟起，瓦季姆就明白，他在被"猎捕"。

尽管如此，姬拉还是让拉德舍夫那条不可动摇的规则——不和任何人约会超过三个月出现了例外。不得不赞赏她有足够的智慧、战术和耐心，不强行发展关系，不追求提升关系层次。同时，她能准确地感觉到何时有必要出现在瓦季姆的视野中，何时消失、消失多长时间。而她在这段时间里所做的一切，他并不太感兴趣。即使她身边同时有两三个富裕的追求者，那也悉听尊便！他不打算依恋她，也不发誓保持忠诚。

主要是捷伦基耶娃总是接受共度夜晚时光，甚至过夜的建议。拉德舍夫也不掩饰自己首先是对性关系感兴趣这一事实，而且，所有知道的话题早已穷尽，该说的都已说完。一个年轻的、通过定期健身课程保持形体的有弹性的身体，还有显然是相应的丰富实践，很容易让他身心满足并把姬拉与他所认识的许多女人区分开来。保持男性理想健康的理想伴侣！

作为对此的感谢，瓦季姆慷慨赠送的不仅有鲜花和香水，还有装着现金的信封，姑娘是不是该买些新东西了？与此同时，他没有忘记保持安全距离，断然拒绝频繁交往，更不用说精神上的接近了。而且，他不时地发现自己有这样的想法：该与她彻底分手了。单身汉的生活不能容忍单调，它需要新的爱好、新的印象和乐趣。早就该向姑娘发出信号，您的"捕猎"无果而终，请寻找另一个目标吧。或许，下一次会有好运。

瓦季姆感到有一股推力，促使他朝窗外望去。看到机场的灯光在黑暗中掠过，他满意地笑了，不长的飞行时间过得很有益处，思考了一番，得出了些许结论，摆脱了各种事物的纠缠。

他让那些急着下机的乘客先走，又给女邻座让了道，然后不慌不忙地穿好衣服，拿过箱子，发现空姐正饶有兴趣地看着他，便报以一个微笑：这于他不花任何代价，而别人也觉得愉快。

停车场上，心爱的"路虎揽胜"车正在等待着自己的主人。在半年前通过"Autobiography"专门定制的这辆车里（装饰中的每个细节都表明着汽车的特殊地位），有一种特别的精致奢华的氛围，而欣赏这种氛围是弗莱马克斯教他的。拉德舍夫将汽车联想成老虎，相对于其他品牌，他更喜欢这款。这头经过全面验证的"野兽"拥有非凡的力量、冲动的气质和令人羡慕的生存意愿。你已经驯熟了这头机械怪物，有了这种感觉之后，一个男人还需要什么呢？

"路虎揽胜"轻轻地吼了一下,迅疾地滑出停车区。

"安德烈,你好,我已经到了。"他明显地保持着应有的速度,从交警车辆旁驶过,随即再次把手机放到耳边。"一路正常,如果不把坐的是图-134算进去的话,背都散架了。你明天的安排没有什么变化吧?太好了。这样的话,像平时那样,6点差5分的时候,我在门口接你。贝奇科夫也想来?我为什么要反对?……好的,我自己再给你打过去。好吧,先这样。"

关掉电话,他看了一眼表盘上的油箱箭头,该顺路加点油了。

"今日事今日毕。"儿子从小就一直从父亲那里听到这句话,并坚持不懈地遵照执行。打猎他也总是提前准备……

礼拜天的早晨,卡佳心揣恐惧走到镜子前……松了一口气:"噢!"

终于,脸上的肿胀开始消退了!

"在父亲来之前,要先洗个澡,换一下绷带。"她用指尖触摸了一下覆盖缝线的胶布。"眼睛能稍稍睁开一点了,这令人高兴。但旁边的淤青变深了,真糟糕。没法去大庭广众下见人。活像一个女酒鬼被酒友揍了一顿似的。只能待在家里,等到礼拜五。但是,只要一拆线,马上就去处理汽车的事。"

卡佳想让伤痕看上去至少小一点,因此换新绷带花了很长时间。怎么也没法把翘出来的缝线隐藏到胶布下面。只得用指甲钳贴着根部把它们剪掉。

最后,卡佳戴上眼镜,站到大镜子前,凝视着镜中自己的样子,或多或少还能容忍。

这时,在这个"赫鲁晓夫式"[1]两居室小小的走廊里,响起了对讲

---

[1] 赫鲁晓夫当政时期建造的简易公寓,一般房间狭小,设施简陋。——译注

机的铃声。

"谁？"卡佳一面继续端详自己的容貌，一面以防万一地确认道。

"我。"对讲机里传来父亲的回答。

卡佳整理了一下居家长衫的下摆，拉紧了腰带，打开了房门。通道里先是出现了一顶黑帽，随着走路人的步伐跳跃着，随后出现了几个大包。"我直接从市场上来。"拎着东西的父亲侧身进门，他脱下鞋子，立即走进厨房，"你吃过早饭了吗？"

"还来不及吃。但睡足了。"

"睡足了好啊。"父亲回到走廊，边走边解开保暖外套的纽扣。"感觉如何？"

"很好！……真的，很好。"女儿重复道，尽量使父亲能相信她。"那只眼睛几乎不痛了。你看，甚至能睁开一条缝了。"她试着眨了眨眼。

父亲叹了口气。

"伊戈尔·尼古拉耶维奇还没找到那家伙？"

"还没有。莲娜昨天打来电话说，只找到了他住的房子，甚至在车库里发现了那辆汽车。但车主看来跑了。至少，和他同居的女人称他出差在外，没人用过车。车很干净，洗得很彻底。当然，被我保险杠碰出的凹痕肉眼就看得出来。"

"我真想亲手把这个混蛋勒死。怎么能对女人动手？"

"是啊，还有一个事实，邻居们都说再也找不到比他更无耻的人了！但他有个身为大人物的亲戚。没什么，只要他一露头，就会得到惩罚。伊戈尔单位保卫处的人在那儿附近蹲守，警察局也立案了。"

"科列斯尼科夫是个硬汉。"父亲说，"他会找到真相，那个恶棍会受到彻底的惩罚。这类人最好还是自己爬到伊戈尔·尼古拉耶维奇面前去求饶。"

"我同意。为了莲娜,伊戈尔什么人的头都敢拧下来。"

"你的车怎么样?"

"停在银行边有守卫的车场里。"她叹了口气,"没找到肇事者之前,修理没有意义。"

"需要帮助的话,马上给我打电话。我知道,你不想向丈夫求助。我从来没有干预过你们的家庭事务,尽管大可不必。"他抱怨道。"好吧,我们去厨房,我给你做早饭。"

"爸,我自己来吧。我又不是小孩子。"

"我知道你已经不是小孩子了。"亚历山大·伊利奇弯下身去翻检装着食品的袋子。"只是父亲的心里并没有因此而轻松。我做饭时,你还是对我说说,你和维塔利克为什么争吵?他一天打三个电话,还到日丹诺维奇来过两次,不辞辛苦。一直在找你。"

"你怎么回答他的?"卡佳警觉起来。

"照你要求说的,去休假了,去了疗养院。只是,我觉得,他不相信。"

"你为什么这么觉得?"

"从他眼睛里看到的。眼神很可怜,愧疚。告诉我,他做什么了?"

"爸爸,让我们说定。"卡佳坐到椅子上,低下头,像个女学生一样把双手交叉放在膝盖上,"什么都不要问我,好吗?我自己想弄清楚自己。时候一到我会告诉你的。"

"嗯……我不知道。那么,你至少回答我:你和丈夫只是吵了架,是为了教训他一下还是真的彻底分手?"

"彻底分手。我决定提出离婚。"卡佳说得很决然。亚历山大·伊利奇直起腰,转过身,仔细地看着女儿。

"就是说,你不是在开玩笑……是不是太急了,女儿?"他坐到旁边的凳子上。"维塔利克是个好男人,务实,顾家。这样的人是不该被抛弃的。每个人都可能会跌跤……难道,这几天你对离家出走没有一丁点的后悔吗?"

"后悔……为自己感到后悔。我没想到,不得不重新开始生活。这样,我们不说这个了。还是让我们想想早饭做什么。"她改变话题。"我记得,小时候,只要你回家,总是给我和妈妈做早饭。你做的煎蛋卷真是太棒了!童年的味道!想想就会流口水!还有你的招牌土豆,噢!"她往上一抬眼,做出赞叹陶醉的表情。

脑海里立刻浮现这样一幅场景,她和妈妈在炸土豆的诱人气味中醒来,打着赤脚争先恐后地跑向厨房。

亚历山大·伊利奇的确是一位无与伦比的厨师。做的菜总是非常棒,尽管他不常做。

他说:"因为,做任何事情都要专心致志。"

说到他做的土豆,他首先是把薄薄的培根和洋葱倒入煎锅,再放入切碎的土豆,然后,一直站在厨炉边,一分钟也不离开,直至将饼烤到金黄。似乎没有什么特别的,按今天的标准来看甚至还不利健康,但味道多美啊,吃得直舔手指头!

"土豆还真不错。"父亲表示同意,说着系上围裙。"我来削皮,你理一下包。阿丽娜在值班,所以,如果你不介意的话,我在你这儿待一会。听着,女儿。"父亲拉过废物桶,坐到椅子上,开始削皮。"我们昨天商量过了……你搬到我们那儿去吧,房子很大,在一起开心点。"

"谢谢你,爸爸,但我还是自己来解决吧。"卡佳毫不犹豫地拒绝了。"我可以给你们付房租。我知道,阿丽娜·伊万诺夫娜搬到你那里之后,你们就把这里的房屋出租了。"

"瞧你都在想什么呀!向自己的父亲付房租!"

亚历山大·伊利奇感觉受了委屈:"还有,哪来的钱?"

"是这样……夏天以来,卡上的工资我还没动过,加上两个月的假期工资,还有各种奖金。瞧,我还能生活一段时间……"

卡佳停住了话头。现在说出不回报社的决定还为时过早。干吗再让父亲不安呢?

"……直到我上班。"她补充道。

"他们怎么会放你走?而且,还是在新年之前?"

"不是放我走。是这样的,可以说,我得到一个创作假,休息一下,接着开始写书。"她一下找到了回应的理由,头朝厨房桌子上笔记本电脑那里点了一下。"今天就开始写。你知道,所有的记者都梦想着写点大部头的东西。"

"如果是这样的话……好吧,写吧。钱不用担心,只要我还活着,大家都够用。你可是我唯一的孩子。"

"那阿丽娜·伊万诺夫娜的女儿呢?有电话来吗?"卡佳再次决定转变话题。

"昨晚来过电话。"父亲轻易地中了卡佳的计。"夏天的时候她说要回来一个月。"

"和孩子一起吗?"

"当然带着他们!……怎么样?两个人够了吗?"他看了一眼锅里浸在水中削好的白色土豆。

……下午三点左右,卡佳送走了父亲,她收拾好厨房,开始整理礼拜四带回来的东西。

那天她到达公寓时已近夜里,铺了床后就立即睡下了。礼拜五早上,科列斯尼科夫的司机带她去包扎,回来后,她再次陷入昏睡状态。在经历了这一切倒塌下来的烦恼之后,肌体需要最简单、最实惠的药物——睡眠!长时间的睡眠!因此,礼拜六一整天过得也晕晕乎乎的，卡佳一会儿在房间里茫然地走来走去，一会儿在电视机边打盹，周期性地陷入已经熟悉的奇异梦境中。

假如不是父亲的到来，极有可能礼拜天也是同样情形，在房间里毫无目的地徘徊，脑子里乱云飞渡，不时让自己流泪。怎么能不哭呢？一看到窗帘，就会立刻想起为新居画窗帘草图时的那份爱意。一躺到凹凸不平、有些塌陷的沙发上时，就会怀念自己那张宽大、华美的沙发，在上面打盹都是轻松甜蜜的。不像在这里……黏糊、苦涩、焦躁。

东西整理好后，卡佳把空袋子放进储物层里，疲惫地坐到沙发上。"这几天，得去一次近卫军街。匆忙中许多东西都忘拿了。维塔利克肯定不会要我的连裤袜，除非他的情人需要。"她想，又冷笑了一下。"阿纳斯塔西娅·谢尔盖耶夫娜不仅脸看上去像我，而且，身材体形也和当年的我一样。心理学家是对的，男人被天然设置的刻板印象所吸引……唉，应该鼓起勇气，减掉这些因荷尔蒙而增长的体重！现在做什么？坐到笔记本电脑前还是躺半个小时？"卡佳看了看长毛绒小枕头。"躺下！完全有权力。我在度假。"她立刻找到了理由。

她刚躺平，拉过方格毛毯盖到身上，眼皮就自己合在了一起，意识开始慢慢地陷入熟悉的混杂世界中——机场，拿着相机的波久尼亚，有着金色长发的女郎……只是不知为什么，驾驶的是拉德舍夫那辆黑色的大型汽车……

"他为什么会在这里？还有为什么是吉普车？"潜意识开始做出抵抗，迫使她浮出平行的世界。"她开的是'欧宝'！金色的！维塔利克那么快就用熟了！记得，半年前，他去维尔纽斯办事，顺便帮人从立陶宛开回的正是一辆金色的'欧宝'！他说，他有多次往返签证，一个好人请求帮忙。他被耽搁了三天，说他们来不及在礼拜六完成交易。尽管我要求过,但他没带我去。这样的话,就是说,阿纳斯塔西娅·谢尔盖耶夫娜当时也在那里。是啊,只要目标确定,女猎人会走得很远。不管维塔利克多么地自我陶醉,不管他觉得自己在性爱上是多么的强大,她要的其实根本不是他,而是附属在他身上的东西——地位,金钱……而这样的猫多的是!没有任何原则,只有立刻得到一切的欲望!真为我和其他人的妻子感到难过,为男人们感到可惜,他们不明白,这种男女间的胡作非为令他们失去的远比给他们带来的要多得多!唉,维塔利克,维塔利克……曾经,对我来说,你不仅是丈夫,而且还是朋友。"卡佳重重地叹了口气。"那时,他还对老房子里女邻居的行为义愤填膺!"

五年前,普罗斯库林夫妇亲眼看着住在同一楼层的邻居的家庭分崩离析。某种程度上,他们与此有关。确切地说,是卡佳与此有关。

最初,他们和邻居是在很好的情况下结识的。结婚一年后,普罗斯库林夫妇买下了一个小小的"赫鲁晓夫式"的两居室。在公证人那里签了合同并向卖方全额付款之后,他们高兴地给扎米亚金打电话,邀请他来看看新居还询问他的妻子生了吗——他是早上把她送去医院的。一个小时后,他们已经在向阿纳托利表示祝贺了,他生了一个儿子。

由于扎米亚金当时没有自己的小窝,而庆祝添丁之喜又是必需的,于是很快,普罗斯库林夫妇原本空荡荡的房间里聚集了很多共同的朋友,以至于连插脚的地方都没有。他们试着把即兴准备的食品直接摆在厨房的窗台上,但问题是房间的新主人既没有餐刀,也没有开瓶器,更没有盘子。按大学生的老传统,他们去邻居家求助。打开第一扇门的是柳霞。她正在休产假,一岁大的孩子在婴儿床上睡觉,她已经透过窥视孔好奇地观察对面房间很长时间了。

事实证明,这群热闹的人在正确的时间敲开了正确的门,盘子、玻璃杯、开瓶器立刻就出现了，甚至还有带磁带的录音机！晚上，柳霞的丈夫尼古拉也加入了他们的行列，他对新邻居的到来感到非常高兴，年轻，开朗，像他一样富有创业精神。维塔利克在大学读书的时候就做建材买卖了，而经了解这位邻居是专门从事家用电器的。要知道，原本他们这个门洞里住的几乎都是养老金领取者！

聚会的人午夜过了很久后才散去。感觉幸福而又满足的普罗斯库林夫妇躺在旅行小地毯上，由于过度兴奋，长时间不能入睡，真是太幸运了，住房，邻居，都那么好！

重新装修后，他们很快搬进了新居，与柳霞和尼古拉的交往变得非常亲密，晚间聚会直到深夜，一起过节、野餐、钓鱼。一句话，头几年，非常融洽！

此外，相同的事业——做生意，把男人们团结在了一起。几乎同时，维塔利克和尼古拉各开了一家商店，他们彼此商量，互相提示。只要有可能，两人都会得到妻子的帮助——卡佳提供信息和广告方面的支持，柳霞就像调度员，在家中接订单。

由于尼古拉更多从事货运，要去波兰而且一去就是很长时间（实际上维塔利克也是），柳霞在把孩子送到幼儿园里之后，参与进业务中来了。她与顾客交流，监督商店的工作并与监管机构一起解决各种问题。渐渐地，财务掌握到了她的手中，与财务一起的所有权力也不易察觉地转移到了她的手里。这便是一切的开始。一次，柳霞在丈夫不在的时候，向卡佳要公寓的钥匙，说是要安排一个业务会面，要避开旁人的耳目。在商店里不行，在咖啡馆也不行，家里更不行：客人是位男士，从幼儿园接孙子回家并有房门钥匙的婆母会随时出现。以后够你解释的！普罗斯库林家一整天都没人，妻子在编辑部，丈夫在建材市场。

"为什么不帮忙呢？"卡佳决定帮助，放心地把钥匙给了她，一次、两次、三次。而当柳霞的请求变成常态时，她开始担心了，而邻居的家庭也出现了严重的问题，丈夫开始抱怨说，妻子完全无视他的意见，对作为男人的他极其冷淡。维塔利克在最后一年里也突然改变了对柳霞的态度，常说这个女邻居太精明，有心计，卡佳没有必要把她理想化。老实说，她没有认真对待这些话，觉得这只是丈夫在嫉妒她们女人间的情谊。

忽然晴天霹雳：尼古拉当场抓住了柳霞和她的情夫！哪里？在普罗斯库林家的房间里！当然，维塔利克非常生气，破口大骂，责备妻子偷偷地把钥匙给柳霞。

那对邻居提出离婚，事情传开了。于是，柳霞为数众多的女友们终于一个接着一个告诉卡佳柳霞是怎么讥讽她的，说她是傻瓜，只知道工作，既不能生孩子，也不懂得穿着、化妆。原来，卡佳这里吸引她的是他们家永远空无一人的房间和……她的丈夫维塔利克。只是他并未回应，因为他只爱他那个毫无用处的记者。

卡佳当时委屈得流了多少泪啊！看到她的痛苦，维塔利克很快就原谅了她，甚至想出了一个让她尽快摆脱沮丧的方法，生日那天送了一辆五年"宝马"三系，并答应换房子。就是在那个时候，他说出了那句神圣的、在此后五年对卡佳来说一直是关键性的话，"从现在开始，我是你最忠实的闺蜜。"

近一个月的时间，卡佳和一位认识的房地产经纪人一起在市里奔波，寻找合适的住房，晚上和丈夫讨论各种选择。而在购买和注册之后，所有的空闲时间都花在公寓的装修和与设计师的会面上。新的事情把她从原先的痛苦情绪中解脱了出来，他们搬入新居后，那桩令人不快的事情就被彻底忘记了。

"闺蜜……唉，维塔利克！你，真的，对我来说，既是男友又是闺蜜。但是你也背叛了我。"怨恨重新燃起。

卡佳感到一颗泪珠从那只健康眼睛的角落里滚了出来，她转过身，凝视着天花板。"你很清楚，我可以长时间地原谅一些小事情，但我永远不会原谅卑鄙的行径。这个话题我们谈论了很多次了……不再去想了，否则又会痛哭起来，会伤眼睛的。缝线处原本就在发痒。"

她用手在地毯上摸索了一下，摸到了眼镜和电视遥控器，按下了碰到的第一个按钮：屏幕上出现了电影《我们活到星期一》中的人物。这部电影每个细节她都熟悉，也是妈妈最喜欢的片子。翻了一遍其他频道之后，卡佳又回到了最初的这部影片，她突然意识到，她不想看任何东西，既不想看怀旧老电影，也不想看那些用愚蠢玩笑和人造笑声刺激观众的周日幽默节目。

关了电视，她从沉闷的沙发上起身。暮色中，厨房桌子上连上网的笔记本电脑的绿色小灯在发出光亮。

卡佳从小橱柜里拿出父亲带来的速溶咖啡，点燃煤气，放上一只土耳其咖啡壶，用灶火点上一支烟，又朝笔记本电脑看去。

"最好在忘记之前，把最近一个礼拜做的梦记下来。潜意识已经有一段时间没有给过我如此丰富的色彩和形象了！会有两种可能，要么不久的将来我得去精神病医院就诊，要么我的生活会发生很大的变化……尽管不会比现在的变化更大了。"她哼了一声，突然快乐起来。"要么，写篇小品文？或者写个短篇？不写东西闷得慌。"于是她毅然决然地打开笔记本电脑。

卡佳喝了一口滚烫的咖啡，等到电脑完成启动，创建了一个新文档，随即开始考虑写什么：短篇，中篇，还是长篇？

"……狩猎之行结束后，只过去了一个星期多一点的时间，但是生活好像颠倒了……"正是这个想法突然进入了脑海。"一切都是从早晨梦见的猎人开始的。我的心感觉到，一切还远没有结束……也许，这就是未来的那本小说？""……卡佳走到林边，放慢了脚步，她环顾四周,被眼前展现的景象迷住了,周围是伸向天空的高大云杉,桦树和白杨连成一片,像一道厚实的墙;地上长满灌木丛,茂密得难以插足。"她迅速地打下了第一行句子。

2

周五的时候瓦季姆一反常态没有9点上班,他出现在办公室里的时候已经10点了。他的家政加林娜·彼得罗夫娜还在上星期就向他请假,说要去医院,但是瓦季姆把这事忘了,他忘记在手机里设置闹钟,于是很自然地就睡过了头。现在他就不得不打电话给"网上医学服务"的新领导瓦洛佳·克拉西里尼科夫,让他别等他就开始计划会议。之前从无类似的情况,要是拉德舍夫没有出差的话,都是他自己主持每次的周会。作为公司的创始人,实际上他管理的不只是"现代医学"一家公司,还有"网上医学服务"这家公司。

现在也是自己破坏了自己定下的规矩,一方面来讲不太合适;另一方面,其实也不是什么坏事。也该放松了,让公司成员学会在没有老板出席的情况下也能正常开会,就让他们把工作汇报给克拉西里尼科夫吧,到时候瓦季姆直接问克拉西里尼科夫就可以了。

作为负责人,拉德舍夫被认为是一个严谨、苛刻、非凡的人,他自己也竭力保持这一形象。例如,众所周知,计划会议的日期和时间是星期一的下午两点,星期五的早上9点。时间安排不按常理出牌,也绝对不合逻辑!但是瓦季姆对此持有特殊看法。

"安排在周一主要是考虑准备一些重要的事情。周二、周三、周四其实就是付诸行动和力量的日子,礼拜五要做总结、分析、汇报,到时候您可以既为成功的结果鼓掌,也可以反省失败的原因。"

他也向朋友安德烈·扎以茨承认了，他这么做其实是按照工作能力和情绪状态的曲线为基础。礼拜一是比较艰难的一天，很多事情都是克服着"我不行"的障碍去做的，所以他从小就非常讨厌礼拜一的早上。怎么可以一直折磨自己呢？他可是马上就要40岁了！他在这个不惑的年龄，已经可以允许自己给自己定下规矩了，也就顺便给下属来个福利，平静且不带紧张节奏地开始一礼拜的工作。反正在午饭前一般人没什么心情投入工作，头疼啦，嗜睡啦，身体也不自主地想要倾向好好休息的状态。这样还谈什么工作，谈什么"正事"？

因为一般周末人们会觉得都能平稳度过，但是其实不然，而且也需要时间把肌体调成工作状态。一般都是到11点的时候，差不多思维方式也调整过来了，人们开始正常地对一些来电和各种让人心烦的事情能恢复正常的反应了，至少员工在中午的时候变得比较有工作能力。但是午餐时间又到了，人们又开始分心，因为要听从饥饿的胃的召唤。

所以每礼拜一两点进行小周会的计划对拉德舍夫来说，正好是员工活跃的高峰，员工开始能想起记忆中的事情，包括一些必须通知同事们的新介绍。有一次他召集了所有的同事，一个也没错过。刚开始他很快地过了一遍，讲了一下大概的要求和任务，接下来就是和部门领导们以及其助手一起开的长时间会议。有人是幸运的，很快可从会议中脱身，有人就被卡在老板的办公室直到深夜，这样可在第二天清晨，无私地开始执行他的想法。

甚至是老板出差的时候，也不得放松，到了礼拜五开会的时候还是得回答之前遗留的问题。要对所有事情做出一些答复。因为礼拜五对拉德舍夫来说不光只是工作周的结束，也是一周的关键，周会总结的这一天需要有看得到的结果。如果不重视这一天，老板就变得比较严格，而且在周会上老板的发言总是简洁，措辞简短。最令人不愉快的就是这句话："您没有胜任这项工作。"一般这都不常发生，要是听到这样的回答三次以上就可以开始去找新工作了。但是在哪里能找到这么好的工作呢，高薪，看起来是高智商人群，办公室又在市中心？

然后规则也是很简单的，想要好好生存下去，就得有付出。而且拉德舍夫对自己公司的薪资标准都没有封顶的要求。如果有人提出了有价值的想法，他就不会反驳，如果这些想法都付诸实践，他们还能带来利润就更重要啦！当然老板也会因人犯错扣工资，如果你觉得不合理，最好辞职走人。最差的就是别人强迫自己工作。好位置永远都不会空着，专家一般都没什么缺点，人事部永远都是很忙的，从拿红本的优秀毕业生到非常有经验和阅历的经理们在他们面前一般都排长队……

与往常一样，此时商务中心附近没有空地用来停车。拉德舍夫在赶时间，所以他骂骂咧咧地转了一圈，转入最近的12层建筑的院子里，并将车停在了婚姻登记处的后面。

他跑过街，疯狂跑上楼梯，穿过大厅然后紧急停了下来。偏偏不碰巧，三个载人的电梯有一个是停运的，还有一个装满了大箱大箱的文具，所以第三个电梯口都排了长队，只能乘坐隐藏在走廊深处的货梯了。

当发着飙和精神紧绷的老板出现在商务会议的办公室里时，因老板不在而放松的同事们正在圈椅里安静地打着瞌睡。甚至没什么人做出在听总经理说话的样子，总经理正在台上轻声地对着自己念念有词地说些什么，零星传入耳的新断层扫描仪的信息。完全没什么领袖风范，拉德舍夫觉得有点失望，这个新的经理根本不知道在公众面前如何表现！要给他去报个班学习学习吗？

拉德舍夫首先想，不如马上终止这场无意义的会议，马上重新开始，但他又萌生了更合适的想法，不能在所有人面前灭了年轻经理的威风。发生的一切其实是他自己的错，睡过了头，迟到了，所以就得用正常理性的态度处理这个局面。比如平静地坐到空位置上,听听总经理的发言。就让下属也吃惊一下,不管有多忙,老板还是懂得这个瞬间的重要性和必要性。

"瓦季姆·谢尔盖耶维奇,您想要说些什么呢?"在总经理说完不太像样的发言之后,克拉西里尼科夫这样问拉德舍夫。

"没有,要是没有问题的话,大家都可以走了。"拉德舍夫回答道,"弗拉基米尔·伊万诺维奇,我过半个小时等您的汇报。然后是其他人的。"

他根本就没怀疑过,正好过去30分钟,克拉西里尼科夫就来敲门了,瓦季姆·谢尔盖耶维奇从会议室走出来,走过宽阔的公共走廊,推开有"现代医学"标识的那扇门。他的秘书的位置空着,显然她还没来上班。因为桌子上还看不到纸条,说明兹娜还没来上班。

"难道是生病了吗?"他不安又烦恼地朝走廊看了一眼。

"请麻烦您送杯咖啡进来,浓一点。"他只能和保安说。

他把前十分钟扔到桌子上的外套挂到橱子里,然后一屁股舒服地坐到老板椅上,很快地扫了一眼自己写满日程表的日记,今天没有计划的会面。按照老习惯,拉德舍夫很少给自己的礼拜五安排很多工作任务,他试图把时间更多地放在解决公司的问题上。当然紧急情况除外。

"先来让我了解下世界上发生了什么。"他开始上网。

过去的一天没什么有意义的事发生,总体来说有利有弊。好的一方面是可以平静地去打猎;坏的一方面则是任何一种长时间的平静其实都是风暴之前的平静。生活公理,也不是凭空虚构的。快速浏览了一下新闻的页面,看了一眼一个币种的涨幅和另一个的跌幅,瓦季姆就去查看自己的邮箱了。这里收到的消息就更多一些,有好消息也有坏消息。最令人沮丧的是,下周将有一家欠着他们债务的公司宣布破产。在俄罗斯，这种事情经常发生。这就意味着，还是两年前他们欠德国"现代医学"公司的钱要近期还清也是不太可能的了。这样拉德舍夫就不得不用自己兜里的钱来弥补损失。之前他们与"现代医学"的第二个共同所有者马丁·弗莱马克斯达成了这样的协议。

叹了口气，瓦季姆决定不再上网，机械性地从橱子里拿出保险箱。他没有理由拿出欠债名单的文件夹，因为他完全相信自己的记性，所有的日期和数字他都记得很清楚。突然，他的目光碰到了一个位于箱子最底层的小册子："Interkomteks——你成功的保障！"

"这东西是怎么跑到这里来的？"瓦季姆感到非常惊奇，"这是很久之前的事了……"

关上保险箱之后，他又一次瞄了眼小册子，忽然怀旧地开始微笑起来。"一切的开始都是久远的事了……有一年深秋，两个校友瓦季姆·拉德舍夫和瓦列拉·科瓦列夫斯基偶遇。当时两个人都失业了，一个弃医，一个离开了肉品加工厂……"

当时，他俩在红山附近的一个著名的地方坐下来聊了一会儿，决定一起开一家公司，从事欧洲进口食品和日常生活用品。公司开张了，而且第一年也进展得比较顺利，之后瓦季姆答应好朋友从德国运辆汽车来，在那里，他认识了弗莱马克斯……一次偶然，就变成了一个转折点，几个月后，瓦季姆开了自己的公司。

合作伙伴就这样达成共识之后分道扬镳了，没人生气也没人抱怨。食品方面留给了科瓦列夫斯基，技术，医学技术方面留给了拉德舍夫。四年前瓦列拉去了俄罗斯，他开始在俄罗斯做一些意大利面和番茄酱的生意。每个人的生意都做得稳稳妥妥……

"不管怎么样，我生活中都能遇到贵人。要去莫斯科看看他，他总是在邀请我……"瓦季姆关上了小册子。

有人敲门，很及时，那令人愉快的怀旧记忆让人久久不能自拔。

"弗拉基米尔，请进，坐吧。"他用目光示意了一下椅子。"从重要的开始吧，就像萨沙教你的那样。如果我遇到不懂的地方，我会打断你的。就这样，开始吧……"

克拉西里尼科夫在一个月前做了"网上医学服务"的董事，前任董事亚历山大·科斯坚科忠实地在拉德舍夫的公司服务了八年（其中有五年是董事）之后辞职了。当时瓦季姆招他的时候他还是大学刚毕业的应届生。拉德舍夫没有后悔，他是个很会抉择和天分很厉害的角色，也很努力。但是时间过去得很快，之前的毕业生成长了，起家了，就逐渐有了自己做生意单飞的想法，他也是直接对老板这样说的。老板也没有什么异议，如果有人想要自己做生意创业，就不应该拦着他。既然都到生意场上来了，就最好能拥有更多的朋友而不是更多敌人。科斯坚科在他那里学到了很多东西，他对之前的老板也是感激不尽的。而且亚历山大以后也不是瓦季姆的竞争对手，因为他不会继续混医学这个圈子了。

"接下来，我在媒体里收集了一些资料，"克拉西里尼科夫从文件夹里拿出一份文件，"这些刊物比较符合我们的特质，"他用手指了指那些划出来的文章立场。"但是……我也不知道，瓦季姆·谢尔盖耶维奇，如果考虑到我们的工作特质，这是我们公司宽广的广告效应，就我看来，是没什么大意义的……我们又不是卖牙刷的。"

"你别跑题，"老板打断他说，"首先我要说的是，当地媒体的广告是很有效应的。关于'需不需要'的观点我还没有问过。"他有点烦躁地回答他，"当然你自己有观点和主见这不错……但是这里为什么没有《昨天·今天·明天》这份报纸？"他很快地扫了一遍清单，感到很吃惊。"我觉得，这是现在非常流行的报纸。"

"嗯……这个我觉得他们的主题太花哨。一般就是人们的大众需求。我们的产品好像没什么必要投到那边去,反正也没什么人会读。这是首先,其次这份纸媒收费比较贵。而且在新年前刊物上的版面好像都被预定了,"克拉西里尼科夫摊了摊手,"不然只能动用私人关系了。"他不太坚定地建议道。

"什么私人关系?"拉德舍夫点了点头。"你要知道,现在我不能和媒体相关的人进行联系。"

"普罗斯库琳娜到现在也没打电话过来,"他忽然想起来了。"要知道礼拜五了。要么是在耍脾气,要么是在给自己抬价位。"

"嗯,这样……我可能没有完全理解具体需要什么任务吧。"年轻的董事有点被吓得脸色苍白,小心地咽了口口水。"我错了。"

"不不不,这是我的错。"瓦季姆反省了下自己。"我没能清楚地把任务说明白。都是因为我不想提前透露自己的计划。"

"行了。"老板忽然结束得有点突然,"暂且把这个问题搁一搁吧。我还得想一想呢。你在有些方面是正确的。我有个认识的女记者,她应该在这方面会比较在行……现在我们来看看生产方面的数据吧。我们解决问题了吗?"

克拉西里尼科夫又紧张了起来,从文件夹里拿出一沓新的文件,递过去给老板看:"我们和总会计师进行了分析,不知道为什么没什么显著提高。"

"不显著吗?"这次老板都没试图遮掩下自己的不满,继续说道,"我们可不是在石油市场混的,结果,所有东西的价格都隐约可见,微薄的美分变成数十亿美元。即使是最小的涨价,我们的竞争对手也将非常高兴!因为他们将有机会挤进市场,以后你就很难把他们给挤出去了!"他有点控制不住了,提高了嗓音,按了下通话的按钮,"克谢尼娅·伊戈列夫娜,请到我这里来一趟。"

在等总会计师的时候,他不由自主地开始在纸上画几何形状,然后放下铅笔,坐在椅子上放眼窗外,然后将手放在胸前思考。

"这样,我们是这样决定的,叶卡捷琳娜·亚历山德罗夫娜。"他忽然又想起了普罗斯库琳娜,盯着窗户,看灰蒙蒙的风景,有点烦躁地咬了咬嘴唇。"好吧,看着办吧……我们看来在天山上摘错了星。"

"能进来吗?"克谢尼娅·伊戈列夫娜把那颗小脑袋从虚掩的门里探进来,然后马上把它敞开,整个身子都进来了。"刚从银行那边过来……哪里会有这样的情况,哪里会让总会计师去跑银行的啊?"她走到桌子前,开始抱怨,"我一晚上没睡好,孙子开始长新牙。还得再招个人!"她说明了自己的立场,一屁股坐到了椅子上。

"没问题。"拉德舍夫把脸转向她,开始微笑,"您可以把自己的工资分出来一点,再招一个助手。但是正常的一天开始都是以'早上好'开始的,克谢尼娅·伊戈列夫娜。"

"早上好"诺沃日洛娃嘀咕着。

"您的孙子是怎么了?长牙了吗?那是好事呀,意味着小伙子要长大啦!马上就可以啃坚果吃了!"

总会计师重重地叹了口气。

"这个呀……就是我儿子儿媳在装修自己的房子。我和他们住一起觉得太累了:一个孙子五岁,一个半岁,儿子日日夜夜地工作,儿媳妇当然就是忙得焦头烂额,我都忘记我最后一次看电视是在什么时候了,"她是真心提出自己的困难,疲惫地挥了挥手,"这成本价啊,让我好几夜没睡着了,现在又加上孙子长牙。我昨天觉得他们可怜,就把小安东带在自己身边了,刚把他哄睡着,自己眯了一会儿,一大清早的就被兹娜的电话给吵醒了,她家小孩生病了。我说了她一通,要知道谁没养过小孩。"

"但是您的孩子已经长大啦?"在短暂的停顿之后,拉德舍夫有点振奋地微笑起来。要是别人真的觉得困难,总得支持安慰她一下,"您的孩子们都大学毕业了,有了自己的孩子,大孙子明年就可以上学了。一切都很好哦,克谢尼娅·伊戈列夫娜,生活在继续!孩子们马上都要搬出去了,您还会开始想他们呢!"

克谢尼娅·伊戈列夫娜很机械地点了点头,然后稍微想了会儿马上又笑了:"哎呀您可真是会安慰人,瓦季姆·谢尔盖耶维奇,真会缓解别人的压力!就跟医生一样!"

"都是学的,学以致用嘛,"他摊了摊手,开始说正事,"上个月的成本价是怎么回事?"

谈话大概进行了一个小时,在此期间,科里亚迪奇一家小工厂的主任和总工程师被叫出来问话,随后轮到商务部负责人、律师,然后是总会计师,但现在是"现代医学"公司的代表处,接着是"网上医学服务"的第二名会计师安娜·米哈伊洛夫娜·卡柳日娜亚。正在这时,气喘吁吁的兹娜·硕斯塔克急匆匆地冲了进来,她是这里大老板的秘书。原来事情是这样的,她等到了叫来的医生,把七岁的儿子留给了赶来的婆婆,虽然她已经离婚,但是她和婆婆还是保持了良好的关系,然后她自己就赶到单位来了。

"安娜·米哈伊洛夫娜和兹娜,还好你们俩都在这里。你们在这里再留一会儿。"

在忙碌的工作中,拉德舍夫也忘记了早晨的紧张和烦躁,签了最后的一份文件,试图集中注意力,擦了擦威士忌瓶子。

"我们还可以在代表处加一个伙伴?"

"招新人啊?什么时候?什么职位?"之前提及的个子不高、很有活力的秘书完全看不出有 37 岁,感觉上最多 25 岁吧。

"毕竟,该季度的预算已获得批准!"会计师惊讶地看着总会计师。"瓦季姆·谢尔盖耶维奇,也许是从新年开始再招吧?还剩一个半月了。"

"难道重新做预算要很多时间吗?"

"不只是时间多的问题……"

"那什么是多余的问题呢?"

"工作太多了,"卡柳日娜亚自感愧疚地叹了口气。"这里还有件事,我想要三天,自费休假,得把牙齿的问题搞好。我丈夫下周从北方回来。"

会计脸红了,害羞地看着地板,这让拉德舍夫微笑了起来:"半年前,44岁的安娜第一次嫁给了初恋对象,这也是她一生唯一的爱恋,在上了年纪之后,遇到了真爱。这个令人心碎的故事可能可以变成情节剧的剧本了。他们在学校里彼此相爱,即将结婚,但是新郎和他怀孕的年轻妻子从军队中回来了。虽然这仓促的婚姻在当时很快就已破碎,但是在求婚的过程中,原先被辜负的姑娘还是不能接受前男友之前的背叛。男生一无所有,就只能去往北方工作。两人在毕业20周年同学聚会的时候又重新相聚,发现都还是深爱着对方。这就是故事的梗概,双方彼此浪费了这么多年的时间,最终幸福地在一起了。"

"嗯,是丈夫要回来了……好的,"拉德舍夫马上就同意了。"这事可以考虑。此外,对于初学者来说,我想征得候选人的同意。当我从展览会回来时,我们可在下周讨论。杜塞尔多夫的车票多少钱?"他转向秘书。

"就是这个。"兹娜从《留夫特佳恩扎》字样的文件夹那边抬起头来。"昨天晚上确认了预订。一旦我能够脱身,我便第一时间赶往这个机构。您有时间办新签证吗?"她担心地问道。

"他们保证说可以。礼拜一早上我去取护照。谢谢,目前好像行程并不满。您,安娜,就给自己放三天假,去迎接自己的丈夫吧,记得要打扮得漂漂亮亮的,带上好莱坞明星的笑容。"他算是给她解了个围,再给了她一些鼓励。

"瓦季姆·谢尔盖耶维奇,可以跟您打听一下吗,新来的同事……他是男的吗?"

就知道女秘书会这么问,她就是想再重新开始自己的私生活(就在不到一年前她和第二任丈夫离婚了),拉德舍夫笑了:

"兹娜,我可能要让你伤心了,未来的这个同事是个女的。而且也结婚了。就我知道的情况是,她有很幸福的婚姻。"

"真可惜……"秘书有点伤心。"虽然……哎,再说吧,但是至少又少了个竞争对手!"她振奋了一下精神,看着安娜·米哈伊洛夫娜关上了门。看着她们的背影,瓦季姆开始陷入沉思,然后从桌子上拿起手机,在电话簿里找到了普罗斯库琳娜的号码,又觉得还是过一会儿再打。

"兹娜,给我找一下最近几期《昨天·今天·明天》的刊物。"他在通话器中说了一声。

"最近多长时间?"

"两个星期的吧。"

"好的,遵命!"

拉德舍夫很难想象,秘书将如何获得畅销的每个期刊,要知道这报纸只要一出,就会像刚出炉的热乎乎香喷喷的蛋糕一样马上卖空。但他对秘书的能力并不怀疑,她会很好地完成任务的。兹娜属于那种主动的人,对于他们来说,最不切实际的任务即是自然界成了培养他们组织能力的催化剂:能找到找不到的,得知难得知的,拿到不容易拿到的。就在一起工作的十年中,老板得出了一个结论就是,对她来说没有什么事是不可能的。

在半个小时后,在他桌上放着一沓他需要的报纸。

"少了一期,"秘书有点愧疚地说。"但是这一期可以在网上看看。"

您需要帮助吗?"

"谢谢,"拉德舍夫把这些报纸放到自己一边。"我自己来吧。"

"很有意思,当时她担心的是哪篇文章呢?可能是这里的某一篇吧,"翻阅了所有有普罗斯库琳娜签名的文章后,他把两篇大篇幅的文章圈了出来,一篇是关于年轻有为又有天赋的雕塑家的,还有一篇是关于新型时髦的流行乐歌手的。第一个会勾起人的猎奇心,第二个是空泛之谈,其实就是订购的垃圾。奇怪,为什么没有别的,甚至没有小小的文章提到之前那桩事?什么叫作《路上的蛮横行为》的报道……在特罗斯捷涅茨街上……在很多现场目击者的眼中,是交通事故的罪人撞到了我们的记者叶卡捷琳娜·普罗斯库琳娜和她的朋友叶莲娜·科列斯尼科娃,但是还没有等到交警的车子赶来,这个肇事者就逃之夭夭了……报社《昨天·今天·明天》的编辑部声称,不会让这令人愤懑的情况就这样在平静中销声匿迹。这也不光只因为最近几年深受大家欢迎的记者在此事故中有受伤。

瓦季姆读笔记读到最后,开了窗,就直接在办公室里抽起烟来,再次翻了一下最近的几个期刊,然后开始给卡佳(就是上面指的记者)拨号。

"您好!"电话那头传来响亮的女生声音,听声音就不是普罗斯库琳娜的声音。"这是奥莉嘉·斯特列利尼科娃!您哪位?请讲。"

"拉德舍夫……瓦季姆·谢尔盖耶维奇。您好。"他有点不知所措地轻声回答。"我想和叶卡捷琳娜·普罗斯库琳娜说话。对不起,我可能是打错了。"

"啊,您没打错。但是很遗憾的是,她现在不能接您的电话。她不在。您找她有什么事吗?您……"姑娘停顿了一下,"您是'生意秀'的节目方吗?"

"为什么您会这么想呢?"拉德舍夫有点惊讶,就他被人想成这样的身份，他还是第一次碰到这种情况。

"您的声音很好听，而且很专业，就像演员。"这姑娘也没觉得不好意思，解释了一番。

"不，我和节目秀没什么关系，"瓦季姆微微笑了笑。"我是普罗斯库琳娜一个非常要好的朋友，我是在您的报道里发现了那起车祸……"

"那说明不是特别好的朋友啊，过了一个礼拜才知道。"斯特列利尼科娃有点捏着嗓子说，完全是对通话的对方失去了兴趣。"我们编辑部在期刊出版之后热线都要炸了，人们都很想知道卡捷琳娜·亚历山德罗夫娜到底发生了什么事，她到底受伤有多严重。"

"她受伤严重吗？"瓦季姆有点担心。"她住院了吗？在哪个医院？"

"幸运的是，她没住院。就关于您说的受伤有多严重吧……怎么和您说呢……没有骨折什么的，但是脸上长了条疤，对女人来说，没有比这更糟糕的了。"

"那她现在在哪里？在家吗？"

"不在家，具体在哪里我也不知道，家里的电话好久没人接了。可能她出去度假了吧，她现在在休假期间。我最近替代她，所以是我在接，这是编辑部的号码。"

"她有别的号码吗？奥莉嘉，您能给我个可以联系上她的号码吗？"

"没有哦。我找她也已经一星期了。在这SIM卡里没有留下一个号码，"姑娘忽然开始抱怨了下。

"善良正直的普罗斯库琳娜女士，原来也不只是软萌乖巧的，"拉德舍夫心里暗想，得出了结论。"可能是删了SIM卡上的号码吧。其实这种情况嘛，也可以算是隐私保护的。"

"每个人的人脉都是通过劳动获得的。关系越是珍贵，就越是和他们难以分开。"拉德舍夫继续说出自己的想法。

"那怎么帮助亲近的人呢？"姑娘带着一点点责备的口气开始感兴趣地说道。"好吧，我不觉得委屈，我觉得自己欠她也挺多的。靠自己也能行，世界上还是有善良的人的。"

"很奇怪，为什么她放假了？"拉德舍夫觉得有些奇怪。"就按照她的话来讲，你们在新年之前一直是非常忙的……那她什么时候可以复工呢？"

"这就没有人知道啦。"

"怎么能说没人知道呢？"

"主编还在上礼拜就申明过了，普罗斯库琳娜有无限的假期，而且要求我们不要去打扰她。"

"这怎么理解呢，什么叫无限的假期？女士，您好像解释得有点模糊啊……您肯定她不在医院吗？"

"您听我解释：我真的什么都不知道啊，"奥莉嘉烦躁地重复着什么，然后她嘲讽地加了一句，"如果您是她的好朋友、老熟人，您找到她应该没什么困难吧。完全是……我没有权力向陌生人告诉别人的隐私。要是万一您是个流氓变态，我和您说得太多了就坏了……再见。"

"再见。"

"有些东西不适合这里……"瓦季姆陷入沉思地在手里转了转话筒。"让我们尝试对获得的信息进行排序——把得到的信息进行分类归位，斯特列利尼科娃很可能就是那个实习生，就是卡佳担心的那个，她出人意料地代替了卡佳的位置。其次一般不会有人趁其度假去的时候拿走名记者的办公电话。这个姑娘是个厉害角色，如果她能把自己的上司比下去。"他开始有点反感这个姑娘，"呀，3点半了，"他看了看表，"波连琴科怎么还没到？"

真是想谁谁到,他正想着,忽然听到撞击耳膜的敲门声,安保部门负责人安德烈·列奥尼多维奇·波连琴科走进了办公室。他看起来还是和以前一样,一直都是有条不紊的样子,没有一点尘土,没有一点污渍,所有衣物都被熨烫得平平整整、干干净净,一般搭配都是黑白的调子,很整齐干练。去年他满 50 岁了,但是一般人都不相信,他看起来那么年轻,那么干练整齐,保养得极好,话少,但是很负责,行动力也强。虽说他已经退休了,但是安保部门出身的人一生都带有严谨敏锐的特质,智商和行动力一直上乘。

"您好,"老板伸手去打电话。"安德烈·列奥尼多维奇,我们很快会有新同事,不是普通的新同事,她是很著名的女记者。"

为了保持内心的平静,不外露情绪,波连琴科只是稍微抬了下眉毛。像是在自问,"这是为什么呢?"

"姓名。"他比较平静地说道。

"叶卡捷琳娜·亚历山德罗夫娜·普罗斯库琳娜。我想知道关于她的一切,您也许可以挖掘出一些什么信息。"

"我不是挖取信息的,我是搜集信息的,"为了保持自尊,安保部门的领导通常会用一种礼貌的方式表达。

"啊,那是当然。这需要多少时间呢?大概给您两天时间,这样差不多了吧。"

"回到正题上,您需要她干什么呢?"

"嗯,我想要说的是,我想交给她一个重要的任务。"

"是件要紧事。比较糟糕的是今天是礼拜五,那我现在就做吧。我觉得要是现在开始分析的话。那么礼拜一早上九点就可以整理好了,到时候会把可以搜集到的信息放到您的桌上的……还有任务吗?"

"没有,但是稍等……有这样一件事……我需要知道她现在在哪儿。要和她紧急联络,但是不知道怎么联系她。她去度假了,把自己的编辑部电话留给了同事，家里的电话也不接。她好像并不应该出去度假的，脸上带着疤，不应该出去度假的。她上礼拜遇到了交通事故，不太幸运。在《昨天·今天·明天》上有这样的报道。"

"这个比较困难，"波连琴科沉思了一下。"但是我会努力找到她的。"

"谢谢呀。等您消息。对了，您到会计办公室去一趟，"拉德舍夫想起来了。"克谢尼娅·伊戈列夫娜叫您过去一下，要在名单上签个名。关于奖金的事，就是我们之前谈好的。"

"当然，"那位安保部门的领导点了点头就出去了。

就几年来的共同工作中，没有人怀疑彼此的合理性和礼貌性，老板从来不会忘记用额外的奖励来表扬下属，而且下属也从来没有让他失望过。他不光只是拿来一些要求里的信息，他还会搜集一整套的信息分析方案。这就是老一辈人的严谨作风，工作质量没得说。瓦季姆又看了一眼表，工作周的最后一天剩下的也就那么点时间了。他的目光下意识地盯住了有关事故的报纸标题。

"要不要打电话给科列斯尼科娃了解一下详情？"他有个这样的想法，"不，还是不要了吧。这位女士也不知道她脑子里到底在想些什么，而且她丈夫应该也不会喜欢我的来电。我需要多余的麻烦吗？当然是不需要的。所以只能等波连琴科搜集来的消息啦。今天还有什么事要做呢？"他看了一眼桌上的日程记事本。"好像没有了，等到整点的时候，想要圆满一些，就去健身锻炼一下吧。"

瓦季姆开始健身锻炼时其实挺晚了，快到30岁的时候才开始，就在第一次减了20公斤之后，他决定继续。那是美好的一天，他在镜子前发现胸前和肚子上赘下来的皮多了，松弛的皮肤让他觉得比之前那个140公斤的自己还要不堪。他小时候就比较虚胖，到了青年的时候就是肥胖，到了 25 岁的时候就懒得再称体重了，不想破坏自己的心情。但是每件事都有期限，生活上的一些事逼迫着你不光要改善自己的内涵，也要改善自己的外貌。

一切要从已故父亲的心爱的狗开始讲起。当时父亲去世后没人可以出去遛狗，妈妈血压不稳定，而且心脏不好。也不知道当时这是对刚失去主人的狗有好处呢，还是对艰难时期担心不已的瓦季姆也有好处。就这样一切正常了：他先是带狗出去散步半个小时，这半个小时是规定好的，然后就是几个小时自己在户外锻炼，不管刮风下雨，如果天气不好的话，他就多穿几件衣服，为了能够锻炼的时候多出汗。最后狗也死了……就在父亲去世后一年整，父亲与狗几乎是在同一天去世的。当然瓦季姆那时已经习惯了体育运动，就像去健身房一样。随着时间的推移，他完全进入了状态，几天不去运动，就觉得浑身不舒服……

拉德舍夫进行了跆拳道训练，在健身世界的自助餐厅放松身心，用懒洋洋的神情物色着那些长腿女孩，这些女孩用挑衅的目光撩他，一看就喜欢掐尖，都是看上他鼓鼓囊囊的钱包……

安德烈·列奥尼多维奇就在那个时候来电了。

"请记下我报的电话号码，契卡洛夫街……"

"她怎么会去那里？"瓦季姆把纸巾拽了过来，在口袋那边找了一支笔。"没记错的话，她应该是住在近卫军街上……"

"曾经住过。"波连琴科用一种平静的口吻说道。

"发生了什么事吗？"拉德舍夫有点紧张地皱了皱眉，开始在数字下绘制几何图形。然后说道，"她好像和家里也没什么矛盾呀。"

"之前比较正常。"安德烈·列奥尼多维奇意味深长地叹了口气。"其实我不是很想说，那好吧……可能她的搬家和维塔利·利沃维奇·普罗斯库林有小情人这事有关。"

"消息可靠吗?"瓦季姆不太相信地问道。

"应该是可靠的。他的小三是个女大学生,在他的建材市场上班负责广告。"

"哦,这就是为什么!"拉德舍夫想起来了,"当时礼拜三'广告'这个词让她这么烦躁!"他想起来上次谈话的细节。

"目前不能多说。只有伊戈尔·尼古拉耶维奇·科列斯尼科夫可以加进信息。就因为他的夫人也遇到了那次您知道的车祸,所以科列斯尼科夫的人开始了一系列激烈的动作。"

"知道了。谢谢给的信息,安德烈·列奥尼多维奇。周一见。"

瓦季姆把用餐巾纸折叠成的一个形状奇异的几何形状塞进口袋里后,决定打电话给科列斯尼科夫。

"伊戈尔,你好!我是拉德舍夫……"

"哎,你好,你好!"对方并没有特别开心,回了一句。"是去打猎了吗?"他自己先为对话开始了个话题。

"是去打猎过了。当时聚起来的人大概比上周末多了两倍。第一天就好多人。"

"小事一桩,两只鲜嫩的小动物足够供给所有人吃的,第二只动物就有很多了。"

"你有什么可以炫耀的吗?"

"有啊。打到只野猪有150公斤左右。您和巴维尔怎么就没来呢?米哈雷奇当时等着你们呢。"

"哎呀,我忘了提醒米哈雷奇了,"科列斯尼科夫说道。"当时的事情实在太多。"

"明早我们还会再出发的。您也来加入吧。"

"可能来不了,有好多问题要解决。"

"很遗憾了,波列沃伊他们最近怎么样呀?"拉德舍夫下定决心问了句。"柳德米拉好点了吗?"

"差不多恢复了……顺便说一句,谢谢你的帮助,我也没怀疑,你是医生。"

"我自己也忘了,所以不用感谢我。需要谢谢的其实是卡佳·普罗斯库琳娜……我听说她和你的爱人出车祸了。这到底是怎么回事啊?"

"都是路上的一个混账!妈的……"科列斯尼科夫在心里暗暗地骂了一句。"卡佳是个好司机,而且当时所有的目击者都说是那个神经病撞上去的。之后还很混账!没事,我的人会和他算账的,他到时候会跪着来求原谅的!"

"我不怀疑你的作风。女士们都还好吧?"

"莲娜没什么事,眼睛下的小伤已经开始愈合了。但是卡捷琳娜的疤痕估计就要留下了。昨天她去医院拆线,司机送她去的……你干吗这么担心呀?"科列斯尼科夫开始怀疑。

"我试图找到普罗斯库琳娜。为了广告的事情,我和你讲起过的。她单位说她去度假了,打她的工作手机,是她的女同事接的。得知她出车祸,就决定打你的电话问问看。你可以提示下怎么找到她吗?你们好像是住在一起的邻居。"

"那是之前,现在不了。她还在礼拜四就收拾了东西从家里搬走了。这是个复杂的问题,"科列斯尼科夫沉默了。"其实,抱歉啊,我觉得她现在真的没心思管广告。"

"到底怎么了?"瓦季姆问了声,仍然不放弃。

"她的家庭私事,"可以感觉到的是伊戈尔在犹豫,考虑是否值得把此事讲给局外人听。"总的来说,事情越微妙,越是会暴露。为了编辑事务,她当时在机场,正好撞上自己的丈夫和小情人在一起。正好碰见他。礼拜二就发生了这样的事,当巴沙从家里出去的时候,"

他重重地叹了口气。"于是她一下子碰到好多事,出了车祸,在工作上发生了点不愉快,没有按时交一篇文章……我之前建议她到我那里去工作,就主管信息部门,但是她怎么会听我的呢。有可能现在会改变想法吧。她求我不要告诉别人她在哪里,尤其是她丈夫……没事,时间会治愈一切的。她之前和维塔利一起住的时候有着坚强的后盾,什么都有靠山。遇到困难就会明白的,没有男人的支撑有多么难。卡佳是个好姑娘,又聪明……会原谅丈夫的,她也没地方去。"

"换了你会原谅吗?"瓦季姆有点忍不住,之后他就有点后悔。

"你这个傻子真不会说话!我会把两个都砍了,"科列斯尼科夫想也没想就说了。"我随便说说,就是为了让你知道。"

"伊戈尔,你还是算了吧……不好意思我给你打了电话。"

"没事,一切都正常。你礼拜一再打个电话来吧,估计就有所改变了。但是暂时我不会给你地址的,"他说得比较强硬。

"没问题,我懂。再见啦。"

"拜拜……"

3

拉德舍夫离开了"健身世界"的停车场,在第一个获准的地方他调转车头,朝契卡洛夫街方向行驶。找到正确的房子后,他开车滑入了院子,关掉了前灯,但没有离开车子。

湿漉漉的雪几乎下了一天,并没有停下来,最终差不多转成了雨。从第一次冲动开始后,瓦季姆似乎一定要找到普罗斯库琳娜,他笨拙地望着车窗前的雨刷机械地在发光的车窗上摇摆。从理论上讲,她应该去过那里,瓦季姆试图弄清他在这里所做的事情是为了什么以及为此付出很多时间和精力，还要弄清楚花时间和精力来找这个女人到底图的是什么？

自己的行为丝毫也不符合逻辑。如果面对事实，好像没有任何特别的需求需要这么做。是的，他将要支付劳务费，记者会排队来应聘的！但是其实他需要的也不是新闻记者，他需要的是高质量的经济市场经营者。那到底是她的什么地方在吸引着他，甚至她越拒绝，他越感兴趣呢？

女人就是女人。从外表上看，这与他近十年来喜欢交往的类型不一样，他喜欢棕色眼睛或绿色眼睛的黑发女郎，身材窈窕，大长腿，懒洋洋的嘶哑嗓音。还有一点就是，这些女人不能和之前让他破费很多的小姑娘有相像之处……然而他又遇上了，又栽进去了：圆脸，有点胖，几乎看不到的，就像和小孩一样的胸，温柔的丝绒般的嗓音，大大的灰眼睛，眼睛颜色就像灰蒙蒙的雨天，丰满的双唇，而且是个金发姑娘……有点说不清、道不明的让他想起列拉……

为什么他破坏了自己的条条框框，和她首先开口了呢？是什么让他破例的呢？是他狩猎的本性吗？还是他觉得无聊了呢？为什么他要那么固执地想要延续这一面之交呢？究竟是她身上的什么东西把他勾住了呢？是她的教育程度、文化修养和谦虚的品德吗？这是很傻的想法，都是《别长得太美》这样的电视剧里才会有的情节。是她的机灵和巧舌如簧吗？但是他的熟人一般都能说会道，一开口就滔滔不绝。

难道是因为普罗斯库琳娜之前对待波列沃伊他们的态度让他感到震惊，印象深刻吗？但这也不是问题的关键：有时我们都会牺牲自己的利益，为了来帮助亲近的人。即使他很荣幸再次成为医生，晚上没有睡觉，差点赶不上飞机。他该怎么办？是什么力量迫使他采取所有这些"与众不同"的行动？也许一切都简单，之所以现在他坐在车里，等在她的窗下，是因为可怜她辞掉了工作、离开了自己的丈夫、车也毁了，而且是个混蛋弄坏了她的车……

"难道我在这里只是因为来安慰她，可怜她吗？别瞎想！"把车窗摇下一点，瓦季姆开始抽第三根烟。但是有多少次他都没注意到和她的问题，或者压根假装没有注意到……自我分析是行不通的，他叹了口气，最后关掉了雨刷。我们是想重新开始吗，我认识她没几天，准确说，差不多两个星期，他纠正了自己。在这段时间里，我与她交谈了两次，这显然不足以得出结论。但是我不想离开这里。可是她想见我吗？需要我怜悯吗？到底是什么风把我吹到这里了？他突然开始对自己发脾气。所以，别再拖拖拉拉的。科列斯尼科夫是对的：现在没有理由见她了。

瓦季姆把烟熄灭在烟灰缸里，打开车灯，车沿着房子旁的小路滑行，最后看了一眼入口处打开的门，看到一位女性拎着大袋子的身影，在被灯光照亮的楼道口闪烁着。

好像有熟悉的感觉，又让自己开始有点疯狂……这时他忘记了自己的决定，停下车来。

女子从楼道口出来后打开雨伞，迅速走过房屋边缘。他看她穿过灌木丛的光秃秃的树枝，他松开了刹车，在她身边平行行驶。他猜测着转过身，来到那个女人所在的角落，追上她，摇下窗户，犹豫地喊道：

"卡捷琳娜·亚历山德罗夫娜？"

女人放慢了脚步，转过头寻找声音的来源。

"啊，您？……你在这里干什么？"她有点惊慌失措。在她脸的右侧，就在大墨镜上方，在灯光的照耀下，可以看到橡皮贴。

"可能是想你了。"瓦季姆半开玩笑半认真地说道。上天指的路神秘莫测：偶然经过，偶然发现了熟悉的人。"你在这做什么？一个人在这样的时间，没有车还带着大包？"

"我今天打车，"把包藏到身后，卡佳开始解释，然后低下头望着湿漉漉的地面。"这附近就是停车场。"

"我可以送你一程，"拉德舍夫也没有熄火，从车里出来，开了副驾驶的门。他凝视着她，立即装作帮助者的样子挺身而出。"你要去哪里？回家去近卫军街吗？"

"谢谢……我还是自己去吧。"她还是没能停止羞愧和惊慌失措，最终她还是拒绝了。"对不起，急着赶路，我时间很少。"

"但是我不急，"瓦季姆耸了耸肩。"坐进来吧，不然你会被淋湿的。然后我们也可以在路上谈谈。"

"谈什么呢？"

"我们可以聊聊，为什么我没有等到你的电话？很有意思：我跟你提了工作的想法，而你……"

"难道我承诺再回电话吗？"卡佳觉得有点震惊。"我好像马上回答了，表明我不能胜任像这样的工作。"

"我好像不记得你这样回答过。"瓦季姆摇了摇头。"我觉得我们当时说的是，你可以花点时间考虑。"

卡佳轻轻笑了下："你的花点时间考虑，听起来很像最后通牒。"

"那是你觉得这样。要是你真觉得这样，对不起啊，觉得这样可以吗……"

"瓦季姆，如果你觉得我在广告这件事上可以帮到你，我最后的答复就是：'我不会！'我从报社辞职了，而且我不打算再回到那里去，"她解释道。

"怎么会这样！"拉德舍夫装出一副惊讶的样子。"难道是因为上周你担心的文章吗？"

"不光是这个。有很多原因。对不起啊，但是我确实是急着赶路。"

"那就坐到车上来吧,"他又招呼了下,头朝着副驾驶的位置扬了扬。"难道你不明白吗?我是下定决心想要带你到目的地的?难道要我抓你上来吗?"他开始微笑。

"我明白,在与女性打交道时,男人的作用是毋庸置疑的。"她笑着说,"很带劲儿。"

"你说的是肇事司机吗?他真不是个男人,他是道德上的丑八怪,"瓦季姆靠近卡佳,小心翼翼地用手指摸了摸她的脸,除了那些橡皮胶,靠右边在眼镜下面还有淤血淤青。"要是科列斯尼科夫不把他揍一顿的话,我也会的。我会很情愿打他一顿的,听话,就坐到车上来吧。天气这么阴冷,感觉都冷到骨子里去了。还有就是你的样子……对不起,你带着这些大包小包的,看起来值得怀疑,我要是警察的话,就马上把你抓去喝茶了,你要么就是穿着得体的女醉汉,要么就是女小偷。"他试图开点玩笑,缓和下气氛。"不然就像是《出去做事》的那种。"

话语的力量是非凡的。卡佳把包递给了拉德舍夫,然后默默地收起了伞。瓦季姆帮她关了车门,把行李放到后备厢之后,就坐到了她旁边。

"热空调要再开得大点吗?"他问了声,也不等她的回答,他就扭转了下绿色的旋钮,把车里的温度调得更暖点。"一会儿出太阳,一会儿下雪,一会儿又下雨,冬天还是快点来吧……你喜欢高山滑雪吗?"他突然很感兴趣地问。

"我不是滑雪的忠实粉丝,但是喜欢高山,"卡佳点了点头,偷偷检查汽车内饰,皮革内饰,柔软的座椅,木质内饰,虚拟仪表板。罕见的情况是,一切没有多余的奢华,而是相反地,奢华与功能完美地融为一体。"我先生……"她忽然有点局促地说道,"维塔利克喜欢山上滑雪。"

"你们当时是去哪里滑雪的呀？"从院子里开出来的时候，瓦季姆在红灯前停了下来。

"我们从斯洛伐克开始，然后是奥地利金特尔格林、意大利的切尔维尼亚，然后是奥地利的伊什格里、圣安东、谢里吉，"她毫无热情地列出这些地名。

"不错。"瓦季姆称赞道，全然不顾她其实不想再聊这些滑雪的话题，他还继续问，"那瑞士、法国呢？"

"没来得及去。现在我估计不会马上进大山了。估计只会去西里奇吧，"她有点忧伤地苦笑道。

"怎么那么悲观？据我了解，你已经从报社辞职了，而且也不打算在我这里发展，那就是你已经找到新工作了？你打算去科列斯尼科夫那里发展吗？还是去电视台？我其实很少看电视，但是听说那里有很多好记者。"

"干我们这行的优秀的有很多。"卡佳有点萎靡地说道。"我现在还不确定呢，"但是忽然她又开始振奋起来，"那你说说，当时你离开医学领域的时候，你已经清楚你接下去要干什么了吗？"

"我当时根本不知道自己想干吗。一切都是巧合，虽然……生活中应该没有完全的巧合，一切还是遵循着规律的。还有就是我不是就这样简单地决定离开，是大环境促使我这样做……关于你，如果想要和我合作的话，可以去找伊戈尔，"在短暂的停顿之后瓦季姆继续建议道。"不会让你吃亏的。"

"我不想，这不适合我。"

"那你想要什么样的？"

"我自己也不知道。但是我已经不想干新闻这行了。"

"这就不太好了。没有目的就是不和谐，不和谐，就会导致抑郁，"拉德舍夫很哲理地说道。"我根据自己的情况是这样觉得的。总之你有点让我吃惊,你不是在十天前还亲口和我说记者是世界上最好的专业吗?"

"专业是很不错,"卡佳叹了口气,把头转向灯火通明的铁路工人活动中心。"但是我看自己没有在此发展的必要了。就像你说的那样?无聊,就是干够了。看来我是干够记者这行了。"

"一切都是暂时的,可能你累了。我有时候也会觉得我做生意也做够了。有时候想要抛弃一切,去遥远的地方。但是还是会有那一刻,所有的事情都会归位,该怎样的还得怎样,我的生意就像我的孩子,我怎么能抛弃呢?怎么能抛弃那些相信我的人呢?而且我不擅长什么都不做,哪里都不去……就你的状态我可以说一点,你现在确实不能再写稿子、再做评论、再和人们分享信息。但是等你休息一会儿后,一切又能重新开始。"

"不会开始了。有太多事情不会重新开始了,或者不会再继续了,"她轻轻地说。

"有些可能不会。"他也同意道。"但生活公理告诉我们:没有什么是永恒的。谢天谢地!不然生活日复一日,一模一样,岂不是非常无聊。我们没有马上发现这个事情,会努力抓住过去……对了,你为什么要去近卫军街呢?如果你觉得想要开始新生活,就没必要回到那里去呀。"

卡佳停顿了一下,把脸转向他,怀疑地望着他的眼睛。

"我都知道,"他确认了她的怀疑。"我知道你离开了你丈夫。"

"我几乎已经相信,你在契卡洛夫街是个巧合,"她轻轻地哼了一声然后又转过了头。"这是科列斯尼科娃告诉你的吧,还给了你我的地址?"

"没有,她没有。对不起,但是我是个很容易生气,可以说是很记仇又喜欢复仇的人。看到那种对自己的漠视,我就想知道为什么我会被忽视。"他开了下玩笑。"今天，我的耐心没了，就开始去找你了。我打电话给伊戈尔·尼古拉耶维奇了，但他就像守护自己的银行一般神圣地守护着客户的秘密，也没有把你的新地址给我，"瓦季姆说道，"但是他说昨天你的伤疤拆线了。医生是怎么说的？"

"我会活下去的。"没有转头，卡佳嘟哝了一句。

"我是认真的。要是允许的话，我想要看看伤疤的情况。"

"你是不是想要确认一下你身上医生的天性还没有死去？"她说道。

"我是想要确认，在你脸上不会留下悲伤的印证，"他不想被牵着鼻子走，很平静地回答道，"打铁要趁热，还是趁一切都还新的时候就该修复。我希望伤疤不大吧？"

"伤疤不大。谢谢关心，但是医生很有信心地说一切都会好的。"

"希望如此……我不想把给你缝伤口的外科医生往坏处想，况且他是科列斯尼科夫找的，那技术应该可以信赖。事实上是这样的，每个病人的皮肤都是特殊的，有自己的特性，而且每一张塑料胶带，也能起到自己的作用会导致不一样的后果……在遇到车祸碰撞的时候，你戴的是隐形眼镜吗？"拉德舍夫还是不能平静下来。"有这样的情况，你已经很幸运了。在我的记忆中，被敲碎的眼镜镜片能给人们带来很大的伤害……但是我要说的是你是好样的，你很坚强。"

卡佳什么都没回答，今天早上医生也是用一样的话来安慰她的。但是医生是另一回事，这是他的工作：止疼，缝合伤口，安慰她。但瓦季姆在这里，又是什么角色呢？是出于好奇？出于同情？也来扮演亲近的人的角色？她不需要他的同情，不需要他的怜悯！没有这些也照样正常。你只要记住，你要坚持：自己决定一切，应该变得强大！

拉德舍夫怎么也融入不进她的新生活计划，上礼拜她开始勾画了。所有一切比想象的要难很多。这一切只有在电影里才很好看：被生活欺骗了的女主，一切从零开始，开始一路披荆斩棘走向胜利……但事实经常让人不知所措：疼痛，痛苦，委屈，还有……这一切让人很羞愧。她甚至没怀疑，这是多么让人羞愧的事情，被自己的丈夫欺骗！她在周围人眼里是什么样的人？人们会怎么看她呢？……目光啊？……

但是拉德舍夫怎么会在这里，还故意戳她的痛楚？

"瓦季姆，你诚实地回答我为什么要来这里？我知道你怎么可以找到我，我对柳德米拉的那段故事可以理解，当时她确实需要帮助。但是我不需要帮助！我一切都很好！"她提高了声音一字一顿地说。"难道说你礼拜五晚上没事做，就是来安慰女人的吗？这个女人，她难道是在等着每个过路的人来安慰她吗？你在我面前没什么责任和义务，我也不是你想要的类型，作为记者，我不能为你所用，也不是……我甚至是连做个情人的资本也没有：没有好皮肤，没有美丽的脸蛋，什么都没有！一夜情也不可能，我会崩溃，和我没什么好玩的。你要这样的我，有什么用？"

"这些话虽然突然，"他苦笑了下。"还有点歇斯底里，夸大事实，但很坦诚。确定，与认识那天相比，你过于贬低自己，把自己说得一无是处。就其他的……你可能不相信，十分钟之前我就在想这个：为什么一定要是你呢。而且我是更喜欢深色头发的女子，而你是金发。"他看了卡佳一眼微笑起来。"我坐在车里抽了根烟，也在想这个问题，但是我也没找到答案。还好你自己问了这个问题……你提醒我一下，为什么我们要去近卫军街呀？"他忽然变换了话题。"啊，看看你的空包，估计就是去拿东西吧。这可以理解，当人匆匆离开家的时候，经常会忘记带很多需要的东西和心爱的小配饰。"

"你是不是不正常，还是在笑话我呀？"卡佳很不可思议地看了他一眼，然后她在太阳穴比了个疯子的手势。"你难道没理解我说的吗？难道你没明白吗，我不需要帮助！"她又重新提高了嗓音。

"继续吧，继续吧。用喊叫来宣泄情绪，已经不错了，"拉德舍夫好像没有理会她的话，对她的行为甚至表示赞同。"你说吧说吧，别害羞，我还建议你可以大喊大叫，可以跺跺脚。我还可以允许你推我一下，但是别太重，毕竟我在开车呢。这是很正常的。我只有一个请求，在我开车的过程中，别跳出去。你现在还在治疗中呢。我还是把门锁了吧。"

可以听到车门被锁的响声。

"你是不是故意想让我生气？"卡佳在一段较长时间的停顿后控制好自己，开始确认下他是不是在对她做实验。

"当然是故意的啦。"他点点头，然后开始继续微笑。"我就牺牲一下自己的脑细胞，来给你解压吧。我想把你从伤心悲哀中拽出去！你继续，继续吵吧。"

卡佳很快就改变了方向，她之前已经张开嘴，想说出自己对他的想法，但是发现他唇间的微笑，马上就改口了。

"你真的就是疯子。"

"嗯，这是对我的花式新叫法，"瓦季姆插话进来。"继续说吧。我觉得很好奇，有名的女记者在精神崩溃爆发的时候会是什么样的状态。"

"那要是我不吵不闹呢？"

"那么，这就不怎么有意思了。但是……和一个正常精神状态的人谈事情就比较有趣，"他改变了腔调变得严肃起来。"你现在打算去哪里修车子？"

"目前还不知道，"她对忽然改变的话题有点不知所措，然后沉默。这个问题需要集中精力想想。"……首先得在科列斯尼科夫那里拿回钥匙和文件，把车子拉到什么地方，得等一段时间，等他们找到第二个交通事故肇事者，不会这么快的。"

"我可以帮你。"

"谢谢。我可以。"

"那你就自己吧。"他很可爱地同意了。"像你这样的女士就喜欢说自己来自己来这样的词。我很尊重你。要是遇到困难就找我。我是希望我的员工可以有自己的车驾。车子是件重要的事。"

"瓦季姆，你怎么就直接确定我会来你那里上班？"她好不容易才能插上话。

"因为你不想去科列斯尼科夫那边工作呀。而我很需要你能搜集信息和分析信息的能力。物质上和工资上我不会亏待你的。无论怎样不会比在报社给你的少。"

"你不后悔夸海口吗？"卡佳开始冷笑。"我可是收入很高的女记者。不光只是给自己赚买口红的钱。"

"我可不需要在金钱方面有困难的员工，因为点小钱就会跑到别的叔叔那里去了。如果我们可以建立合作关系，你不光可以给自己买很多化妆品，还可以给自己赚些钱，去山地滑雪度假村。就同意了吧。"

"容我想想吧。"她有点犹豫地说，已经不像刚才那么决绝了。

"不，这样可不行。我想听到直接的答案：是，或不是？我知道就你现在的处境是很难直接做出选择的，就不这么为难你吧，简单点，有个适中的方案：你就在度假的这段时间，按照正常的合同来我这里上班吧。"

"你想让我先干试用期？"

"你得承认，这可不是我提出来的。"瓦季姆目光炙热地看了卡佳一眼。"顺便说一句，其实在全世界都有试用期，是正常的。你不同意吗？万一你不喜欢我的领导方式呢？"

"或者是我不符合你对员工的要求，不能融入集体。"卡佳稍带讽刺地说了句。

"很有可能。那最终你同意还是不同意呢？"

"我不知道……虽然……"

拉德舍夫的这种腔调和咄咄逼人还是让她觉得有点受不了，他提议的东西没有退缩的后路：但是他给的确实是个好机会，可以允许自己在另一个领域发展发展。

"好的，我就同意你的建议了，在我度假的时候。但是我得知道自己任务的目标和意义。"

"回答得好，"瓦季姆很满意地说，"我自己也喜欢知道细节。在周末的时候我会努力整理出一些问题的，你负责来回答这些问题。那礼拜一10点的时候我在单位等你。你别迟到，我不喜欢别人迟到，"他面带微笑地看了眼自己的女乘客。"你离上班的地方也很近：办公室就在沃洛尼亚斯基街上，就在婚姻登记处对面。所以在你的车子维修期间，你就不用叫出租了。现在我作为上级来问你：你给车子换冬天的轮胎了吗？"

"还没来得及换。我其实在等维塔利克回来。"卡佳垂下了头。"我们家这样的事，都是他做的。"

"知道了。那你冬天备用的那些轮胎在哪里呀？"

"在他父母的车库里。他们住在斯莫列维奇。"

"你的车什么型号？"瓦季姆也不气馁。"车子是哪一年的？"

"宝马三系。10年了……但是我想……还是自己来吧。"

"再说吧。啊，我们到了，"他望了望灯火通明的窗户，进入了卡佳曾经的小区。"这个横杠的遥控器，应该在你的包里吧？"

"要遥控器干吗？我可以自己跑回家去，谢谢。"

"不，那可不行。你不是来拿东西的吗？我可以在这里等你，但是，还是最好把这个横杠起开。"

"好吧。"卡佳也有点累了，不想一直和他抬杠。"我觉得，我今天是摆脱不了你了。"

她打开包，从里面拿出遥控器。道闸微微颤抖了下，红白相间的道闸开始慢慢升起。瓦季姆开车来到灰色的楼道口，停下车来，他记得科列斯尼科夫一家也曾住在这里，他熄了火，带着疑问地望了一眼女乘客："我觉得，你先生应该不在家吧。"

"你为什么会这样觉得？"

"因为，我觉得不然你就不来这里了。"

"你真的太会猜了。今天是他妈妈兹娜伊达·尼古拉耶夫娜的生日。我们之间虽然没有特别亲密的关系，但是我早上还是打电话给她，祝贺她了。她邀请我去参加生日宴会，但是我用忙为由委婉地拒绝了。我觉得维塔利没和父母讲我们之间的事，他是个好儿子，在母亲生日那天去看望她，这是神圣的事。所以我觉得他肯定不在家。"卡佳抬头望了望。"真的就是这样，家里没亮灯。"

"我可以在下面等你，也可以和你一起上去。不能强迫，我没这样的特权，这是别人的领地。"

"如果你愿意的话，可以进来。"卡佳冷漠地说。"我不会待很久的。"

卡佳开了下面的密码锁，进到楼道里面，对管理员点了点头，就很快来到电梯旁。

"您要去哪里？"她无意中听到背后有人质问。"您拿着这么大的包去干吗？"

小个子的管理员从自己的小房间窜了出来，两秒钟内，就挡了拉德舍夫的去路，开启一种威胁的模式。

"我和姑娘是一道的，"拉德舍夫比这看管员老人要高出两个头，很和善地解释道。"您别担心，我们不会待很长时间的。"

"您是说，和姑娘一起的？什么时候卡捷琳娜·亚历山德罗夫娜变成姑娘了？"楼道管理员眯起眼睛盯着卡佳，"维塔利·利沃维奇知道您邀请了男人过来吗？是趁着丈夫不在家，邀请来过夜的吗？"

"瓦西里·彼得罗维奇，您怎么可以这样说呢？"卡佳用手扶着开了的电梯门，有点生气。"几次和您说过不要管居民的事情？对您来说有什么区别呢？谁和我一起上楼，对您来说有区别吗？"

"哦哟，是这样呀，"管理员靠到一边，把拉德舍夫放了过去，然后有点委屈地缩了缩鼻子。"我绝没想到您，卡捷琳娜·亚历山德罗夫娜是这样的人，似乎也是个女知识分子，女记者……维塔利·利沃维奇也就算了，我已经习惯他说话的语气了。"他开始意味深长地叹了口气，摇了摇头。"哎呀，社会怎么了……"

他一进自己的值班小屋，卡佳和瓦季姆就听不到他后面说了什么，当然他们也没看到他进到自己的值班室，不怀好意地眯起眼睛，打开了通讯录，然后去拿起电话开始拨号。

"我们能遇到'食人魔'也是够幸运的！"卡佳似乎是在表示歉意地叹了口气。

"喜欢害人的老头，"瓦季姆同意道，然后好奇地打量着电梯的镜子墙面。"看来莫吉廖夫的厂家学会了做质量比较好的电梯了。"他略带满意地说道。

"你还真别说：这老头就喜欢捣乱！"卡佳接了前面的那个话题。"据说，他之前在监狱做过保安。当时大家都特别讨厌他，在背后都叫他'食人魔'。现在他退休了，就住在附近。其实他是自己过来要做保安的。邻居们刚开始很开心，在病恹恹的一群退休管理员里算有个管事的了，要知道其他的都是那种弱不禁风的老人！但是过了一礼拜，都开始很团结地抱怨他，说这老管理员根本不愿意放人进门，开始找茬。要是你不请求他，或者给他点颜色看看，他就不会放任何人。很多人想让他下岗。真的，不过就在一户人家进了贼之后，也都觉得还是让他留下吧。有这'食人魔'在，连家庭主妇都不愿出去多倒一次垃圾。当然，有一次莲娜也被他拦住了，他在晚上值班的时候，看到她抱着猫坐进了你的车里。"

掏出钥匙，卡佳关了自己家的自动报警系统，开了门，走进房子。扑面而来的就是那种被关久了的空间的混合气味、墙壁家具物品味和微微可以感受到的维塔利的淡香水味。瞬间这间房子里发生的一些欢愉和难过涌上了心头……

她深深地吸了一口弥漫于屋里的味道，她是多么想念这里啊！她感觉头晕目眩，身体似乎也摇晃了一下。

"维塔利应该早上出去后还没回来过。"当然她依据她自己才能发现的特征，得出了这样的结论。

第二次进来，喉咙有点哽住，泪水在眼眶中打转，心感到疼痛。

"这屋子真舒坦，"瓦季姆给看到的这些做出了肯定的评价。"这是什么动物呀？"他伸头去看挂在门口的那只用皮毛和珠子做成的不知道是什么动物的小怪兽。

"这是南美来的一只小怪兽，"卡佳不动声色地抹了下眼泪。"之前大学同学送的。他已经在德国住了很多年了。请把它也摘下来吧。"

"他是你的好朋友吗？"瓦季姆踮起脚尖把这不明是何物的小动物摘下来了，凑近看确实有点像小怪兽。

"嗯，是很好的朋友，"卡佳藏起她的泪水，开始含泪微笑起来，碰了碰这个小怪兽的尾巴。"而且是很久以前的老朋友。我和盖那在特米尔塔就认识了，就在幼儿园的沙坑里。然后我的父亲被调去其他城市的军队了。然后我们会经常来来去去地往返不同的城市，在高中快毕业的时候,我们正好就在他的家乡斯卢茨克,"她解释了一遍。"然后在大学里我认识了亨利·维宪别尔克,而且当时我根本不知道,其实亨利和盖那是同一个人,盖那是亨利的小名,他就是我童年回忆里的盖那,其实对我来说他一直只会是根卡。"她温柔地补充道。

"那他为什么会来白俄罗斯呢?特米尔塔好像是哈萨克斯坦的吧!"瓦季姆感到很吃惊。他不急不忙地脱了鞋之后,就像在自己家里一样把外套挂到橱里,然后伸手去接卡佳的外套。

"维宪别尔克家的故事很简单,盖那的父亲其实是伏尔加德意志人,在战争期间他们被送到哈萨克斯坦。80年代后期,白俄罗斯冶金厂在兹洛宾成立,他们正在寻找整个联盟的专家,包括根卡的父亲在内,他是一位出色的工程师,是一位著名的创新家。一家人毫不犹豫就搬家了,维宪别尔克一家早就梦想着回到自己的故土,从历史渊源看,白俄罗斯与德国非常接近。不过讲真的,这次搬家对他们的未来倒是影响很深。一年之后开始从哈萨克斯坦迁移到德国。他们家的亲戚都已经住在德国很久了,但是根卡的爸爸还一直在搜集一些资料来证明他和他们的亲人关系。"

"那倒是有点不幸。"瓦季姆说道,从她手里接过那只小怪兽,开始更仔细地端详。

"不能这么说,"卡佳不太同意。"老维宪别尔克,他是个很实际的人,他不会白白浪费时间。他经常因出差去欧洲,等到他家人接到电话,并被通知可以搬到德国时,他已经有了在巴伐利亚工作的合同。冶金厂所处的位置也很好。他们家很快在一个新地方扎根,获得了房屋贷款。根卡重新进大学学习,他妹妹则进了艺术学院学习。她是个设计师。几年前她嫁给了一个慕尼黑的画廊老板,去年秋天生了孩子。"

"你的朋友?他结婚了吗?"

"没有……"卡佳有点结结巴巴,"他实在是没时间,他是记者,在各处的出版社写稿子,周游世界。有时候他会来明斯克出差,于是就会叫上我,我们就会一起游白俄罗斯。"

"维塔利克是不是忍受不了他?"瓦季姆笑道。

卡佳向他投去疑问的眼光:"为什么你会这样觉得?"

"嗯,要是妻子对其他男子这么热情,就可以怀疑一些别的事情。"他耸了耸肩。"我不太相信纯洁的男女友情,对不起啊。"

"不好意思啊,你是对的,他们确实彼此都没什么好感。或者是说之前没有……就根卡来说吧……其实我们的浪漫史还在大二的时候,就已经不可能了,所以我们只是朋友。说实话,我有两个神秘的闺蜜——他和丈夫。现在只有一个这样的闺蜜了……哎,还是不能习惯,不能相信,我和维塔利克就这样结束了,已经成为过去了。"好像是在抱歉,她叹了口气。

"当心爱的姑娘嫁人的时候,另外一个守护者除了感叹,就没什么好做的了,要么把她从生活中剔除,要么就变成她最好的朋友,"瓦季姆稍微苦笑了下。"其实可以留下希望和幻想,一切都还能改变。这样的解释,其实我还是相信的。所以可以相信历史的继续。"

"根卡干吗要去希望、猜测一些难以预测的未来?"卡佳开始保护她的朋友。"要知道没人会停下来,等所谓情史的继续,他一直是很招姑娘们喜欢的。而且,我和他从不谈彼此的私生活。"

"可以证明一切都不那么简单。"

"你知道得还不够多,就这么理直气壮地来讨论这件事。根卡是个很好的朋友,这对我来说非常重要。你不是也一直没有结婚吗,但是这并不意味着你在等待,或者希望进入谁的生活。"

"我没等谁,也没希望。好吧,你说服我了。"他继续在手里把玩着这个毛茸茸的小怪物表示同意。"接着吧,自己的家中精灵。"

卡佳把这个小怪物凑近脸蹭了蹭，充满爱意地把它靠近自己的胸口："你怎么知道我就是这么叫它的？"

"这还用得着问吗？它就在这门口吊着，毛茸茸的小怪物，"他指了指这玩具，"百分之百就是家里的小精灵啦！我有什么可以帮你的吗？"

"先在客厅里坐会儿吧，看会儿电视。"卡佳指了指客厅的方向，然后从大行李包里，又掏出一个一样的。"我很快就能搞定。"

"好的，听你的。"

看着瓦季姆在里面客厅里开了灯，然后在杂志桌上拿起了遥控器，她走到自己的衣柜前，闭上眼睛试图集中精力。

"就这样……我首先需要拿什么东西呢？哎，早知道要列张清单的。"她觉得现在给自己这建议，就是事后诸葛，然后就开始把衣物甩到肩上。

尽管她挑选的，都是非常必要的，过了15分钟，一个大包就已经被塞得鼓鼓囊囊的了，冬天穿的衣服就占了好大的地方。刚开始，她试图把一年前丈夫送她的貂毛大衣塞到包里去，但是很快明白了，这没什么用，于是就塞了件山上滑雪用的衣服。她用膝盖把衣服塞进包里，勉强拉上了拉链，然后又四处看看还需要带点什么吗？还有没有被碰过的书架，上面有很多的文献材料，在浴室里的化妆品，珠宝还有其他一些没用的消遣玩意儿。啊，还有鞋子呢！

"两个包好像有点少了，"卡佳觉得有点伤心难过，然后看了看钟，男主人回来至少还得一个小时。"得动用家里出去度假用的箱子了。应该来得及的。"

她开始继续整理东西，在屋子里窜来窜去非常繁忙，并很快地做出决定带上什么，而把什么留下，等下次回来取。她把一些照片、文件、内衣的东西以及一些私人物品放进包里，还有一些别人送给她的东西。还有一些东西，她决定不带走，就等离婚的时候怎么判定吧。不知道为什么，她相信，她应该会和维塔利克和平离婚，要做不成好朋友，做普通熟人也是可以的。要知道他们一起生活那么久了！

她又整理出两个大包，拖着它们来到走廊，然后回到衣柜那里取皮草。就在这时大门嘭的一声开了，有人跺着脚进来了。

"好啊，这样是吧？！"忽然背后传来普罗斯库林的声音。"我倒是像个傻子一样，到处找她，担心她连觉都没睡好！婊子！那个奸夫在哪里，你是不是搬去他那里了！还把他带到我们的房子里来！我甚至都不敢想这样的事情！他在哪里？我要把这混蛋打死！！！"可以听出房子的主人非常生气，他身上散着酒气，怒气冲冲地冲向卧室。

卡佳手里还拿着皮草，从书房出来看着他怒气冲冲的背影。瓦季姆从客厅那边探出头来看究竟怎么回事。

"发生什么了？"他没来得及问。

瞬时，从旁边的房间飞出来怒不可遏的维塔利，他一拳狠狠地挥了过来……走运的拉德舍夫急忙躲开，只听到一声巨响，然后是塑胶材质碎裂的声音，在墙里可以看到被揍出的凹进去痕迹。房子的男主人觉得疼痛难当，接着挥来另一拳，但也没砸中。瓦季姆反应灵敏躲开得非常及时，他用闪电般的速度把攻击者的手拗到了背后。普罗斯库林显然没有想到这样的反转，哼了一声。

"好啊，你这个混蛋！"他恶狠狠地嘶嘶说道。"我们走着瞧！你笑什么？"他用雾蒙蒙的狠毒眼光剜了卡佳一眼。"还有一个心头好是吧？一个下流作家在德国，还有一个就在这里啊。当然啦，你不是记者靠关系嘛！"

"停止马戏表演！"卡佳缓过神来之后，有点生气地叹了口气。"你喝醉了！你快别胡说，给不相识的人道歉！"

"我？！我还需要道歉吗？我的老婆把小情人都约到家里来了，我还应该道歉？"

"您，亲爱的殿下，您还是想想，妻子到底带了什么人进来，下流作家还是情人？"瓦季姆把想要挣扎出来的房主尽量按住，一边问道。"当然第二种对自尊自大的男人来说，就更好听点，但是我想要对您说的是我不是第一种，也不是第二种。有意思的是，您是用拳头来迎接所有的客人吗？"

"这不关你的事！我想怎么迎客就怎么迎客！"维塔利克恶狠狠地说，"我可没有叫你到我家来！"

"您是没有邀请我，"拉德舍夫很同意，但是没有松开摁住的他。"但是您的妻子邀请了我，就是叫我来帮她拎东西的，她要搬家。现在不会再胡闹了吧？还有问题吗？"

"放开我，"停顿了一会儿之后，平静下来的普罗斯库林说道。"你放了我吧，我肩疼。"

"要是您不动手的话，我还可以向您道歉。我觉得，东西是不是已经整理好了？"瓦季姆问卡佳道。"那就走吧。我现在可不会留下，听一些家庭琐事。"

他把家里的主人放开后，摊开手掌，顺势来到走廊里。

只留下夫妻两人独处，夫妻俩有段时间就这样沉默着。

"我想看看，你拿走的是什么，"维塔利克很激愤地说。

"没有什么对你重要的东西，都是自己的东西，"卡佳冷笑着说，"别担心。"

"你得事先说一下的。"

"下次一定会事先说的。"

"还有下次吗？"维塔利克咆哮起来。"要么留下来，要么就别伸腿进来！"

"天哪,维塔利克,你怎么那么粗鲁。我原本希望我们作为知识分子……"

"知识分子不会忘记今天是婆婆的生日!大家都在等你,关心你的健康问题。我一直都在努力袒护你!而你在这个时候,却悄悄来拿东西……你可能是想把整个房子也偷走吧?那我告诉你,你不可能得到一分一毫的!现在就让你的男闺蜜来养活你吧!他们要是擅长扭伤别人的手,就也会赚钱吧!"

"维塔利克你在胡说些什么?你快醒醒吧,快刹住吧,你明天会为你说的话感到羞耻的!"

"我感到羞耻?难道你就不羞耻吗?人们说的是真的,你就是等到了合适的时机来让我做替罪羊!"

"难道你在引用扎米亚金的话吗?还是阿纳斯塔西娅·谢尔盖耶夫娜?"卡佳声音嘶哑地说,"是呀,这姑娘真是聪明,说的都是对的。她倒是会装成人畜无害的小绵羊,其实是……"

"从正常的妻子身边,丈夫是不会逃走的,"维塔利克打断她说。"你甚至连生个孩子都不行!"

最后一句话真正戳到了卡佳的痛处,瞬间空气就像凝固了一般。

她完全不能忍住之前强力控制的泪水,泪水在眼眶里打转,她很轻地说了句:"那我们确实……没什么好说的了。"她说着,挤过普罗斯库林身边。

这时候,拉德舍夫已经穿着整齐在走廊上等她了。

"都收拾好了吗?"一边帮助她穿上衣服,瓦季姆一边朝那些行李包望了一眼。"我先把它们搬到电梯门前。"

拎起了两个鼓鼓囊囊的行李包,瓦季姆开了门,过了一分钟又回来了,把巨大的行李箱的把手拉出来之后往门方向走。拿起带着衣套的皮草,卡佳跟着他出去了。

"把皮草留下！"忽然她听到了恶狠狠的吼叫。"这可不是用你记者微薄的工资可以买得到的。哼，媒体的巨星！还有房子的钥匙也给我留下，"维塔利克醉醺醺地摇动着，用手指指了指隔层。"嗯，不过……"他的脸上露出扭曲的微笑。"我明天还是会把锁给换掉的。"

"拿去吧，"她小心地把皮草放下。"你可是有人选可以继承这件皮草的。你真下流，维塔利克。"她一边把钥匙扔到了皮草上。"我和你在一起生活十年了，没想到你层次这么低。你可以不换锁，我不会再出现在这里了。再见！"

她的下巴开始颤抖，眼睛里充满泪水，已经忍不住泪水了。

"不行，不能在拉德舍夫面前哭。"她强忍着要汹涌而出的泪水。

瓦季姆把所有的行李都搬到电梯里后，卡佳也进去了，背过去对着他，然后垂下了眼睛。当然，她也想到和丈夫偶遇的可能，但对丈夫如此的愤慨和怒气完全没有任何准备。其实在一起生活的这段时间内，夫妻俩之间的冲突和争吵次数一个手也是数得过来的。

"你很漂亮地离开了，"拉德舍夫打破了沉默。"我佩服你的忍耐力。"

卡佳沉默着没有回答。

"千万不能哭啊！"她紧紧地咬住了嘴唇而且忍住眼眶里的泪水。

电梯下到楼层很及时。拉起行李箱的拉杆，卡佳低着头第一个走出电梯。

"真是太感谢您了，"她忽然听到身后有人这样说，就担心地看了看后面，就在路过看管员的时候，拉德舍夫一边拉着行李，一边望进看管员的窗户。"感谢您给男主人打了电话。如果他不来，我们也就没那么快离开了。有点遗憾的是，我们有点赶，不然，我还真的要好好谢谢您！以防万一，您以后别在黑暗中散步呀，不然，万一什么东西掉下来，正好掉到您头上，"他很关心地嘱咐道，"脑震荡在您这个年纪是很难治好的。您保重啊！"

卡佳看了看生气的"食人魔"，冷笑了声：天哪！只见他把头缩进肩膀，露着惊悚的目光。现在管理员那嚣张的气焰一下子就没了？这才知道原来和管理员讲话得礼貌、温柔而且具体化一些。提到"脑震荡"这样的话，效果要比"您被开除了"有效得多！

就在楼道口，停着维塔利克的"宝马"车。

"难道他喝醉了之后，还在开车吗？"她觉得很不开心，又很不可思议。"他是用什么样的速度从斯莫列维奇赶过来的呀？还没过40分钟，就我们进了楼道口之后……简直就是疯了！"

"你在这里熬了几年呀？"瓦季姆在把包包放回到路虎车里之后，关切地问道，慢慢把车开出了近卫军街的院子。

"差不多四年吧。就在圣诞节的时候，我们搬进来的。"她回答道，和之前一样没有抬起眼。

"我们可能原本会成为邻居。我之前也看过这个小区的这幢房子，就在我想买房子的时候。这地方挺不错的。"

"我很快就喜欢上了这地方，在市中心，又有绿化。就像在石头迷宫里的小热带森林。"卡佳重重地叹了口气。"没事，我的眼睛已经开始习惯新家窗外的新风景了。生活总是很难猜测，也经常风水轮流转，我和闺蜜还是在大一的时候，在契卡洛夫街租过房子。房东就像是童话里的老巫婆，在十点钟的时候，就马上会落锁，拔掉电话线，然后就开始唠叨。我们就连晚上去看个电影也是不可能的！那时候，我们就只能在大学同学的宿舍歇息。有一次，在宿舍，我们被发现了，当时闹得还挺大的！根卡差点没被赶出来。所以下次，我们就只能在火车站过夜了。这是好多年前的事情了，现在想起来似乎不是发生在我身上的……对不起啊，你不得不见证这样的生活丑事。"

"我要是只是见证人就简单多了！"瓦季姆不太同意。"差一点就挨打了，差点没逃过。这都是我的错，其实我不应该来参加这么危险的行动的。"

"维塔利克，他其实不是这样的……我是第一次见他这样。其实你可以设身处地想象一下妻子和别的男人一起在房子里。"

"你就别担心了，"拉德舍夫开始严肃起来。"你丈夫的状态，我是可以理解的，所以我也没揍他。但我也不会站在他这边说话，不管怎样，不能失去男人的尊严。当然我没娶妻，很难讨论这个话题……要是换作是科列斯尼科夫，可能会把两个都杀了的。"

"伊戈尔啊，是的，他会杀了两人的。但是你应该不会，"卡佳想了想之后说道。"你属于那种不说废话转身就走的人，但从此以后你会关上身后的门，永远。对啦，你是在哪儿学会格斗的呀？是小时候吗？"

"不是的。我是个教授的儿子，在温室中长大。"

"真的吗？我是怎么也不会猜到的……"卡佳反驳道，"而且就我看来，温室里长大的孩子都是……没什么性格的，你……不像那样的人。"

"这就是最大的困难，我有个性，就和温室般的条件格格不入。所以你是对的，我开始打架，还是在小时候，因为家里附近的孩子都会尝试用自己的方式来嘲笑胖乎乎的优秀生。我又不能把这个向我年纪偏大又传统的父亲抱怨！"

"难道你还胖过吗？你胖过？"她开始有点不太相信地笑起来。

在喉咙里的哽咽开始消失。

"我之前很胖的！可以说是肥胖，手指就像小香肠一般，"瓦季姆开始笑起来。"而且我是越来越胖。就在几年前，我不想再这样继续下去了，就克服重重困难，在 11 年里，减了 50 公斤。"

"不可能！"卡佳睁大了眼睛，开始上下打量他的身材。

"当然一切都有可能的！其实只要你愿意，"他冷笑道，"还有追求的目标，就可以。"

"那你的目标当时是什么？"

"就是改变自己。"

"成功了吗？"

"你也看到了。你有一点是对的，我父母的年龄差很大，几乎是25岁的年龄差。妈妈是爸爸朋友的女儿。你可以想象，当我妈妈要嫁给我爸爸的时候是怎样的一场闹剧，人们又是怎么反对的？"

"很难想象，"卡佳说道，"难道爱情的力量这么强大吗？"

"妈妈直到现在也爱着父亲，虽然他过世很久了。所有人爱的永恒的瞬间都是不同的，对有些人而言可能以分秒计，对另一些人来说爱就是余生。她把他的办公室变成了一个博物馆，父亲的学生会前来，她还把自己的学生也带来。去年她终于退休了，便经常去相关部门办理手续，希望可以在住所的墙上安装一个纪念牌，"瓦季姆笑起来忽又沉下脸来。"好了，我们又岔开话题了……我可以提个礼貌的问题吗？"

"请吧。"

"我既然听到你们家庭的对话了……为什么你们没有孩子呢？"

"没有这样的命。"卡佳简短地回答。

刚恢复的好心情马上又低落下去。

"对不起让你伤心了，我不是因为猎奇心，而是我的朋友和校友是个很不错的妇科医生。他可以给你诊断一下。"

"谢谢，我不需要，但就面临的离婚这事还真是个问题，根本没空管这事。"卡佳冷冷地说，看着拉德舍夫拐进契卡洛夫街上的家。"我们到了，谢谢你的帮助。"

"别急着谢我，"拉德舍夫关掉发动机，拿出车钥匙朝那些大行李袋点点头说,"这里没电梯。你还是不得不忍受我一会儿,要知道没人在此可以帮你……我不是来讨茶喝的。我今天可是不想再认识别人了。"

"那里没有别人,"卡佳听懂了他的暗示。"还是谢谢你,瓦季姆……谢尔盖耶维奇?"她确认了下然后开始解释道,"得适应。从礼拜一开始我就得用工作上的尊称了。"

"我很高兴,叶卡捷琳娜·亚历山德罗夫娜,您接受了我的建议,"他把行李都搬进挤挤的小走廊然后很公务式地和她握了握手。"就因为这个也是很值得去一趟近卫军街然后差点被您的前夫给打了。礼拜一见……啊,还有一个建议,我作为曾经的医生,建议您最近不要哭。伤疤刚拆线,不可以伤到伤口。一切都会好起来的。您也是知道的,一切痛楚都会过去的……"

4

……别看卡佳从来都没起得这么早过,但是,她还是不得不跑着去位于沃洛尼亚斯基街上的办公室,她要迟到了。她在镜子前花的时间太长了,她试图修饰又紫又黄的淤青,遮瑕要么太少,要么太多,不得不一次又一次地洗掉。还一遍遍地摘下又戴上隐形眼镜,眼睛居然在这段时间已经不太习惯隐形眼镜了,开始对隐形眼镜抗拒。她不允许自己迟到,但最好还是能用体面的样貌迎接新同事,而不是脸上到处是伤的狼狈样。

来到需要的楼层,她停在宽广的大门前,上面有拉德舍夫的名片,就果断地按下了门铃。门马上就开了,她跨过象征性的门槛然后来到了一个宽敞的门厅,那里只有一扇门在她面前。

"接待室"门上有漂亮的门牌。

左右都有走廊,在那里也有门,看上去卡佳好像真的迟到了:迎面走来穿着严谨身材魁梧,看起来很严肃的男子,和她打了招呼然后把她带到一间窄小的办公室,给了她一张表格叫她填写。

"书写台、电脑、两把椅子、还有一个角落里的橱子、在桌子上的日历……都是很简陋的。"她快速地扫了一眼工作环境,很快评定了下环境。在天花板下有个窗户还带有铁栅,看起来就是小监狱的样子,她觉得瞬间能联想到的就是这个。她暗暗地想,"还好不是酷刑室,这里怎么能够工作呢?"

"我一般不会在这里工作很久,"他好像读出了卡佳的思想,他一直在仔细观察卡佳的一举一动。"好的,对不起,我忘记自我介绍了,我叫安德烈·列奥尼多维奇,是安保部门的。"

就在卡佳填表的时候,"安保部门"就一直要么坐在她对面,要么就不停地打量她,或者站在她身后问问题,问的都是表格里重复的问题。他好像就是来分散她的注意力的。这让卡佳神经紧张,但是她也毫不犹豫地说出这个想法了,于是男子就留她一人在那里。

不过他也没有留她一人很久。就在安德烈拿过她填好的表格时,他笑了笑,然后不经意地开始道歉,其实是为自己的职责道歉,要知道安保部门和人事都是非常有责任的岗位。然后他又表示抱歉,老板有事离开并交待他带新职员和大家认识,顺便参观熟悉办公室。

要知道公司推出的,真的是全世界闻名的牌子,从细节就能看出:可以看到明亮的日历、宣传画,这些都是给医学技术做广告的,还有很多有"UAA Electronics"标志的一些小物件。

"没什么好奇怪的,"卡佳想了想。"到处都是一样的。在任何地方,员工在上级领导的陪同下都不会分心,都会埋头工作。没有人问问题,对任何事情都不感兴趣。值班点头,值班微笑。似乎每个人都对陌生人出现在这里的原因无动于衷，如只有三个手指的人来到这里也没有人会注意到。还有那个克拉西里尼科夫，名义上的，最有可能是'网上医学服务'的主管，本可以花一点宝贵的时间关注团队的新成员。但是拉德舍夫的纪律严明堪称典范，还真挑不出一点刺。"

唯一一个注意到有新人来的是秘书。她从位置上起身然后快速地问："需要咖啡吗？"她很快消失在门后，之后又带着托盘和杯子进来了，很快就开始聊起一个话题……儿童病。

兹娜长得非常娇小，显得特别机灵而且话很多。过了十分钟之后，她就完全很自然地和对话者用"你"相称，这是关系亲密的人之间才会用的亲密词语。

卡佳一般非常严谨且有礼貌，并保持距离地与陌生人交谈，并且对儿科也不是特别熟悉，因此不知所措，以单调的方式——"是"或"不"回答了她的问题，虽然她真的很想不礼貌地回答"不知道"，"我不会说"，"不要"之类的话。

拉德舍夫一边打电话，一边走进了接待室，看到了普罗斯库琳娜后，他点头示意了一下，然后继续通话，并顺手推开了领导办公室的门，示意卡佳进去。

"瓦季姆·谢尔盖耶维奇，您已经拿到签证了吗？"兹娜马上跟着进来了，但是她害羞，没进门。

"是的，一切正常，"讲完电话，老板把手机塞进衣服口袋里，然后有一秒钟陷入沉思。"告诉员工们，如果谁有问题叫他们快点来，我在办公室大概还有20分钟，叫克拉西里尼科夫和波连琴科过来。兹娜你也和他们一起进来。"

一边继续想着自己的一些心事，拉德舍夫小心地把衣服放到皮质的沙发上，用手掌抚摸了下有点潮湿的头发，往桌子那边走了几步，但是马上又回来了，从口袋里掏出正在疯狂响铃的手机。

"请坐吧,叶卡捷琳娜·亚历山德罗夫娜,"他指了指桌子旁边的一把椅子。"阿列克谢,你好,你好……一切正常,对的我会飞过来的,刚拿到护照。没有,没忘记……你们已经在谢列梅捷沃了?对不起,对不起啊,我事情实在是太多!我们在久谢里多尔菲见吧?……这意味着,"他试图集中注意力,看了卡佳一眼。"我要去趟展会,您只能在我不在的情况下开始在这里工作了。"

"什么叫作……在您不在的情况下?"卡佳有点慌。"开始什么呀?"

"开始工作啊,"这次轮到拉德舍夫感到惊讶了。"就在这里,"他指了指桌子上开着的电脑,"38个问题。昨天我可是花了一个晚上来弄这些……"他稍做停顿。"您需要准备好回答这些问题。您可以打电话,以我们公司和分公司的名义,然后想好在哪里见面等。总之我是不用教您的,您自己知道怎么搜集信息。我们再见……要等到礼拜六了。"他抬了抬额头。"在两点左右到时候我会回办公室的。"

"我猜你会问一个问题,我现在就回答你,如果情况需要,我的员工会在周末加班。我认为这也不是新闻。而且,这非常重要,办公室里应该没人知道你在做什么。下一步在这个信封中,"他瞥了一眼蓝色信封,就在电脑旁边上面还有"现代医学"的徽标,"这就是您需要的钱。我需要的是可靠的信息,可能是私人的,机密的。在世界各地都可以买卖信息,您只需要知道价格。所以不要小气……您见过安德烈·列奥尼多维奇吗?……说曹操,曹操到。"他对出现在办公室的人微笑着,等到来的这三人落座之后,他继续说道,"再次相互认识一下,这是叶卡捷琳娜·亚历山德罗夫娜,我们这里的新员工。她要完成的是我特派的一些任务,所以我希望你们能给予她最大的帮助,如果她需要用车。瓦洛佳,把兹诺维夫派给她吧。其次在我回来之前她会在我的办公室办公。她的工时可以随意,工作多长时间都可以。兹娜,这个礼拜,你就是叶卡捷琳娜·亚历山德罗夫娜的私人秘书：咖啡，来电，一些及时的帮助……安德烈·列奥尼多维奇，让您的同事们熟悉需要做的事情，关键要把叶卡捷琳娜·亚历山德罗夫娜的车子修好。第三，第三……也就是我们在礼拜五讨论的那些问题。晚上，我需要收到电子版的报告，"他看了眼克拉西里尼科夫。"总之，一切准备好了吗？"拉德舍夫问了句，瞄了一眼安保部门领导手上的文档，"好的，把复印件电子版也发一份到我邮箱吧。"他站起身抓起衣服，焦虑地望了一眼时钟，时间有点紧，路上还得去把阿特罗金接来。

"您现在坐兹诺维夫的车子吗？"波连琴科有点担心。

"不，我开车。在机场的停车场停下就是。又不是第一次。所以就不用来接我了。好了，叶卡捷琳娜·亚历山德罗夫娜，事情有点不凑巧。"他无奈地摊了摊双手。

把桌子上的几份文件放到保险箱里，拉德舍夫走到门口，忽然想起忘记了什么，马上急匆匆折了回来。

"这是我办公室的钥匙，"他把一串叮叮作响的钥匙串给了卡佳。"兹娜和安德烈·列奥尼多维奇会告诉你该怎么做的。再会。"

拿到钥匙的时候，普罗斯库琳娜张嘴想要问拉德舍夫一个问题，这是这段时间她一直想问的问题，但是他已经走出办公室了。

"别担心，"波连琴科似乎懂得了她的想法，"这是很正常的工作方式。您会习惯的。"

"还有风风火火的时候。我们的老板是个很积极的人。"兹娜补充道。"您想来杯咖啡吗？"她在履行职责的时候就开始用"您"这样的尊称了。

"嗯，如果方便的话。"卡佳还没缓过劲儿来点了点头。

"稍等！"兹娜马上就消失在门后。

"您的车子还是在银行的停车场吗？"这时候安德烈·列奥尼多

维奇好奇地问道,这又一次让卡佳觉得很惊奇,他敏捷洞察一切的本领还真没想到。"请您给伊戈尔·尼古拉耶维奇·科列斯尼科夫打个电话,和他讲明您想收回车子,其他问题我自己会解决的。"

"但是我……"

"叶卡捷琳娜·亚历山德罗夫娜,我们这里习惯完成老板交给的任务,"安德烈委婉地命令她说。"您打电话吧,我在等。"

和科列斯尼科夫解决问题,让人惊讶的是居然非常快。就在这时,他马上叫她把电话给安德烈·列奥尼多维奇。好像就是在等她的电话,和这件事的转折。好像这新的一天就是在以惊喜的方式开始一直没有停过。

就在安保部门的负责人刚离开老板的办公室,兹娜就端着咖啡盘出现了,在盘子里有一碟饼干和一杯咖啡。

"您别拘束,坐到老板的椅子上吧,"她关心地说道,还补充了一句,"迄今为止,除了老板也就我在上面坐过,在接待室维修的时候。"

"那时瓦季姆·谢尔盖耶维奇坐哪里呀?"

"老板经常出差,突然地出去又突然回来。我们都习惯了,您别害怕,他是个好上司,不是那种会欺压下级的。"

"和谁比较过吗?"

"哦,当然!"秘书向上看了一眼然后很戏剧化地叹了口气。"我在秘书行业干了二十几年,在来这里之前我看过各种怪事!"

"啊,那您现在多少岁呀?"

"38!我和瓦季姆·谢尔盖耶维奇同年的!"还没等她听完问题她就开始没心没肺地说起来。"我在高级技术学校学的秘书学。然后我在瓦维罗夫开始工作。叶卡捷琳娜·亚历山德罗夫娜,您别客气,我可以帮您很多的,比如打电话啦,转交些文件啦,拿到什么地方去啦,去幼儿园接孩子啦。您的孩子还很小吧?"

"我没有孩子。"卡佳垂下了目光。

"那将来会有的!"这个女秘书马上宣布道,原来除了话多之外,这个女秘书还根本不懂得什么叫作尴尬,她天生就有一种乐观的情绪。"那您几岁呀?"

"33。"卡佳有点不太想回答这个问题。

"难道这是高龄吗?还年轻呢,我也是过了30才生的孩子。现在这根本不算什么,不像以前,我妈什么时候生我的知道吗?在18岁!然后和她一起的,还有一群刚满20岁的。不像是现在啊……"

"兹娜,对不起,我想工作会儿。"卡佳打断了她。

"当然,当然!没问题的。"女秘书抬起手就退到了门那边,"有时候瓦季姆·谢尔盖耶维奇和我直说,'兹娜,滚'。我马上就会消失。啊,顺便说一句呀,"她忽然在门槛那边站住了,"我现在去商店,你要带什么东西吗?午餐什么的?"

"啊不用了,谢谢。"卡佳摇了摇头。"兹娜,滚"这样的话她是说不出口的,太没教养了,得用委婉的语气来说出愿望,"您安心去商店吧,不用担心我。我早餐吃得挺饱的,而且……"

"在节食减肥吗?"女秘书继续说。"我所有的闺蜜都在减肥。就我一人吃不胖。怎么说呢,就是骨架子小的小狗,一辈子都是狗崽。"她开始笑起来,然后终于消失了。

卡佳冷笑了一声。

"老板是怎么忍受她的?他怎么会喜欢这样的?我觉得他一直不在办公室,这点可以理解。奇怪又神奇的瓦季姆·谢尔盖耶维奇·拉德舍夫,"她开始微笑,忽然觉得办公室里一下子安静下来好舒服啊。"让我们来看看,他给我准备了什么。"她坐到老板的椅子上,去拿无线鼠标。

她用了40分钟的时间仔细研究了新上司布置给她的任务。在她看来，第一个问题是微不足道的："付费医疗中心和美容院的数量"。

"这也叫麻烦吗！自己不会开清单看吗，数一数不就好了，"她惊讶地耸了耸肩，"'提供付费服务的医疗中心和美容院的清单'也是差不多类似的问题，……甚至还有这样的问题，'客户最想要的效果'——当然是减肥啦！"卡佳开始笑起来，"要么就是吃个'葆青春的苹果'，晚上吃，早上醒来就变得苗条年轻 美丽！哎，是的是的，瓦季姆·谢尔盖耶维奇，您要是觉得回答这样的问题比较难的话，只是不太懂女人的心理。回答下个问题，也不怎么需要动脑子：男性首要担心的是性能力，这样，任何时候都能有状态，"她微微一笑，"哦，是的，有些人担心秃头！接下来是什么？'这种服务在总数量中，以及按细分市场的百分比……'这个问题就复杂多了……在哪里可以得到这'总服务量'？这可是一个商业秘密啊！……从理论上讲，根据逻辑，医疗中心应该会向颁发许可证的部门汇报数据……好的，让我们往下看，'最昂贵的美容疗法及其受欢迎程度……这些服务的频率相对于其他服务的百分比……总消费金额数据分析对比……'哇！他是否已确定我到处都有联系，还是我在税务局或反经济犯罪部门任职？"

她接着往下翻，这样的问题就更多了。现在，不仅涉及经济和会计方面的问题很多，而且很多问题就像某些科学出版物中的文章题目一样繁杂。起初，卡佳还能努力钻研这些问题的本质，到最后她只能粗略地看一看。最后是简短的说明，例如"如何打开/关闭计算机，键入密码"等。看到最后一行"祝您一切都好，瓦·拉德舍夫"的时候，她疲倦地靠后躺了下，靠在老板舒适的椅背上。她开始打量办公室的环境：电话、传真机、笔记本电脑、带各种参考书的书柜、一张访客桌、四把椅子、一张真皮沙发、一个内置的用来挂外套的衣柜。

"还是挺低调的，"环顾四周后，她得出了结论。"没什么多余的东西。家具看上去很高级，但我在做记者的这些年，见过更酷的办公室……现在该怎么办呢？情况有些棘手。"她咧开嘴笑着，从一杯冷却的咖啡转眼看向笔记本电脑。"整整38个问题，大多数需要专业的知识才能回答。还需要很多时间。在这里，所有员工都以这样的节奏工作吗？老板给了任务，然后就飞走了。请礼拜六汇报工作！显然，与拉德舍夫相比，我们尊敬的主编简直就是一位真正的天使……对不起，对不起，当办公室里没有活着的人和灵魂，可以猜出我实际上在做什么时，我该从哪里开始着手呢？我为什么要答应参与其中？"卡佳重重地叹了口气。"要是抛弃这一切离职的话好像也不太方便，我自己同意的，而且办公室的钥匙也拿到手了。在那种情况我也不可能不拿钥匙啊？我冒冒失失就……我想我已经失去了理智，我应该从实际出发看待问题：这不是我的事，我不会干。"她决定打电话拒绝。"但是首先，得打电话给我父亲的单位，这样他就不会担心我去哪里了。"她拿起工作电话，听到哔哔的响声，"电话怎么打外线呢？"

"叶卡捷琳娜·亚历山德罗夫娜，忘了告诉您怎么打外线了，"亲爱的小兹娜好像听到了她无声的提问。"瓦季姆·谢尔盖耶维奇的桌子玻璃下面，有说明指南。就是在这里。"她很快地走到桌旁，然后用手指指了指名字和职位还有相应的那些数字。"看就是这样可以打电话给我。"她按了几个按钮。"这样的话可以打给安德烈·列奥尼多维奇，但现在他不在，如果要打给克拉西里尼科夫的话，啊，他也离开了，那就打给会计吧。现在只有总会计师克谢尼娅·伊戈列夫娜还在。安娜·米哈伊洛夫娜给自己请了三天的自费假，"她语速很快地说了一遍，而且一边用手指在这上面比划。"您想打电话给谁呢？"

"首先我想给父亲去个电话，然后是瓦季姆·谢尔盖耶维奇。"受到秘书连珠炮般的语速攻击后，卡佳慢慢地说道。

"给老板打电话可能不行。如果他登机了的话就可能已经关机了，"看一眼桌上的钟，兹娜让卡佳开心了一下。"或许，我可以帮上点什么忙？"

"嗯，就是从我视线里消失，"卡佳暗暗地想，但是她不经意地说出了自己的想法，"我需要一些指南和目录，最好是最新的……还有一件事：如何上网？"迅速放下拉德舍夫的文件，她将鼠标推到秘书那里。

"就这么简单。您几乎一直在线。单击该图标——她在监视器上显示了标准图像，这样就好了！没有连上……啊，我明白了，瓦季姆·谢尔盖耶维奇不喜欢在线。"她捡起桌上的电线，"这个插头，必须插到这里才可以……哦，连上了！如果您要使用优盘，那么这里你可以看到它们的插孔……"

"好的，兹娜。我自己来吧。"

"好的，知道了。我走了。"兹娜反应过来之后就消失在门外。

"既然拉德舍夫那边打不通电话，那只能开始了……"卡佳叹了口气，已经忘了给父亲打电话。"我把这些问题复印下来，在家里想想吧。晚上反正也没什么事做。而且小说也没有什么进度。"

用鼠标到处点了点，她叹了口气，从包里拿出优盘，创建了一个"拉德舍夫"文件夹，在那里保存了给自己晚上的任务，然后开始在网上找一些有关医学中心的文件。

……大约下午四点钟，当前五个问题的答案都准备好的时候，桌上电话的红灯亮了起来。

"叶卡捷琳娜·亚历山德罗夫娜，可以进来吗？"兹娜小心翼翼地确定了下。"我就进来一会儿。"

"可以，当然可以。"

"她肯定是无人交谈寂寞了，"卡佳暗自想道，马上又要感受到这秘书的能说会道了。"好吧,"她想道,"那就休息休息吧。"

"对不起啊,我想着……之前瓦季姆·谢尔盖耶维奇在努力想事情的时候,肯定要吃点点心。您现在代替他,是不是也想吃点什么,好啦,那就……"

兹娜说完之后,在桌子旁边放了一个盘子,上面有杯咖啡,盘子里有新鲜多汁的葡萄柚,切成片的青苹果,还有一小枝葡萄。

卡佳看了看这些,"其实我更想吃面包加午餐肉,"她觉得,全是水果实在是吃不饱,心想,难道拉德舍夫还是素食者吗?

"当然其实,瓦季姆·谢尔盖耶维奇更喜欢吃香肠、午餐肉和芝士,"秘书说道,"每周的钱他都会分配给我,所以您代替他在这里,这经费买的东西就是给您吃的。现在还真不相信,他之前是个胖子。如此积极的生活方式,像我一样,卡路里都燃烧完了。是的,他不吃白面包。我记得您在节食,但是……也许明天我应该买谷物面包?附近有一个咖啡厅面包店叫'贝克里杜素莱',那里烘焙出来的面包太美味了!德国发芽的种子混合物,几乎没有酵母,没有人造黄油!甜点和小圆面包简直太美味了!"兹娜的眼珠朝上翻了翻。

"谢谢,兹娜奇卡,"总得在里面找点东西吃,卡佳开始去拿苹果,"我不吃小圆面包,我自己长得就很像面包。"

"哎呀,您在说什么呢,"兹娜挥了挥手,"您怎么会像小圆面包呢?要知道我们的克谢尼娅·伊戈列夫娜那才像呢!而且那家烘焙店还卖低卡路里的点心。例如,我真的很喜欢胡萝卜蛋糕里面有核桃的那种。明天我会为您买的,不要拒绝。我属于另一种不幸,我一直梦想着,努力长胖点,但是,命中缺胖的属性,我一直是瘦骨嶙峋的样子。瓦季姆·谢尔盖耶维奇甚至威胁说,要给我开点强化餐,以免损害公司的形象。"她抱怨道,"所有男人都喜欢微胖的女人。"

"是吗?我觉得男人都喜欢柔弱娇小的呢。"

"瞎说，他们都只是说说的。"兹娜哼了一声，"瘦模特真的就是用来走T台入镜头的。那就是用于形象包装。但不是用来嫁人的。你知道为什么吗？因为在男人心目中，母亲的形象在儿童时期的潜意识里就根深蒂固了。自然而然！以我们的老板为例，他周围有多少美女，但他仍然没有结婚！知道为什么吗？您见过他妈妈了吗？没有吗？她是一个非常丰满的女人！"

"真的呀！"卡佳慢慢嚼着一块苹果，有点怀疑地摇了摇头，"万一你们老板的妈妈年轻的时候，是窈窕淑女呢？"

"不是的，我看过她大学时期的影集，圆脸，微胖的金发女郎，但是长得很好看。"

"那瓦季姆·谢尔盖耶维奇是暗色头发的又像谁呢？"

"像他父亲。他父亲超级超级帅气！又高又引人注目，只有一点就是早早就有白发了。但是这和他也很配。我在照片上看到过他，在我去看妮娜·格雷尔基耶夫娜的时候。她就很喜欢讲他的故事！"

"啊，能听到女秘书和自己上司的母亲能经常见面，真是件少有的事情。"卡佳有点惊奇。

"瓦季姆·谢尔盖耶维奇外出出差的时候总会叫我去看护他的妈妈。在九月份的时候，他大概去日本出差两礼拜，我几乎是每天都去拜访他的妈妈。去看看是不是一切都好。他们在明斯克的亲戚并不多。去世的父亲的朋友同事不能算，况且他们也都上了年纪了。"

"奇怪的是，你们老板居然不结婚。生几个孙子，可让妈妈高兴高兴。"

"妮娜·格雷尔基耶夫娜也是这样觉得，儿子都快要满38岁了，还没有家庭没有孩子。"

"就我听说的是，他父亲也是很晚才结婚的，"卡佳小心翼翼地分享了下她自己的小道消息。"有可能这是基因遗传。"

"您说什么呢，"兹娜挥了挥手。"谢尔盖·尼古拉耶维奇第一次结婚的时候还很年轻，是在战争的时候。他的第一任妻子也是医生。在科尼斯堡附近战争的最后几天，她牺牲了。妮娜·格雷尔基耶夫娜说，在儿子出生后，丈夫才停止每年去给她扫坟。然后，其实是他和第一任妻子一起，选择了瓦季姆这个名字。当然，我们老板很久以前，就应该结婚了，但我们只是不愿意把他交给任何人，"兹娜奇卡嫉妒地宣布。"我们只愿意把他托付给好女人，合适的女人！所以，您已婚是件好事。这样更让人放心。"

"我不适合做老板的新娘吗？"

"啊，不是说……不适合……"秘书有点慌张，有点怀疑地看了卡佳两眼，瞬间陷入沉思，但是忽然又开始摇头，"啊，不，不然我会发现的！当男人爱上女人的时候，就是那种眼神也是能看出来的。而我和老板一起工作，其实已经十年了……我，不然，我肯定能感觉出来。"她又重复了一遍，但是不像起初那么肯定。

"别担心，兹娜，"普罗斯库琳娜开始对她微笑。"我没打你们老板的主意。我觉得我在这里时间也不会很长。我就在一件事上帮他一把，就马上说再见。我其实专业是记者，完全不懂你们生意这一行。"

"是记者吗？"兹娜睁大了眼睛。"太酷了！是哪家报纸的？"她很佩服地屏住呼吸问道。"哦，我猜到了。是《昨天·今天·明天》这家报社吗？怪不得当初瓦季姆·谢尔盖耶维奇要我找最近的一些期刊！"她很自然地想起了当时老板给她下达的命令，"我特别喜欢你们的报纸！"

"我也喜欢。谢谢。"

听到对自己钟爱的出版物的由衷赞美，卡佳的内心感到既温暖又悲伤："与报纸相关的一切，真的，真的要变成过去了吗？"

"您用的是不是笔名？"兹娜自作聪明地说道。

"不是，我用的就是自己的姓氏普罗斯库琳娜。"

"所以您写了有关拉娜·索斯诺夫斯卡娅的文章？确切地说，我记得……斯维特兰娜得到了她想要的东西：斯涅日金是求婚者，有古别尔曼这样的经纪人，"她怀疑地嘟哝着。"搞时尚，变时髦了，几乎是模特了。"

"其实她是歌手。"卡佳说道。

"哎呀，您说什么呢！她根本不擅长唱歌，而且也学不会。我都知道。"

"如果不是秘密的话，您怎么知道的呀？"

"她的第一任丈夫，是我的亲戚。他是一名生物化学家，最近通过了自己的博士学位论文答辩。老实说，我在认识斯维特兰娜的时候就不喜欢她。很明显，她就像掠食性动物，看男人就像在捕猎。尽管纯粹是女人的直觉，我还是能感觉到，她为什么离开我堂兄？嗯，研究员的薪水能有多少？因此，为了支撑油盐酱醋，支撑她向往的生活……当然，起初，他为她提供了很多帮助。嗯，这里有注册户口登记，住房。他非常爱她，他想要孩子。但斯维特兰娜向往的是另一种生活，这就是她离开的原因。但是她并不急于离婚，就在临产前，决定让斯捷克洛夫承认这个孩子。顺便说一句，医生建议她不要生育，发现胎儿发育异常。但是她执意生了他，这样热尼亚就被绑在了她自己身上。"

"孩子怎么样？健康吗？就我知道的是个女儿？"

"女孩，"兹娜承认说，"早产儿，好不容易生出来的，但是其他的我都不太知道。要说斯维特兰娜这点确实很厉害，就是达到自己的目的。"

"但是斯捷克洛夫最终也没有娶她呀？"

"没有，"秘书同意道。"对其他任何人这都很好，但需要好好认识斯维特兰娜。她过着完全有保障的生活，并设定了新的目标——征服莫斯科。我知道，她和自己的阿姨算计这个斯涅日金很久了，半年来，他们找过认识的机会。"

"那爱情怎么说？"

"什么爱情啊？"兹娜奇卡瞬间觉得卡佳天真得不可理喻。"像斯维特兰娜那样的谈什么爱情。对她来说太麻烦了。要知道你爱别人，当然就是想要什么都给他：力量，时间，青春和岁月。她可是习惯索取的。对她来说爱有什么意义？"

"有很大的意义！陷入爱情的人可以翻越高山！……"

"可以翻山，翻过去之后，从上面摔下来变成尸体，"兹娜哼了一声，"就在等那一切过去后，要等到生活重新规律后……要知道我可是过来人。我曾经那么爱我的第一任丈夫。他是程序员。然后他去国外发展了，一年后，我收到一封信，他说他在那儿另有所爱了，需要离婚。但是我刚辞掉工作，可以说我是坐在行李箱上，等着他的邀请函，去拿签证。我心灰意冷……感谢瓦季姆·谢尔盖耶维奇，他及时撞醒了我。"

"什么叫撞醒你了？"

"就是直接的意思呀。我沿着街道游荡，流着泪，什么也看不见，没有注意人，没有看见汽车，没有看见交通信号灯。认为生活已经结束，心不在焉地走在路上，就撞倒在他的车轮下。他抱起我，然后飞快去了医院，结果发现，我的伤势没有什么大不了的，就把我分配到他们治疗神经疾病的部门。他之前就是医生，有很多医生朋友。我挂着点滴，躺在那里几周，做了很多检查，然后他回来说：'准备一下吧，明天去上班。'他分析了我们的相识并发现了太多的巧合。他开了一家新公司，我则是开始了新生活。我的这个生活闹剧，他就是见证人。在我不知所措的情况下，他还以自己的方式进行了解释，必须向前看。你必须团结一致。第二天，我已经是他的秘书了，就在我眼前他注册了公司。在这里，他给很多人提供帮助，谁患有某种疾病，谁患有更严重的问题。两年前，是他把克拉西里尼科夫从预审拘留所那里保释出来的。"

"天哪，他是怎么会在那里的呀？"卡佳觉得很惊奇。

"一样，都是因为爱，"兹娜奇卡含蓄地说。"瓦洛佳从无线电工程专业的五年级开始就从事兼职工作。可以说他是从街头出身的，没有任何背景，三年后，他担任工程部负责人，后来成了总工程师。您知道我们拥有什么复杂设备吗？哇！简而言之，他自高中以来就一直在追求，并打算结婚的那个女孩，突然宣布她爱他最好的朋友，并想与他结婚。好吧，安静的克拉西里尼科夫那天晚上就去找他好朋友解释清楚了！当时，他在朋友父母那里坐了会儿，喝了点茶，早上忽然警察找上门来……原来，新郎的父母写了一份声明，说他们为婚礼预留了很多钱，那些钱不见了。顺便说一句，他们是非常有钱的人。在瓦洛佳那里，当然没找到任何钱，但他在预审拘留所里待了近一个月，直到婚礼举行。我不知道安德烈·列奥尼多维奇和瓦季姆·谢尔盖耶维奇的律师是如何把他从那里解救出来的。"

"你们的老板好像特蕾莎圣母啊。"卡佳好似尊重又好像调侃地说道。"其实简直就是天使嘛。"

"天使不天使的不要紧，关键我们都爱他。在自己人遇到困难的时候，他从来不抛弃自己人。可能表象是严肃了点，但是其实是个很正常的好人。顺便说一句，他生日快到了，老板的生日和公司周年几乎是一天。就在那天，我们一般都在午餐后去玩保龄球，这是铁打的传统。"

"不能错过吗？"卡佳打探道。

"您说什么呢？这可是大节日，瓦季姆·谢尔盖耶维奇要满38岁了，公司也要十周年庆了。周年庆呀！而且今年又撞到礼拜六。可以欢乐一下了！"

"天哪，这也太凑巧了吧！"卡佳笑了笑。

"这是巧合而已啦，我是知道的！您别多想，瓦季姆·谢尔盖耶维奇不是来讨礼物的！当然可以送他一些比较有意思有创意的东西，最主要是要开心呀！保龄球肯定要玩的！"

"活得都挺丰富精彩的。你们的员工有几个呀？我早上没怎么看清。"

"33个，算您的话，就是34个。在外办公室是两个，还有'网上医学服务'部门的，总之我们是大家庭。"兹娜在托盘上放下空的咖啡杯和咖啡托盘，用纸巾掸了一下并不存在的碎屑，有点犹豫不决地问了句，"叶卡捷琳娜·亚历山德罗夫娜，您还需要我吗？"

"嗯，不需要了吧，"卡佳耸了耸肩。"您是赶着去哪里吗？"

"我儿子病了……在家里只有原来的婆婆看着他。还得去趟咖啡店，我得帮妮娜·格雷尔基耶夫娜，也就是老板的母亲去买谷物面包。我可以走了吗？"

"当然，别客气。明天你也可以留在孩子身边照顾，我能行。"

"任务艰巨吗？"秘书很同情又好奇地问了一句，后来又补了一句，"应该是的吧，不然老板也不会特意邀请人过来。我们这边人才济济，特别是技术。"

"关键就是，我们这里不需要技术。"

"那需要的是什么样的人才？有关系的，比如记者之类的？"

"好像是的。"

卡佳陷入了沉思，这就是提示啊！记者证不一直在身边吗，是可以派到用处的。

"谢谢你，兹娜，给我送了下午茶。去吧，孩子还等着你呢。"

"明天见。"非常活跃的秘书在道别的时候微笑了下。

回到电脑跟前，卡佳又快速过了一遍。吃点小点心，随意的谈话似乎起到了激发灵感的作用，心情马上好起来了。

"我还是再回答几个问题吧。其他的我就笼统地回答下……需要致电给好几个中心……如果电话打不通的话，那我就用旧关系吧，说不定有人可以帮我。得和祖博娃联系上，说不定她还是像以前一样，在医学的新闻领域工作？拉德舍夫留下的信封，在这个情况下，倒是可以帮上忙，去安卡那里寻求帮助，不带钱是不可能的。只是现在没车，怎么办呢？"她暗自想道。

刚想到汽车，波连琴科就打了电话告诉她一个好消息——事故的肇事者已出现。伊戈尔·尼古拉耶维奇会决定如何处理此事。车辆已被运送到汽车中心，预定明天进行检查。女主人不一定要出席，纯粹是形式上的，检查机器，一切都已确定。甚至零件也已经订购好了。谈话结束时，安德烈·列奥尼多维奇询问了下她今天是否需要汽车。

"今天我不需要汽车，谢谢。我再工作两小时就回家了。我就住在旁边。但是明天……"卡佳犹豫地说。

"什么时候开始呀？"

"一大早吧。"

"好的，明天八点半，萨沙·兹诺维夫，也就是您的司机会在您的楼道那里等您。"

"谢谢。"

"别客气。我也只是在完成老板的命令。那就明天见啦。"

"再见。"

卡佳还没来得及放下电话，就收到了焦虑万分的老父亲的来电，他问"你去哪里了？"要知道，她忘了给他打电话了！刚开始是兹娜奇卡打断了她，之后她自己又沉浸在工作里了……因为之前也没有提起过拉德舍夫,也没说起过新的工作,她只能临时想点什么出来,就说整天都在修车吧。感谢上帝,明天终于可以车检了!亚历山大·伊利奇自然不是很满意这回答。他问了下车子会在哪里修理,还是他自己来帮女儿吧,汽车中心太贵了。但是听到保险公司可以承担费用,他就不那么担心,然后匆匆告别:有人打他的工作热线了。

卡佳又回到了电脑前。忽然,她觉得自己对这些问题很感兴趣。几个小时前,她还觉得这是些什么破问题,根本没人会对此感兴趣。就老板对员工无微不至的关心,她还真没遇到过。但是这需要特殊的感谢。

"其实不管怎样,信息都不会白白挖掘,要是拉德舍夫用不着的话,就可以写篇不错的文章。主编会觉得很棒的,"她想了想,有点忧伤,"是不是该回到报社去,之前回绝是不是有点早了?"

5

飞机飞到一定的高度稳定飞行后,空姐也开始很正经地在机舱里走动,拉德舍夫打开了随身带的电脑,之后拿出波连琴科转交的文件。他在旧业务上看了一些新消息,开始看一份装在透明文件袋里的包含普罗斯库琳娜信息的文件。

真是奇怪的事,就是他突然陷入困境,觉得不想读它。那么,这些机械的信息可以告诉他什么新东西?不就是世俗地陈述事实:出生日期,大学毕业,工作经历,父亲,丈夫,户口在哪里,当前在哪里居住。

他想,"也许今天,我比波连琴科对她了解得多。"他看着舷窗外,覆盖着浓密云层的地面。在极端情况下,人表现出来的素质,不能和枯燥的报告相比。必须看到，感觉到我已不由自主地成为了这些时刻的见证人，其实我也可以看清她是什么样的，可以得出些结论。我已经有自己的结论了。无论如何，她出现在我的生活中并非偶然。我还不知道为什么，但是显然不是偶然的。我不会读这些枯燥的报告。他又望了一眼文件夹，坚决地把它放进了电脑包里，他把头靠在公务舱舒适的座椅靠背上。到了一定时候才需要读些枯燥的信息，现在最好午睡。夜晚几乎没有睡觉，在未来的几天里，睡眠和休息也都不会充足……

他是一个非常知名的知识分子家庭的唯一后代，祖父是外语教授，爸爸则是医学研究所教授，母亲首先是父亲同专业的研究生，然后是副博士、副教授。可以说，瓦季姆·拉德舍夫含着金钥匙出生，从一开始就手捏通往神话般幸福国度的门票，出生时就拥有了这个国家当时存在的所有文明福利。最无微的照顾，最上乘的食物，家庭图书馆里最好的书籍，最棒的展览，博物馆，城市里最好的学校（祖母没有让他上幼儿园，但她把孙子送去上学，还是在他六岁的时候），从小他就被送去最好的疗养院。

小瓦季姆小时候经常生病，每年夏天都和他的祖母一起在克里米亚度过。可以称他是"祖母的孩子"。所以，唯一的孙子的整个成长过程都落在了这位老太太身上，父母和祖父忙着教书、写论文、答辩、翻译、参加会议和座谈会。他们都来不及照顾孩子。

除了她还会有谁呢？高贵女校毕业生的女儿，通过最智能的方式，与孙子一起学习，几乎从孙子的摇篮时期开始，她就开始教他外语，灌输对古典文学的热爱，带他逛博物馆、剧院，爱乐乐团也是他们经常光顾的地方。甚至没有人质疑她心爱孙子的未来专业是语言学和艺术史。

对于父母来说，出乎意料的是，14岁少年说，他要和父亲一样成为一名外科医生。没有人与他争辩，更不用说劝阻了，那时，祖父母已经不在人世了，而父母……妈妈，对父亲是像偶像般崇拜，和他一起研究药学多年，似乎也非常高兴，父亲习惯地笑了下。短暂的一句"时间会展现给我们的"和另一个"看着办吧"——这就是瓦季姆可以依靠的所有支持。

拉德舍夫教授很少夸人，即使对有前途的学生和研究生也是如此。在他的家中，谢尔盖·尼古拉耶维奇通常说的关键词也就是科学、学生、国防和复杂的行动。整个家庭的生活都按照他的日程安排进行了调整，如果他在办公室里，这个家里的成员都会踮着脚尖，担心发出多余的噪声会打扰男主人。他们会低声交谈。连心爱的狗也不发出声音，睡在门边的地毯上，守护着主人的安宁。

父亲这样做或许是因为童年对他的影响（他是在孤儿院长大的），或许是因为他和儿子的年龄差太大，也或许是因为永久性的工作繁忙，瓦季姆甚至不记得父亲对他感兴趣过，也不记得父亲分给他多少关爱。虽然周围的每个人都被瓦季姆感动了，都觉得这个孩子可爱灵光，很早就开始说话，视野异常宽广，这个小男孩的知识储备量，几乎可媲美百科全书，他的举止也是完美的！

他开始获得全优成绩，获得了奥林匹克竞赛的各种奖状，积极参与了学校的公共活动。但是没有什么可以得到父亲的赞扬，父亲对此依然漠不关心，仿佛觉得一切都是理所当然的。父亲只有一次异常地比较兴奋，就是他第一次与院子里的玩伴们吵架，鼻子被打肿了。后来，他经常以眼睛下面有伤的样子出现在家里，但这并没有再次引起一家之主的喜悦。

其实，瓦季姆多么希望父亲能对他的生活感兴趣，哪怕一丝一毫啊，或者告诉他自己的一些生活细节，讲讲自己的经历！在祖父去世的时候，他就觉得来自男性长辈的关爱不再，他一直很渴望父爱。总的来说，他从来没有经历过父亲的爱，无论是在童年时期还是后来，当他获得金牌时，当他出色地通过了入学考试时，当他在没有他人的任何帮助下，进入医疗机构，拿起了手术刀时。

从学习的第一天起，他就疯狂地进入了学习状态，日夜沉浸在教室、实验室，参加科学界活动，而不是离开医学研究所各科室的医院。同时，他没有回避任何需求，任何向他要的帮助：缝一个小伤口，他会乐在其中，为化脓性伤口包扎、治疗褥疮，他都随时准备着，切除坏死的组织，起草医疗文件（从病史到出院和预约），对他来说都没有问题。只是为了接近梦想中的梦想，以第二、第三助手的身份出现在手术台，向父亲展示他也有能力。

那些老师也不怀疑这种热情的真正背景，他们真诚地敬佩这位教授的后代，一个有目标的年轻人，才华横溢，如谢尔盖·尼古拉耶维奇一样的有才华。每个人都为他预见了美好的未来。

不用说，瓦季姆·谢尔盖耶维奇在实习期间就开始准备论文。没错，在此之前，他召集了一个家庭会议，并宣布要改用母亲的娘家姓，希望通过自己的劳动，而不是依靠父母在医学界的名声，来取得成功。要么是由于对他的不满情绪而产生的骄傲，要么是他对父亲的冷漠感到厌倦，他每天都在争取引起父亲的注意，所以那么用心努力。妈妈叹着气，试图说服儿子，但父亲再次露出了那种不屑的笑容。

成为科列涅夫后，瓦季姆成功完成了实习，并要求把自己分配到一家城市医院。外科部门的工作已经不容易了，但是由于以其科学顾问为首的医学研究所部门，也设在这家医院，那里的病人源源不绝，瓦季姆知道他必须尽力而为。但是，在那里典型和唯一的手术案例的数量比其他任何地方都要多。除了这里，还能在其他什么地方，可以更快地获得经验呢？

几年来，他一步一个脚印地，一个值日接着一个值日，一个手术接着一个手术，逐步实现自己的目标。一位雄心勃勃的年轻医生，生活根据计划得以发展，该计划中只有两件事要做——在医院工作和撰写论文。

这样的生活突然被打断了，爱情闯入了他的生活。就在那时，他等待了很久的事情发生了，父亲终于将注意力转移到他身上，并断然拒绝了儿子的选择。他只是说："这不是你的女人。"

但瓦季姆处于热恋期，谁的意见也听不进去，不想听任何人的话。在一次提高嗓音的谈话之后，他猛地摔了门，搬到及时赴德国实习的朋友萨沙·克留耶夫的公寓里，并就此向心爱的女士求婚。

哎，就在那时候，前往万里无云幸福之乡的旅程戛然而止。在几个月内，科列涅夫失去了他的一切——工作、心爱的女人，然后是他的父亲。后来人们知道，拉德舍夫教授对儿子深深地掩藏了极大的父爱。也就是这样，当麻烦降临到儿子身上时，他的心脏受不了了……

瓦季姆几乎花了一年，才重新进入正常的生活状态，但是他在开始新生活之前，首先重新换回了原来父亲的姓……

在展览的某一天，UAA Electronics 公司代表处的新任负责人举行了招待会，那时候拉德舍夫一定会出席。显然，该公司决定对在欧洲推广产品的战略和策略做出重大改变，因为这一次不由欧洲人任命的公司代表来处事，这是合乎逻辑的，出乎意料的是，这次由日本人担任。六个多月以来，这个位置一直空缺，他们要么希望马丁·弗莱马克斯能够康复和回归，不然将无法决定候选人资格，同时又要制定新的商业政策。老团队的地位很高，但是无论如何时代在变化，新领导人必须带来新的东西。

招待会后，瓦季姆与独联体国家的同事一道，一起去了旅馆附近一家极受欢迎的餐厅，在那里他一直坐到凌晨。在小酌威士忌后，他们与具有德国民族特色伏特加的杜松子酒商交换了意见，想知道这一任命会给他们带来什么，这不是秘密，这位前任首脑非常忠于东欧国家。日本人代表着完全不同的文化、不同的思想，有一种神秘而封闭的民族特性。因此现在对将要发生的事情很难预测。

不出所料，在与部落成员会面后的第二天早晨，因为宿醉，拉德舍夫头脑昏沉地醒了过来。在为酒店付款之后，他乘出租车去车站，又乘坐高速火车，然后在午餐时间到了法兰克福。在机场附近的一家旅馆歇下之后，他最终决定致电给弗莱马克斯。

结果是妻子弗劳·希尔达接了他的电话，说马丁正在等他的电话，但现在他在化疗后睡着了。如果瓦季姆没有其他计划，晚上可邀请他吃饭。

瓦季姆接受了邀请：首先，马丁今天过生日，其次，也许这是与他的商务老师和朋友见面的最后机会。马丁身患致命疾病，只有上帝知道他还剩下多少时间。老板与下属之间、老师与学生之间的关系早已发展到质不相同的精神层面。考虑到年龄的差异，有时为了娱乐，他们只以"儿子"和"爸爸"的身份交流。但是，其实，每个笑话中都包含着一部分事实。他们俩内心深处都想念着亲人，拉德舍夫想念父亲，马丁想念悲惨死去的儿子。他们感到非常高兴，因为命运让他们俩相遇，能代替记忆中最美的形象并令其死而复生。

而现在，曾经使瓦季姆命运大转弯的那个人，正悄悄地在一个欧洲大城市中心的顶层公寓里死去。一年多前，在他60岁生日前夕，医生就给他做出了不祥的诊断，但有一段时间没有人知道，甚至连希尔达这位一生的忠实伴侣也不曾知晓。当时 UAA Electronics 公司代表办事处正在筹办周年纪念日活动，那些积极推广该集团产品的许多国家的重要人士将抵达欧洲。

这项工作至关重要，弗莱马克斯决定不蒙蔽敷衍，更不要取消庆祝活动。庆祝活动仅一周后，他就休假了，去医院进行了切除肝癌的手术。他接受了放疗和化疗。为他诊治的是最好的医生，用的是最先进的治疗方法。如果说起初似乎隐匿性疾病已经消退，那么几个月前，恢复的希望就像烟一样消散了。该疾病发动了新的攻击，有多次转移，药物无效。直到最近，一个充满力量和精力的人却慢慢地不可避免地就要消亡了。

在地下超市买了一瓶好的威士忌，还买了一束看起来非常简朴的紫罗兰，这是希尔达非常爱的花，恰好在 6 点半的时候，瓦季姆从街道打电话到弗莱马克斯的公寓，这是非常宽敞的公寓，位于高层住宅楼的顶层，带有冬季花园和大屋顶露台。一个微笑着的女主人接待了他，她并没有失去她少女般的苗条和魅力。她年轻时非常漂亮（拉德舍夫看过一张家庭相册），但她看起来总是比自己的实际年龄要年轻得多。要相信六个月前，她就像丈夫一样，已经 60 岁了，简直让人难以置信。

希尔达在自己生日的纪念日并没有举行任何活动，送给她的最好礼物是丈夫的早日康复。此外，除马丁外，她没有近亲，战争中几乎所有亲人都死了。15 年前，弗莱马克斯失去了唯一的儿子魏斯，他是一位病毒学医生，他去了东南亚研究新型发烧疾病，在那里被感染并突然死亡。这对夫妻没有其他孩子，剖宫产手术失败后，希尔达不能再怀孕。在悲痛中渡过难关之后，弗莱马克斯成立了一个慈善基金来帮助儿童，并以他们儿子的名字命名。

"谢谢！你总是和以前一样，非常有心，瓦季姆，"女主人简短地对花束这个礼物表示了衷心感谢，并和来的这位客人两次亲吻。"我很高兴看到你。马丁在客厅，就因为你要来，他还特意给壁炉添了柴火，"她忧伤地微笑了下，"而且别说他看起来怎么样，你知道的他不喜欢听谎话。"

"我知道。"瓦季姆说道。"有什么好消息吗？"

"天知道呢，"希尔达摊开手，然后把他往前推了推，"去吧，他在等着你呢。"

穿过巨大的大厅，拉德舍夫习惯性地瞥了一眼挂在墙上的著名艺术家的作品，雕塑站在角落里，突然碰到了轮椅。它被昂贵的皮革覆盖着，表面装饰着镀镍的插件，这成功引起了他的注意，仿佛在说"我是这里最重要的展览"。看起来如此不自然，以至于瞬间情绪变得糟透了。

"真的就这样结束了吗，人的一生真的要这样结束吗？当一个人一生都在努力奋斗实现所有的价值观，在更重要，更必要时，一生奋斗就为了换取最终的轮椅生活吗？"瓦季姆觉得如鲠在喉。

努力将视线从椅子上移开，他疯狂地吸气、呼气并走进起居室。离壁炉不远的地方，在巨大的摇椅上，一个小木乃伊般的男人盖着毯子，瓦季姆脑子里断然拒绝认出马丁·弗莱马克斯，他正在打瞌睡。瓦季姆的心一下子沉了下来，心因疼痛而收缩，他想离开这个房间，以免看见某些不想看到的情景，他不相信死亡胜过生命！

为了克服这种冲动，并尽量不发出声音，瓦季姆坐到邻近的一张椅子上，盯着壁炉里的火。

"希尔达看到这一切的感觉又会怎样呢？"他想着，淡淡地看着火焰的舌头。当火势吞噬这些切碎的原木时，就像疾病在日复一日地慢慢吞噬马丁。疾病真是个可恶的混蛋：它非常清楚自己会和受害者一起死，但这使它更加愤怒！一个月前，就是上次拜访他们："可惜，眼下的马丁，与当时的马丁之间的区别简直太大了。"他得出了一个可悲的结论，就在那儿，他瞥见了毯子下面的轻微动作。

"你已经来了吗？"艰难地喘着气睁开眼，弗莱马克斯用很微弱的声音问道。

为了使身体稍稍垂直，他微微向前倾斜，下面的椅子摇晃了下。瓦季姆跳起来，将他扶好，将枕头移到了病人的背后，拉好毯子，捏紧了他爬满皱纹的手掌，蹲在他身旁。

"爸爸，你好，"他充满温情地说。"生日快乐！很高兴看着你还活着……"他觉得自己有点语塞，"但是很遗憾，你还没完全康复……你感觉怎么样？"

"现在我还能自己上厕所，"马丁幽默风趣地说道。"我回答你的问题了吗？"

"当然，我希望是……"

"……那不是我们最后一次见面。"弗莱马克斯抬起身，突然开始咳嗽。

在房间里，手里拿着一杯水和一块干净的餐巾纸，玛格达护士立即出现，瓦季姆在上一次拜访时遇到了她。希尔达也马上跑过来了。

"你看看，连给我打喷嚏的机会都不给，"等这波咳嗽过去之后，马丁开始用一种嘶哑的声音抱怨。他呼吸困难，尽量吸气，呼起气来呼啦啦得作响，有明显的啰音。"这些女人啊……就想着照顾什么人……看护什么人……"

玛格达无视他的抱怨，板着坚不可摧的脸，打开桌子上的箱子，拿出血压计，测量血压，同时也测量了体温，然后冷冷地说："好！"就离开了房间。

"我知道她说好是什么意思。"马丁看着她的背影哼了一声，他没有弄错。

几分钟后，穿着白大褂的女人带着装有透明液体的注射器返回。

"对不起，我需要给病人打针。"她转向瓦季姆。

"稍后再打吧。"马丁拒绝了，因为看到注射器后，他脸上闪过孩子气的恐惧。

"不，我们必须现在就打针。"一位典型的德国中年妇女断然宣称，她中等身材，浓密的短发，完全没有化妆。"我想要提醒您的客人，病人一定不能过度疲惫。"她用严厉的眼光看了一眼瓦季姆。

"在这个房子里的人不多，不会让我疲倦，"马丁抬头看着他的妻子寻求支持，察觉到妻子略微点了下头，他继续说道，"他们让我感到幸福。玛格达，回答我：一个人会不会厌倦亲人带来的幸福？"

护士冷淡地提醒道，"医生的指示中有一条，白纸黑字写得很清楚，来访者最多只能陪伴您 15 分钟。"又说，"对不起，但这是我的工作。"她再次转向拉德舍夫。

"是的，我当然知道这些。"他点点头，站了起来。"我本人过去是一名医生，我知道患者需要安宁。"

"但是也不能不给他们最后的快乐，"马丁又开始抱怨地说道。"就这样吧，玛格达，给我打完针，然后让我们单独待一会儿，大概半个小时，哪怕半个小时。您可以去街上散步透气。"

拉德舍夫意识到马丁想要起来，但似乎难以起来，便毫不犹豫地抱起似乎没有重量，骨瘦如柴的身体，将其转移到沙发上，然后走到窗户边。

"看……您担心了，"他听到背后玛格达的声音。"我建议您可以躺一会儿，在我回来之前。就这样吧，我出去透透气。"她很有外交风范地说道。

马丁在等待着他的妻子回到房间，他的妻子在护士身后关上门，马丁半躺在枕头上，闭上了眼睛，突然开始发抖说道："我有个重要的请求，别忘了希尔达。"

"马丁，我怎么会……"

"现在你就拿着这个吧，"他打断瓦季姆，然后朝桌上的那个文件点了点头，在桌子上除了一些医学用具，还有一个黑色的皮质文件夹。"亲爱的，你快了吗？"他叫了一下妻子然后开始继续说，"为了不打扰自己和你，避免不必要的琐碎对话，我想告诉你一个主要的事情，不久，你将成为'现代医学'公司主要股份的持有者。律师已经开始重新编写文件。希尔达的股份将降到最低，她将正式担任执行董事。这是为了使事情实施起来变得容易。如果过程突然拖延了，我的遗愿就会反映在遗嘱上。这是它的副本复印件。"

"但是……"瓦季姆有点惊慌失措地看了看这被公证钉在一起的两页纸。

"这是我们的共同意愿，"马丁说，他的手抚摸着蹲在沙发边缘的妻子的手掌。"你别无选择，只能接受这个决定。对不起，我们让你没有选择的余地。我承认，有时我允许自己采取一些措施，后来我为此感到惭愧，但现在我为此做了赎罪，整个过程和环节将都在你的手中。我死后，您做生意应该没有任何问题。"

"工作人员已经知道主要所有者的变更。你对他们都很了解，"希尔达插话。"和以前一样，卡罗琳将是你的右手。现在她只有一个老板。"她悲伤地微笑道。

"就是说……"瓦季姆怎么也反应不过来。"没有您怎么办呢？"

"希尔达一直会在你身边，"马丁让他放心。"她早就梦想着退休，终于可以投身于魏斯基金会。由于我的病，她已经失去了很多机会。"

"一切都在掌控之中，亲爱的。"配偶显然不同意，轻轻抚摸着他的手掌。"一切都在控制之中。"

"马丁，希尔达……这太突然了……我没有什么话可说……可我不配拥有这么好的礼物啊。"

"不是我们给你礼物，而是你给我们的生活给予了馈赠，"弗莱马克斯若有所思地回答，看着壁炉里的火。"你出现在我们生活中，因为你证明了我的信任和希望是对的。十年前，一个男孩来到我的办公室。现在，我为我能够将所有的知识、技能传授给他而感到自豪，并培养了一个真正的商人。我承认，这也不是秘密，我和你一起创建了'现代医学'公司，但是……主要是为了我自己。现在我不需要了，但是你有义务继续你已经开始的工作。工作就是工作，多年来我们之间发生过很多分歧、误解。但是我……我们爱你就像爱自己的儿子那样，很高兴命运将我们牵到了一起。希尔达，是不是？"他开始抬头望着妻子。

女人同意了地点头，抚摸丈夫的手，对震惊的瓦季姆热情地微笑。他不是在做梦吗？他不是听错了吗？冷酷、学究、精明的德国人，世界各地的人们都是这样评判他们的……等等！当然，他知道马丁的日子已经不多了，必须对共同的事务做出决定，需要提起他上次访问时未曾决定的对话。但是，他期待马丁这样慷慨的举动了吗？不，这是不真实的……不可能的……这……主啊，这些人对他有多亲密！

"要知道，我这么做，"房子的男主人努力缓过气来继续说道，"我觉得自己很幸福。"

"我……我可以为您做些什么吗？"如鲠在喉的瓦季姆补充道，"我可以做些什么……作为感谢呢？"

"不要忘了希尔达，"马丁重复了一遍，又停了一下，忽然狡猾地笑了，"还有一件事，给你的儿子取名叫马丁。希尔达和我得出的结论是，你早该结婚了！"他突然严厉地补充道。"我们都没见过你带来过姑娘，这很可悲，"他与妻子交换了眼神。"这会给人带来某些担忧。你没在自己的国家找到合适的候选人吗？"

"目前还没有，"瓦季姆有点惭愧地低下了头。"但是我会成功的。说实话，"他的眼神变得有点快乐了。"现在我有义务生一个儿子！"

"马丁是个好名字！"继续抚摸丈夫的手，妻子好像偶然发现了这件事一般。

"我保证,一旦回到明斯克,我会立即着手寻找新娘。"瓦季姆笑着说。"母亲也总催我,她想要孙子孙女想疯了。"

"妮娜现在感觉还好吗?"希尔达立马感兴趣了。

"有时候血压忽上忽下的,总体还好。"

"代我们向她问好。"

走廊里门铃响了,是玛格达回来了。

"好吧,到用餐时间了吗?"主人振作起来,注射针剂后,他感觉好多了。"应该用好的威士忌来巩固我们的协议。很遗憾,化疗后我无法品尝它的味道。"

"要知道我们亲爱的客人可是为你带来了你最爱的威士忌,亲爱的!希望护士小姐不会反对,她的病人可以喝一两滴酒吗?"希尔达好奇地看着门厅里的护士。

"哦!这正是医生命令的!"马丁很高兴,朝大厅大喊。"玛格达!请给我新的'奔驰坐骑'!现在,您将可以欣赏这种技术奇迹的优点。"他向瓦季姆调皮地眨了眨眼。

微笑着,瓦季姆帮助他坐到轮椅上。就像个小孩一样,病人高兴地坐着轮椅去往餐厅⋯⋯

6

从晚上起,法兰克福的气温就已经跌至了零下,快到早晨的时候下起了雪。机场入口处的交通状况糟透了,自然是开始疯狂堵车,拉德舍夫没有后悔,谨慎地在机场附近的一个宾馆住了下来。

虽然新年前街上白茫茫,但内心却灰暗而忧伤。在访问完弗莱马克斯之后,瓦季姆又一次失眠,怎么也摆脱不了这样的苦恼。为什么这些可爱的人在生活中遇到这么多的不幸？我们如何摆脱这种感觉，他感到万分难过，这是不是跟马丁最后一次说话了？他也有这样的感觉吗？过了好久，马丁都不想放他走。马丁开始回忆，开玩笑，不止一次地讲出自己生活中的故事。直到止痛药的作用结束。那时，马丁清楚地提醒客人，他早晨有飞机。

"在之前的度假过程中，我曾多次看到马丁是这么活跃和快乐，这就是他想留在我的记忆中的样子，"瓦季姆做出悲伤的结论，停止了观察窗上的专用机械处理飞机防冰的过程，他闭上眼睛。为什么在这种情况下，人们立刻会想到亲人？他们在亲人面前感到内疚吗？母亲早就在等孙子出生了，他也在马丁夫妇面前答应会把自己的儿子命名为马丁。他又回到昨天的谈话中去了。"要是出生的是女儿怎么办？要不真的得结婚吗？候选人其实是很多很多的，就像姬拉这样的狩猎者……难道真的要结婚吗，但是确实未婚妻人选里基本上都是看上了他的事业有成的那些姑娘，就像狩猎般贪婪地看着他……最近要是有人能让他惊奇就好了！……很高兴坠入爱河，但是他已经不知道怎么去爱了……列拉确实给他的教训太深了……就像父亲告诉他的，她不是我的女人！……那我的命中注定又在哪里呢？怎么能在人海茫茫中确定呢？……"

瓦季姆一直没有找到问题的答案。但是，对自己来说，不仅对异性女子本身，而且对她们的态度都进行了明确的分类。例如，如果有一个女人突然使他感兴趣，第一件事是想知道什么吸引着他？如果是那些能够唤醒男人想象力的女性身体部位，那就意味着可以大胆地把她归为普通类别。顺便说一句，就是最广泛的类别和最短的时间，就是一瞬间的激情而已。

若不只是这样，就尽力弄明白到底想要什么，又一次向他提出什么任务。与这些年轻女士的会面时间取决于她们的行为。一旦行为变得可以理解和预测,对调查对象的兴趣就消失了。一般来说,整个过程不超过三个月。

但是这一切在瓦列莉亚·加尔卡丽娜之后……

瓦季姆根据自身经历评价了爱上她的那段时间,明白了自己的错误,他太相信直觉,太依赖它。换言之,直觉长在心里,而不是智慧。智慧有时会发出危险的信号,而且不是徒劳的。它很容易被利用,而且如果遇到困难的时刻,容易被背叛。

伤口如此之深,给他带来了无比的疼痛,为了简单的生存,他不得不把内心的直觉紧紧地封锁起来。否则,他不会在经历过彻底崩溃后选择并赢得另一种生活,当时的他柔软脆弱,轻信他人,毫无掩饰,因此被伤得体无完肤。

"一个人就像野兽,酷爱打猎,"他做了一个比喻。"当他渴望爱或被激情蒙蔽的时候,很容易被猎捕到。为了不成为任何人的猎物,我们必须时刻警惕。"

这时他想出了两个简单的规则,第一,自己不要依附于女人,第二,不要让她依附于自己。一言为定。为此,他在附近一处安静的地方先是租了一套一居室,然后又把它买了下来专门用来应对短暂的约会。这样,自己的情妇立刻就明白,她们不应该指望任何共同的未来。因此,他没有和任何人有很长时间的交往。

有些人把他的行为看作是一种单身汉的怪癖行为,而另一些人,则认为这是一种标准,甚至试图复制他的做法。但是,谢天谢地,没有人对此刨根问底,连最亲近的朋友安德烈·扎以茨和萨尼亚·克留耶夫也没有。当然,在他们的圈子里,关于女人的主题从来没有被禁止过,但是因为他们很少聚在一起,所以几乎也没有时间去谈这些话题。而且互相之间,也没有人擅自会过问彼此的私生活。安德烈了解瓦季姆的生活多一点,因为经常见面,常在一起打猎。

妈妈，安德烈，萨尼亚……这或许是所有和他的过去有联系的人，他和他们一起还可以是从前的他。十年来形成的新环境，周围的人都认为他是一个有着理想和商业声誉的强硬商人，或者是一个纨绔子弟，一个毒辣的家伙，一个夜总会常客，一个城府很深的人。

所有这一切，拉德舍夫都很满意，随着时间的推移，他学会了轻松地从一个角色转到另一个角色。富裕的物质生活，从小就养成的良好的举止和心理知识，这些都帮助他消除了人际关系中的尖锐角落，所以，事实上，他没有敌人。除了那些梦想破灭的女人和心碎的女人，他学会了不把她们列入考虑范围。

他，可以说，总是沉浸在这样的状态。然而，是时间来做些改变了……

"不，当然不能是姬拉！我不想成为她的猎物！破碎的少女心，在这里可以不用担心！"瓦季姆不由自主地皱着眉头，又望着窗外：飞机终于做完了起飞前的准备。

"应该想想，今天我的日程安排，除了安德烈的生日之外。"他决定想些别的事情。"幸好昨天我看了一眼猎人商店，礼物已经在手提箱里，于是……糟糕了！今天还要和普罗斯库琳娜见面！礼拜一太着急了，没有想到……不得不调换时间……但有趣的是，她做了什么，她从来没有打电话，没有问一个问题。是因为足够自信回答这些问题吗？或者决定拒绝了？是的，这不是编写报纸上的故事，这是市场分析！"他笑了笑。"好的，我会看到结果的，我会决定该拿她怎么办……现在该睡觉了，至少保持睡眠一个小时。"当飞机终于开始在跑道上行驶时，他命令自己。

……拉德舍夫第一个通过了海关检查，没有什么多余的，只是手提行李和一两个免税店的购物袋。他刚启动自己的车子，过生日的寿星就打电话过来：

"你好啊，四处闯荡的游子，现在在哪里呀？"

"就在国内。飞机有点延误了，刚降落呢，"瓦季姆放下车窗开始抽烟。"生日快乐呀！"

"哟，没忘啊？！"安德烈开心地哼了一声。

"忘了你吗？怎么可能！你最近怎样？一切还好吧？"

"生活会怎样，我能怎样啊？倒是你，老不闲着，跑东跑西的，而我们所有的事情都按照时刻表进行，很正常：工作，休息，回家，睡觉。瞧，醒了，整整一个钟头辗转反侧，翻来覆去，我在想，既没有电话也没有祝贺，今天等你还是不等你？"

"怎么能不等我呢？我今天回来还不是因为你！而你却说'不等'，你有什么打算？我们去什么地方？"

"我还不知道呢，"安德烈重重地叹了口气。"不太愿意去俱乐部，家里，也不太合适，不想整理……要不我们去郊区的别墅吧？"

"那不是很冷啊。路上都是积雪。"

"你开着你那刀枪不入的坐骑难道还会怕积雪吗？生个炉子，暖个壁炉。还可以蒸个桑拿，直接加个热。在学生时代，我记得寒冷不寒冷的根本吓不倒你。"

位于克雷热夫卡的别墅是他曾是科学院士的爷爷留下来的。这可怜的小别墅，在孙子上大学的那个时候真是经历了不少！

"为什么不呢？那我们就一起吧！"

"过几个小时出发了哈。"

"我可能来不及，"瓦季姆看了下表。"我得去趟办公室，办点事情，然后看望一下母亲。我大概六点到，不会早。"

"你做生意这么认真我们都烦了！"安德烈装模作样地抱怨了几句。"好吧，什么时候来，就什么时候来吧。路上要去商店转一下吗？"

"当然。威士忌已经有了，还要买什么吗？"

"看上什么就买什么呗，算了，我开玩笑的。最好还是带上睡袋被子什么的吧。还有，带上女伴一起也可以，伊拉和我一起去。"

"就是做指甲的那个姑娘，那个你带着一起去给萨尼亚过生日的姑娘吗？"

"不是，那是佐娅，别弄混了，伊拉是个护士，和我们一起在夏末去过伊斯罗池。"

"啊，啊，啊。"瓦季姆装作想起来的样子。"实话说，我其实不在意谁和你会在一起庆祝，我还是一个人过来。"

"你不觉得无聊吗？让大家也惊奇新鲜下，带个人来，让朋友们高兴。"

"我不带淫荡女去朋友家做客，"瓦季姆尖锐地回答说。"你知道我的原则。"

"是呀，我好像觉得，你身边除了这些淫荡的女人，我也没看到过别人啊，"扎以茨冷笑了声。"你是我们当中最有正义感的啊，在两性和商业上疯了的人。"

"我可以邀请姬拉啊，"察觉到朋友的反应，拉德舍夫故意提议道。

他知道安德烈讨厌她。应该说，他们相互讨厌。安德烈一下子猜透了，这个女孩打算打瓦季姆的主意，当然那个女孩也不能原谅他。

"没门儿！我不想看到这个趾高气扬的姑娘，普通的日子都不想见她，我自己的生日，更不用说了！"扎以茨很愤怒，突然提议道，"听着，你邀请……那个谁怎么样……那个在米哈雷奇狩猎的时候看到的那个女的。哦，我想起来了，她叫卡佳！你也可以好好展现一番，那位女士看起来是个快乐又不会惹麻烦的人。"

"安德烈，你直说，"瓦季姆突然打断。"如果你有什么大计划，不让我一个人来，那就说。我最好不要去。"

"你怎么了？这就生气了？"朋友有点不知所措，"难道就因为女人吗？你这么凶狠吗？啊，算了，其实你一个人来还是带着谁来我是无所谓的。关键是得来。找得到路吗？"

"我就是闭着眼睛也找得到。"

"一言为定，拜拜。"

"哈哈，他也觉得普罗斯库琳娜不错嘛！"拉德舍夫冷笑了下。"甚至连名字都记住了……不过为什么不邀请呢？正好可以用某种方式来弥补今天的失误。到时候看情况决定吧。"他盘算道。

从礼拜五到礼拜六的那个晚上，因为有很多项目要做，卡佳坐在笔记本电脑前，面前全是文章、印刷品，还有两台录音机，她几乎是到早上五点才睡。一方面，收集了大量的信息；另一方面，她还没有完全解决提出的问题。尽管一些保健中心对"现代医学"公司和拉德舍夫先生本人都很清楚，但没有人愿意分享含有商业秘密的独家消息。除此之外，还要分析针对访客发布在展台或网络上的广告项目，比较价目表中所指出的服务价格，而且没有其他的数据可以参考，只能推测。

但她还是想把这些分析、推测的数据整理得像拉德舍夫那样条理清晰、简单明了。此外，瓦季姆·谢尔盖耶维奇没有犯过一个语法或句法错误。简直就是繁盛时期苏联教育体系、教育时代成果的美好见证！他们在编辑部从来没有遇到过这样的人！自己因为着急犯了多少次这样的错误，要是妈妈还活着，马上就会被气得心脏病发作。

卡佳允许自己睡到十点半，洗了个澡，迅速化了个妆（还好现在掩盖淤青的妆底液用得越来越少了），她用吹风机把头发理了理，拿起一个装满纸的袋子以及优盘，跑向办公室，"我想把整理好的信息放在拉德舍夫的桌子上，摆放整齐，还想再用冷静的目光扫一眼码好的文章，没准会发现什么错误呢？"

但是麻烦不在这里。在大楼入口处，大厅里值班的保安拦住了她的道路。在检查了工作人员名单之后，保安并没有在"现代医学"公司和"网上医学服务"公司周末报告上班的人员名单那里找到普罗斯库琳娜的名字，他们拒绝让她乘电梯上楼。卡佳差一点就哭了起来，五天来，她已经习惯成为公司不可分割的一部分，现在搞成这样！有人竟忘了把她的名字加到名单里！

她打电话给波连琴科。听到今天普罗斯库琳娜必须要向老板汇报工作，他开始发慌了。他怎么会出错呢？整层楼里没有一个人，所以这层楼现在处于安保状态中。就算卡佳手上有钥匙也没用，她肯定不知道怎么把这个警报关掉。只有拉德舍夫、安保部门的员工和波连琴科知道密码。当然，他再怎么急忙赶过来把警报关掉，也得花一小时，因为他现在在日丹诺维奇的市场。

波连琴科不管怎么赶路，还是在大楼门口和老板一起同时出现。

"瓦季姆·谢尔盖耶维奇，真是对不起，"他气喘吁吁地说道，"现在一切组织就绪，马上打开办公室的门。"

"别急，安德烈·列奥尼多维奇，"他阻止安德烈说，"我已经在这里了，所以我可以自己来。您车里有女人。"他望了一眼停在旁边打着后尾灯的"本田"牌车子。"是贵夫人吗？"

"是的。我们总算是出门去逛市场了，这不突然就接到了叶卡捷琳娜·亚历山德罗夫娜的电话，她本来应该昨天和我说一声的，"他觉得有点委屈地说道，"现在可怎么对妻子交代啊？"

"这好办！要么就买束花，或者买点冰激凌。"拉德舍夫开玩笑道。

"花……要么冰激凌，"安德烈·列奥尼多维奇不自觉地重复着这句话，然后重重叹了口气，"哎，花哪能行啊？我们可是试穿了皮草的。"

"皮草,这个问题很棘手啊。那还是试试看花会不会管用,"老板很坚定地说。"皮草就留着下次用吧。"

"哎呀,您这样没结婚的确好办啊,"安保部门负责人笑了笑,伸出手来道别,"好吧,再见。"

"礼拜一见,向夫人问好。"

"一定,一定。"

瓦季姆目送安保部门负责人离去,朝自动门走了一步。沙发上,旁边的保安正在看电视,普罗斯库琳娜正在把一些纸翻来覆去地整理。

"瓦季姆·谢尔盖耶维奇,"注意到上司后,她立即跳起来,忙乱地把文件放入袋子里。"办公室门关着……很抱歉,我昨天忘了提前告诉波连琴科。他接了电话马上就赶过来了。"

"没有提前提醒当然不好,叶卡捷琳娜·亚历山德罗夫娜……"拉德舍夫忽然有点语塞,舌头转不过来。"见鬼,我还是有点不习惯,那要不在没有别人的时候,我们之间还是用'你'来交流吧?"

"当然。"

卡佳笑了。奇怪的是,遇到拉德舍夫之后她的心情忽然就好转了。甚至连保安也觉得不特别烦了。办公室关门这件事是小事,没什么大不了的。

"好的,那说定了,工作以外我们就用'你'互相交流。"

"好的,我们上去吧?"她朝敞开的电梯的方向点了下头。

"好的,走吧。"他肯定道。"但是去另一个地方。"

"啊,什么意思?"她忽闪了几下精心刷好的睫毛表示很不明白。"去哪里啊?您不想看看我整理的资料吗?我已经好几个晚上没睡了……"

"我相信你也累了,所以是时候放松放松。"拉德舍夫笑着说道。

"和她一起去别墅不是件令人丢脸的事。"他心里暗暗想着,他看了眼她紧致丰满的身材，其实还是能算得上苗条的，而且还发现她化了精致的妆容，还有护理得精致的头发。

"你晚上有安排吗？"

"没有，只是想好好补个觉。"

"只是这样吗？如果没有什么别的安排的话，去我朋友那里吧，就是以前大学的同学，庆祝生日，到克雷热夫卡的别墅去。"

"工作怎么办？我是要做报告的呀……"

"就路上的时候说吧，"瓦季姆打断她的解释，"你觉得有必要的都可以在路上说。"

"那还有在优盘里的信息呢，我本来想把这些信息发到你的电脑里。"

"你可以用邮件发过来，我的名片上有邮箱地址，你没弄丢吧？"

"没有。"

"那太好了，走吧！"

"这方便吗？那礼物呢？"在他的坚持下，卡佳觉得非常惊慌失措。

"当然方便，礼物我已经带上了。但是得去你那里一趟，换上更合适去郊外穿的衣服。你那个用来滑雪橇的套装怎么样？"

"那衣服在契卡洛夫街。"

"很好！还建议穿点比较暖和的毛衣，以防冻僵。生炉子也是要一段时间的，路上我先看一看母亲，然后回家，到商店去，再到郊外去。我们有三个小时的时间来做这一切。来得及吧？"

"我不知道啊，"卡佳有点惊慌。"一切都太突然了。我还没习惯这样的生活节奏。我一般做事之前都会想好久……"

"在什么之前？"

"就是在做决定之前啊。"

"我也习惯于先考虑，以便以后不去想自己所造成的问题，"他困惑地说。"但有时违反规则是有用的，能给事情注入新的想法。给我你的包，"瓦季姆从她的手中拿过了一个沉重的文件包，转向门。"你包里有砖吗？"他评价了这包的重量。

"差不多吧。只是在它里面，其实有对你所有问题的回答，"她跟着他朝台阶跑去，气喘吁吁地说道。

"我总是觉得惊奇，为什么装在我们脑袋里的知识那么轻，但是在书面上的那么重呢？"拉德舍夫开了个玩笑。

"哪怕是这里面装的知识，我在获取的时候可也不是那么轻松的，"卡佳并没有肯定瓦季姆的玩笑。

"听着，我觉得我很想问，你真的回答了所有的问题吗？"瓦季姆抓住了她的胳膊肘，因为交通灯的绿灯已经在闪烁了。

"不是所有的问题都回答了的。"她诚实地回答，"只是对那些需要笼统信息的问题做了回答。带数据的问题有点困难。大多数是在我能力以外的地方才能拿到这些数据。"

"比如呢？"

"比如，一个有条件的白俄罗斯女人愿意花在自己身上的钱的金额。你是指什么？是指衣服，化妆品，服务？如果是，又是哪方面的？"卡佳说，"你所说的'有条件有保障'又是什么标准？我的意思是，你感兴趣的女人应该多有条件？有的人认为月收入 1 000 美元的家庭条件已经很不错了，还有的人在一个小时内就花了几倍的钱在时尚专卖店。标准不同，回答当然也是不同的：你需要的是什么标准的女人，花多少的钱？"

"你说得对，确实需要更加准确的说法，要精确点的，"犹豫思考了片刻后，拉德舍夫说道。"我需要再考虑下，还有什么吗？"

"这样模棱两可的地方有很多。"

"好吧，我们会搞清楚的，"瓦季姆给车子撤了警报，安慰她说。

"有一点不太能明白:你为什么从不给我打电话呢?"

"我不习惯打电话,"卡佳觉得奇怪地耸了耸肩,"我的意思是,我已经习惯于自己先挖掘。这是'乔治·桑'教我的。这个车子颜色很美丽。"第一次白天看到拉德舍夫的车,她评价道。

"深色茄子,金属色。我也很喜欢这颜色。谁是你说的'乔治·桑'啊?"他在她身后关了门开始启动发动机。

"我们的主编,是个很让人惊奇的女人。"

"说说她吧。我喜欢在开车的时候有人说些故事,"他说,"比如为什么她叫这样的名字?"

"因为她叫叶甫盖尼娅·亚历山德罗夫娜,"卡佳耸了耸肩,"没人记得到底是谁第一个这样叫她的?可能是波久尼亚吧。"

"这又是谁啊?"将车开出停车场后,拉德舍夫开始穷追不舍。

"韦尼阿明·波久尼亚。我们的摄影记者。非常好的摄影师,我很推崇他。他也是一个英雄父亲,在三次正式的婚姻和无数的非正式婚姻中有三个孩子。"

"这男的太厉害了!"瓦季姆吹了个口哨。"他是怎么和平处理自己这样的一群家人的?"

"总之,他确实现在是一个人住在出租屋里,"卡佳开始笑了,"虽然很难相信这一点。"

"那他怎么可能没有女人的爱抚呢?"

"不知道啊,我觉得这些女人肯定不能没有他。他很善良,爱所有人,能和所有人生活在一起,所有的孩子他也承认了,逐渐地他也离开了所有人。就这样他依然觉得他自己是很幸福的。"

"为什么呢?"

"因为他很自豪,他完成了甚至超额完成了传宗接代这一最重要的任务。"

"而我忽略了这个任务,"拉德舍夫想。"从进化的角度来看,这是错误的。要知道正确的定义传递环节。有一些信息,只会通过基因传递。但是要知道,生了孩子后,要抚养、培养他们,使这一信息得到补充,并传递给他们……这确实是艰难的任务。只剩下找到正确的母亲来履行传递环节的职能。"

"我们快到了,"他提醒了下卡佳,看了眼表:"20分钟给你整东西来得及吗?"

"我争取一下吧。忙了这么久要不要喝点茶?"

"不,谢谢。我还是在车里等吧,正好打几个电话。你把这个留下吧。"他笑着把那个袋子按下。"在我看来,现在所有放在袋子里的东西都属于我了吧?"

"几乎是的吧。"

"那就快去吧!快去整理东西吧!"瓦季姆目送着卡佳走到楼道门口,拨打了母亲的号码。"妈妈,你好!是的,已经飞到了明斯克。我带来了你最喜欢的糖果。你今天怎么样?我当然会来的!过40分钟吧。"

"感觉就像我一直给人的规定都是20分钟。"打完电话之后,他停下来想一想,看了看表,给卡佳的时间只过去了四分之一,就又开始拨打下一个电话号码……

"你妈妈住在哪里呀?"当他们把车开出院子的时候,卡佳忽然很感兴趣地问了一声。

"普利霍夫街道。"

"那你呢?"

"我住在斯特洛热夫斯基大街。"

"住在那里很久了吗?"

"大概五年吧。在这之前,我在扎斯拉夫斯基租过房子。父亲过世前一年，我从父母家搬出来住了。"

"是想要独立了吗？"

"也是一部分吧，"他想了想，"但是还是有别的原因的，其实是因为别的原因。"

"谁不想独立啊？收拾完东西就搬走了。正巧碰到朋友出国深造了。当他回来的时候我已经不想再搬回父母原来的房子去了。你想什么心事呢？"他开始感兴趣，发现卡佳已经在想自己的事情了。

"我们三礼拜前刚认识，现在却无缘无故地和你一起去见你的朋友……我干吗要去，为了什么呀，这不对。"

"你别想什么条条框框的了，你得学会怎么放飞自己。你现在似乎应该已经是自由的女性了呀。"

"自由的女人是一个相对的概念……"她沉思地说，"有点不方便吧。我不认识任何客人。"

"这又是自己束缚自己了吧。我们来到这个世界，不认识任何人，不一样活着嘛。从女记者那里听到这样的话就更奇怪了，你们经常结识新来的人。"

"没错，但通常是业务上的往来，是有信息的原因在这里。"

"别害怕！"瓦季姆鼓励她道，"除了我，你还会遇到另一张熟悉的脸。"

"那人你在米哈雷奇那见过。猜猜是谁。我给个提示，他的姓氏是扎以茨，"他笑了笑，然后神秘地补充道，"请你注意，姓不一定与外表相符。"

卡佳想了想，在米哈雷奇那结识了很多人。有人走过来，自我介绍，有些人是她从谈话中知道的。

她有一种专业的记忆技能，对脸和事件，三周前的事情她能很快想起来。所以当时和瓦季姆在一起的有两个人……其中一个身材矮壮，戴眼镜，秃顶。像是商业伙伴。另一个有两米高，像巨人，招风耳，斜眼。

哪一个？扎以茨[1]看起来更像戴眼镜的……停！当时她无意中说出瓦季姆是"兽医"的时候，巨人笑了起来，转达了第二个兽医的问候……由此可以看出，他也是一位医生！

"扎以茨……"卡佳若有所思地说。"我认为我们应该逆向思考。我记得你的一个朋友和你一样都是医生。所以他就是扎以茨。"

"好逻辑！我真是没想到，"瓦季姆真诚地感到很吃惊。"给你个高分！所以你很容易就想到了？"

"这里还有个提示，"卡佳由于受到赞扬而高兴地决定把这谜题解开。"他也是一名兽医，而你说我们要去一个大学同学那儿。所以他就是了。"

"我都要开始怕你了，"拉德舍夫斜眼看了卡佳一眼。"你真是很厉害啊！是的，就是安德烈·扎以茨。但是真的是一只巨大的兔子！"他开始笑起来。"我们在读大学的时候三个人很要好，萨尼亚是个小骨架，小豆苗，矮小的家伙，我是个大大的虚胖子，就像气球一样，还有就是安德留哈[2]，又瘦又弱，近两米的身高！还有招风耳！简直就是兔子的样子！我们当时还开玩笑，就他这身材，只有麻醉师可以相符，坐在椅子上，以免跌倒。这几年来我们都有所变化了：我稍微有点变瘦了，而伙计们则是变胖了。萨尼亚的啤酒肚也长出来了。今天就是安德烈的生日。"

"你是在他那里给柳德米拉拿了点滴嘛？"卡佳经过短暂的停顿问道。

---

1 俄语中扎以茨和兔子是同一个意思。——译注
2 安德留哈是安德烈的小名。——译注

"他自己也想去的,但是当时他不能,在值班。最好是不能离开值班的岗位。"

"那第三位朋友是谁呀?停,我觉得我知道……是不是就是你想给我推荐的妇科医生?"

"啊,又猜中了!"瓦季姆只能叹了口气。"你是怎么猜到的?"

"天生的分析欲望,"卡佳耸了耸肩。"我想得有点多。快来讲讲你的第三个朋友吧。他也是个猎手吗?"

"你说什么呢!他可是很爱护环境的!他要是看到被折坏的树枝,就会把它掰直然后给它包扎上树枝。万一又能长出新的呢?萨尼亚是我们的绿色卫士。"

"那你是什么角色呢?"

"我吗?"瓦季姆假装吃惊地说道。"有可能,是专制者或独裁霸主,我说,你在我这儿工作,你就得在我这里工作,说你和我一起去给朋友过生日,你就得去,难道不是吗?"

"不是的,"卡佳不同意这样的看法。"要真是那样,我现在就不和你在一辆车上了。还有柳德米拉,还有契卡洛夫院中的偶遇,当时你提议带我到近卫军街……不,你不是暴君。"

"那你觉得我是谁呢?"他满怀好奇地看着她。"我希望不是自作主张狂。天生的分析倾向说是怎么看待我的呢?"

"有天生倾向分析的我还真不知道该怎么说,有太多的谜底和自我矛盾。"

"哪些谜底和自我矛盾啊?要知道我对一切都了如指掌!"瓦季姆有点挑逗地说道。"你可以大声分析?或者我可以帮你?"

"试试看吧,"卡佳自己都不敢想象地同意了,"我先从离题远的地方开始分析,不全是关于你的,可也有关于你的,我一直想知道,为什么有那么坚强、睿智的女人经常深深地、热烈地爱上像你这样的男人?我们抛弃自然、生理、正确的方向等,因此,事实上,女人爱男人,男人爱女人。毕竟,正如你自己所说,一切都在你的掌控之中!而且她们常常超过所有美德。那么,什么让女性忽略了自我保护感呢?什么吸引了她们?我想我知道……反差!这种内部斗争的规模如此之大,从外面看不起眼,所以并不是每个人都能感受到。有时,集这些优点和缺点于一体的人,甚至都不了解它。奋斗始终是力量、新潮澎湃、能量释放的指标,能量场同样也不是每一个人都能感受到的。但是那些感受到的人落入了它的吸引力区域,并被困了很长时间。因为甚至记忆中的能量都异常强大……但是由于您还没有结婚,很明显,这些女性身上的有些东西令你不满意,你没有感受到她们的吸引力……"

"不……"瓦季姆摇了摇头。"这一切被你说得好复杂!那举个例子?什么是好坏之分?"

"要举例子,现成的就有啊。作为暴君般的领导者,你没有经过考虑,就要在周末举行小例会,但是你又不得不取消会议,因为你很累,还有就是因为朋友要过生日。顺便说一下,您可能在礼拜一忘记了这件事。但是我为开会做出了很多准备工作,所以取消很不方便。此外,还有一个寂寞的女人,没有计划的晚上……所以你做出了这样的决定,觉得可怜我,邀请我一起去。好吧,难道我说的不对吗?"

"不对,"瓦季姆突然开始变得严肃起来。"其实我不喜欢人们揣度我。"

"而我不喜欢人家可怜我。我之前也和你说过。这样会变得越来越糟,"卡佳垂下了头。"如果你收回你的邀请,我是不会介意的。"

"你想好了吗?"他沉默了一会儿忽然说道。

"对不起,我没有伤害你吧。但是其实就是一切好像都不太像真的。"

"什么不像真的？"

"感觉你好像就是这样直接挑选自己想和我玩的角色——一会儿拯救者，一会儿胜利者，一会儿独裁者。就连你自己也不能确定自己的角色，我能感受到这点。你今天好像也不是真的，和我以前认识你的样子不太一样。好像你做得也没错，都很得体，但是……在德国发生了什么事吗？"卡佳抬眼看着他。

"发生了很多事情，你还真是细致入微啊！"瓦季姆想了想，非常敬佩她的直觉和分析能力。

要是扪心自问，确实她是对的。他忘了朋友的生日，而且没有经过考虑，就安排了礼拜六的例会。他在她面前有点不太好意思，这也是事实。

"确实有事发生。"他有点僵硬地回答，"法兰克福的一个朋友快要去世了。他得了癌症，已经是最后的阶段了。他对我来说就像是父亲一般。"

"我很抱歉。对不起，其实你最近很悲哀，我却说自己的一些愚蠢的结论，对不起。"她再次愧疚地重复道。

拉德舍夫没有回答，只是调高了扬声器的音量。老实说，那一刻他感到很尴尬。是的，马丁的病确实使他感到难过，但是如果直视现实，这并不是他"假"行为的主要原因。他被赶到了死胡同，他被直截了当地提问，但他不能诚实地回答。又可以说些什么？

他们沉默不语，伴随着音响中响起的旋律，驱车前往位于普利霍夫街的房子。

"你想一起来吗？"关掉引擎，瓦季姆突然问道。

"去你妈妈那里？不，这好像有点过了。"她毫不犹豫地拒绝了。"现在轮到我最好在车里等吧。当然……如果你邀请我上楼去你的房子看看，我很乐意。我一直想看你的房子，您是否住全景房？"

"和你交谈真的是非常可怕，"瓦季姆从后座拿起一个免税店的袋子，开玩笑地说道。"你是个危险的女人，因为你会读取别人的思想！"

"可能是吧，要不我还是别去别墅了？"她也开始开玩笑地调侃道。

"你倒是试试看！"他转身面对她说道，"好吧，既然你问了这样一个问题，我想结束这个话题，不再重复。第一，作为老板，我可以毫不客气地打电话取消我们今天的会议，并将会议推迟到礼拜一。第二，我没有可怜你。同情有点，但绝不是可怜。因为我自己无法忍受怜悯，它有损尊严。第三，安德烈让我不要一个人来。第四，我邀请你，因为和你一起我感觉有趣而开心。这都是真的。有第五，第六……你感觉轻松点了吗？"

"哦，那我明白了，谢谢，"她点了点头。"好的，那这话题就到此结束吧。"

"谢天谢地。"他如释重负地呼了口气。"不要乱跑。那就请等我回来。我很快的，20分钟就够了。"

……拉德舍夫的公寓，有着一个富有的单身汉的光鲜干净，近乎无菌的住宅。一个宽敞的门厅，一样宽敞明亮的厨房，吧台将厨房和宽敞的客厅隔开，一间宽敞的卧室，稍小的房间是会客厅，书房，衣柜，两个浴室。白灰钢色调的尽量少的家具，一切都完美无瑕，透过隐藏在水平几何切口后面的光源可以看到暗影游戏，还有严格的古典风格的卫浴。您不会看到像普罗斯库琳娜的公寓里那种塞满的花瓶，人物和小雕像等等。

"你是在哪里藏礼物和纪念品的呀？"看到起居室里的搁架只摆放了必要的物品之后卡佳忍不住问道。

"什么纪念品？"拉德舍夫从衣帽间那边看过来。

"就是那些你从各地旅游带回来的东西啊。"

"我很少带东西回来。只有它们配得上家里的装潢才会带。"

"要是人们送了一些和你的装潢不相配的东西呢？兹娜说，老板的生日全体员工都会来送东西的。"

"你就听她扯吧，"他把头套过厚羊毛衫的衣领，再次从衣帽间里往外看。"相反，我坚决反对人们乱花钱。礼物的话，通常我带给妈妈。她家里有四个房间，就让她好好欣赏吧。五年来，这间公寓什么新物件都没有出现过：只有设备改变了，"他朝电视墙点了点头。"父母的公寓里有足够的空间，妈妈把父亲的办公室变成了一个小型博物馆。好吧，你觉得我的房子怎么样？"

"要是所有人的住家都是这样就好了！简直帅呆了！简直就是一本昂贵的装修杂志上的一张华丽的图片，"卡佳再次环顾了客厅，"只是，你这里可真冷。"

"冷？"瓦季姆来到挂在墙上的镶有钢边的气压温度计面前看了看，"22度。"

"哎，你不懂我说的，我的意思是你这里冷清，好像平时没人住一样。一切都冷却了，没有一丝一毫的灰尘，周围一尘不染，太有条不紊了。就像玻璃后面的博物馆或者昂贵酒店的房间一般。一个人住在这样的环境中难道不难受吗？"

"不难受，"他耸了耸肩，然后看了看四周。"我很喜欢啊，就是没有什么多余的东西可以让我觉得心烦。我也不那么经常在家……帮我一下。"他做了个手势让卡佳到衣帽间前，"很遗憾我没想到也得叫你拿一个这样的行李包来。拿着。"

把大行李包的提手强塞给她后，瓦季姆开始把床单、被子、毛巾、浴袍塞进行李箱。旁边还放着一个睡袋。

"这都是给谁的啊？"

"还能给谁？当然是给我们的了。冬天别墅一般没人住，所以每个人都得自己带上东西。一向这样，而且安德烈已经单身四年了。所以以防万一还得去趟商店买些生活上的琐碎用品。"

"安德烈离婚了吗？"

"离了，其实是妻子提出要和他离婚的，她带上女儿去莫斯科了，在那里又嫁人了。准确说她去莫斯科找新的丈夫了。就我知道的，她在那里过得不错。"

"那安德烈呢？他是怎么熬过来的？"

"只是非常想他的女儿。但是他发誓不再结婚了。他给自己定了规矩——和任何人约会都不能超过三次。"

"为什么呢？"

"为了不对那个女人习惯。他喜欢自由，想和朋友去玩，就去玩了；想去狩猎，就去狩猎了；想去俱乐部，就去俱乐部了。高山滑雪，潜水……自由选择是一件好事！"

"你在说你自己吧？"

"对，包括在内，"瓦季姆同意，他一边拉紧行李包的拉链，一边说道，没有感到尴尬。"我们不仅因长期的友谊而团结，而且因共同的爱好而团结。同时，我们每个人每天都过着自己的生活。我们不会将我们的圈层强加于彼此。"

"医生现在能赚很多钱吗？高山滑雪并不是最便宜的休闲方式。"

"我同意，但是不要忘记安德烈身边没有妻子和孩子。就在我们的时代，维持家庭的开销是非常昂贵的。"

"但是与此相关的积极情绪呢？"

"那负面的情绪呢？"他完全出乎意料地用一个问题来回答一个问题。"不谈远的，记得柳德米拉的故事，就你的例子……对不起，我随口无心说的。"

"总之，你强烈反对成家。"卡佳总结道，把他的最后几句话当作耳旁风。

"反对不反对不说，但是我不支持，这是真的。"

"那传宗接代呢？可以说，在一个小时前，你还赞叹了我们的摄影师波久尼亚！"

"针对这一问题我尚不做回答。实际上，对于家庭的延续和代代相传的问题，萨尼亚负有责任，顺便说一句，他也几乎是单身汉！"

"怎么了，也离婚了，就像安德烈一样？"卡佳确认性地问道。

"你这话说反了！萨尼亚是很爱女人的，特别是怀孕的女人！"瓦季姆开心地说道。"他是我们这边的多子女父亲！但是他还没有自己的亲生孩子。"

"怎么会这样？"

"就是这样！你知道有多少个孩子以他的名字命名吗？数都数不过来！通常，我们不讨论此类话题。每个人都有自己的原则，对生活和欲望的看法。应该保护朋友的这些东西，而不是为了自己去重建朋友的生活。因此，看来，仅此而已。"他瞥了一眼用作储藏室的衣帽间，又瞥了一眼手表。"我们把这些搬到车上吧，然后去商店。你现在需要帮我一把，我一个人一次拿不了，"他有点愧疚地说道，关掉了背后的灯。"而且，请不要那么悲观：我们要出城放松，而不是互相教对方如何生活。我保证，在我朋友的陪伴下，你会喜欢……"

卡佳确实非常喜欢这伙人，他们聪明睿智、饮酒有度、活泼开朗。奇怪的是，这个过生日的男主让她很惊讶，第一次见面时他并没有引起她的好感。原来，他是这样会开玩笑的人，比他幽默的还真得好好找找。在那里，欢乐就像从聚宝盆里涌出一样，故事，笑话，就像下雨一般欢乐地洒下来了，几个小时后，每个人都笑得肚子痛！大家还一直跳舞，直跳到筋疲力尽。同时，没有人问任何人任何事情，没有人会被活着的意义的争论弄得心烦意乱，有时如果有人多管闲

317

事，就会发生这种情况。每个人都只是在单纯地享受开心时光。他们开心得差点忘记快被水淹掉的浴缸！

从她的大学时代开始，卡佳可能就再没有那么轻松自如地融入到团队中过。她特别喜欢伊琳娜，她是今天和寿星一起来的姑娘，声音柔和，罕见的自然美，圆圆的斯拉夫式脸庞，清晰的眉毛，浓浓的睫毛，光滑的金色辫子。如果不是包着身体的牛仔裤，很可能会被误认为是上上世纪末的年轻村妇。

可惜的是没能和萨尼亚见面。事实上是他已经在克雷热夫卡的入口处了，但是被紧急召回到产科，一名孕妇分娩困难，所以他不得不回到城市去急救。

大家是什么时候安定下来，上床睡觉的，卡佳已经不记得了。她没有注意时间，二楼专为女性准备，楼上的照明灯不知为什么坏了，并且装有手机的包也被她留在了下面。

某种奇怪的声音吵醒了她：她的头顶上方传来某种金属叮叮当当的声响。她在厚厚的被子下面微微动了动，睁开了眼睛。

"嗨，瞌睡虫，你当消防员可不行哦，"一个嘲讽的声音从上方传来。

卡佳眯着眼睛，看到拉德舍夫站在她左边的凳子上，用螺丝刀在扭动墙上的什么东西。

"来吧，打开开关！"他对着下面叫道。"现在可以通电了！"伴随着开关的咔嗒声，天花板上的枝形吊灯亮了起来，这时，他高呼道："我对自己感到很满意，不然总是说灯泡，灯泡的问题！有时需要检查连接的问题！"他再次大喊。"你睡得如何？"他看着卡佳。

"没有比这更好的了！"她说着在被窝里伸了个懒腰。"我好久没有睡得这么好了。大概30年都没睡这么好过。就像小时候在外婆家，木屋，凉爽的空气，温暖的被子……太棒了！"

"我很高兴,"瓦季姆微笑道。"下面的洗脸盆里有热水。所以可以起来了。而且已经 11 点半了。"他装装样子,指了指自己的手表。

"真的吗?"卡佳有点吃惊,马上去看自己左手上的手表,"啊呀!要戴上隐形眼镜才好。"

"你在黑暗中是怎么把它们给摘下来的?"看到了床头柜上的那个专门装隐形眼镜的小盒子后,他好奇地问道。

"靠的是我十年来娴熟的经验啊。其实我快到早上的时候才摘下隐形眼镜的,我早上忽然醒来,觉得忘记做什么事情了。就只能下楼去。还好你们在厨房里开了灯。"

"你的视力是多少啊?"

"-3 度,据说随着年龄的增长,人们会远视,可能过一段时间,才会回到原来的状态。"她开玩笑说道。

"希望吧……好了,小懒虫,快起床吧!早餐早就准备好了。"

"好吧,一切真像是童话!"卡佳不相信地闻了闻,"闻起来真香!"

"是啊!今天,在厨房当值的是男人!"他自豪地说。

她真的不想离开热情好客的夏季别墅小屋。而且,显然,不仅是卡佳:每个人都在慢慢地享用早餐,仿佛在拖延时间,他们整理餐具也花了挺长时间,然后在新鲜的空气中散散步。散步回来又饿了,再次坐在桌旁。天很黑了以后,他们才开始收拾行李。

"好久没这么开心地休息了,谢谢!你说得对,我真的很喜欢你的朋友,"坐在拉德舍夫的汽车上,卡佳回头看着跟随他们的汽车。"特别是安德烈和伊拉。真是一对好伴侣。"

瓦季姆瞥了一眼后视镜,满意地微笑着:"我可是答应过你的吧。"

"只可惜没能和萨尼亚认识……啊,我昨天忘记和父亲说我被邀请去做客了!"她忽然大声说出了她在想的事情。"我从维塔利克那里搬出来之后，就不得不经常和父亲报告，报告我在什么地方，不然他会很担心的。天哪！12个未接电话！"她从包里拿出手机看了下之后看了瓦季姆一眼。

"父亲吗？"他看到行驶在后面的扎以茨在进入环路前打开了右转向灯，便向他闪了下车灯以表再见，接着问道。

"我们来看看吧。父亲打了5个电话……"卡佳开始沉默。

"还有谁啊？"

"丈夫，前夫。"她更正了下。"昨晚打了四次，今天又打过来三次。他要干吗？我们不是都说好了的嘛。"

"你和他在近卫军街见过面之后还见过吗？"

"没有。"

"也没通电话吗？"

"没什么必要，我想知道是谁给他我的新号码的。"

"为什么要隐瞒呢？就我看来，人们离婚后还保持联系，这也挺正常的。关于你的丈夫的话，我觉得他是良心发现。不然你能和一个完全的混蛋一起生活这么多年吗？所以，这个男人坐着，想了想，醒悟过来了。顺便说一句，你也可以想想，其实你的维塔利克也没那么差，"瓦季姆建议道。"破坏生活很容易，重新建立生活很困难。"

"谢谢你的建议，但是我已经想好了。"卡佳冷冷地说。"从一个崇尚自由的人那里听到这样的话真是太奇怪了。"

"自由的代价很高。"他突然开始回答，还补充道，"安德烈昨晚还说他现在开始梦里都梦到女儿了。要知道他原本是可以让妻子回归到自己身边的，但是骄傲不让他这么做。现在已经晚了。"

"但是和孩子交流什么时候都不晚啊。他最后一次见到女儿是什么时候？"

"夏天的时候，波琳娜夏天的时候来爷爷奶奶家过暑假。她长大了，春天的时候满十岁了。我的教女，我记得护士们把她从产科接走的时候，是萨尼亚亲自把她抱出来给我们看的。一切就像是发生在昨天一般，"瓦季姆叹了口气："所以我说，你还是好好想想，趁着现在还不迟。"

"已经迟了。"看着车窗外的万家灯火，卡佳冷冷地小声答道。"礼拜四的时候，我交了离婚申请。也有可能就是因为这个他才找我的。"

"那是你自己的事情，你自己决定。"瓦季姆耸了耸肩，"你给父亲打电话吧，"他提醒她道，"我们也可以去他那里一趟。"

"他住在日丹诺维奇，不得不回去了……爸爸你好啊，你们那里还好吧？我吗？我挺好的，我和朋友们去郊外的别墅了。我在那里过夜了。对不起！爸爸，我没提前和你说一声……我一切都好。我现在在回家的路上……我知道他在找我……什么？他到你那里去了？不清楚，什么带来什么了？……皮草和家里的钥匙？！"卡佳困惑地望了瓦季姆一眼。"还在你们家过夜了？……爸爸你难道疯了吗？我不是求你不要过问这件事情的吗！……我甚至都不太想聊这个话题！……为什么？你干吗要把电话和位于契卡洛夫的地址给他啊？我可是请求过你不要这么做的！我再重复一遍：我要离婚了！我不能和背叛我的人一起生活……哎哟，误会！而你相信他可怜他……你怎么就不可怜我呢？但这没有必要，我不是一个小女孩了，用不着可怜！不穿他的皮草，我也是可以的！所以下次就这样告诉他！好了爸爸够了，再见！"

挂了电话之后，卡佳气冲冲地把手机扔进包里然后拿出一包烟。问道："你车里可以抽烟吗？"

瓦季姆默不作声，拿出了烟灰缸并摇下了车窗。

"你能想象吗？他居然到我父亲那里，去征询建议怎么能让我回心转意！"她也没忍住就和瓦季姆分享了谈话的内容。"爸爸也真是的，要么就是差点冲出去要和维塔利克算账，要么就是居然让他进屋子里了还请他吃饭，还让他在我家过夜！然后两人还一起喝了酒，说很可怜我，要我回来！"

"你不应该这样和父亲说话，"瓦季姆不太同意她的观点。"在这个故事中他是最能够被理解的那个人，他担心女儿，害怕女儿一时冲动，做出蠢事。"

"有意思，他要是知道妈妈一整年都在他眼皮底下和某个下属幽会又会说些什么呢？然后所有的朋友都知道这件事，他们都在背后嘲笑他。他会原谅妈妈吗？会和她和好吗？休想！我是知道他的……维塔利克倒是好，他到处去求别人，找遍了所有的人！礼拜四莲卡打电话，请求原谅误入歧途的丈夫，礼拜五柳德米拉批评我，说我一个人会完蛋的。大家都在担心他，可怜的人啊，在全城找我，找得筋疲力尽。"她呼出了一口烟，咧着嘴继续说道："不，你说，为什么突然所有人都如此同情普罗斯库林呢？"

"你错了，没人同情他。"瓦季姆并不同意。"其实大家首先都在同情你。我懂得，侮辱是对自尊心的抹杀，但请用亲朋好友的眼光看看这种情况。好好想一想，要知道你可以衡量一切并得出正确的结论。"

"是这样！但是在同情我的人里面有没有人会想过，和一个除了爱我还爱别人的男人在一起，我是否会幸福呢？"

"他不一定爱她。"

"那是什么呢？"卡佳神情紧张地灭了一根烟，有点感兴趣，"为什么男人会觉得爱是一回事，性爱又是另一回事？"

"这你就别问我了，还是读读《圣经》吧。"瓦季姆有点半开玩笑半严肃地说。

"《圣经》？好像就是《圣经》里说不要背叛！"

"那指的是精神上的。"

"那性爱就是没有精神层面的了？……那什么又是爱呢？"卡佳提高了声音。"总之，怎么能原谅这么龌龊的事情呢？"

还没等到回答，车里忽然响起了很响的电话声。拉德舍夫看了看里面的号码显示，就把电话换成了听筒模式，随即把手机放到耳边。

"您好……我是，你说……关于哪方面的事情？……好的……啊不，今天我不行……明天晚上我不在城里……好的，今天我还有点忙，我空下来了打电话给你……再见。"

结束了短暂的通话后，瓦季姆又把手机调成了扩音模式然后把它放到了口袋里。

"确实不能原谅龌龊的事情，我同意，"停顿了很长时间后，他说道，在这期间，车子已经驶进了位于契卡洛夫的院子里。"但需要原谅他人的错误，别无他法。没必要撒泼打滚，歇斯底里，走极端。好了，我们到了。"

他没熄灭引擎，就开了车门从后备厢里拿出了行李包。

"谢谢在一起的快乐时光，"他把行李包递给卡佳，甚至没有提出要帮她搬到楼梯口，"别忘了给我发邮件，关于那些问题。礼拜一见，啊，也就是明天见。"

一分钟后，拉德舍夫的汽车在塞满汽车的沥青路面广场上拐了个弯，就这样消失在屋子后面。

"我是一个不知感恩的歇斯底里者，"看着他的背影，卡佳黯然伤神。"我怎么了？我刚才真的有点蠢。"

她刚消失在单元门后，停车场上停着的一辆车便打开车灯，紧跟在路虎车后，迅速离去。

拉德舍夫在铁路工人宫对面的交通信号灯前慢了下来，缓缓地向亮了的绿灯驶去。忽然车里响起了电话声。

"是的。"

"还是维塔利。"

"我说过等我空了的时候,我会打给你!"瓦季姆很不满地抱怨了句。

"我看到你已经空下来了啊。还是你承诺过回去之后才打给我的?"打电话的男人已经用"你"和他交谈。"这就意味着事实就是这样的……往右边看看,你个丑八怪。"

拉德舍夫转过头,看到一辆平行行驶的汽车。边开车,边打电话的正是普罗斯库林,突然,他加快了车速,变到了瓦季姆行驶的车道上,然后突然停止。没有发生碰撞,这可以用直觉来解释,更确切地说,可以用拉德舍夫的本能来解释,对方正在追捕他!

一秒钟的时间足够用来看镜子,评估形势,并紧急右转方向盘。拉德舍夫感觉体内一股热浪袭来,后背发凉,心脏都快要蹦到嗓子眼了。

"你个狗娘养的!"他气愤地呼出一口气,脚踩油门,说道:"赶紧离这个混蛋远点。"

"你才是混蛋!"——扬声器里对方反驳道——"想溜掉吗?你甩不掉我的!"

在黄灯时拉德舍夫飞快开过行人道,突然右转驶向莫吉廖夫大街。

"如果普罗斯库林遇上红灯,我就可以溜掉了。"他想着。

但完全不是那回事!"宝马"七系不打算停止。只见它向右变道,驶入人行横道,人行横道上还有行人在行走,他甚至都没有减速行驶,紧跟在"路虎"车的后面。车子急转弯90度,冲到了对面。一辆驶往桥上的面包车的司机紧急刹车,但由于道路很滑,他的面包车不受控制地自行转弯。如果"宝马"车的司机慢几秒返回到自己的车道上,汽车肯定会从侧面撞到他们。

"啊,这个白痴!完全是丧心病狂了,"瓦季姆看到后视镜里汽车大灯的光,心里想着。"应该停下来,否则这个混蛋会做出蠢事来。"他马上评估了局势,就拐到了商场的露天停车场。

找到空位后,他关了灯,熄灭了发动机,很快就离开了车厢。他也没有等待太久。"宝马"在吉普车后面刹住,司机像子弹一样从车里跳出来,发出隐隐约约的咆哮声,朝拉德舍夫扑去。拉德舍夫直觉地准备好了应对攻击,他暂缓了一下,等到普罗斯库林靠近的最后一刻,便向一旁闪开,巧妙地躲开了攻击,并立即去绊他的另一条腿。没有料到拉德舍夫会绊他,维塔利一下子打了个空拳,由于他把所有的力量和仇恨都集中在这一拳上,所以他失去了平衡,在惯性的作用下飞出去好几米,然后咕咚一声栽倒在被冰覆盖的柏油路上。瓦季姆完全控制了局势,迅速地用膝盖把他按倒在地,把他的双臂弯向背后,并等待维塔利的好战热情冷却下来,看起来他们将面临新的战斗。

这时,后面响起了刺耳的刹车声,只听见砰的一声车门被关上了,还可以听到极粗鲁的骂人话。拉德舍夫转过身来,耀眼的车灯照得他眼花缭乱,他不自觉地眯起眼睛,紧接着,一拳忽然落在了他的脸上。他本能地放开了对手,团着身子,迅速地一跃而起,撤到一旁。这时,他惊讶地发现,在离他几米远的地方,两个怒不可遏的大汉正在用脚踢躺在地上的普罗斯库林。瓦季姆毫不犹豫地冲过去帮忙,一瞬间陌生的挑事者把全部怒火都转移到他身上,拉德舍夫先是将其中的一个打倒在地,随即,他们中的第二个也倒在了地上。但是,和躺在地上好长时间也不能清醒过来的维塔利不同,他们很快就跳起来,破口大骂地冲向拉德舍夫。

如果不是警察巡逻队的车及时出现在停车场上,还不知道这场自发的战斗何时能结束呢。

……要等到礼拜天晚上，直到波连琴科从警察局局长那里把自己的老板捞出来之前，拉德舍夫都要在一间窄小的屋子里与另一个扰乱公共秩序的普罗斯库林度过一段时间。尽管灯光灰暗，但过去没多久的打斗导致的后果却一目了然：手臂和脸上青一块、紫一块，布满了淤青和抓伤的痕迹，衣服也被撕破了。

被拘留者的表现都很温顺。没有和执法人员起任何冲突。他们意识到事与愿违后，便失去了战斗的热情，并且不约而同说他们刚把车停在停车场上就有几个不明身份的人突然从一辆小巴车里面窜了出来袭击了他们。由于这两名被拘留者仪表堂堂，开着体面的汽车，所以执法者选择相信他们，但没有释放他们，而是把他们带到警察局确认身份，做笔录。就像另外两个斗殴的人一样。这时候瓦季姆开始打电话给安德烈·列奥尼多维奇。

因为各自怀有心事，拉德舍夫和普罗斯库林在牢房共处的这段时间里没有说过半句话。瓦季姆把头靠在墙上，闭上眼睛，试图想起他最后一次是在何时、何地和谁用拳头打过交道。记得……那是在 11 年前，就在他自己家门口……当时也是不得不进行自我防卫。很快，自己就被邻里叫来的巡逻车带走了，当晚只好在警察局过夜。第二天早上，他被从警察局带到了臭名昭著的拘留所，并在那里待了近一个月的时间。后来才弄清楚，原来这一切都是他父亲的主意，为了不让他在外面惹是生非，才把他安置在那里。父亲有充足的理由担心，因为受审讯的人在外面自由不了多久。案件很快就结束了，但父亲没有熬到结束的那天，便因心肌梗塞去世了。

低沉的呻吟声打破了宁静，瓦季姆睁开了眼睛。他看见，坐在对面的维塔利的脸上露出了痛苦的表情，他小心翼翼地摸着身体上受伤的地方。

"你哪里疼啊？"拉德舍夫忍不住开始问他。"能呼吸吗？"

"有点困难，"普罗斯库林很艰难地说道。

显然，他不只是在呼吸时感到疼痛，就连说话也比较疼。

"来，我来帮你看下。"

"你又不是医生。"维塔利撇着嘴说。

"我过去确实就是医生，"瓦季姆很平静地说道，他站起来凑过去询问："把毛衣拿上去一点……这里疼吗？这里呢？屏住呼吸……现在再吸气……"他开始仔细检查病人的身体。"再吸气呼气……还有哪里疼？"他叫普罗斯库林放下毛衣并做出了结论，"好像是肋骨断了，需要拍片。"

"然后呢？"

"如果没有错位的话，自己会长好。需要一段时间，当然这段时间就比较痛苦。我可以给你推荐好的医生，他会帮你的。"

"你真的是医生吗？"

"我取得了医学学位。"

"那你是怎么开始做生意的？厌倦做医生了吗？"

"没有，一切就是这样，顺其自然。"瓦季姆有点逃避正面回答。

"我所有的事情都没有如我所愿……你需要卡佳做什么？"普罗斯库林直截了当地问他。

"我可以让你平静一点的是，就女人来说我对卡佳不感兴趣。"

"那你为什么要介入我们的感情？"

"难道你们之间还有感情吗？"这次轮到瓦季姆开始冷笑了，"就我所知你们的关系要以离婚告终了啊。"

"这不关你的事。"尽管疼痛难忍，维塔利恶狠狠地威胁道。

"我同意，确实不关我什么事，所以我再次声明，我和叶卡捷琳娜·亚历山德罗夫娜之间没有男女之情，我们之间只是业务上的关系。"

"什么样的业务关系需要你和她一起先到我的房子里来整东西,然后周末一起出去娱乐啊?"普罗斯库林阴沉着脸说道,"好吧……一切都会平静的,到时候我们就能知道你们是哪种关系。"

"你觉得一切可以恢复平静吗?"瓦季姆惊讶地扬起眉毛,"我觉得你这人过于自恋。"

"没关系,等钱用完了,遇到了问题,她自己就会回来……只有一件事我请求你不要介入我们之间的事情,也别装作朋友,反正我也不信。有一个像你这样的人,好在他去了德国。"

"你是指亨利吗?"

"你也知道他?"维塔利又哼了一声。"你们的工作关系已经太过头了。"

"你可以随便怎么想,这是你的权利,"瓦季姆不耐烦地说道。"我不需要找借口。但是,据我对卡佳的了解,也许我会感到失望,但她不会为钱而跪在地上求你,她会赚钱养活自己。"

"你不是要帮她吗?"普罗斯库林觉得很不满意。

"包括我在内,"拉德舍夫平静地确认。"你想知道我的意见吗?如果你不改变行为,如果你不放弃威胁策略、勒索和暴力,她不会回来找你。"

"这就不关我什么事了。我是不会跪下来求她的……"

维塔利还没来得及说完就听到钥匙的碰撞声和门合页的吱吱声,接着,门窗口出现了一个穿着警服的人。波连琴科站在他身后。

"你们自由了。"穿制服带肩章的人说道。

"那两个怎么办?"瓦季姆感兴趣道。

"过几个小时,我们也会把他们放了。防止你们再打起来,"他抱怨道。"明天所有人在上午十点左右到部门,特别是您。"他看着普罗斯库林。"尽管您是受害者,但对方声称您挑衅他们,所以造成了紧急事故。我们将会寻找证人，调查清楚。"

"别担心，"在警局前面，安德烈·列奥尼多维奇安慰瓦季姆。"您是没有什么过错的，所以明天也没什么必要再来。我自己可以摆平这些。您还需要帮助吗？"他转过身来问正要下楼的普罗斯库林。

"我自己会解决。"普罗斯库林走过的时候嘟哝了一声。

"您知道的，"安德烈·列奥尼多维奇耸了耸肩说道，"我只是提议一下。"

积雪覆盖的汽车在派出所的窗户下，各自等着他们的主人。

"是的，他们把您打成了这样。"波连琴科同情地说，在车灯下他凝视着老板的脸，"和这些无赖们，就无法避免不必要的问题。只能在家待一星期了。我也不建议您去维尔纽斯买新枪。"

"再看吧，"瓦季姆一边清除汽车上的积雪一边说道，"前往维尔纽斯的行程确实必须推迟几天，但是不能再迟。"他烦恼地说道，"那里一大摊子事要办，到了本周末，仍然还要飞往法兰克福一趟。"他瞥了一眼普罗斯库林，只见他缓慢地朝他的车走去，他应该去趟急诊室包扎一下伤口，"有可以写便条的东西吗？有笔吗？"他问安德烈·列奥尼多维奇，在收到否定的答复后，便走进车里。"把外科医生的电话号码转交给他。让他打上面的电话，就说是我推荐的，"他把一张纸条递过来。"就这件事上再问他是否需要提供帮助，"他向警察局大楼的方向点了点头。"看起来他肋骨断了。疼痛会引起休克，他自己不明白他在拒绝什么。"

"好的，瓦季姆·谢尔盖耶维奇。"波连琴科点点头。"我不明白一件事，您是如何参与此事的？老实说，我没想到。"

"我自己也没想到。好了，明天再通电话吧，"他握了握安保部门负责人的手。"再次感谢。"

"没事，别客气。这是我的本职工作，"安德烈·列奥尼多维奇耸耸肩目送着老板的"路虎"牌汽车远去……

礼拜一,普罗斯库琳娜刚好在八点半出现在办公室:据她所知,老板始终是第一个来办公室的人,有时甚至早于正式的工作开始时间。但令她惊讶的是,今天拉德舍夫居然不在。

"老板生病了,"保安解释道。"他在大清早太阳还没出来的时候,在这里拿了些文件之后就回家了。他告诉您记得给他打电话。可以从接待室那边打过去。兹娜要迟到了,但是那边门是开着的。"

接待室里没人。走到领导办公室门口,卡佳按了下门把手,门是关着的。还是在礼拜六的时候她已经把钥匙还给瓦季姆了。她的内心感到很不安,难道去了趟克雷热夫卡的别墅老板就病得那么严重吗?可能是蒸了桑拿之后浇了冷水,着凉了吧!

没脱外套,她就坐到了秘书的位置上拨通了拉德舍夫的号码。

"早上好,瓦季姆·谢尔盖耶维奇,发生什么事了?您生病了吗?您现在感觉怎么样?"

"早上好,叶卡捷琳娜·亚历山德罗夫娜。我只是有点感冒,"他干巴巴地勉强回答道。"不严重。"

"哦,那就好。准确地说,糟糕的是,您生病了……"她听到瓦季姆的声调,有点慌乱地说道。

"这意味着昨天我让他很生气,直到现在他还没缓过来。"她这么想。

她觉得委屈,想哭。她昨晚也没睡好觉:起先她给他发送了一份电子报告,然后很长时间翻来覆去,脑袋里不断回忆着车上的最后一次谈话,她自责当时不该提高嗓门,没有及时道歉。她稍微睡了一小会儿,醒来得特别早,之后便无法再次入睡,想到在别墅里和伙伴们的快乐时光,想起瓦季姆,他对她和把他们联合起来的事件的态度是如此难以预测。

忽然卡佳觉得自己非常渴望再见到他，听他说话，她几乎是急匆匆地跑到办公大楼去的。这真是让人费解……

"我想再次感谢你……"她鼓起勇气，"那就是……周末，谢谢你带我去了你的朋友那里。"她内疚地补充道。"对不起，因为我无法克制自己，破坏了自己和你的心情。你……你与我的家庭问题当然是无关的。"

"好的，"拉德舍夫的语气软了很多，他没有料到原来卡佳会给他道歉，"你和你家里人的关系确实和我无关。总的来说，我们昨天两人都有错，所以我也准备好向你道歉。"

"您说什么呢！您可是没错的，不用道歉……我的工作看到了吗？您来得及给它们评分了吗？"她忍不住问道。

"我刚看完这些答案。有点少，其实我预期的更多。"他有点失望地说。

"您指的是？"

"对综合性问题的回答，信息量太少，不足以让我做出重要的决定，"拉德舍夫含糊地回答。"我需要数据，而且我确信，没有人给你数据。"

卡佳同意并补充说："尽管许多人都非常了解'现代医学'公司和'网上医学服务'公司。但是他们还是不愿意给信息，这也是可以理解的，您会向街上的人透露您的秘密吗？"

他笑着说："即使是有人建议，我也不会这样做。特别是从提问的角度来看，显然有人觉得你是竞争对手。"

"正是这让他们感到紧张的！"他们甚至问了几次，"您想开设一个医疗中心吗？瓦季姆·谢尔盖耶维奇，您想开设什么？美容院还是医疗中心？"她调皮地问。

"都不是……我觉得我可能做这个决定有点匆忙……"

"换句话说,您对我不满意,并不让我完成已经开始了的工作。"卡佳在短暂的停顿后大声地总结道。

她的情绪一下子变得很低落,一切都白费了。他不仅对她所做的工作感到不满意,而且对她本人也不满意。克雷热夫卡别墅之行和对她更多的关注,一切只是内心的短暂冲动。

"总之我可能刚开始就不太对,不应该着手这个项目,"拉德舍夫尝试着缓和语气。"莫斯科人更有钱,更愿意把钱花在独家疗法服务上。"

他又重新沉默了,不打算继续下去。

"支付什么?请您解释下他们愿意用大价钱支付什么?也许,如果项目是具体的,人们会更加坦率。"

"我有点怀疑。"

"很遗憾您不相信我……我部分同意您的意见并理解您,"她忍住了一大堆的委屈,说得尽可能平静。"但我想了一整夜,我想我知道如何获取很难获得的信息。"

"怎么获取?"他怀疑地问道。

"我可以不回答这个问题吗?让它成为我的秘密吧。我想我会在几周内完成它。等完成了我向您汇报。就问您想不想要。"

"我想不想要……好的,我想要,我等你的消息。"

"只是不要催我。顺便想问一声:在您的办公室有让我工作的地方吗?还是我不值得在这里出现了?您的办公室是关着的。"

接下来的短暂几秒,气氛异常尴尬。

"我去给技术部门打个电话。工程师一般都不会待在办公室,经常出门。就这样,如果您不反对我们这个男性团队,那明天就欢迎你加入。"

"就这样,今天我可以做自己的事情吗?"

"可以的……顺便说一句,很久之前就想问一下,您的英语怎么样?"

"不是很好,"卡佳不好意思地承认了。

"好的。明白了,正如通常所说的'得借助词典才能阅读',"他带着嘲笑的口吻说。"对不起,我有紧急电话。再见。"突然他冷冷地说了句再见之类的话就挂了电话。

"再见。"卡佳沮丧地回答道。

"就像一个程序化的机器,没有情感。难以理解什么时候是真正的他?礼拜六和礼拜日是一种人,今天又是另一种人。我真的那么伤害了他的自尊心吗?"

"早上好,叶卡捷琳娜·亚历山德罗夫娜!"兹娜奇卡进到办公室,打断了她的沉思。"哎呀,又下雨又下雪的,没有比这个更糟糕的天气了!冬天还是快点来吧!"她开始喋喋不休地说起来,从皮袄毛领上掸落积雪。"您想要咖啡吗?"

"谢谢,我已经喝过了。"卡佳微笑道,忽然她觉得自己确实在周末已经开始想念这个话多的秘书了。

"瓦季姆·谢尔盖耶维奇肯定会想要喝咖啡的。在我的记忆中这真是第一次他说他生病了而且留在家里了,以前就是发烧他也会来单位的。这真是想不通啊……"她有那么一两秒陷入了沉思然后猛地一哆嗦。"要不,还是来杯咖啡吧?"

"啊,不用了,兹娜奇卡。不用说服我。我这边忽然空出了一天时间,那我先去编辑部了,那边要付给我度假的经费。一直都没什么时间,所以今天去取,再见啦!"

"真遗憾……"秘书真诚地感到伤心。"但是和同事一起庆祝度假是件很神圣的事情,"她同意地点了点头。"这家公司每个人都很忙。"

"每个人都很忙,"卡佳暗自重复道,苦闷地望着窗外。"我应该叫一辆出租车。天气恶劣,离停车场还很远,在这样的地方拦车是没用的。"

出租车来得很快,她才刚来得及下楼。

"必须与'乔治·桑'交谈,并申请获取医疗中心的材料。那些文章很畅销,特别是在节日前夕。广告部应该支持。有了编辑任务,就更容易和人们交谈了,"她在路上思量着。"哎,这是走到哪一步了呀!两周前,我还不知道要用这样的方式,利用我亲爱的报纸,当时心里觉得有点过意不去。但我有两个充分的理由。第一个,向拉德舍夫证明,如果我开始做一件事情,那我就会把事情做到底。第二,没有报纸我觉得闷得慌⋯⋯难道'乔治·桑'是对的,我确实离开了我的专业就生活不下去了吗?哪怕是稍微呼吸一下编辑部的空气⋯⋯不,我不着急,一定要花一些时间来做最后的决定。我们必须接受怀旧的思绪。而收集医学材料的事我会做好的。事情真的很迫切,到目前为止还没有进展,"她平静了下,看了看表。"例会刚刚开始,所以我还来得及去趟商店。买蛋糕,然后到会计处去领钱,顺便听一下新闻。我要去看玛丽娅·伊万诺夫娜,去看一眼最近的期刊。两礼拜之前我还坚守原则不想打开报纸,想与世隔绝。但事实证明,切断过去不是件容易的事情。力不从心,还是恰恰相反呢?"

卡佳在会计处待了一会儿,除了出纳员萨申卡,那里没有别人,总会计师休假了,副总会计师一大早就去退休基金了。萨申卡从保险箱里掏出一个大信封、一张明细表、几张付款凭单,请卡佳签字和数钱。总数目很可观。

将诱人的鼓起来的钱包藏进包里,普罗斯库琳娜把规定的"休假巧克力"留在了总会计师办公桌上,然后走进过道,向上爬了一层。这是一个大的空间,不高的隔板将其分为好几部分,整个氛围死气沉沉的。如果没有亮着的电脑显示屏和盯着屏幕的保安,很容易让人想到,编辑部又休息了。

"很奇怪居然还没人值班，"卡佳觉得很不可思议，听到电话丁零零响起。"这是发生什么事了？"

她把一个装有两公斤蛋糕的盒子放在自己的桌子上（现在这张桌子属于斯特列利尼科娃），望着警示闪烁的电话机，叹了一口气。她已经不在这里工作了，所以用不着接电话。似乎就连电话也感觉到了她的情绪，居然就停止了响铃。不过，时间不长：她刚要向校对员办公室迈出一步，电话又响了。随后，其他电话也跟着响起来了。

"您好，《昨天·今天·明天》编辑部，"有点上了年纪的保安很不情愿地从电脑打牌游戏中抽身，说道，"过半个小时再打电话过来吧，所有人都在开会。"他并不是很礼貌地回了下电话然后把话筒放到了电话上。

"发生什么事了？"卡佳觉得很有意思。

"没什么，只是他们实在太忙了，"他的目光还是一如既往地不离电脑屏幕。

普罗斯库琳娜的心疼了一下："啊，而我却像猪一样去休假了。"

突然，背后传来了关门声，只见韦尼奇卡满头大汗，飞一般地跑进了屋。

"啊，您还是回来了，是吗？"看到卡佳后，他高兴地说着。"我们已经想方设法请卡莫洛娃给你打电话了，可她无论如何也不打，说你在度假，让我们别废话了！可我们这里一团糟，几近崩溃！"他的眼神里流露出可怕的神色。"没有人可以工作，修特金娜去莫斯科开会了，普里列沙夫去出差了，罗索马欣在住院，你在休假，还有阿特罗先科也离开了！"

"怎么会离开？"

"俄罗斯周刊开设了自己的代表处，计划从1月1日起发行区域副刊。所以我们尊敬的亚力山大·彼得罗维奇将最终实现他的梦想，并担任主编。新闻部要求我们把他放走。没有人因他的离开而感到特别难过，这话只能在我们几个男生女生之间说，不能外传。只不过有个问题谁来做报纸呢？'乔治·桑'会坐到深夜！广告部拼命地挣扎着：他们部门的扎里科娃的腿断了，"波久尼亚说起话来像开机关枪一样。"总之，没人写报纸！你所有的材料都用过了，修特金娜的也是，卡列特尼科娃和莫得尔拖延了两三个项目，沃斯科博伊尼科夫和戈林已经忘了他们最后一次是什么时候休息的。"

"那安纳托利·弗朗来维奇怎么了？"

"血压突然升高，所以救护车响着警报鸣笛声直接把他从工作的地方接到了急诊室。在医院住院已经第二个礼拜了，什么时候能出院，我们不知道。修特金娜两周后才能回来。已经没人可以工作了。"

"那斯特列利尼科娃呢？"

"她还是个新手呢！而且她还是个学生，所以她午饭过后才会来编辑部。她很努力，但是哪个重要人物会给她采访呢？你可是我们的明星，大家都知道你，"把夹克和一个仪器包扔到椅子上之后，波久尼亚用手捋了捋湿的鬈发，从桌子上取下一个文件夹，建议道，"我们一起去开会吧？我早上去亲近大自然了，在水库里拍了被冻僵的鸟的照片……你为什么迟到了？"

"我没迟到，"普罗斯库琳娜垂下目光，"我是来拿度假津贴的。我还带来了蛋糕，"她指了指自己原来的办公桌。

"你什么意思？你不是来上班的？"韦尼亚觉得非常惊奇。

"不是，不是的。我度假之后打算要离职了……"

"谁会让你离职呀？你疯了吗？！你快脱了外套去参加会议吧，我不想听任何解释！"

"韦尼亚，我真的哪里也不去，"重新鼓足勇气后卡佳很强硬地拒绝了。"我已经决定了……"

"那你难道也替同事们决定了吗?这意味着什么呀?良心在哪里呢?阿特罗先科也就算了,他做梦都想着如何升职加薪。但是你是什么情况啊?卡佳,你应该是开玩笑的吧?"波久尼亚扑扇了一下长睫毛,然后忽然开心地笑起来,"你肯定是在开玩笑,我这个傻子居然会相信你!走啦,走啦!"

"不,韦尼亚,你去吧,不用叫我。我还是在这里盯着电话吧,"她望着那些响个不停的电话像是看到了救世主。

"好吧,那我走了。我去让人们高兴一下。"他同意道,急忙朝正在开会的房间走去。

"别说我在这里!"卡佳追着他喊道,但是知道这其实是没什么用的,就伤心地看了看四周。

"我现在坐到哪里好呢?坐到自己的桌子旁吗……既然已经这样了,斯特列利尼科娃只能忍受我一会儿了。"她叹了口气然后拿起听筒。

"早上好,这里是《昨天·今天·明天》编辑部,叶卡捷琳娜·普罗斯库琳娜,您请讲。"

……晚上七点左右,她把目光从显示器上移开,在座椅上转过身来,呆呆地盯着窗外的黑暗。正如天气预报员预报的那样,午饭后将迎来融雪天气,并持续下雨,很快就把前一天刚落下的薄薄的雪融化了。

"波久尼亚拍摄的那些小鸟应该已经解冻飞走了吧……要是网上气象预报不骗人的话,明天又要降温了。"看着顺着玻璃滑落下来的雨滴,她想着。"我同意兹娜的想法,我讨厌泥泞,冬天要好多了。没有车真不方便,她发起愁来。我不想在这样的天气生病。要赶紧结束叫一辆出租车,对精明强干的人的采访不能迟到。更不用说一个商人。生活教会这些女士学会了珍惜每一秒。"

她很快就关闭了工作程序,关闭了计算机,开始把一些东西放在包里。

"至少要工作两周,直到修特金娜从莫斯科回来。但是如果罗索马欣在医院里要留很长时间呢?他这是中风前的状况,而且他已经得过了心肌梗塞……出院后他也会经常在疗养院待一段时间……波久尼亚是对的:如果不帮助同事们良心会很痛。只是该怎么处置拉德舍夫的任务?"卡佳边穿靴子,边思索着。"记得明天带软皮鞋、喜爱的杯子之类的小物件到这里来。"

"谢谢你,卡佳,"她听到了从上面传来的疲惫的声音。"谢谢你能够把这个情况放在心上,然后出来帮忙。又导致你不能正常休假,但这不是我的错,对不起,我不想那样。"

"您说什么呢,叶甫盖尼娅·亚历山德罗夫娜!"卡佳摇了摇手,尝试着把卡在拉链里的卡普纶线线头扯开。"我都懂得的,总之,记者只有在两种情况下才可以休假:一种是去了很远很远的地方,另一种是像罗索马欣那样扑通一声倒下了,被救护车送到医院。你别担心,我会在明天八点出现在编辑部。我会开个会议。然后发行该期杂志,今天我会写三篇短讯,以供明天发布。"

"有很多问题!"

"我们可以解决的!"普罗斯库琳娜安慰道。"后天我会和欧什米扬学校的校长见面的,正好教育部叫他过去。我曾经讲述过他:很令人尊重的人,很有意思的一位男士,是极具天赋的教育家,热爱生活,经常对生活葆有好奇心。他的灵魂深处就是个孩童!他的学校,其实就是教育的典范。我自己也很乐意在那儿学习呢!"

"要不,我们把他在二月前推出吧,就是可以趁着毕业生晚宴那一波？"卡莫洛娃带着疑惑地摇了摇头。

"也可以在近二月的时候，"卡佳比较平静地同意道，"那我们和伊万尼科娃就可以在礼拜四之前不急不忙地做好采访，她商店的这个广告五年前就给我们预付过钱了。她礼拜天就要过周年生日了，就让她开心开心吧。这是一次和女强人的大篇幅的采访对话，她的名气是很响的，一句话，这是个大人物。"

"她同意采访了吗？"

"为什么不同意呢？像她这样的人，当然尽量避免多次曝光，但每个人都有虚荣心。只可惜，我们之间的对话不能涉及商业话题，这是她的条件。我们可以谈论生活，谈论自己，谈论女性。"她给上司投去一个道歉的眼神，又继续说道："您要是记得的话，她离过三次婚，而孩子呢？在我们当今这个时代，谁还敢收养离世闺蜜的两个孩子呢？况且其中一个还有先天性疾病。这样的孩子有时候甚至连亲生父母都会避之不及。那个男孩呢？艺术学校的所有老师都异口同声地说他是个天才，又有谁能在 15 岁的时候就举办自己的画展呢？只有鲍里斯·伊万尼科夫能做到这一点！拉丽莎·伊万诺夫娜带着他游遍了欧洲所有的博物馆，她甚至自己都开始画画了！"

"真的吗？"

"她自己曾在电话里承认过。要知道，她自己没有孩子，也生不了孩子。在她年轻时，医生就判定她无法生育。但是她现在都有两个孩子了，还是在 45 岁的时候，真的是个了不起的女人。哎呀，见鬼！我的连裤袜破了！"她沮丧地说道。"还是新的呢，早上我才第一次穿。算了……这质量也太差了吧……叶甫盖尼娅·亚历山德罗夫娜，我有了一个想法，"她挺直了脊背继续说道，"我想调查医疗中心、美容诊所，对最流行的疗法进行个排名，比较它们的价格和使用的制剂疗法。我认为应该联络广告部，这是一次结识新顾客，维系旧顾客的好机会。会有这方面的材料,甚至可以用单独的应用程序发布。"

"值得考虑下,是个不错的主意,只是……","乔治·桑"短暂停顿了下,然后看着卡佳的眼睛说:"我是不是可以认为这表示你不辞职了,对吧?要和我说实话。"

"如果要老实说的话……",卡佳把胳膊肘放到桌子上,用手抚摸着前额,"老实说,我还不知道该怎么说。我收到了两份工作邀请,准确说收到过两次,因为今天的一个已经过期了,"她很快纠正了自己并急忙安慰道:"别担心,不是新闻方面的工作。第二份工作是科列斯尼科夫提议的,我之前告诉过您。"

"那第一份是什么?你说得好像有点乱。"

"第一份,怎么跟您说呢?……是信息服务相关的。总之,有人建议我在休假期间可以照着合同来工作。看来,我不适应这份工作,我忽然意识到,我对此并不在行。今天我终于弄清楚了,我确实不合适……就是这样。"她耸了耸肩。"但有一件事您是对的。离开新闻我确实活不下去。新的见面,新的结识,新的主意就像毒品一样,让人上瘾。有时候我在想:我已经沉浸在这当中,所以,如果您允许的话,我很愿意继续为报纸写稿。这也有利于打消我辞职的想法。"她有点内疚地说道。

"再看吧,"叶甫盖尼娅·亚历山德罗夫娜逃避了直接的回答。"我们以后再谈,当你假期结束的时候再说,但是医学中心的工作你甚至明天就可以开始了。是的,我还想问你关于家庭的事……"

"叶甫盖尼娅·亚历山德罗夫娜!"普罗斯库琳娜看了一眼表之后忽然说道。"我还是明天告诉您吧。出租车已经到了,我怕耽误和伊万尼科娃的会面。"

"我懂了,"叶甫盖尼娅点了点头。"我知道了,你是不想和我谈这方面的事情,车子也还没有修好吧。好吧,走吧。明天再谈……"

……日子一天天过去了,更准确地说,时光飞逝,就像两个礼拜的休息不曾有过一样。追踪电视和网络上的热点新闻、开例会、处理期刊、交付印刷、会面、访谈,然后又要忙电视、电脑上的工作,小睡一会之后紧接着又是例会、电脑、期刊,还要和广告部共同处理医疗及美容中心的报价单。熟悉的周而复始的零碎事件和之前大同小异,唯一的区别就是她现在回家不是回到近卫军街,而是契卡洛夫街,而且在那里没有人等她,她也不用等任何人。

但没有一天,她不想拉德舍夫,会想起打猎时的相识,想起和他一起救波列沃娅,和他一起去郊外别墅的时光。所有这一切让她黯然神伤、潸然泪下。

更伤心的是,现在没有时间去完成他的任务。他没有打过电话,甚至都没问过事情的进展。由于没有什么能让前上司高兴的,因此她自己也没有打扰他。虽然提醒自己,找借口很容易,仅需要拿起电话,向他确认某些信息就可以。但骄傲不允许她这么做,首先,这可能会被当作是一种纠缠;其次,她必须要找到那些难以解决的问题的答案之后,才能去找他。既然没有找到答案,就没有必要打电话。

就在礼拜五早上,当卡佳正乘着出租车来到编辑部的时候,兹娜奇卡打通了她的手机,"叶卡捷琳娜·亚历山德罗夫娜,您没有生病吧?瓦季姆·谢尔盖耶维奇每天都在问您,但是我却不知道该怎么回答他。"她有点不安地说道。

"真的吗?"卡佳冷笑道。"他为什么自己不打电话呢?虽然……我也真的……"

"他病好了吗?"

"瓦季姆·谢尔盖耶维奇吗?他早就康复了!已经去过立陶宛了,现在飞法兰克福了。卡捷琳娜·亚历山德罗夫娜,您这是去哪里了?

在技术部门我们还给您配备了办公桌,装了台好电脑,但是您还是不在,一直不在。我很担心你,一切都还好吗?"

"兹娜,我挺好的,别担心。我没有失踪,只是为了完成你们老板布置的任务,我更方便待在能够获得全面信息的地方,所以还麻烦您转达一声。"

"啊,所以您是回报社了是吗?"秘书推测道。"我看到了您新写的一些文章啦。您的报纸是我们这边最流行的。不是所有的公司都能聘请到著名的记者。卡捷琳娜·亚历山德罗夫娜,就报社这个事情我是不是猜对了?"

"是猜对了。"卡佳叹了口气承认道。

"但是您是否已经打算从报社辞职?还是您已经辞职了呢?如果我没有理解错瓦季姆·谢尔盖耶维奇的话……"兹娜奇卡有点慌张地说道。"就是说您现在又反悔了吗?"

"没有,兹娜奇卡,我没有反悔,就是这样的。他们现在有点缺人,有人病了,有人去进修了,有人升职了,我应该帮他们,您会理解我的是吗,兹娜奇卡?"

"我理解,但是……"

"别担心。我清楚地记得我答应过瓦季姆·谢尔盖耶维奇的请求和任务。昨天……"

在给秘书解释自己计划的时候,卡佳突然想起办公室里谁也不知道老板的想法,所以她不应该把这些主意和计划告诉任何人。特别是,自己也是隐约猜测到为什么他需要医疗中心方面的信息。

"就在昨天我有点头绪了,我希望能够帮助我找到一些问题的答案,"她有点模棱两可地说道。"就这样和拉德舍夫说吧。"

"还是我来帮您吧!"兹娜奇卡很想提供帮助,"我有很多空闲时间,而且老板也叫我帮您。"

"那孩子怎么办？您的孩子不是生病了吗？"卡佳忽然想起来这个，像是看到了希望，觉得这样可以拒绝帮助。

"他已经去上学了，我已经自由了！晚上的时候我之前的婆婆会带着他，我们住得比较近。现在就可以给我布置点什么任务了！"她还是比较坚持地重复自己的意见。

"就现在吗？我还不知道……"卡佳有点惊慌失措，这时正好有电话打进来救了她。"兹娜，有人打电话给我了，我接一下哦。之后再给您回电。我想想您能帮我做点什么，可以吗？"

"好的，我会等的！"

"我在听，您请讲。"这边普罗斯库琳娜马上就接了另一个电话。

"早上好，"一个很愉快的女声和她打招呼说。"您是叶卡捷琳娜·普罗斯库琳娜吗？这是医学中心……我叫让娜，我是专门负责广告项目的。我们昨天收到了您这边想要参加活动的建议，我们这个活动主要是为了迎接3月8日的节日。我们还有一个问题，是不是早了点，其实离节日还是有段时间的。"

"耶！终于上钩了！"卡佳握紧了拳头，暗暗想道，高兴的情绪溢于言表。

"不客气。现在是时候开始工作了！我们想最大限度地分析信息，以便为各中心提供最全面的服务。这并不是什么秘密，大部分的客户是女性，她们都想比自己的实际年龄看起来要年轻。这一问题一年比一年紧迫。因此，很有可能，这一主题将不只是占用报纸的几个版面，而是需要一个完整的附刊或小册子。但首先，我们想确定信息量有多少。"

"我们准备好了谈这些信息。"听完后，让娜认真地回答道，"我们什么时候可以见面呀？"

"就今天吧，"普罗斯库琳娜决定抓住时机。"大概12点吧，如果这个时间点您可以的话。"

"完全可以啊。您可以自己来吗?"

"可以,这对我来说不困难。"

"您最好把协议也带上,我们想研究一下。"

"我会的!但现在我们正在收集信息,这将是一个标准的广告协议。当我们确定印刷量,分配广告空间时……"

"我希望您能考虑到,我们这么快就同意了?"让娜打断她。

"当然!我向您保证,我们会考虑一切,包括您的同意速度。"

"那就待会儿见吧!"

"好的,12点准时。谢谢您打来电话!我该付多少钱?"卡佳开心地问出租车司机。

给出租车司机付钱的时候,卡佳不得不把手机靠近耳边,因为有人从医美中心打电话过来,也建议合作。这次的通话对方等级更高,是医美中心的经理。接下来几个小时的电话就把下周排得满满当当,所有一个礼拜前她想联系的人基本都和她联系了。所有人都确认自己会参与,都愿意分享信息,甚至同意报道他们独家的医美疗法。

"保持良好的关系,在需要的地方工作比任何钱财都宝贵!"她想起了留在拉德舍夫桌上的信封,信封里装着钱,没有被碰过。"在那之后,他会再次声称,记者的职业是毫无价值的。毫无价值的?卡佳笑了一声,向《日刊》页面扫了一眼。今天有三场会面,要去城市的各个角落,互相都离得很远,我不能没有车。"

"兹娜,这是普罗斯库琳娜,"她很坚决地打了单位的电话。"您可以帮我解决车子的问题吗?是的,今天12点,然后16点和18点30分。当然,是为了完成瓦季姆·谢尔盖耶维奇的任务……好吧,大概11点40我在编辑部门前的台阶等。谢谢!"

"我们必须重新审视问题,换一种方式来表述。我不能被怀疑是被密派过来打探消息的哥萨克女人，或者是未来的竞争对手！"卡佳想，跑到编辑楼的台阶上。

……无论她下礼拜做什么——阅读、写作、采访，只是说程序化的潜意识总能从繁杂的症结中提取出有用的小细节。

通常她回到家里，脑子里塞满了各种信息，她会立即跳到笔记本电脑前，趁着还没忘记的时候赶紧把当天所获得的信息记录下来。因为私人谈话中不能使用录音机，如果使用了，对方就不会说太多，而且大多数情况下人们都是在毫不拘束的谈话中泄露出自己的秘密。比如，一个医疗中心疗养沙龙的女护士，她非常健谈，滔滔不绝地说出了贵宾的名字和她光顾的时间，甚至还有非常私密的隐私。所以还不能放松，而要努力回忆，直到深夜把这些信息都记在笔记本电脑里才行。

她有时甚至忘记吃饭，因为还需要比较竞争对手的服务，并用结论填补拉德舍夫难题中的空白点。

有时，答案来自没有预料到的地方。例如，礼拜二她与韦尼奇卡谈论他的大家庭时，他提到，他的某位前妻曾在一个非常富有的商人家里做保姆，每逢春夏，商人那并不年轻的妻子都会在一家科西嘉的昂贵疗养中心度过三周的时间，回家的时候，整个人看上去像年轻了20岁一样。

"当然我觉得他言过其实了。"卡佳有点不相信地说道。

但是她立刻问道，女主人在哪个疗养院疗养的。一天之后她收到了回复，晚上便在网上找到了提到的那家疗养院，研究完价格后，她终于能够回答最复杂的问题，即一个有条件的白俄罗斯女人愿意在自己身上花费多少钱！就算拿三个礼拜的最低服务价来算，加上签证，经济舱往返机票，总金额也很惊人！要知道这位女士一定会选择更好的疗法，乘坐商务舱，在体面的专卖店购物！

"我觉得这个人的花费应该是最多的了吧，"卡佳在计算机上算出这个数字之后觉得有点震惊。"最少的话我觉得是零吧。但首先，我们需要折中计算：可以先从科列斯尼科娃和她周边的人开始调查，然后找波列沃娅谈谈，与同事们交谈。看来，我们也不是最穷的！"冒出来的新想法令她欣喜若狂。

深夜，坐在电脑前工作了三个小时后，卡佳给手机充上了电，便倒在床上疲倦地睡去了。也许，为了达到广告目的的巧克力美容疗法起了作用。屈指可数的几个小时的睡眠时间很快就过去了，早上闹钟响了，她跳下床关上闹钟，又跳回床上。确实，这次闹钟的声音不像前一天那么令人不悦了。忽然脑袋里面好像有什么东西敲击了她一下，前一天规划好了的事情清单快速提醒着自己，让她的思维和运动过程快速活跃起来。

迅速进入工作状态，过了 20 分钟，她已经开始乘着出租车飞奔向会议，在会议快结束的时候，她才发现原来把手机忘在家里了。她着急去上班，甚至忘记该到厨房去喝杯咖啡！要是她进厨房的话，应该就会发现，她的手机就放在厨房桌子上很显眼的地方。

但是再回去拿手机根本没有时间，所以不得不用固定电话，不带手机一方面是好的，可以少分心；另一方面，就像失去了手一般。

11 点左右，普罗斯库琳娜的办公桌上响起了电话声。

"您好，叶卡捷琳娜·亚历山德罗夫娜，"电话那边传来像最后一次谈话那样冷漠的声音，"打扰到您了，我是拉德舍夫，如果您没忘记的话。"

"您好，瓦季姆……"因为很突然，卡佳坐着圈椅转到背后的架子那边。"瓦季姆·谢尔盖耶维奇，我好几次都打算打电话给您的……"

"想要告诉我您已经回报社了是吗？"他有点嘲笑地打断了她的

话。"我已经知道了。"

"我没回去。就是因为……"

"不用辩解,我无法忍受辩解,就像无法忍受空话一样。我想废除我们合作的条约。"

"……这是您的最终决定?"在稍作暂停后卡佳小心翼翼地问道。

"是您把我推到这一步的。我不想再劝您。"拉德舍夫的声音听起来很冷漠,简短的话语好像是冰桩打入大脑一般让人脑壳紧绷。

"您最后一次没试图说服我,"她说。

"我很久都没有这样过了,"他叹了口气。"就让我们认为这是我的错吧。无论如何,我想收回我的问题和材料,再见。继续在你的报社工作,告诉人们发生了什么和没有发生什么。对不起,我觉得您比想象中的要不可理喻。"

"您为什么不反着想想呢?"卡佳觉得有点委屈和生气。

"猫捉老鼠的游戏。我给你打了一早上电话,但没有人接。虽然我已经猜到是怎么回事了,你恢复了公司的号码。也到了该回家的时候了,抱怨了一番,出走了一回也就够了,"他尖刻地补充道。"怪不得您的丈夫告诉我您会回来。不过,我再说一次,这不关我的事。"

"这是真的,"卡佳皱着眉头说。拉德舍夫继续和她交谈的内容和语调,不仅伤害了她的自尊心,而且还像是按下了启动按钮一样。"好的,您可以马上取消合同,这是您的权利。但我不会把材料和问题还给你,因为事情还没有结束。这是第一。第二,我没有改变手机号码,在不久的将来也不会改变。今天我只是把手机忘在家里了,现在我比您更痛苦。第三,既然已经开始谈论这个话题了……我离婚案的审理日期定在 2 月 21 日。您满意吗?嗯……您为什么不说话?嗯,嗯,如果没有更多的问题,对不起,我也没有什么要补充的。祝您一切顺利,瓦季姆·谢尔盖耶维奇。"她赶紧结束谈话,因为她在桌子旁发现斯特列利尼科娃。"怎么了？你修改好了吗？"为了平息内心强烈的委屈，她对她说，"让我看看。"

"这是谁啊？"给她转交文稿时斯特列利尼科娃感兴趣地问道，"我之前也接到过这个电话，那是个很让人舒适的男声。我好像在哪里听到过……这个男人有趣吗？"

"可能比较有趣吧，"卡佳不想回答一些细节。

她迅速地扫了一眼一张打印好的文稿，划出了两个句子并把这个给了奥莉嘉："这里，想想如何使内容变得更简短更容易理解。然后你把它保存在你的文件夹，玛丽娅·伊万诺夫娜会做好校对工作。"

"遵命！"斯特列利尼科娃点头道。"那个男子的样貌是不是也很符合他的声音呢？"她又回到了刚才的话题。"我可以想象一下他长得什么样吗，"奥莉嘉闭上眼睛陶醉般地微笑。"他大概35岁，高大匀称，刚毅的面孔，笔直的鼻子，蓝色……啊不，棕色的眼睛，黑发男子……车子很漂亮。衣服也很体面……我猜得对吗？"

"难道她认识他？"卡佳听到如此准确的描述有点紧张。

"啊，你错了，"她靠到椅背上目光灼灼地望着姑娘，"矮个子，圆滚滚的体形，有点发福的脸，蒜头鼻子，灰色的凸眼……还有什么？哦，秃顶，金发男子。"

"哎呀，怎么全是相反的，"斯特列利尼科娃有点失望伤心，"一直都这样，听到好听的声音就觉得，哎呀，肯定是大帅哥。"

"别伤心啦。你稍微长大点就会明白的。声音，而且是通过电话的声音是可以骗人的，"卡佳开始有点教育式地对她说。"你在生活中见过你想象中的男人吗，哪怕只有一次？"

"哎，要是我见过，我就不会让他跑了！"奥莉嘉觉得很自信。"如果能抓住这样的男人，我就不放过。您可以相信我！"

"相信的，"卡佳开始笑起来。"只是千万别碰到像你这样的猎手。"

"年轻的口舌伶俐的一代!"她想着。"已经准备好搞定他了!阿纳斯塔西娅·谢尔盖耶夫娜也是这么想的……可怜的拉德舍夫,肯定被成群结队的女人包围着,追求着。他怎么还没结婚?在公寓里没有女性的痕迹。真奇怪。"

"然后,据我所知,你打算在事业上有所作为,"她提醒实习生。"在这种情况下,婚姻不是实现这一目标的最快方式,因为你需要给孩子们换尿布啊什么的。"

"没事,要孩子可以等一等。例如就像您啊,您不也还没有孩子吗,但是您的名声是很响的。您的丈夫也很光鲜体面。"

"体面吗?但是我们是白手起家的!"

"关键就是你们是白手起家的呀!就是浪费了很多时间!如果能立刻找到这样一个体面的人,"奥丽奇卡翻了个白眼,"可以节省十年的生命!钱能解决一切问题!或几乎所有的问题!最好两个优点同时拥有,既漂亮,又体面。算了,我开玩笑的。其实,我只是想要爱,再看吧,"突然,姑娘开始忧郁起来。"卡佳,你这辈子遇到过这样的男人吗?他仿佛就是你少女时梦想中的白马王子的化身。"

"以前遇到过。只是在我的少女时代,光鲜体面这一点很难确定,我很难斟酌这点,标准也可能不太一样。"

"哎呀,叶卡捷琳娜·亚历山德罗夫娜,"姑娘挥了挥手。"那时候,也不是所有人都是坚定的……并且您的这些原则……已经落伍了。之后呢?您当时一定已经爱上他了吧。他呢?他给您的回报是什么?"

"不,奥丽奇卡,他给我的回报是友谊。牢固忠诚的友谊。"

"用友谊来代替爱情吗?为什么呀?"她感觉非常惊讶。"难道您对他来说不够好吗?"

"不够好吧，"卡佳叹了口气，回到桌子上的一堆纸面前。"可能还有道德上的一些束缚吧，不知道。"

"嗯，难道就是……"奥丽娅不太理解地眨了眨眼睛。"难道是因为您没有献身给他吗？难道这是很重要的原因吗？"

"嗯，我说得好像够多的了，"普罗斯库琳娜觉得没有必要再讨论下去。"还是工作吧，你还需要交两篇短讯，况且马上就要考试了。我的事情也非常多。"

"年轻，苗条，知道她想要从生活那里得到什么，"她沉思地看着这个年轻的实习生。很难与这样一个有目标的年轻人竞争。"然而，可悲的是……尽管今天和拉德舍夫之间的谈话很不愉快，但我已经习惯了他，习惯了他的关注，习惯了他的魅力，习惯了他如此突然出现在我的生命里……就差一点点，我差点就爱上了……难道还没爱上……等着的就是失望吗？"卡佳感到很伤心，可是看了一下表就想起还有很多事情要做便立马振奋起来。"6点30分，我要与莲卡见面。同时我们要弄清楚，沃洛尼亚斯基那片都有哪些美容院为诸如科列斯尼科娃这样的女性服务？还有一个小饭馆，厨房和烘焙，她在电话里赞不绝口。这是很可能的，说不定兹娜奇卡也是在那里买的谷物面包呢！嗯，好了，工作！……"

……但卡佳还是迟到了，再一次，因为她没车。她总是来不及赶上，因为怎么也计算不出时间。她已经习惯了开车，无法适应公交汽车的时间表。关于地铁也没什么好说的。她甚至忘了最后一次乘地铁是什么时候！所以现在，如果要去哪个地方，她总是问同事或偶遇的行人。经常得出这样的结论，她白抠门了：出租汽车的价格也没有贵特别多，但速度更快，更舒适。

这一次她又决定省钱，完全忘记了高峰时间，结果不言而喻，她还是迟到了。好在很快就找到了位于住宅区深处的三层楼。正如科列斯尼科娃解释的那样，一楼右边健美沙龙"mio"的招聘引人注目，左边是"贝克里杜索莱"面包店。

在一个非常舒适的大厅里，莲娜坐在靠里的桌旁等着她，用吸管喝着鲜榨的葡萄柚汁，用手指快速触摸着手机屏幕。

"你好啊，"她对气喘吁吁的普罗斯库琳娜打了声招呼。"这里是有 WiFi 的。等一下啊，我发条消息……你为什么迟到啊？你从来没有这样过。"

"工作太多了，莲卡，原谅我吧，对不起，"卡佳连连道歉，喘了口气，解释道，"我没有车，你知道的。咦？你做新发型了？"她立即注意到闺蜜精心修整的头发，因为把自然的卷发拉直了，所以感觉变得更长。"新发型很适合你，甚至可以说是非常适合，"她发自内心地赞扬着朋友，并注意到朋友那忧郁的洋娃娃脸。"为什么心情不好啊？出什么事了？"

"哎，我有点累了。"科列斯尼科娃叹了一口气，把空杯子挪开了。"修脚、修指甲、美容师、理发师……就算在贵宾室，你周围的所有人围着你转，给你做保养、做护理，你依然无法想象这是一个折磨，因为要在美容院待6个小时！"她诉说着自己的难处。"还要每礼拜一次！"

"啊……"卡佳点头表示赞同。"是的，很难。要知道不会白做这些的。等等，你以前不是一直在游击队员大街修指甲吗？为什么选择这里呢？这个地方看起来不太好。为什么不在市中心做呢？"

"我现在很少去游击队街那边，除非是非常紧急的情况。之前，我花了很多时间挑选各个沙龙，直到来到了这里。这里很安静，没有一张熟面孔。精湛的技师，设备好，有个性化的方法，没有人会缠着你聊天，完全放松。来去自由，没有人会看到你，没有人会注意你。"

"哎呀……我还真没想到对你这样的人来说，这点这么重要，"卡佳觉得非常吃惊。"而且刚刚我还不明白为什么你看起来那么疲惫且不开心呢。你不是做美容了嘛,应该可以微笑开心一下嘛。"

"哎呀,有什么好开心的?生活很无趣呢……"

"这是为什么呀?一天又要结束了,明天就是新的一天了,上帝保佑明天会更好。马上要新年了,你给伊戈尔挑好礼物了吗?"

"选好啦,有什么用?"莲卡叹了口气。"本来是想叫上他一起去旅游的。但他有很多事情要忙,走不开,而且也不允许我独自去,如果我独自去,他要跟我离婚,"她懊悔地挥手,"好吧,还不是那个老样子,为什么而奋斗啊,为什么拼命啊。你还好吗?你的伤口怎么样?"她看着朋友的脸。"我想没什么。他们把你缝好了。顺便说一下,你的丈夫也出了点事故,他的肋骨断了。"

"出什么事了?"

"和别人打架了啊!"

"什么?打架,和谁啊?"

"你难道不知道吗?"科列斯尼科娃靠到椅背上难以置信地望着她朋友。"听着,你真的爱上了吗?"

"爱上谁了啊?"

"你就别打马虎眼了!"莲卡表示不相信。"你直接说吧,爱上了吗?"

"爱上谁啊?你倒是说啊,别猜谜一样。"卡佳不解地挑起眉毛。

"我们共同的新朋友啊!"

卡佳开始陷入了沉思。

"你说的是拉德舍夫吗?"她终于领悟了。

"还有谁啊,"莲卡哼了一声。"维塔利克已经向我问了好多,问你们是不是已经在一起很久了。"

"你怎么回答的?"

"我说当他没带你独自去埃及时,我见证了你们的偶遇。"

"他就不该不带上妻子出去旅游。"她很有启发性地补充道,完全忘记了,这正是她在谈话开始时抱怨丈夫的原因。

"那他又是怎么知道拉德舍夫的?"

"哎呀,你说什么呢!就是维塔利克和瓦季姆打架了啊!他当时监视你,看到拉德舍夫把你送回家了!他们俩还被抓到警察局了。"

"莲娜,你好像弄错了吧,"卡佳停顿了一下,摇着头不敢相信地说道,"瓦季姆确实在礼拜天的时候送我回家,但是当时维塔利克并不在那里。"

"他在的,而且也清楚地看到了你们是怎么热情地告别的。"

"热情?我当时还惹他生气了呢……难道他们真的打架了吗?"

"还用说吗?难道你的拉德舍夫什么也没告诉你吗?"科列斯尼科娃笑了笑。

"他不是我的!星期天之后我和他只打过两次电话,而且都只聊工作上的事情。他要求我为他收集一些信息,"她解释说,"这只是工作关系。"

"啊,这就是为什么他礼拜一没有去上班的原因,"卡佳终于明白了。"就连兹娜奇卡都觉得奇怪:说老板以前哪怕是发烧也会来上班的。所以在打架之后他不想和我有任何来往。"

"普罗斯库林还对你说了什么?"卡佳觉得很感兴趣。

"也没什么。但是他没想到你这么快就找到那个可以替代他的人了。"

"什么替代他的人……乱说什么,够了。"

"不,还不够,"莲娜轻轻地用吸管搅了搅果汁,不同意道。"听着,老朋友,我在想……你还是回家吧,嗯?你丈夫胡闹了一气,他当时就是鬼迷心窍,神志不清,换了谁都会犯错。他爱你,真的。

他不断地请求大家跟你说说,甚至连伊戈尔也求了。"

"那科列斯尼科夫是怎么说的?据我所知,他是家庭道德的维护者。"

她挥了挥手。"算了吧,所有男人都是一丘之貉,天下乌鸦一般黑,他们都很乐意研究周围女性的喜好。你情况特殊。我不知道伊戈尔对普罗斯库林说了什么,但他肯定不会和你提这个话题,更不会说服你回家。他尊重你。二话没说就让我出来和你见面了。"

"哎呀,就这一点真是要谢谢他啊……莲娜,你一般一个月在自己身上花多少钱啊?"她忽然就换了个话题。

"什么?"科列斯尼科娃眨动着睫毛,感到很不解,"我从来没有算过。"

"那你就算一下嘛,我很想知道。我在报纸上投放了一个广告,介绍了美容服务和变年轻的疗法等等。你是我们社会最富裕的阶层,"她决定恭维闺蜜一番,"总之,真的,我认识的人当中,像你这样富裕的人屈指可数,更不要说,只算女人了。你可以从最基本的开销算起,比如说做指甲的费用,多长时间做一次?在哪里做?做一次多少钱?帮帮忙吧!嗯?"

"好吧!"她耸耸肩然后打开菜单。"我们先点点东西吧。我在美容院用过餐了,所以我现在就稍稍吃点。给你点份菠菜奶油汁烤海鳟鱼吧,还有核桃胡萝卜甜点。不要拒绝,低热量口感好,非常美味,保证你吃得直舔手指头!甚至这里的咖啡也很不错,我建议,等等……这里有点不对劲……"她抬起头疑惑地看着走到桌旁的服务员。

年轻人立刻呆住了,脸唰地红了。因为科列斯尼科娃的目光锐利而憔悴,任何人看到她的目光都会感到惊慌不安。

"我今天怎么没有在菜单上看到自己喜欢的菜啊,"科列斯尼科娃用刚做过指甲的两根手指推开了皮质的菜单,开始任性地说道,"今天为什么没有鸡肝帕特配洋葱果酱和扁豆啊?"

"这是专门供宴会用的……只能提前预订。"服务员有点结巴地低声解释道。

"啊,是这样的嘛?真奇怪,那好吧。那就请厨师过来一下,对,就是维塔利,"她看到服务员脸上露出了不确定的为难表情,再次说道:"快点,我们这里没有这么多时间的。"

"你给我解释下帕特是什么啊?"卡佳倾身到桌前轻声问道。

"帕特,就是可以涂抹的肉酱,"莲卡望着匆匆离去的服务员的背影高傲地解释道。"但肉酱和肉酱也不一样。相信我,这里做的就是豪华版的!瞧!维塔利来了,"整整一晚上科列斯尼科娃第一次露出她那特有的、迷人的微笑,这只意味着一件事,在她的视野范围内出现了一个值得她注意的对象,与这个对象一起,她不介意调情。

这个长相英俊的年轻男子稳重而有耐心地答复了她,很快,他们端上了准备好的特制肉酱、鳟鱼和一个熟悉的核桃胡萝卜甜点,和兹娜请卡佳吃的那份一模一样。

"所以你想知道什么?哦,是的,做这个指甲花多少钱,"莲卡想起来了,她随意地挥动着戴着闪闪发光的大钻戒的手。"和莫斯科的价钱相比,这真的很便宜。"她耸了耸肩……

下礼拜五的早上和刚过去的这周五早上相差无几。卡佳坐在电脑前又熬到半夜,早上又睡过头了,又拼命地赶去参加例会。当然还是没有来得及喝咖啡,但这次她向厨房扫了一眼带上了手机。

"哎,生活怎么就这么日复一日地重复着。就像情景相似的电视剧一样。"卡佳咚的一声坐在出租车里,觉得有点委屈。"要是这出生活闹剧的编剧被我碰到,我一定要把他打得落花流水。每天都像上满发条似的,编辑部、医学中心然后回到契卡洛夫街的家中,每天都睡不足,又要去编辑部,之后又要去医学中心,又要坐在电脑前熬夜工作,开会!就像跑轮子的松鼠一般,根本不像是在过生活!除了这些本周还发生了什么吗?和波列沃娅见面,再次拜访了区内务局,礼拜六,在父亲家做客?幸运的是,维塔利克再也没打电话来,或许他在疗伤,"她拿出手机来检查来电。"拉德舍夫也没有打过电话。但在前一天,我让波久尼亚把我完整的工作进展报告交给他了。要不给兹娜奇卡打电话吧?不,算了,如果他想找我,就能找到,委屈,遗憾,算了吧!虽然,在另一方面,我感谢他给我创造了这样有趣的事情!"

事情有了很大的进展。会议上,卡莫洛娃同意在3月8日节假日前的期刊上发行一个完整的副刊,而不仅仅只发布一块小版面,介绍变年轻的各种类型的疗法。广告商支持这一想法,他们按照申请单上的花费和顾客的需求粗略计算了一下费用,得到的数据令人欢喜。加上适合所有人的主题,如果海报也很不错,那么这将预示着会有相当可观的发行量。

最后,"乔治·桑"通报表扬了普罗斯库琳娜,并坚决要求她休完假。从礼拜一开始,修特金娜就从进修课程中回来上班了,而且罗索马欣也出院了。

一方面,所有这一切使卡佳感到很高兴;另一方面,却也感到忧伤。她刚刚精神饱满地投入工作,其实不再需要休假。几乎一个半月的时间呢!该做些什么呢?这突然空出来的休闲时间该怎么分配呢?完全不再想写书了,一个人去旅游不习惯也不合适。要不去德国找根卡?他好久没给她写信了……

白天大概四点的时候科列斯尼科夫给她打了电话。

"卡佳,是这么回事。"标准的打招呼之后他忽然有些语塞,"有人想要见你。"

"谁啊，是什么原因想和我见面呢？"她漫不经心地核实还自带挖苦地说，"谁会对我这个卑微的人感兴趣呀？难道是普罗斯库林吗？"

"不，不是他。我不想撒谎，他让我和你谈谈，但是今天和另一个人见面是为了别的事情。在电话上说不清的。你能在7点到附近的一个地方碰面吗？"

"可能不行。发生什么事了？"

"可以和你说的一点是，见面是为了你好，"科列斯尼科夫叹了口气说道。"就是关于车祸和保险的。"

"啊，是这样吗？"她感到有点震惊。"那好吧，只是不会7点整，我要迟到一会儿。我在做期刊呢，我会来不及的。而且我也没有现成车。"

"我派司机去接你，你空下来了打电话过来就行。"

"好的，谢谢……你能提示下到底我会见到谁吗？"

"你来了就知道了。"科列斯尼科夫并没有满足她的好奇心。"好了，就这样，我等你的电话。"

"真是莫名其妙。"卡佳充满疑惑地盯着电话沉思着，"伊戈尔干吗要绕圈子邀请我去和一个陌生人见面呢？一定是想让我和维塔利克和好！要知道莲卡可不是白白说服我的。而且柳德米拉也在电话里想要说服我撤回离婚协议！我不该轻易答应。"

"卡佳！卡佳！我找到他了！"在门槛那边传来斯特列利尼科娃的声音。"我昨天遇到他了！"

奥丽奇卡敞着她的羊皮大衣，头发蓬乱，两眼发亮，直接飞一般地来到桌子跟前，立刻瘫软地噗通一声坐到椅子上。

"你遇见谁了？"

"谁？我梦中的男人！"姑娘屏住呼吸，有点委屈地瞧着她。"昨天您请韦尼奇卡转交个袋子,而他让我去交。我就按照沃洛尼亚斯基街的那个地址去了,他就在那里!您能想象吗?他完全就是我喜欢的型啊!我彻底被征服了!您的瓦季姆·谢尔盖耶维奇·拉德舍夫!他一直在找您,他昨天打电话给您。我能听出他的声音!"

"天哪,这是闹的哪一出!"卡佳这才想起来。

"他是怎么征服你的?"

"他,当他知道是您叫我送去那些东西的时候甚至连眉毛也没有动一下,然后他很冷漠地在电脑上打开光盘,就这样 30 分钟过去了他把我都忘了!"

"所以他就是这样征服您的吗?"

"哎呀,我在这段时间都在欣赏他。他真的是……好帅……简直没话可说!"奥丽奇卡的眼睛都因为兴奋翻上去了。

"那后来,"卡佳匆忙地问道,"那你没错过机会吧?"

"哎呀,说什么呢,"姑娘挥了挥手。"当他再次发现我的时候,已经沉浸在自己的世界中了。他一直在说话,根本就没发现我。就说了一些客套话。但是他送我回家了。他的车子真是太高级了,您看到了吗?简直就是童话啊!卡捷琳娜·亚历山德罗夫娜,请给我他的号码吧。"姑娘垂下了眼睛。

"我不会给的。"

"为什么啊?"

"因为所以科学道理。我和拉德舍夫是商业上的关系,我没有权利到处去散发他的手机号码。你得谢谢波久尼亚,是他给了你遇见自己梦中情人的机会。之后就靠你自己了。"

"难道您就这样拒绝帮助亲近的人吗?我真是没想到您是这样的人,"斯特列利尼科娃噘起嘴唇,"好吧,自己来就自己来……我自己能搞定,"她意味深长地说道。直接从椅子上跳起来,果断地走向值班的电脑。

卡佳目送着她，心里想："万一她真的能搞定拉德舍夫呢？那她卡佳怎么办？难道她在吃他的醋吗？"

由于认识到这一事实，心情完全不好了。没有别的办法，只好重新开始工作。

"要知道搞定拉德舍夫可不会像奥丽奇卡想象得那么容易，也不会那么简单，"她呆呆地看着电脑屏幕上的报纸版面，安慰着自己。"虽然说他有电影明星般的外表，表面上也显得很开放，但他是个有自己思想的人，一个词，猎人！……"

"很少有人看到他其实还有另外一面，细心，善良，体贴。他把这一面藏了起来，藏得很深，就像如果有人想伤害他，他害怕失去保护一样。显然，他集这些特性于一体。但他真的是女人不可实现的梦想，如果我不能马上明白这一点，我就是个傻瓜。维塔利克也掺和了这件事……我要不要拿起电话，提醒下还有自己的存在？嗯……不，我不这样做，停！明天是他的生日！"她偶然注意到台历上的数字，"我怎么会忘的，要知道兹娜奇卡一直在耳边叨叨这件事，都把我的耳朵说得嗡嗡响了！这就是理由！我要打电话给他，祝他生日快乐，顺便问一句，他是否觉得我能胜任任务。就这么定了！现在还是工作吧。今天和科列斯尼科夫说好的见面可别迟到了，今天真的成谜。"

伊戈尔·科列斯尼科夫的司机已竭尽全力赶路，但他们还是没能在约定的时间到达。起先是因为卡佳在编辑部等印刷厂那边的消息耽误了一会儿，后来在路上又遇到了堵车，在扎哈罗夫街和五一街交叉路口，有一个冒失鬼撞到了电车。高峰时刻，根本没有办法摆脱僵局，左边是有轨电车，右边是汽车和很高的马路牙子，所以他们前进的速度像乌龟一样慢。

奔驰在餐厅门口慢慢停下来,门开了,一个神秘的保镖伸出了一只胳膊来扶普罗斯库琳娜,几乎是把她从车厢里牵出来,把她护送到门边。他接过她的外衣,把沉重的丝绒窗帘推开,这是一个避免外人窥视的隐秘空间。

随着客人的到来,坐在桌子边的两个男人一道轻松地叹了口气,卡佳也松了口气,因为维塔利克没有来。因此,见面是为了与前夫和解的假设是判断错了。

看了眼手上昂贵的手表,伊戈尔·尼古拉耶维奇默不作声地看着保安随手拉上了窗帘,并用后背堵住了仅有的一条细缝。

"卡佳,认识一下,亚历山大·谢苗诺维奇,"他介绍了另一个其貌不扬的男人,并向他确认道,"可以开始了吗?"

"这么急干什么?先让这位女士喘口气,缓一缓,点菜。"那个男人用令人不愉快的目光打量着卡佳,笑了笑。

经受住了对方的眼光,她不由自主地警觉起来,这家伙,太一般了!在人群中根本就不起眼——他完全没有特征!灰黑色的稀疏的头发,两眼无光,中等个,甚至可以说孱弱的身材,身高也不高,总之是位平庸之辈。

"这样的人一般不会被选去当宇航员,但通常会成为从事选拔宇航员的人。"她马上想到了韦尼奇卡的一句话。

"您可别害羞,尽管点吧。我们已经吃过了,"一样带着假笑这个并不让人感到愉快的人指了指她手上的菜单,然后把手伸到桶里的酒瓶那里,"想要喝点葡萄酒吗?法国白干,伊戈尔·尼古拉耶维奇的品位是很不错的。"

"是的,可以来一点。"卡佳同意地点点头,并疑惑地看了看科列斯尼科夫。他马上就不自然地垂下目光。要知道科列斯尼科夫说话的时候一直都会望着对方的眼睛。

"我们为相遇相知干一杯吧?"亚历山大·谢苗诺维奇已经举起了高脚杯。"我一直很愉快能和有意思的女性在一起喝一杯,而且还是很有名的女记者。最近一段时间我可是非常关注你们的报纸。职责所在,"他似乎无意中说出了这句话。

普罗斯库琳娜更加警觉。似乎她的假设是有证据的。她曾遇到过属于某一机构的这种人。当然,不在餐馆。

"但科列斯尼科夫在这里干什么呢?"她又困惑地看了看伊戈尔·尼古拉耶维奇。

"也许我应该让你们单独谈谈?"好像听到了她的想法,伊戈尔在椅子上有点坐立不安。

"您说什么呢!不用的,"亚历山大拦住了他。"叶卡捷琳娜·亚历山德罗夫娜,当然是个聪明的女人,但我担心,我需要您的帮助。就这件事情来说,您可以帮助我,因为你是另一位当事人的丈夫。你们又是邻居。在这些方面男人不太容易情绪化。令人遗憾的是,普罗斯库琳娜正在与其丈夫离婚……"他意味深长地强调了一下。

"那又怎样……您想要我做什么呢?"卡佳故意把抿了一口的高脚杯推开。

这时窗帘的边缘动了动,服务员胆怯地往包间里瞧了一眼。

"您还想要什么吗?"他回头看了一眼保镖身后仪表堂堂的面孔,问道,"还是您的女士需要点什么吗?"

"谢谢,不用了,我不饿,"她合上了菜单,虽然在这一天她其实喝了四杯咖啡,只吃了一杯酸奶和一个苹果。她决定在新年前减肥,自从一个礼拜前和莲卡见面后,她便开始节食。但是肌体却一直不想这样。"我在六点之后不吃东西。"

甚至头也没抬,科列斯尼科夫一挥手,服务员就马上消失在窗帘后面,帘子又被拉拢了,就像是马戏团里的帷幕一般。

"对不起,我的时间真的挺少。"普罗斯库琳娜装模作样地看了眼手表。"您找我有什么事吗?您之前提到了车祸。"

"是的,是的。我们这里其实都是忙人。"亚历山大·谢苗诺维奇装作很懂的样子点点头,看了看自己的手机,再次看了眼女士。"就是这样,您是对的,我们直接谈事情吧。简单来说,我代表的那方想要建议您和平解决这件事。"

"哪一方啊?"

"就是受害方啊,"他冷笑了一声,继续说道,"因为本次车祸出现了新的证人,他们作证说您是第一个撞上司机的,是您先撞到的。"

"啊,是这样一回事……"她总算弄明白,这个人到底想说什么,"就是您想说,这一切都是我的错了?"

卡佳靠在椅背上,凝望着亚历山大·谢苗诺维奇,他现在看上去不光是让人不愉快,而是变得面目可憎了,然后又望着科列斯尼科夫,发生了这样的事,没想到他会这样!

"您想让我把我的诉讼书从警察那里撤走吗?"

"您说对了。很高兴跟一个聪明的女人打交道。"

"如果我不撤回呢?"卡佳打断了他恭维的话。

对方沉默了一会儿。

"如果您不这样做,明天内务局将收到来自第二方的诉讼书……并附上殴打事件的医疗证明。国家汽车监察局将会再次审查,审查的结果如下:你们为了娱乐,一直跟着一辆三菱车,而且没有保持车距,还超速行驶,在这之后,你们又殴打了一个无辜的人,抓伤了他的脸,导致他的伤口感染,需要加强治疗。开车的年轻人感到很震惊,他很害怕愤怒的女人,不得不……"

"不得不逃跑?"卡佳哼了一声。"这是不可能的。我也有足够的证人。很容易证明一切都是相反的。此外……您为什么说司机是个年轻人？他显然超过 40 岁了。"

"您错了。司机是个 20 岁的小伙子。"男子再次冷冷地笑起来。"就在邻居出差期间他用了他的车子。"

"啊，原来是这样……这都是您设的局吧！可怜的被抓破相的、不懂世事的小毛孩！还好是已经满了 20 岁的，不然真的是要遭到两个疯狂的老阿姨的性骚扰了。那我和莲卡怎么办？我们的淤青、伤疤、缝线和被撞坏了的鼻子呢？还是因为我们俩人为了争抢这个男孩打架造成的？可以凭空虚构出任何事实，只是，如果有人问具体情况，那该怎么办呢？"

想寻求帮助，她看了科列斯尼科夫一眼，但是他却叹了口气，甚至都没有看卡佳一眼，便拿起了响个不停的电话，这个电话在他看来响得很及时。他挂了电话，然后装样子打开桌边的菜单开始研究上面的菜。

"伊戈尔·尼古拉耶维奇，那您心爱的妻子怎么办？您为什么保持沉默呢？"卡佳没有忍住。

"叶莲娜·科列斯尼科娃当时根本没有和您在一起，"亚历山大·谢苗诺维奇摊开双手。"她在家里。绊倒了，摔了一跤……谁没有这样的时候呢？不是吗，伊戈尔·尼古拉耶维奇？"他将目光转向了科列斯尼科夫，没等其回复，便继续说道，"有一个女人滥用别人的名字。她玷污了贵妻子的荣誉和尊严。"

"停一下……你们想要干吗，你们是疯了吗？"卡佳感到很吃惊，她扑扇着长睫毛，"谁会相信您啊？"

"所有人都会相信。从区内务局工作人员到法官。再加上被欺骗的公众舆论。我们要揭露一位著名记者的恶劣行为，她在自己报纸的帮助下，把这个故事带到了对她有利的位置。她想买汽车保险。这是一种欺诈。很有可能你会失去自己的车。虽然到时候，它对您来说并不意味着什么。您的权利将被剥夺,并将被长期剥夺。"

科列斯尼科夫的手机又开始响起来,但是他再次把电话挂掉了。卡佳把目光定在了葡萄酒杯上,想要集中精力理解听到的这些内容。

"怎么可以这样扭曲事实!而且还把报纸给搭进来了!我亲爱的同事们肯定会帮助我,直到最后!真是一帮混蛋!科列斯尼科夫可真是好样的!难道这些人也这样恐吓他,让他一蹶不振吗?那荣誉、良心和尊严呢?"她用手指抚摸着额头,"那她心爱的妻子怎么办呢?去你们的,我没什么可顾虑的,你们找错人了!"

"喂,你好。对不起,我很忙,"科列斯尼科夫决定接通响个不停的手机,他对着听筒嘟哝着。"我会给你回电话……是的,在这里……等一下……对不起。"他说着并很快离开了这个令人窒息的房间。

"前景很不乐观,不是吗?"同时,那个目光不友好的男人继续说。"但有第二个选择——和平解决。"

"比如呢?"

"您把诉讼书撤回,保险公司将支付您所有的修理费……一切。事件本身当然是不幸的,有关各方都对所发生的事情表示遗憾。在这样的时代生活,"他摊开双手,继续说道,"人的神经不是钢铁,为什么还要把它们再绷紧一次?嗯……您的意见呢?"

"我在考虑呢……"卡佳极力抑制住了内心想说的话,她抬起头来,经受住了对方冷酷的目光,然后宽宏大量地笑了笑。"您巧妙地构思了这一切——目击者、开车的年轻人、驾照、保险。铁证如山,任何人都会被搞糊涂,就连科列斯尼科夫都被您收买了。我不知道您是怎么征服他的,我很感兴趣。"

"没有什么特别的,只是帮他的银行解决了一桩小问题而已。"对话者耸了耸肩。

"就这么小的问题他甚至可以牺牲心爱的妻子的利益吗?"

"叶莲娜·科列斯尼科娃是一个可爱的女人!"男人表示同意。"但是,谢天谢地,她还活着,身体健康,而伊戈尔·尼古拉耶维奇的问题就不一样了,他的问题可能会变得更加严重、危险。不过您也不需要知道。一切都顺利解决了。"

"明白了,也就是说,您让主要证人保持了中立态度,这一招可真厉害啊!"她无意中用手指敲了下桌子,"这很容易理解,因为银行对于伊戈尔·科列斯尼科夫来说就是全部的生命。妻子总是可以换的,哪怕是心爱的妻子,但银行就……这真是高招啊!只是你忘了考虑一件事,我没有什么好顾虑的。当然,除了驾照,这您可得好好下功夫研究一番!"

"怎么会没有顾虑?最重要的是,您会面临失业的风险。而且不只是您,如果这件事太过分,报社面临的不仅仅是辟谣,而是法院判决的有关维护报社名誉和尊严的败诉结果。据我所知,不久前,你们报社被要求支付一大笔罚款。您看,离破产也不远了。而且报社会大量裁员,您和同事们都很友好,难道您想让他们都失业吗?比方说,叶甫盖尼娅·亚历山德罗夫娜·卡莫洛娃。她是一个多么受人尊敬的女人啊,报社对她来说,就像银行对于科列斯尼科夫一样。目前还不清楚,在这种情况下她会支持谁。如果事情闹到要吊销许可证的地步,读者们肯定也会很失望,他们会很遗憾地跟自己喜爱的出版物说再见。"

"不准您动我们的读者!卡佳轻蔑地眯起眼睛,感觉到她的忍耐已经到了尽头。"自从《道路上的蛮横行为》这篇报道出版之后,我们网上论坛新开了一个题目,您知道吗?哪怕您现在说的一句话出现在那里,都会引起轩然大波!嗯……顺便说一下,您不怕,我是开了录音机的吗?"她低头看了看她的背包。

"当然不怕。"对话者很平静地说道。"您的录音机,如果真的是开着的,"他冷笑了笑,"现在肯定没电了。出其不意的战术,学学心理学吧,"他补充道,讥讽地说。"你的手机一定也已经关机了。科列斯尼科夫想给你打电话,但是没打通。"

卡佳装作示威般地从包里掏出了朴素基础版的诺基亚,向显示器看了一眼,惊呆了:设备真的关机了!这已经发生了,因为她不习惯按锁屏键。以前的折叠手机关上后都会自动锁定。

"您看到了吧,"看着她脸上失望的表情后,那个男人开始傲慢而和善地笑了笑。"我没有什么好怕的。您还不明白,让我来见您的人是很不简单的吗?您可以问问伊戈尔·尼古拉耶维奇,"他把目光转向回到桌旁的科列斯尼科夫。"我一切都说完了。现在,对不起,我有点赶时间,"他仔细看了看表,并作了简短的解释,"要去值班了。很高兴认识您,"他又一次对普罗斯库琳娜冷笑着,然后和科列斯尼科夫握手,在保镖拉开的窗帘那儿停了一会儿,他补充说,"我希望,伊戈尔·尼古拉耶维奇,您今天给我回个电话吧。"

看都不看一眼桌上是不是有烟灰缸,卡佳就拿出烟和打火机开始抽起来。

"那这人到底是谁啊?"她问道。

"谁?"科列斯尼科夫用手掌搓了搓太阳穴,总算是在晚上第一次正眼看了卡佳一眼,他的眼中露着疲惫的神情,"其实他不是什么人物,是个跑腿的,是人们送过来的中间人来谈判的,就是专门来解决这方面的事务。但是他身后的人们……我不能告诉你姓名,但是其实他说的都是真话,都是真的。他们真的可以一手遮天!所以我的建议是你还是别和他们斗了,就跨过你的自尊吧。"

"在这里还谈什么自尊呢,伊戈尔?"卡佳愤怒地说道,她实在没有力气再容忍,再控制自己。"我知道有人想把这个案件压下去,但我不明白你！记住，事故发生后，你准备用你自己的双手去掐死那个胆敢动莲卡的人！一切都去哪儿了？你坐在那个龌龊的家伙面前一声不吭，低声下气就看着他怎么摆弄你的命运！科列斯尼科夫，你怎么了？这真是太可怕了，即使是你，作为我们生意场合的头号人物，也如此轻而易举地卑躬屈膝，态度180°转变！你之前对我来说是全能的上帝，怎么现在却像白杨树叶一样，在他们面前瑟瑟发抖？难道我和莲娜对您来说就是交易的筹码吗？"

"你什么都不懂……"科列斯尼科夫脸红得像煮熟的虾一样，勉强地说："他们，"他意味深长地用手指指了指上面继续说道，"他们坚硬得就像打不穿的墙一样，报纸和社会舆论也奈何不了。因为他们会在五分钟内编造出另一个对他们有利的观点。我所有的一切都在这里。"他用手掌抚摸着脖子，"但我想在这里生活、工作！就在这里，你懂吗？我不想在某个遥远的地方因为思乡而痛哭流涕！我已经受够了那些'这山望着那山高'诸如此类的话了。"他愤愤地摇了摇手，"还有你对莲卡的想法也不对。也许，正是因为她我才决定要这样做，就算是赢了官司，但把我逼得走投无路了，难道她的日子会因此好过吗？"

卡佳慢慢地吸完了烟，瞧着科列斯尼科夫，这是她第一次见到这样的他，被折磨得支离破碎，几近崩溃，厌恶自己，甚至音色也改变了……她看着觉得很痛心。

"伊戈尔，你真的要这样做吗？"她低声问了一句。

"是的，"他垂下头，坚定地说。"我已经做了。因为我不想以卵击石。我想让你明白。我愿意为你做任何你想做的事，汽车修好了，最好换成新的。我可以聘请一个好律师帮你离婚。我不知道你将如何处理与维塔利克的问题，但分割财产是很难的。"

科列斯尼科夫的最后一句话让卡佳觉得很不自在。顷刻间，她的每一个细胞都沉浸在无尽的失望里,她表情冷漠,身体变得软弱无力,她想藏起来,抛弃全世界,放声哭泣……

"你的良心又去哪里了?至于男人的同情心、责任心……我就不说了。"她轻蔑地说道。

她挥掉那不争气的眼泪,把香烟、手机扔进包里,好像担心会有人试图阻止她似的,迅速朝出口走去。

科列斯尼科夫跟在她身后,从窗帘间的缝隙中穿过,随即叹了口气,他懊恼地说着骂人话,然后用手掌揉了揉左胸口,并从口袋里掏出了电话。

"我刚出来。你有没有改变见面的主意吗?嗯……好吧,晚上给我打个电话……你好,巴维尔,"他立即拨了一个新的手机号。"你在哪儿啊?在工作?我会来接你……你猜对啦!我确实不是很舒服。我心里也不好受,喝一杯……家里一切都很好,等见面了,我再告诉你……叫服务员吧。"他叫站在门口的警卫。

卡佳拉好了上衣的拉链,竖起了风帽,就跑到了街上,寒风立刻迎面而来。傍晚时,正如所预报的那样,温度急剧下降,加上高湿度,所以就非常寒冷刺骨。

"要是有皮草就好了!"她的双手已冻僵了,于是她赶紧戴好手套,这时,她想起了维塔利克带给父亲的暖和衣裳。"如果天气还要持续严寒下去,那我将很难坚守自己的原则了。不能留预算给皮草了,还要修车呢!要知道生活也会摧毁你的,普罗斯库琳娜夫人。瞧,生活已经使科列斯尼科夫卑躬屈膝、俯首帖耳!更何况……"她不再思索,试着从一条狭窄的已经踩出许多雪印的小路上走过去,"早上真不该穿高跟鞋出来!"

卡佳又一次陷到雪里,她决定换到车行道上行走,那条路已经轧出了一条道,乍一看,似乎更适合穿高跟鞋行走。但更糟的是,高跟鞋很容易刺穿薄冰壳，而且很难拔出鞋跟。

"这样一来不用说没有皮草了，就是很快也要没有鞋子穿了，"她只能踩着小碎步走，委屈地说道，"我想要自己的汽车，想要回来！！！"

邻近的汽车在背后鸣着喇叭。卡佳不顾一切地闪开，一转眼就踩进了雪堆里。她抱怨地骂了几句，决定先停下，直到汽车经过，但突然车子停了下来。司机打开了车门。

"雪堆很深吧？"她听到了一个嘲弄的声音。"只是想要绕到你的左边，你就像兔子一样跳到右边了！把手伸给我。"

卡佳不自觉地把手递给了自己的救命恩人，她的鼻子一下子撞到了拉德舍夫的胸膛。旁边正是她熟悉的"路虎"车。

"谢谢，"她感到脚下非常踏实，感谢道，"奇怪的是，又是你……您……"她说着把手从他手中抽了出来。"今天晚上，我只差没看到您了。您怎么会在这里？不要说这是个意外。我不相信。"

"说来话长，"瓦季姆逃避回答。"外面很冷，上来吧，路上再说。你要去哪里？"他打开车子的门。

"我回家，送我去最近的出租车站就可以了。"

"我不知道这里最近的出租车站在哪里。"他耸了耸肩，油腔滑调地说道。

"那就去地铁站吧。"卡佳淡淡地说。

"为什么板着脸啊？"

"先说吧，您为什么会在这里。"还在苦苦思索中的她决定反问他。"说真话，我觉得我应该可以猜到，是不是科列斯尼科夫把您派到我这里来的？"

"你错了，没有人派我来，"拉德舍夫忽然变得严肃起来。"我到处找你，他只是告诉我你在哪里……也就是您在哪里。您已经闲下来了,"他也开始用尊称"您"。"还有我不想骗人,我知道在咖啡店的谈话内容是怎样的。"

"就是他派你来的,"卡佳开始冷笑道,"但为什么是你而不是莲卡呢?"她又不自觉地把说话的对象说成了平时亲密的"你"。

"别着急下结论,请让我自己来解释这一切,否则,将无法正常谈话,"瓦季姆和蔼可亲地建议道,并打开了车门。"路上我会告诉你的。现在请上车吧。穿高跟鞋你走不远。"

这些话是真的。尽管此时此地卡佳特别想弄清楚这些关系,但她并没有这样做,理智占了上风。应该谈谈别的。

她默默地踏上脚踏板,坐在乘客座位上,等着拉德舍夫绕过汽车坐在旁边。

"好了,你说吧,到底知道点什么,从最开始说起。"汽车刚刚向前驶去,她便严肃地说道,"不过请你说实话。"

"好的。首先,您和莲卡撞到的是一个高级官员的弟弟。当他知道自己闯祸了时,便决定先藏起来,逃避自己的罪责,尤其是因为自己的哥哥从莫斯科飞往哈萨克斯坦出差去了。但是科列斯尼科夫的朋友还是找到了他,当然他们也狠狠地把他揍了一顿。很快,官员回来了,他训斥了自己的兄弟,并和伊戈尔·尼古拉耶维奇开诚布公地交谈了一番。确实,在这之前,他的人找到了一个年轻的替罪羊,这个人有过多次殴打犯罪记录。你自己也清楚,没有人想要和这个级别的人叫嚣,科列斯尼科夫的银行更不需要其他的麻烦。总之,他们之间已经谈妥了,现在就剩下你和你的诉讼书了,你可不是菜市场的阿姨,而是一家很受欢迎的报社的记者!"

"你怎么知道这么多?"沉默了一会儿之后,卡佳冷冷地问道。

从口气来看,她没有比之前高兴多少。

"波连琴科昨天早上报告给我的。他与科列斯尼科夫的安保部门的人有联系。"

"你为什么不打电话提前告诉我?"

"因为有一个原因。"瓦季姆停顿了下,"第一,我们最后的谈话似乎阻碍了进一步的沟通。第二……"

"第二,你和维塔利克打架,你厌倦了掺和我的问题。我很抱歉。我替他道歉,就这件事情来说,你真的很无辜。"

"还有个问题,难道是他告诉你这一切的吗?"

"莲卡告诉我的,他向她坦白过了。他的肋骨断了,这是我知道的所有信息。"

"正如我所预料的。只是这未必是我打的。当时还有其他两个男人也来打架,所以我和你的丈夫,如果还算的话,我们一起对抗那些人了。"

"与前夫,"卡佳改正道。"第三个原因是什么?列举所有的原因吧。"

"现在没有了。当我收到你的光盘,我意识到我刚开始犯了大错。你做到了不可能完成的事,而且你在报社也已经够忙的了,我很抱歉。从现在开始,你可以指望我的帮助和支持,就像我所负责的团队的任何成员一样。即使你最终决定回到报社。今天上午,我再次仔细地阅读和分析了你的答复,评价了所做的工作,然后举行了一次重要的活动,并立即开始寻找你。可是你家里的电话怎么也打不通,当我往报社打电话的时候,你已经不在那里了,"他笑着说,"至于手机,我明白,你并不是那么经常用手机。"

"它自动关机了。就在包里。我甚至自己也不知道什么时候……我忘了锁键了。"短暂的停顿后,卡佳开始辩解道。

"我也是这么想的。所以不能联系上你的时候,我就向波连琴科求救了。他说我还是打电话给科列斯尼科夫吧。"

"你的安保部门可真厉害,"卡佳哼了一声。"就像一支很棒的军队。"

"安保部门你说得太夸张了。没这必要。他在联络他人获取信息这方面经验丰富。"

"我的车在哪里?"卡佳突然觉得很感兴趣。

"你的车,它很好。安德烈·列奥尼多维奇把它放在了停车场,在等订购的配件来。所以别担心。"

"我很担心,"她叹了口气。"如果保险公司拒绝支付怎么办?"

"你还是决定战斗到底?"瓦季姆觉得他听懂她的话了。"好的,这是你的权利。在这种情况下,支付保险赔偿金确实是一个问题。他们轻而易举就能篡改你的交通事故调查结果。你没有保持距离,仅这一点就可以了,'撞上','没撞上'——这样的事情是很难证明的。没有目击者的帮助,因为会出现新的目击者,旧的则会被买通。虽然……我认为在这种情况下,不会有人去收买他人,而是去吓唬他人,因此证词可能会丢失……事情肯定会对你不利。"

"总而言之,你也是像科列斯尼科夫那样,建议我撤回诉讼书吗?"

"如果你想知道我的意见,我是不会蹚这趟浑水的。我向你保证,不管你做什么样的决定,能帮你的我肯定会帮你。那家伙,当然,是一个罕见的混蛋,但你无法得到真相。谢天谢地,你脸上没有留下痕迹。"

"那灵魂的伤疤呢?"卡佳静静地问。"与这比起来,身体上的伤痕不算什么,怎么能打两个女人?!"

"我同意,就灵魂上的伤害,精神上的要比肉体的更痛,而且不容易消失。打女人,这是很龌龊的行为,下流低贱。生活会惩罚这样的人的……你可以试试释怀忘却。"

"但是要怎么忘记呢？"

"改变你的侧重点。我父亲总是说：'任何事情都要从两面看。'"他继续说道。"比较两个短语：'一切都是可能的，但概率为零'和'概率为零，但一切都是可能的'，分析的角度不同，得到的答案也不相同。"

"还有一句，'下雨天留客天留我不留'也差不多，"卡佳笑了一笑，"你建议我欺骗自己，把这个人想象成孤苦的、可怜的，饶恕他！"她仔细地看了看拉德舍夫。"我说对了吗？"

"不完全是。应当爱护自己，培养积极的、充满生机的乐观向上的情感。"

"用谎言来拯救自己？"

"你可以这么说。相信我，那些知道事故真相的人不会评判你。最重要的是控制自己。这并不容易，但没有其他办法。还有更糟的情况。"

"比如呢？"

"比如当你不得不与一个曾经伤害过你的人、曾经做过卑鄙的事的人打交道的时候。我再重复一遍，无论你决定做什么，我都会帮你的。就是这样。别说了。"

"你没有把我送回家吧？"光顾着说话她都没发现车子已从大道上拐进别的街了。

"我们去咖啡馆坐坐吧，"瓦季姆莫名其妙地回答了，"我预订了两个人的位置。我真的很喜欢说话，一说话就忘记事情，忘了告诉你吧？"

"早期老年痴呆了"，卡佳笑了一笑。"其实我们刚开始也只是在谈出租车。"

"你会拒绝和我一起吃晚饭吗?"

"让我想想,一晚上又一次收到邀请,"卡佳笑了一声。"第一次邀请害得我差点神经错乱……但这一次我不会拒绝!首先,因为我饿了。"

"那其次呢?"

"其次,因为很难遇见一个人在路上大声思考,而令你惊讶的是,你竟然同意他说的话,这不是因为他把自己的观点强加给你。思维过程是平行的。在一个方向上的。"

"巧妙的解释,你真是油嘴滑舌!"拉德舍夫笑了笑,打开左转弯。"谢谢你同意和我共进晚餐。"

"经常有人会拒绝你吗?"她有点挑衅地问道。

瓦季姆沉思了一会儿。

"差点被第一次拒绝。差点吓得出汗,"他开玩笑道。"我有很多问题要问你,你是如何收集这些信息的?什么样的人会和你分享财务秘密?谁给你的建议?"

"没人给我建议。我的报纸帮了我,还有我的专业,虽然你并不喜欢我的专业。我的回答没让你倒胃口吧?"

"我其实真是胃口大开啊!很快你就可以说服我记者不光是无害的职业,而且是有用的职业!"

"不然呢!不然我怎么可以给你讲这么多的故事呢!就像最后一件事那样!……"

"应该打电话给姬拉,取消今天的见面,"瓦季姆一边饶有兴趣地听着她的讲述,一边想道。"很可惜今天不能和她在恋爱关系上画上句号,但是老实说,和卡佳一起度过这个夜晚我感觉更高兴……我是多么的想念她。"他突然发现自己在这么想……

第二天早上,卡佳醒来的时候,感到特别开心,这种感觉是过去几周都没有过的。那种感觉就像小时候期盼节日一样，轻松，愉悦。其实这种心情不管在过去还是将来都并不少有。只是现在，由于还在经历着令人不悦的事件，这一点情绪就显得格外强烈而又难能可贵。

"昨晚真是美妙的一晚啊，"她继续赖在床上，想起昨晚就不禁微笑起来。"瓦季姆，瓦季姆·谢尔盖耶维奇，瓦季姆·谢尔盖耶维奇·拉德舍夫……真是太美妙了！他长得那么英俊，怪不得斯特列利尼科娃见到他的时候连话都不会说了。刚开始认识他的时候我还不是很喜欢他。但是，现在看来，我可能会失去我的理智，如果我还没有失去理智……那不就白见面，白认识了嘛。除此之外，他实在太会聊天了，所以晚餐时间就像一瞬间。他知道如何倾听，不打断别人，停顿有序，知道在什么地方讲有趣的故事。晚饭后送我到家门口，英俊、潇洒，表现得很殷勤，很像是一个求爱的人……但我真的不想分开，我认为不只是我不想分开。应该考虑一下礼品，送什么礼物呢？"她觉得这个问题太难了。"纪念品什么的就算了，配不上他的公寓内部装修！化妆品香水什么的太老套了。你必须知道他的偏好，最好是别人都不知道的……想起来了！"她精神一振，"虽然这个礼物有隐含意义，但很实用，可以自己用也可以给客人用，现在是 8 点半，"她看了看表。"活动将在两点开始。应该给理发店打电话，预约修指甲，同时还可以给头发染个色。可惜以前没想到！但谁知道，我将被邀请参加公司十周年庆祝活动和老板的生日宴会！我很想知道她们都穿什么来出席这样的聚会？穿黑裙子和保龄球鞋的女士看上去会很奇怪，"她脑海中越过这样的画面。很遗憾，其实还真的挺好看的，她想起夏天在土耳其买的新衣服，可惜穿不了。只剩下任何时代任何民族都能穿的牛仔裤了。"好了，起来，洗澡，理发店，去买礼物！是啊，还要去趟警察局呢！"她想起来了。"我还来得及把这些都做好。"

她尽管一切做得那么连贯，都已经是最快的节奏了，到目的地的时候她还是整整迟到了半小时。好像刚开始就不是很顺，在理发店只能预约 11 点半的时间，又赶上了警察局值班较忙的时候，然后还要等刑侦人员收诉讼书。寻找礼物的时间差不多就没剩下多少了，只好跑去"停车"、"镜子"、"脉冲"这三个商场逛了逛。结果也没有什么进展！谁会想到，早就被遗忘的中央百货商场帮到了她！之后她又不得不排队去给礼物包装。不能把盒子放在公众视线里，否则所有人都知道盒子里的内容！

结果，当她写贺词时，发型师和修甲师的四只手同时在打扮她，这种情况下怎能不珍惜和优秀发型师之间的友谊呢？

卡佳知道迟到了，但并不那么紧张。从经验中她知道，迟到半小时对上流社交聚会来说是没问题的，组织者应该刚刚开始组织节目。某些类别的客人不准时和各种各样的意外情况都会导致这样的结果。

但是她的经验却又让她吃了亏，俱乐部的门居然已经关上了。拧了拧所有的门把手，卡佳开始敲打玻璃。没有任何回应。大厅里什么也看不见，警卫和衣帽间的工作人员不知往哪儿蒸发了。她向包装得很精美的礼盒投了一眼，不知所措地向四周看了一眼：奇怪的是停车场上几乎没有车。

"难道他们都去别的地方了吗？"她心里想，"那现在怎么办呢，给瓦季姆打电话吗？"

很长时间都没有人接电话，然后听到了波连琴科的声音："您好，叶卡捷琳娜·亚历山德罗夫娜吗？您已经到了？"

"啊，是的，我到了，但是门是关着的……"她嘟哝着。"瓦季姆·谢尔盖耶维奇……"

"好的，我现在就来给您开门。"

一分钟后，安保部门负责人出现在玻璃后面。他的装束看上去让人很不习惯，牛仔裤、毛衣。没穿必穿的西装，显得不那么高，但也变得更亲近了。甚至微笑也带着温暖，从心底发出的那种。

"我想我猜对人们的穿着了。"卡佳情不自禁地给自己加了分。

"大家都在大厅里。顺便说一下，我们不习惯迟到。不仅仅是在工作岗位上。"他很快就恢复了平常的态度，稍微地责备了下普罗斯库琳娜，然后拿起她的外套，进了存衣室。"到这儿来。"他用手指着门，门后传来了用话筒讲话的洪亮的男人声和迸发出的阵阵欢笑声。

"保龄球不是在二楼吗？"卡佳觉得有点奇怪。

"您可能还不知道我们的传统，"安德烈·列奥尼多维奇表示理解地点点头。"我们已经连续三年租用这个俱乐部了。一楼先是两个小时的节日用餐宴会，二楼有保龄球道，晚上7点前将进行又一轮的冠军赛。来吧，"他打开门，很有礼貌地让女士优先。

在半昏暗的宴会厅里，"网上医学服务"公司和"现代医学"公司的工作人员坐在桌旁，观看着屏幕上播放的片段。视频上熟悉而又陌生的人们，换好鞋，选择保龄球道，热身，给自己选球。伴随着电影《幸运的绅士》里的欢快音乐，被加速播放的视频看起来很有趣。

"摄影师和剪辑师非常厉害，要不就是参与者很有表演天赋，他们面对镜头轻松自如，毫不紧张。"卡佳开始把目光固定在大屏幕上。

"走吧，我带您过去。"波连琴科耳边低声说，在又一次爆发的哈哈大笑声中把她带到了最远的桌子旁的空椅子旁说，"请坐，这是我们的新同事叶卡捷琳娜·亚历山德罗夫娜·普罗斯库琳娜，"他满足了坐在旁边的人的好奇心。"你们可能听说过，而且有人应该已经认识了。"

说完这句话后，他走向公司行政主管人员专用的桌子旁，那里坐着"网上医学服务"公司总经理、总会计师、总工程师、安全主管和兹娜奇卡。卡佳看了一下波连琴科，发现他把电话传给了拉德舍夫，而且在他耳朵旁边嘟哝了一声。只见拉德舍夫目不转睛地对着屏幕看，点了下头，把东西藏在腰间的套子里，随即和大家一起哈哈大笑起来，对卡佳的出现没有任何反应，甚至没有回头。

"您想要点红酒还是白葡萄酒？"她听到上方服务生的询问。

"白干。"

普罗斯库琳娜转过身来，决定看一看大家都在笑什么，老板飞快助跑，然后把球扔了过去，这很有可能是最后一场决赛。他像个排球运动员似的飞了起来，突然竖起了蜻蜓，然后敏捷地站起来，像个爱捣乱的少年似的，开始扮起了鬼脸。现在在画面上马上出现了兹娜奇卡。她跑到老板那里，把奖章挂在他的脖子上，啵的一声在他的脸颊上留下了鲜艳的唇印。接着，获胜者队里其他队员的脸也依次传出这样的声音，每个人的面颊都有一个相同的红色的记号。

"……所以有一个建议，"主持人的声音打破了笑声，"把队伍的名称从'人类的支柱'重新命名为更贴切的'兹娜奇卡食人魔和K'。"他的话又被淹没在爆发的笑声中。

卡佳仔细瞧了一下自己周围的人，只认识两个人——司机萨沙·兹诺维夫和清洁工瓦连金娜，其中一人开车送过她，另一人在她加班的时候请求她允许打扫拉德舍夫的办公室。四名男子可能也属于服务人员。

"有趣的是，把我安排到了服务人员等级的桌子，"她喝了一口酒，哼了一声，"当我进来的时候，他居然连眉毛都没有动一下。我的迟到，真的伤了他的自尊心吗？或者他是想让我知道我在这里，是和其他人一样的？"不知怎的，灵魂被划伤了，早上等待节日的美好心情瞬间就消失了。"事实上，对他来说，我是一个可有可无的人"，自然而然就得出了以下结论："昨天的行为是容易解释的，他有教养，因此感谢我所做的工作。万一……万一他是在科列斯尼科夫的请求下才来找我的呢？而我，愚蠢的，幻想着……"她把目光投向桌子边的礼物上。"好的,我会假装不在乎。不能装样子离开大厅吧。必须等待合适的时机悄悄地消失。不要再找我了,瓦季姆·谢尔盖耶维奇,请别见怪!"觉醒的自尊心使她抬起头来。

"您想亲自给老板礼物吗?"拿着刀和叉子,萨沙问道,头朝包装好的礼品盒那里点了一下。"或者我们?整个桌子的人一起去?"他笑得很开心。

卡佳无意中发现他左上角有个地方没牙,"奇怪的是,为什么我之前没有注意到呢?因为我之前都是坐在乘客的座位上观察他的!"

他是一个善良的没心眼的人,为拉德舍夫服务已经是第三年了,曾在函授技术大学学习,属于乐观主义者。总是对心情,对工作地点,学习地点,甚至对天气都感到满意。他的私生活,一切都很正常,在市内开车时,总会被电话分心,但女友的名字每次却都不一样。

卡佳还记得他在特种部队服过役。

"可能在那里,他失去了自己的一颗牙齿吧,"她想,"很奇怪的是其他牙齿都在。"

"你们这边传统是怎样的呢?就是送礼物这个环节?"

"实际上,都是按照个人意愿送的。这部影片即将结束,谁想祝贺公司和老板就会过去。他昨天就发了奖金。事实上,前一天在办公室就已经举行了官方的部分。但传统的保龄球比赛是今天。只是瓦季姆·谢尔盖耶维奇不喜欢周围太吵,也不喜欢过生日,所以您挑重点说几句,"他用朋友的口吻在她耳边低声说。"最常见的送礼方式是团体,例如一桌子一桌子地去送。他不欢迎特别贵重的礼物。"萨沙看着显眼的盒子说道。

"这样的话我就还是和你们一起送吧。而且我这个礼物也只是包装比较好看,里面是很简单的。"

"那您就得代表我们这里说点什么。"

"嗯？为什么呢？"

"因为再没人能说了，去年科斯滕科离职前，我们这个桌子旁坐着的是西风，就是他一直作为代表发言的。"

"西风又是谁啊？"

"就是那个拿麦克风的啊，"兹诺维夫指了指那个年轻人，他正在评论影片，侃侃而谈。"他是商业部最年轻的天生的表演家主持人啊。克拉西里尼科夫，就是他的前上司，现在坐在经理桌旁，所以谢尔盖今年和他的伙计们坐在一起。实际上，他的名字是西风·宁科，所以他一直被大家叫做西风。他可以说很多，说很长一段时间，根本不会停止，但有时候说的全是彩虹屁。说到晚上甚至连嗓子都变哑了。但是他可以说服任何一个客户。"

"这是作为员工很有价值的品质啊！"卡佳开始点头赞扬道，并压低嗓音问道，"坐在我们桌子边上的还有谁啊？"

"热卡！"萨沙指了指那个老男人。"叶甫盖尼·马姆金。他，像我一样，是个司机，之前休假整整一个月。下一个是阿尔乔姆·塞多夫，新的程序员，在这里才工作了半年。下一个是科泽列夫·伊万·伊万诺维奇。当老板的生意刚起步的时候，他是卫生部的一个大人物，拉德舍夫家的朋友，以前是外科医生，退休早了些。在我们这里工作了5年，3年前得过心梗……顺便说一句，所有前工作人员都被邀请了，"他客气地补充道。"真可惜，科斯滕科去度假了。"

这个白发苍苍的老人确实有一副很机智的面孔，他听到人们提到他，就朝普罗斯库琳娜点了下头，然后又转脸看着大屏幕。

"嗯，瓦连金娜您大概认识吧？"兹诺维夫以防万一问了一句，然后开始介绍下一个人，"那个土黄色脸色，带着忧伤神情的男人，是科斯佳·斯捷潘丘克……他比较复杂……是技术部的天才，有人这样说他,'绝顶聪明'。"

"为什么他看起来那么忧伤呢?"

"怎么把这个说得委婉一些呢?……他其实现在在戒酒,用基于催眠术的精神疗法戒酒。所以他到我们这桌来啦,我们几乎没人喝酒。只有马姆金和瓦连金娜喝,还有您。"

"斯捷潘丘克经常酗酒吗?"

"不是。但是他每一季度都会狂饮一次。所以妻子离他而去,她忍不住了。老板再三原谅了他,最后和他约法三章,要么戒酒,要么辞职。老板亲自带他去医疗中心。将近半年过去了:他真是好样的,坚持住了。所以,您想代表我们大家发言吗?"

"不,"卡佳断然拒绝了,虽然她在理发椅上花了好长时间,还用诗句写了贺词。以前她经常这样祝贺朋友,甚至可以给别人作一首诗。但近年来,她的缪斯也不知去向,她的灵感也越来越少。一个月前突然又回来了,不仅写好了诗的内容,而且还很押韵。"我才来几天,我不认识这里的人,也没什么人知道我。为什么要引起注意?最好还是伊万·伊万诺维奇来说吧。"

"啊,那太遗憾了……"兹诺维夫有点伤心,好在很快就好了。"好吧,科泽列夫就科泽列夫吧。也许您是对的,您会……打保龄球吗?"

"玩啊。一年前,在报社的记者杯上我荣获第二名,"她吹嘘说。"我只在这里待一会儿,之后还有事呢。我祝贺一下你们老板,之后就要离开了。"

"没门儿!"萨沙有点生气。"我们不会让您去任何地方!这是一件好事,今天西风会和大家一起玩,他说话比他动手要强很多,他的眼力也不是特别好……这部影片结束了。"

大厅里齐声鼓掌,顶灯也开始亮起来。

"现在我们继续进行我们宴会计划的第二部分……"主持人西风·宁科开始了讲话。

这时,拉德舍夫做了个动作示意他过去,在他耳朵边低声说了些什么,然后拿过递过来的麦克风。

"我要提醒大家一句,今天我们庆祝的是公司的十周年庆。"就在大家的一片寂静中老板开始发话了。"一年前我已经和大家说好了的,不用给我个人送礼物!"

大厅开始有点不满地嗡嗡作响,大家交头接耳。

"这不合适吧!"

"我们都已经准备好了!"

"瓦季姆·谢尔盖耶维奇,这不公平吧!"满脸通红的克谢尼娅·伊戈列夫娜开始不满地说道,"您经常给我们庆祝生日,为什么我们就不能祝贺您呢?我们不同意!"

"不同意!"整个大厅都开始支持她的观点。

"民意所向,瓦季姆·谢尔盖耶维奇!"西风无奈地摊了摊手。"所以您想不想看到我们的小型庆祝节目?"就在大厅里大家开始拍手表示同意的同时他说道,"从谁开始呢?"

"女士优先吧!"大厅里有人喊道,"男士们也会参加的。"

"那就……从您开始吧,请吧。"他环顾了两圈之后看到最远的那桌。"瓦连金娜,就从您这边开始吧。您有这份荣幸开始这场盛宴。"

"哎呀,您说什么呢!"瓦连金娜连连摇手,有点害羞地马上躲过了麦克风,"我们这边有年轻漂亮的,就从她开始吧!"她把目光投向了普罗斯库琳娜。

"要是这样的情况……开启这场盛宴的殊荣就落在……"

"叶卡捷琳娜·亚历山德罗夫娜。"萨沙提示道。

"叶卡捷琳娜·亚历山德罗夫娜。"

"普罗斯库琳娜。"萨沙又开始帮助主持人。

"叶卡捷琳娜·亚历山德罗夫娜·普罗斯库琳娜,交给您了。"主持人又重复了一遍把麦克风递给了卡佳。

显然如果再次把麦克风交给别人有点不太方便。

"我觉得我有点尴尬,"她从位置上站起来然后把脸转向出席的人。"我在这里其实都不太认识大家……"

"我们也不是很认识您,"大厅里传来声音。"但是我们久闻过您的大名,知道您是位记者,我们很想和您认识认识!"

"我们很想认识下!"人们表示赞同。"不然的话在我们同事中女士这么少,我们的赞美都无处诉说!"

"好的,好的,"克服了尴尬的心理,她摇晃着新染过色的、时髦卷起的长头发。"那我们认识一下,我叫叶卡捷琳娜·亚历山德罗夫娜·普罗斯库琳娜。"

大厅里人们开始像约好般地友好笑起来。

"这个我们已经听到过了,"有人又开始说了,"您芳龄几何呀?"

"我多少岁啊?"请问安德烈·列奥尼多维奇吧,"我在表格上写了我的年纪的。"

"他把这份表格紧紧地放在手枪下面藏得可好了,除了老板根本不会给别人看!"主持人说道。"所以这个问题就不用回答了。但是我想补充一点,既然您是文科生,那么在我们集体里能赶下去的只有兹娜奇卡了!"

人们坐在桌子后面又开始笑起来。

"总之我不打算占据她的位置。"

"那您想要替代的只有老板了!"主持人还是继续俏皮地开着玩笑。"难道瓦季姆·谢尔盖耶维奇要卖掉我们这么好的公司吗?"

"相反,在不久的将来,你的老板决定给你添一份工作,"卡佳开着玩笑，等到大家都安静下来之后说道，"现在，该是关于生日的事了……"

"出生不是一件玩笑事。
每人都有自己的命运：
有人生来就被爱惜，
有人生活待其像后妈。
生活会给有些人加糖，
生活会让有些人碰壁，
给予部分人的是丝绸和钻石，
给予另一部分人的又是覆冰的寒冷。
有人岁月静好，
受着安静美好的恩典。
而有人饱经风暴，旋风飓风的折磨，
唯一的任务：生存！
顺流而下并不艰难，
但是途中也会遇到困难，
总是游水未免太无聊：
会被忧伤和忧愁所伤。
毫无目的，模糊的计划……
需要有所改变。
需要……需要抛弃小船，
忘却救生衣，
往前冲做你力所能及，
奋勇向前，争取胜利，
为了和命运搏斗，

为了改变命运之流！
别错过，别气馁！
竭尽最后的力量！
会有胜利的曙光！
没放弃的就会胜利！"

"你们觉得呢，这样的诗歌最适合谁啊？"卡佳调皮地询问着安静下来的大厅。

"拉德舍夫！瓦季姆·谢尔盖耶维奇最适合！老板！"人们马上就开始活跃起来。

"是的。"她支持道。"从来都没有命运的宠儿，有的只是天道酬勤，"她把目光转移到仔细倾听的寿星身上。"当人们相信他们时，这是很棒的。就像我坚信的那样，瓦季姆·谢尔盖耶维奇，您骨气非凡，对生命充满渴望，不仅身体强壮，而且好运连连，还有我们整个集体做靠山，您的一切都那么圆满，我只能祝您遇到真爱，幸福甜美……因为没有人提前告诉我不能送礼物，这就是您曾经向我要过的。"她拿起盒子，走向寿星的桌子。

拉德舍夫在响亮的掌声中站了起来，接受了礼物，不知所措地转了转手里的礼物，弯腰走到卡佳的耳边，低声说："难道我有求你给我什么吗？"

"没有请求，但是暗示过，"她开始比较调侃地笑道，发现瓦季姆试图打开盒子，马上阻止他道，"别开！请别开。"

"为什么呢？我要看看。"

"那你猜猜那里面是什么。"

"这是威胁吗？"

"不是的，小小的报复而已。"

"哦,是吗?"瓦季姆惊讶地看着她。"为什么?"

"你猜,"她决定暂时不对俱乐部里"热情接待"表示不满。"答应我你晚上再打开。"她最后小声说着,然后走向自己的桌子。

"干得好!真是好孩子。"伊万·伊万诺维奇称赞道。这时麦克风被传给了克谢尼娅。她说道,"凭一个女人的感觉!我敢打赌,盒子里有点像家用的拖鞋。"

"这是很正确的,我们的老板确实该结婚了。"萨沙同意地点点头。

"为什么您会觉得那是拖鞋?"卡佳开始脸红。"然后难道我说他该结婚了吗?我只是祝愿他能遇到真爱。"

"一样!"马姆金挥了挥手笑道,"一针见血,切中要害……您快吃吧,上热菜了。还有没动过的沙拉呢。我们已经在这里坐了很久了,已经吃饱了。但是您还没吃饭呢。我们队里怎么能有饿着的成员呢?"

卡佳礼貌性地尝了尝沙拉,然后走到了热菜区。她慢慢地咀嚼着食物,很难掩饰住挂在嘴角的微笑,暗自窃喜,"一切发展得都比预期的好,诗歌的内容妥妥地正中他的心。"

"我们庄严隆重的庆祝仪式即将结束!"在兹娜奇卡祝贺完之后主持人的声音传来。"所有的人都吃好,喝好,抽会儿烟,然后去二楼换鞋。现在已经停止送礼物了,"他安慰那些还没来得及祝贺的人。"老板的命令。"他抱歉地摊了摊手。

"是啊,来不及的人就赶不上了,"萨沙意味深长得看了看膝盖上的小礼品袋。"而另一方面,其实这样更好,谁愿意亲自在老板耳边说几句祝福语的话就可以自便,谁要是害羞的话把他们的礼物放在桌子上就好。"

"有不想的吗?"喝完高脚杯里的酒后,卡佳饶有兴趣地问起。

"不想干吗?送礼物吗?这可是一直都这样的,"马姆金耸了耸肩,很快嚼完嘴里的牛肉,"老板根本不能容忍礼物。"

"这个我听到过。"她放下空酒杯。"那你们为什么还要送礼物呢?"

"您像我这样,和拉德舍夫工作一段时间就会明白,您会很想送他点礼物,就只是那样,从内心的一种祝福!"他说着,命令起来,"来,喝酒的人,为老板再喝一杯,然后勇往直前!我预感,今天我们会赢所有人!阿尔乔姆,叶卡捷琳娜·亚历山德罗夫娜……"他开始点名。

"我得走了。"卡佳说了一句。

但是没有人想听她的,也没有人想放她走。其实老实说她自己也并不是很想走,因此,她稍作扭捏之后和大家一起上了二楼。

马姆金预料得很准。要么就是因为运气好,要么就是比赛者受到了团队新成员的鼓舞,所有的保龄球都被击倒了,所以奖赏点源源不断。甚至连瓦连金娜虽然不准确地直接把球从手掌推出去,也不止一次可以一次性击倒9个球!

在决定比赛前,最受喜欢的团队"兹娜奇卡食人魔"和"女记者炫耀帮"队(西风已经给这个团队起了个名字)的比分已经是二比二了。大家决定先在快餐桌旁休息一会儿,服务员也已经把剩下的零食从一楼搬到了二楼。

"哎,每次都是这样,把指甲给弄坏了,"普罗斯库琳娜伤心地想道,看了看自己新做的指甲。"修指甲的工具也没有随身带在身上啊。"

"我有工具啊,"兹娜奇卡马上就活跃起来了,马上从包里拿出一个小的化妆包。"我在玩保龄球的时候也有一样的问题。只是我已经弄坏了两个指甲了。您用吧,用吧,这个是很牢固的,可以把指甲油也磨掉。"她对持怀疑态度望着这个迷你的磨指甲工具的卡佳说道。"我已经没指望您还会回到我们这里来了,我当时是多么伤心啊！"

"为什么要伤心呢？"

"那当然了！这么有名的人来我们公司上班！我已经对我所有的闺蜜都吹牛吹了好多遍了。而且我给我们办公室订了一年你们的报纸。"

"老板同意了？"

"当然啦。他同意了！他之前还训话说为什么没有订阅你们的报纸。现在我每天早上都要去报刊亭买最新的期刊，自己也会从头到尾都读一遍，我总觉得瓦季姆·谢尔盖耶维奇对您很不一般。"她压低声音说道。

"您为什么会这样觉得呢？"

为了掩饰内心的激动，卡佳更加努力地用修指甲的工具磨她的指甲。

"因为他最近几天心情都很不好。但似乎一切都很顺利，明年的两次投标都中了，老客户还清了债务，而他竟然都没有笑。他会关上他的办公室，坐在那里，不出来。"

"万一是没有人知道的一些问题导致他心情不好的呢？"

"我不认为这是真的。"兹娜陷入了沉思，"事情是这样的，工作上没问题，否则拉德舍夫和波连琴科会表现得与众不同。不过，前天有个矮瘦难看的小姑娘带着个文件夹出现了，一切都发生了急剧的变化，"她几乎小声说道，"我不喜欢那个姑娘，因为我可以看到，她就是喜欢掐尖的，喜欢猎捕有钱人的猎人，"她忍不住评论道。"但显然她带来了什么重要的东西，瓦季姆·谢尔盖耶维奇竟忽然要喝咖啡，甚至还要在办公室里抽烟。可他只有每天早晨才喝咖啡，而且从来不在书房里抽烟！他看起来像我的儿子，像得到了一个他很久以前就想得到的玩具一样！昨天也一样，他微笑着，没完没了地开玩笑，然后突然要开始找您。只是我什么都不知道，他也没找到。很遗憾他没有和您见面。"

"啊，你错了，兹娜奇卡，我们后来见面了，"卡佳忍不住开始微笑。"只要想找，就一定能找到的。那就是说其实我是白白怀疑他为了完成科列斯尼科夫的请求才来找我的了。"卡佳的心里感到非常温暖。"那……还好一天中还有令人高兴的新闻。"

"我昨天手机自动关机了。"她放下修指甲的事，看着女秘书。

"瓦季姆·谢尔盖耶维奇也是这么猜测的。"兹娜奇卡点了点头。

"您为什么要觉得遗憾呢，如果我们当时没有见面的话？"

"是的，因为他表现得有点怪怪的：昨天他找您找得筋疲力尽，今天他……"秘书垂下目光。"可能又去自己的那个'大长腿'那里了吧。"

卡佳仔细检查了剪下的指甲，回头一看，拉德舍夫不见了。得到了新消息，他有一个"大长腿"，这可不是什么好消息。

"谢谢！可以说你拯救了我做的指甲，"她把那个工具还给兹娜奇卡。"那个'大长腿'是谁啊？"她觉得这样的事情她怎么能不感兴趣呢。

"就是个普通人，叫做姬拉。大长腿，脖子以下都是腿，有一头黑色的长发。据有人观察他定期会和她一起出现在一些地方。哎，为什么男人都喜好这口呢。"

"我好像在商店门口见过他和这个姑娘，"卡佳的心情一下子就有点低落。"本来应该走的。"

"只是我感觉到他对她漠不关心，"兹娜把一根小锯插进一套修指甲的用具里，耿直地说道。"其实就是个一夜情女孩。唉，可惜您出嫁了。"——她突然总结道。

"暂时还算是已婚的，"卡佳回到了自己团队的赛道上。"明天两点和维塔利克与他的律师见面。这是一个严肃的问题——分财产……我不需要任何东西,除了汽车。即使是一辆破的。"她叹了一口气,蜷在球后面。在这个问题上,最好能询问一下他人的建议。

"你打保龄球很厉害啊,"背后拉德舍夫的声音把她吓了一大跳。"对不起,我吓到你了。诚实地说吧,我不想吓到你的。"

"我当然是被吓到了,我一直都对您的忽然出现很不习惯。"卡佳开始调侃道,还故意用了尊称"您"。

"是时候该习惯了啊!"他露出诡异的笑容,是做贼心虚的笑容吗?

"公司变天了,我这是又受到尊敬了吗?"卡佳感到很惊讶,心里暗暗想道。"背对着他人站着,所以自己想成为什么样的人,就能成为什么样的人,没有人会注意到。"

"我这个卑微的员工还能做些什么吗?"她巧妙地抓住话柄挖苦他,没有等待答复,就开始进攻,"有新的秘密任务了吗?你有什么要做的吗?你可以打电话给科列斯尼科夫并安慰他,我把我的诉讼书撤回了。所以现在是他欠你的。"

"没有人欠我什么,"瓦季姆觉得有点惊慌。"很遗憾,昨天我没能说服你把诉讼书撤回,"微笑从他脸上消失,额头上深深的皱纹展现了。"但我们要谈谈这个。当一切活动结束的时候,请你哪儿也不要去,别玩消失。"

柔和的声音又使胸膛发热,手不知为什么颤抖。

"上帝,我今天怎么了?心情每半个小时改变一下,就像个孩子一样!"她很生气。

"这是为什么呢?"今天真是很难控制住情绪,她带着嘲笑的口气问道。

"稍后我会解释,重要的是,你不要消失。万一你的手机又要关机了,我也不知道去哪里找你!"

"波连琴科不是一直会在你身边的吗?他会找到的。你为什么要找我,我想独自安静一段时间!"她朝冷餐桌的方向点了点头,那里的人在继续聚集。

"你是不是因为在迟到的时候我没理你生气了,"他装作很懂地叹了口气。"总之,没错,其实换作我我也会生气。即使我迟到了。嗯,我很抱歉……其实我们有很多共同点。好吧,我保持沉默,"看见卡佳张开嘴想要回答问题,他举起手表示投降。"不然我可能要吃闭门羹了。"

突然,醉醺醺的马姆金出现在他们旁边。他竟敢挤了过来,插在普罗斯库琳娜和老板中间,用身体挡住卡佳,然后严厉地问老板:"您在这里干什么呀,瓦季姆·谢尔盖耶维奇,把我们队最好的队员引开吗?"

"我在亲自授课。"拉德舍夫开始说道。

"其他人可以看吗?"

"为什么不可以呢?"

他选好了球,走到自己选择的赛道上,仔细看了下保龄球分布,没有将视线移开,加速并……

"完美!"马姆金赞叹道,"准会输的。"

"我们再看看吧!别垂头丧气的!"卡佳命令道。"对方只是在玩心理上的战术。"

"就像在电影《夏伯阳》里面那样吗?"司机吸了吸鼻子。

"没错,瓦季姆·谢尔盖耶维奇,还要继续比赛吗?我们已准备好赢您了。"

"是吗?好吧,让我们看看……各就各位!"拉德舍夫大声命令。

"您怎么没反应啊?"卡佳询问呆在原地的马姆金。

"是的我在想……我在想战术上怎么更好。不知为什么我胆子竟然这么大。也许明智的做法是,我们故意输给老板,这样才对我们有利?"他决定咨询自己的搭档。

"你说什么呢!"卡佳觉得对她来说是折磨,"我认识你们的瓦季姆·谢尔盖耶维奇没多久,也知道他讨厌拍马屁的人!"

"卡捷琳娜可是看透了我们的老板,"伊万·伊万诺维奇和善地笑着走了过来。"嗯,倒是天生一对呢!"

"您说什么呢?"普罗斯库琳娜耸了耸肩。

确保显示屏工作正常后,她走上了赛道……然后她精彩的一击,她的团队胜利了!老板的团队输了。然而,每个人还是继续欢乐。这再一次证明,拉德舍夫团队的气氛是最健康和友好的。

胜利者们可以得到一个巨大的五公斤蛋糕,但是胜利者还是兄弟般地与其他玩家分享这个蛋糕了。可是大家都已吃饱喝足,而且有点累了,因此一点儿都吃不进去,即便是甜食,胃能撑到多大啊?

人们开始慢慢地散去,拉德舍夫好像是第一个离场的,这让卡佳觉得非常困惑不解。

"他刚才说我不准消失是什么意思?"她试图用目光搜寻今天的寿星。

"祝贺呀!"兹娜奇卡蹦蹦跳跳地前来祝贺她,"今天要感谢您,我们这边多年的传统也被改变了,我们输了。"

吃完最后一块小小的蛋糕,卡佳伸手去拿餐巾纸,这块蛋糕是碍于面子才放到自己盘中的。

"为什么说你们输了呢?你们不是赢了第二名吗?"

"是的,但是在您出现之前我们可一直都是第一名哦。"

"兹娜。我们之间还是用'你'比较亲切。"卡佳很突然地建议道。"为什么你要说你们输了是因为我的出现呢,有什么联系吗?"

"因为瓦季姆·谢尔盖耶维奇经常看向你那边，根本就没心思打球！"兹娜很不客气地直接用"你"来互相交谈。

"所以他很伤心，第一个走了吗？"卡佳哼了一声，"其实他应该先告诉我一声的，老板不习惯输。"

"人民的智慧，老板没有输，他只是合理地分配力量而已！"秘书开始教科书般地解释，"这没什么，他一点也不生气，我可是很了解他的！之所以他很早就离开了，因为毕竟今天是他的生日。肯定会有其他的庆祝活动。"

"是啊，还有朋友在等着，还有那个姬拉。"卡佳酸溜溜地附和道。

"今天他不需要那个'大长腿'！我今天得到的正确消息是，"兹娜环顾了下四周，踮起脚尖，对着卡佳的耳边悄悄地说，"瓦季姆·谢尔盖耶维奇的那个窄小的朋友圈都容忍不了她！我觉得晚上的计划应该还是有的，他去过他妈妈那里了，一大早去的，她住院了。血压不稳定。"

"你怎么知道的呢？"

"我的工作就是私人秘书。还是礼拜二的时候我去看她给她送药过去了。"

"她的血压这样已经很久了吗？"卡佳想起了自己的妈妈，觉得有点担心。

"很久了。每年两次瓦季姆·谢尔盖耶维奇强迫把她送到医院住院。当医生刚一检查完，上完药后，妮娜·格雷尔基耶夫娜马上就奔回家了。她一生都在外语学院教书，现在也在做家教。你们只要别说漏嘴告诉拉德舍夫就行，他很不高兴，母亲不顾他的禁令还带着学生。"

"为什么老板反对呢？"

"他说她需要照顾好自己。而且这对他来说也是比较羞愧的。他能养活自己的母亲。尤其是母亲还患有高血压。她最好能减肥……瓦季姆·谢尔盖耶维奇之前不也决定减肥了，而且非常成功，变得认不出来了。我的意思是，当我们第一次见面的时候，他像一只肥壮的企鹅！"她想起了什么似的望了一眼桌子，开始忙活起来，"哎呀，蛋糕几乎没动的！乱糟糟的，应该带着它，然后把它放在冰箱里。我去向酒吧要一个盒子。"

"我们确实有很多共同点。我的母亲也患有高血压，人们也建议她保重身体，减肥。我和您，瓦季姆·谢尔盖耶维奇，这是遗传给我们的啊，"卡佳叹了一口气。"怎么？也是时间该收拾行装，我也要回家了。"

她下到一楼，在存衣室前排队的时候，大门打开了，大厅里忽然进来一个两米高的大汉扎以茨。

"去哪儿？"一个年轻的瘦小的俱乐部保安向他迎面走去。

安德烈没有注意到那个保安，在正在穿衣服的人们的好奇目光下安德烈向普罗斯库琳娜走去。

"哦！卡佳！你终于出来了！"他伸出他那双巨大的双手拥抱她，"我已经等你15分钟了！来把拿衣服的号码牌给我吧，"他命令道。

"才在生活中见过两次面，哪里来的这么多的温柔？"这样来的意外让她震惊。

"我还想去……"她嘟哝地说着，朝厕所看了一眼。

"去吧，去吧，只不过你得快点。""兔子"点头说，说着已经去存衣室那边排队了。

卡佳洗完手后，从袋子里取出一个小化妆品袋，决定补点妆，谁知道接下来会怎么样？

"这是你的丈夫，不是吗？"她听见旁边克谢尼娅·伊戈列夫娜嫉妒的声音。"这么大块头！就像我们的老板一般。我大概在什么地方见过他……"回想的时候,她紧紧皱起眉来。"也许只是看起来像。"

"可能只是像吧,兹娜奇卡在那边打包蛋糕呢……"

这招果然管用,会计师立即换了话题。

"我告诉她,五公斤太多了。但是她就是那么任性,真是拿她没办法!五公斤,就这样了!我去帮她一下吧,礼拜一我们用两分钟时间就能把这个蛋糕吃掉。"她有点心急。

当卡佳回到前厅的时候,他立即从她的手上抢过包,把上衣披在肩上,轻轻地推了下她的背。

"安德烈,我还没来得及对所有人说再见。"卡佳正准备说。

"再见了,善良的人们,"扎以茨立马很客套地代替她说了。"很抱歉,但我们真的有点急。走吧,"他抓住她的手肘,"在这里,"他指着在克雷热夫卡让卡佳熟识的一辆汽车,打开车门,让她坐到乘客座位上。

卡佳回头看了一眼,汽车里没有人。

"瓦季姆·谢尔盖耶维奇在哪里?我的意思是瓦季姆呢?"她很惊讶。

"他已经走了。他用车装满了礼物,开车回家。命令我等着你并保证你安然无恙。"

"我们要去哪里?"

"什么去哪里?寿星说他厌倦了俱乐部和餐馆,所以我们要去公寓。你不知道吗?"

"我还没有学会读心术,"她叹了口气。瓦季姆把她托付给了朋友,虽然是最好的朋友,但卡佳的心里又重新开始忧郁。"伊琳娜在哪儿?"她忽然想起来。

"伊琳娜,哪一个呀?"安德烈装作没听懂的样子。

"就是和你一起去郊外别墅的那个啊。"

"啊,伊拉奇卡呀!她可能在值班呢,……嗯,也不一定,可能是在家吧……其实我也不知道,我们已经两礼拜没见面了。"他显然有点不知所措。

"她也是医生吗?"

"她是护士。你怎么会忽然想起她呢?"他觉得不可思议。

"就这样,"卡佳耸了耸肩。"我其实就是喜欢她。她是个好姑娘。"

"也许吧。"扎以茨想了想,似乎同意了。

"很奇怪……这个喜欢玩笑和有趣的家伙显然有点心烦。难道是保鲜期有点过了吗,已经不和自己的姑娘在蜜月期了?"她想起了瓦季姆讲述的关于朋友私生活的故事。"有趣的是,拉德舍夫和自己的这些姑娘们,会拍拖多长时间呢?一周,二周,三周?如果想起那个'大长腿'姬拉……但我在乎他的女人干吗呢?还是了解下自己的感情吧……他吸引了我,这是事实。而且他确实很让我喜欢,这也是事实。这种关系莫名其妙就形成了,就像儿童玩沙坑一样,早上是敌人,晚上就成了朋友。或者相反……到现在还没有从根卡那里得到任何消息,"她突然想起了另一个人。"他甚至不知道我和维塔利克会离婚。奇怪的是,我没有给他写信,我居然没有向我的男闺蜜小棉袄哭诉我家庭变故的事情。为什么呢?我的意思是,这是因为瓦季姆经常出现在附近吗?因为可能他俩有相似的地方……上帝,这一切都是如此的混乱!她叹息着。"

就在拉德舍夫房屋院子的入口处,安德烈开始减速并驶过了她所熟悉的"奔驰"车,开车的是兹诺维夫。

卡佳笑了一声:"没人会怀疑我去老板家做客了。问题是以什么样的身份……唉,事先知道就好了!"

公寓的门半掩着,走廊和餐厅里的灯光半明半暗,空气中弥漫着浪漫的气息。餐桌上方是明亮的椭圆形吊灯，几束柔和的光束投射在墙上的几幅画上，客厅里还传出柔和的音乐，仿佛是有乐队在演奏。

"粉色弗洛伊德，"卡佳马上听出来了。"声音美妙绝伦，干净纯粹，立体饱满……维塔利克也喜欢这种风格的，"她想起。"但是他却没能如愿，因为他不光在电缆上省钱，还在设备上节省……结果肯定不尽人意。"

"进来吧，"瓦季姆从里面的一扇门那边出来，边走边捋头发。"我来照顾这位女士吧，"他把安德烈挤开。"你为什么独自一人？"他很惊讶。

"怎么了？我一个人不妥吗？"安德烈嘟哝着脱下他皮毛一体的大衣。

"妥不妥的，你又不是小姑娘。见到你一个人很不习惯。"把卡佳的外套放进衣橱里，主人感到疑惑不已。

"你们俩是说好的吗？"扎以茨皱起了眉头。"卡佳在路上也问了伊琳娜的情况，现在又是你。"

"但是我可是没有问起伊琳娜哦，"瓦季姆僵住了，他没想到原来他的朋友会是这样的反应。"嗯，其实你想知道我的观点的话，我想说伊琳娜是我喜欢的类型。"

"哎，你竟然也这么说……好吧，我最好还是走吧。"忽然他又开始穿上自己的大衣。

"你去哪里啊？怎么了？是心情不好吗？卡佳，对不起啊，你先一个人这边走走"，见对方默不作声，他对卡佳说道。"你最好帮我拆一下礼盒吧。就在那边的办公室。"他点头指了指最近的一扇门。

"好的。"她很快就同意了。

杵在这里真的很尴尬。她紧紧地关上自己身后书房的门，想听听他们在讨论什么，从前室里只听到一些隐隐约约的咕哝。

"是的呀",她看了下地毯上的堆成一座小山的礼物,一个小盒子挨着一个小盒子堆在地毯中间。这拆盒子的工作可能要进行一个小时,不会少于一小时。"我不知道我的礼物在哪里?难道他忘在俱乐部了吗?"卡佳很担心,因为没有找到熟悉的盒子。

她把"山"分成几组,但是还没有下定决心,在没有寿星参与的情况下要解开什么东西,她叹了一口气,坐到写字台旁,开始翻阅一本医学杂志。瓦季姆终于把门打开,犹豫不决地说:"要不,我们一起去桌边用餐吧?"

"安德烈在哪里啊?"

"走了,"他惊慌失措地说,忧郁地笑了笑,"这情况真是让人哭笑不得……我不知道……总的来说,看来我们的单身小团体要出现裂痕了。"

"安德烈吗?"

"安德烈!"瓦迪姆叹了口气。

"伊琳娜?"卡佳说道。

"是的,但是她现在都不愿意看到他。我自己也是最近才知道的,他们在一起已经一年了,她容忍他的背叛已经很久了,在郊外别墅的生日宴会后,她对他说她再也不想容忍他了。"

"不打算怎样?容忍吗?"

"不想再继续约会。今天早上安德烈问起工作,为什么伊琳娜晚上不用值班了。他被告知,之所以晚上她不用值班了,是因为她怀孕了……他从晚上就跑到她的宿舍,但她断然拒绝和他说话。"

"这就是为什么他今天这样……顺便说一下,如果你还记得的话,伊琳娜那天晚上什么都没喝。总是找各种理由说不能喝酒,说夜间值班后头痛,或者沉默不语。"卡佳把沉思的目光转向一个不断在手中打转的小袋子里。"她显然已经知道她怀孕了,所以……她当时已经决定好了，但是她不想破坏安德烈的节日。"

"你这么认为？要知道……说实话，我不止一次感到惊讶，扎以茨为什么会和同一个姑娘出现好多次，原来……"他沉默着想要寻找合适的词。

"这里原来有爱情的成分在里面。"卡佳帮了他一把。

"哎……是的啊。"

"别伤心哦，"她触碰到了他的手。"比如说，我总是很高兴，如果有人爱一个人。你希望你的朋友幸福，不是吗？还记得你之前跟我讲过，你说他晚上会梦见女儿。他的灵魂，意味着还在承受痛苦。等着瞧吧！孩子出生了会好起来的。"

"可能是吧，会轻松的，"他同意了，突然，仿佛摆脱了短时的困境，又建议，"我们去吃饭吧，怎么样？"

"走吧。"

瞥了瓦季姆一眼，卡佳瞬间就僵住了，某种难以言说的情绪萦绕在心间，挥之不去。有一瞬间，她成功地在他的眼里看到了痛苦、悲伤、犹豫不决、惊慌失措。然后眼睛又开始发亮，闪烁着狡黠的火花，突然间，他的痛苦又一次闪现。好像他的内心深处隐藏着强烈的斗争……也许只是她觉得？

"你是不是在担心自己的好朋友？"她悄悄地问了句。

"当然。老实说，这并不让人开心。怪不得有人说'生日是悲伤的节日'……萨尼亚也不会来：他又有个难产的产妇。"他叹了口气。

卡佳靠近摆好的节日餐桌，感到很惊讶，餐桌上摆放着一套精美的梅森餐具，一瓶放在装着几块冰的桶里的葡萄酒，还有六份餐具。

"要不我们把多余的拿掉吧？"她迟疑地说道。"我会帮忙的，你只要告诉我，把四个干净的盘子放在哪里就好……你怎么会来得及做这所有的事情？你不只比我们早离开20分钟吗？"

"这是加林娜·彼得罗夫娜,这里的家政。如果请她准备节日宴席,她会像孩子一样高兴。我很少有客人。当她发现一切都是徒劳,她会很难过。"

"那你就不要告诉她。为什么呢?让她继续快乐着。"

卡佳整齐地把盘子放到橱窗里,关上了镶嵌着白色磨砂的玻璃橱门。

"很漂亮。"她夸赞这里的家具。

"但不是很实用,"她又低声补充了一句。"很容易弄脏而且很难洗干净。不过要是单身汉一个人住,家里还有家政就不一样了。"

"天哪。"卡佳看了一眼拉德舍夫打开的冰箱,吃惊地叫道。

一个巨大的双门冰箱里从上到下塞满了用保鲜膜包起来的各种大小沙拉。

"炉子上还有呢,"瓦季姆用眼神指了下用毛巾裹着的锅里的东西。"我们怎么办?"

"我并不太饿。让我们看看是什么,让我们把最喜欢的拿出来。剩下的就塞进冰箱里。"

"所有的东西是塞不进的。"

"那就把它放在凉台上,"卡佳迅速思索着,向玻璃门看了看。"明天可以请谁来吃午饭。可以是安德烈和萨尼亚啊。"

"是啊,是啊,他们答应了,"拉德舍夫含糊其辞地同意了。

过了15分钟一切都准备好了,桌子重新放上了餐具,薄膜里的多余食物都被塞进冰箱里,锅放在了凉台上。新鲜的冰块被放到了酒桶里,只剩下两小盘沙拉、一小份水果和放在玻璃小器皿里的巧克力糖果。

"哎,其实我就是喜欢甜食,"卡佳带有一些负罪感地说道,"没有巧克力我简直就不能活。我要是一天不吃一小块巧克力,到晚上就会没什么力气。你呢？"

"这个我倒是没有发现，有时候也想吃，但不至于离开巧克力不能活。"他看了眼桌子，"听着，我们准备的这桌菜很不错啊。"他放眼看了下桌子。"哦！还有个主意！"

他离开了一会儿，拿来了一个不同寻常的枝形烛台，形状像一根浓密的花冠，上面挂满了粉红色的像厚帽子一样的花朵。

"樱花枝。鲜花是特殊的不燃材料，里面隐藏着蜡烛，"瓦季姆解释道。"九月去日本的时候别人送的。老实说，我不知道该把这个礼物放在哪里。就一直放在盒子里。"

"是啊，花束什么的确实和你家里的装潢不是很配，"卡佳看着烛台，笑着说，"或许就不要破坏这漂亮的艺术品，不要点蜡烛啦，就把它放在桌子上，等个什么节日再说吧？"

"今天难道不是节日吗？只需要找火柴，打火机是行不通的。"他开始在厨房桌的抽屉里翻了个底朝天。"加林娜·彼得罗夫娜应该是很会归置东西的，啊，我找到了。"

"太好了！"卡佳看到这烛台上的蜡烛一根接着一根被点燃，"其实还可以把灯熄了，如果你想要并且如果你愿意的话。"她建议了下然后马上又觉得害羞了。

"我想。"他走到开关跟前，慢慢地把旋转式开关转了个圈。

灯罩下面的灯泡失去了亮度，熄灭了。好像感觉到了没有竞争对手一样，火焰跳动起来，蹿得很高，瞬间充满了暗影游戏周围的空间，并在天花板和墙壁上创造了神奇的运动图案——树枝、树叶、花朵，简直就像是个童话王国。

"我从来没有见过这样的情景！"卡佳抬起头，高兴地叹了一口气。"太美了！"

"我也没想到会这么美……"瓦季姆在开红酒的时候顺便看了一

眼这些斑驳的阴影。"我之前在日本餐厅看到过,但是好像也没有特别震撼。听着,你真的对我影响很大啊。"

"为什么要这么说?任何人都能看到和欣赏大自然的美。这取决于你的精神状态。我也曾有过这样的遭遇,之前直接跑过,也没特别注意到,然后突然,被意外的幸福……感动得流泪!最近一次是在十月,在父亲住着的日丹诺维奇,就在栅栏旁边有两棵槭木生长着。就这样自然而然地长着。的确,阿丽娜·伊万诺夫娜总是骂这两棵树的影子占据了半块地的面积。有一次我回到父亲那儿,从车里出来,深感震惊,就像两个火炬矗立在那里,一个是红色的,另一个是黄色的,明亮而庄严。那天正好是阴天,树叶好像光芒四射。我停了下来,几乎哭出声来,上帝啊,怎么会这样呢?我为什么之前从没看到过呢?我两天前还来过这里呢。为什么没注意到它在那里,美丽就在旁边,只是需要伸出手去触摸这样的美感。"卡佳向瓦季姆投去了充满明媚的发自内心的目光。"生活中也常常如此,事情进展得不尽人意,与愿望背道而驰,不受控制,突然间仿佛恍然大悟,这正是它应该有的样子!你必须珍惜你现在拥有的。它可能会更糟,什么事情都是水到渠成,有自己成熟的时间!就这样平静美好的!你自己昨天也谈到了这些,只是换了种说法……让我们喝一杯,因为我们能够在任何情况下都能找到一点幸福。"她就这样结束了自己的祝酒词,举起酒杯来。

玻璃碰撞的声音和着浪漫的节日气氛,一会儿停留在桌边,一会儿又不知不觉地消失在空间里。卡佳垂下眼睛,喝了几口酒,把杯子放到桌子上,手里拿着餐具。

"你看,这种感觉就像蝴蝶在桌子上飞舞,"她在桌布上用刀沿比划着。"就像是童话故事,哦,我有一首诗,正好可以描述现在的心情——

……在黑暗中绝望
寻找所需的光明，
蝴蝶从天堂带给我幸福
发生得安静而突然。
我走向明亮的光线，
不知从哪里冒出来的光明
生怕光明再次被吓跑
并希望继续相信奇迹！"

"你还写诗吗？你的祝酒词也是自己创作的吗？"瓦季姆感到惊讶，突然说起了英语："Happiness is like a butterfly. The more you chase it, the more it will elude you. But if you turn your attention to other things, it comes and softly sits on your shoulder……这是从爱尔兰诗句里摘取的。非常接近。"

"哇塞，你太厉害了！而你，原来是一个浪漫的人……"她不知道如何把握，那首诗给人留下了深刻的印象，卡佳抬起了欣喜若狂的眼睛。"你只是假装是残酷的势利小人，而且你英语也好！"

"爷爷懂多种语言，奶奶懂三种语言，妈妈教过德语。因此我从小就不得不学习几种语言。院子里的孩子们都在玩耍，而我却被强迫学很多种语言。我当时很愤怒，当然，现在我很感激。如果没有语言知识，我不可能有我的生意。"

"你怎么开始做生意的，如果不是秘密的话？"

"其实整个都是意外。十多年前，我的一个朋友，也是我第一家公司的联合创始人请求我和他一起去德国买车，因为我懂德语。你知道的，我不能拒绝他，而且，坦率地说，我也想做点什么新鲜的事情了……"

办好了签证,他和瓦列拉·科瓦列夫斯基启程前往杜塞尔多夫,他们选好了汽车,和卖主付清了费用,把东西装进行李箱里,但是没过 20 公里,车就停了下来,像被困住一般,纹丝不动。发动机熄火了,所有的电子产品都关机了,汽车好像死了似的,没有一点变好的迹象。

幸运的是,最近的电话离被迫停车的地方只相隔 100 米。他们打电话给卖主,卖主派了一辆拖车,把车放在维修站,并提供了一个替代的选择。甚至还有折扣。但瓦列尔卡拒绝了,这正是他想要的。

不管拉德舍夫如何说服他,一切都是徒劳的。因此他们不得不待很久,朋友留下来观察汽车的修理,而瓦季姆就在空余的时间里,出发去城里散步了。在此之前,他只去过一次德国。还是在大学时代因为一些交流活动去的。那时几乎没有空闲时间,而且住得离市中心很远,在大学城。因此,对国外生活的美好凝视只限于观光游览。现在是时候看看周围的一切了。

在偶然的机会下,他偶遇了一座建筑,上面装饰着鲜艳的标牌——世界上最有名的医学展。他在展厅里久久地游荡,观看研究了一番,询问了一圈后,叹了一口气:"哎,这样的设备两年前能进手术室就好了!"

最令人印象深刻的是日本 UAA Electronics 公司的展台。拉德舍夫忍不住向那里的德国人提了几个问题。一位自称马丁·弗莱马克斯的德国人是一位精通事业的人,他把展览结束前剩下的全部时间给了这位好奇的观众。他们当时谈话如此投机,以至于他们只能通过服务人员通道离开展馆,其他的通道已经都关闭了。

而且德国人也非常感兴趣,这位客人是从哪里来的,为什么会在医学和德语上懂的这么多。

"我曾经是医生。一年前不得不离开医学界。德语是我从小开始学的，妈妈还教授德语。"

"妈妈的德语怎么会这么好呢？"

"祖父曾会很多种语言，在莫斯科外交部担任翻译多年。整个家庭都懂多种语言。"

"怎么会到明斯克生活呢？"

"这是一个漫长的故事……"瓦季姆说。

"奇怪的德国人，"他想。"他怎么对一个偶遇朋友的家庭故事那么感兴趣呢？"

"如果你真的有兴趣……"他犹豫地说。

"很感兴趣！真的，真的！"弗莱马克斯很兴奋。"我们不妨换个话题，远离医学。如果你不忙，我邀请您一起吃晚饭。这附近有一家很棒的酒店，一家豪华的餐厅！我邀请你！"

德国人的盛情款待使拉德舍夫大吃一惊，拒绝是不方便的。一个小时后，他激动地讲述了他的家庭故事。

"那就是说你在医学上的精通要感谢你的父亲了？"在说到为什么瓦季姆会选择这个专业的时候，弗莱马克斯打断了他。

"多亏了父亲。"他想也不想地说。

它就像一个突破。无论是因为弗莱马克斯是一个真正的心理学专家，或是因为瓦季姆早就应该说出自己的心痛，他告诉了这个偶遇的朋友，关于自己的一切。

告诉了他为什么离开专业，以及有多么想念自己心爱的事业。说他经常梦见自己站在手术台前。唉，要是当时手头有在展览会上亲眼看见的那种一流的设备就好了！就能够成功地诊断病人并拯救他。因为他从小就梦想成为一名外科医生！

弗莱马克斯仔细听着他的话，同时也在认真地端详着他。把他送至汽车维修旅馆，他感谢和他一起度过了一个美好的晚上，并突然问道，他是否有兴趣从事近似医学的生意，因为他不能想象他这样的人会没有足够的现代设备来拯救人的生命。如果愿意，他明天将在12点左右的展览或在法兰克福的办公室等他。德国人给了他名片，说了再见。这时候瓦季姆才发现交流的不是一般人，而是 UAA Electronics 公司在欧洲的首席。

但他第二天没能参加展览会。瓦列尔卡带着好消息在汽车旅馆里等着他：电路发生了故障，一切都修好了，没问题了，早晨就可以出发了。所以，到第二天12点，拉德舍夫和他的朋友已经在波兰了。

瓦季姆花了一个礼拜的时间来思考弗莱马克斯的建议，研究前景，盘算从哪里开始着手。然后他打电话过去了。又过了一个礼拜，他来到法兰克福，穿着冬天穿的鞋子，踩着真皮皮靴，戴着皮帽。因为明斯克是冬天！但在法兰克福，却还比较温暖，零上15度！

马丁因此高兴地笑了起来，因为来到办公室的简直就是俄罗斯"极地人"，他开车送他去了一家可以买得起但又体面的服装店。然后在旅馆住了几天，亲自指导拉德舍夫如何工作以及从什么地方开始着手。第五天他给这位公司的新代表买了一张到明斯克的票，送他坐上火车并祝他好运。于是在这个德国人的精心栽培下，瓦季姆也是一路凯旋。

十年来，他们一直并肩作战……必须承认，并不是所有的事情都是顺利的，曾有过一段时期的误解，和弗莱马克斯的关系也比较冷漠陌生。生意就是生意，有时是物质利益和势力范围的扩大迫使马丁放弃了他的承诺和保证。

但也有过密切期。弗莱马克斯喜欢旅行，并邀请瓦季姆作为伙伴去一些他独自一人去不了的地方——澳大利亚，新西兰，南非，智利，巴西。最重要的是，在休息的地方有高尔夫球场，因为他的妻子相比其他的娱乐，更喜欢高尔夫球场……

"马丁对我来说就像父亲一般。他教会我很多，不光只是在生意上的。"瓦季姆说完后陷入了沉思。

这是他十年来，第一次没有收到马丁送来的生日祝福。清晨希尔达打电话告诉他，说了一个不幸的消息：前一天，在医生的强烈要求下，马丁被送往医院，现在陷入昏迷状态。

"但我不愿意说这些。"瓦季姆想道。

"如果我什么时候生个儿子，我一定叫他马丁。"他似乎是公开地进行了承诺。

"如果是女儿呢，叫马丁娜吗？"卡佳提议道。"还是叫玛尔达呢？"

"你说什么？"他没有马上反应过来。

"如果你生的是个女儿，就叫她玛尔达。"

"是的，我想……什么？我们在烛光的映衬和蝴蝶的飞舞中继续我们的夜晚，好吗？"瓦季姆从桶里掏出一瓶酒，笑了笑。"我忘了我最后一次告诉别人，关于我自己的故事是什么时候。不知是酒太令人陶醉了，还是这些'艺妓国度的树枝'确实具有魔力，"他摇了摇头，把酒斟满。"现在轮到你了。"

"什么？"

"说你的故事。"

"我觉得就这几天，你了解我的可比我自己对自己知道的都多！"卡佳开始开玩笑道。"我还是说个祝酒词吧！"她又声明道。"或者你害怕我的祝酒词了？"

"不，你的第一个和第二个祝词，我都喜欢。"

"怎么会呢？我好像只是祝贺而已……难道我真的醉了，我什么都不记得了吗？"她假装皱着眉头。

"但我记得你在保龄球赛事上打赢了我。"

"不是我，而是我们团队。等一等。我的礼物在哪里？我没看到它在办公室。告诉我,你把它放在哪儿了?"

"在卧室里,"他不好意思地垂下了目光。"我刚想看看它是什么,你和安德烈就来了。需要我去拿过来吗?"

"坐着吧,我自己来,"卡佳很快站起来,迅速地穿过客厅,盒子躺在主人的床上。"现在让我们看看你有多能猜,"她回来后,调皮地说道。"所以,你猜三次,里面是什么?"

"可真有你的!先送了我礼物,现在又让我猜'是什么,在哪里,什么时候'!"瓦季姆笑道。"把我的礼物给我!"

"不给!"卡佳紧紧地抱住礼物。"你先猜猜里面是什么。"

"那要是我猜不到呢?你还要拿回去吗?"

"那我得想想。"她目光灼灼。

"那就还得再喝一杯,"他说着举起酒杯,"万一会有灵感闪现。"

"好的,"卡佳点点头。"这一杯敬你!"她喝了几口。"就这样,第一次猜,是什么呀?"

"雕像。日本式的。"他自信地说。

"错,离谱了。尝试第二次。"

"我不知道,"寿星马上有点不知所措了。"看起来不像是香水,这些俗套的礼物不是你的风格。也不是酒,太轻了,"他开始思索起来。"提示我一下。"

"好吧……想想我们六周前的相遇。"

"野餐或打猎的用具吗?"

"离猜中还有点距离,但比较接近了,"她高兴地看着瓦季姆:"尝试第三次吧。"

"六个星期前,在打猎的时候……"他想了好一会儿,然后耸了耸肩表示投降。"别卖关子了。"

"你是不是投降了?"卡佳以防万一问了一声。"好吧。其实不好，哎，算了吧，拿去！"她递过那个盒子。

"我真是很好奇是什么，"他喃喃自语道，从厨房抽屉里拿出剪刀。"我从小就喜欢拆礼物的感觉。"

他把纸带剪开，打开包装纸，摘下盖子，睁大了眼睛……

"是啊。鞋的尺寸是45！"卡佳津津乐道地说。"如果六个星期前有人向我保证，我会给你一双家用拖鞋，我不知道该怎么对待这个人！所以要试一试，"她笑着看着惊讶的瓦季姆说道。

"总是这样的，我的舌头出卖了我。"他喃喃地说。

他把带着毛皮边的两只皮拖鞋拿出来，看了看他平时的沙滩鞋，毫不犹豫地把它们随意地扔到桌子下面。

"觉得挺棒的，非常舒适。"他夸赞了新的家用拖鞋。

"现在走走试试看！"卡佳命令道。

瓦季姆听话地站了起来，往客厅深处走了一圈，然后又回来了。

"我的舌头是我的朋友，"他得出结论。"下一个祝词显而易见——为了拖鞋干杯！"

"不！"她摇了摇头。"还是我来讲！"

"谁也不反对，"他入座后，往酒杯里灌满了酒。"我洗耳恭听。"

"也就是说……"为了理清头绪，卡佳停顿了一下，深吸了一口气，抬起头说道："这杯酒，我想敬你，感谢你在六个礼拜前，突然出现在我的生命中，感谢那次打猎，感谢我们之间古怪的相识方式，感谢莲娜和她嗷嗷叫的猫，感谢柳德米拉的醋意大发，感谢你成功说服我去寻找那些繁杂问题的答案，感谢克雷热夫卡之行，感谢你的生日提供了这样一个机会，感谢萨尼亚不能来，感谢安德烈的离开。因为如果他们在，一切都会完全不同！"她有点害羞地垂下长睫毛继续说道，"就不可能有这样美妙的樱花，愉悦的心情，每一个细胞都充满了幸福……为你干杯！"她抬起头，勇敢地直视着他的双眼。"为了你,瓦季姆·拉德舍夫,干杯!"她伸手递过酒杯。

卡佳喝了一口之后,把杯子放到桌子上,眼神和继续看着她的瓦季姆触碰在一起,她不好意思地凝视着盘子。

"别那样看我。我脸红了。"感觉到他还在继续看着她,她请求道。

"我可以请你跳舞吗?"他突然向她伸出手。"请。"

"可惜我没有穿礼服。"

"从来没有和一个穿着家用拖鞋的女人跳过舞。"他笑着说,他们来到了客厅中心。

"我从来没有在这'粉色弗洛伊德'的曲调下跳过舞。"

"真的。你真的经常给我惊喜!你怎么这么了解音乐?"

"根卡很迷'粉红弗洛伊德'和'蝎子'。我告诉过你关于他的故事。"

"我尊重你朋友的音乐品味,但我不想再听到他了。"

"为什么呢?"

"我开始嫉妒。"他悄悄地说。

"什么?"

"因为他在我之前认识你。"他小心翼翼地把她搂在怀里。

"是啊,我们在幼儿园沙坑里就认识了。"卡佳感到微微头晕之后,笑了起来。

没有人想分开。相反,他想要更加紧紧地拥抱她,为的是可以吻她……

"要知道,你比我们年纪大,我们还在玩沙雕的时候,你已经上学了。但这是很久以前的事了,几乎是不真实的……现在根卡……"她感觉到耳朵旁有一股热气腾腾的气息,有嘴唇轻轻地触碰着脖子,她摇晃了一下,客厅的墙壁不知往什么地方游去,地板开始从脚下飘走，她感觉整个人都是轻飘飘的感觉。

"现在，是我在你身边。"从远处传来动听的声音，散落在许多细小的昏暗余烬上，不知道以什么样的维度消失在天花板下，在童话般的樱花枝的反射下飘散……

译后记

说起当代白俄罗斯文学，在首先被提到的代表性作家当中，一定会有纳塔莉娅·巴特拉科娃。

1964年5月，巴特拉科娃出生于白俄罗斯莫吉廖夫州别雷尼奇市一个特别喜爱阅读的家庭。她至今都清晰地记得，每次订阅的杂志寄到时，父母亲都会争先恐后奔向邮箱。6岁起，她就成了图书馆的常客，书籍为她打开一个又一个神奇的天地。

16岁时，巴特拉科娃开始写诗。不过，酷爱文学的她是在位于戈梅利的白俄罗斯国立交通大学接受的高等教育。她成绩优秀，毕业后，事业顺达，一路做到某外企公司代表处的领导。当然，付出也是巨大的，工作节奏几近疯狂，有时每天只睡3—5个小时。很长一段时间没再写作，直到第二个孩子出生之后，才又提笔写诗。这样"平行的生活"持续了一段时间，直到她意识到不能再在"两个方向上以相同的速度运动"。她决定享受一份奢侈：转向能使自己真正感受到快乐的事情。39岁那年，她放弃生意，专心文学创作，用她自己的表述是，听从内心的冲动，写下自己的幻想。

这位没有上过专业写作培训班的女作家创作的第一部长篇小说《心灵的疆域》刚一问世便大受青睐，《永恒的瞬间》更是在2012年被

译后记

评为最受欢迎的小说,至今也仍然位于白俄罗斯读者最喜爱作品的行列。2019 年 8 月,在被问及作品在白俄罗斯和俄罗斯的发行量时,巴特拉科娃表示难以回答,因为当这一数字超过 10 万之后,她就不再跟踪统计了,而这发生在多年以前。近年,她的所有小说都得到再版。

历史上,白俄罗斯经典作家的创作,基本以乡村题材为主。纳塔莉娅·巴特拉科娃的小说,则主要反映城市生活、都市女性生活,她也因此被称作"城市小说女王"。她本人自然推却这个称号,笑称与自己的姓氏太过违和(巴特拉科 батрак 在俄语里是"雇农、长工"的意思)。但在作品中如此集中而全面地描绘当代城市女性,除她之外,在当今白俄罗斯文坛,似乎还没有第二位。

城市女性生活成为创作主题,既与作家经历体验有关,又与社会发展变化有关。转型开始以后,白俄罗斯的意识形态和价值观念发生根本性变化,现代化进程不断加速,城市生活形态日新月异。巴特拉科娃将目光投向正在身边发生的一切,描摹万花筒般的场景:坚强的女人与疲惫的男人、信任与欺骗、精神情感与生理欲念、家庭建设与事业经营、合作与竞争、追求幸福的艰辛与代价、获得成功以后的喜悦与茫然……

与传统观念不同,巴特拉科娃认为,所谓"理想的人",无论在生活中还是在事业上,都令人觉得乏味而无趣。因此,她书中的主人公,都是些"不完美的人",或许,正是由于这一"不完美",那些人物的形象才如此真实、鲜活与生动。

巴特拉科娃把自己的小说视为亲生的孩子,把写作的过程比喻为怀孕。她始终从生活中汲取创作所需的一切:"如果主人公是记者,那我就去编辑部观察、采访,如果是外科医生,我就去手术室、病房,和大夫、病人交谈。"她把素材称作一根根发丝,而她的工作是把这些发丝编成发辫。与此同时,她的主人公们没有真正意义上的原型,她多次强调说,那都是一些"集合起来的图像"。这不禁使人想起米哈伊尔·莱蒙托夫说的关于《当代英雄》中的主人公毕巧林形象的那段话,称那是一幅肖像,但不是某一个人的肖像,而是集合起同时代人特性之大成的一幅肖像。

集合起来的图像或肖像,描绘的是典型环境中的典型人物。

城市商业化社会中女性的角色、地位、作用、需求是巴特拉科娃小说表现的中心对象。

巴特拉科娃强调女性在事业上成功的必要性和重要性,同时,她又展现女性为取得各方面的成功而付出的代价,继而探讨事业、家庭、自尊独立、情感依恋及其相互关系这样一些既传统又永远随着时代道德伦理观念变化而变化的话题。

在快节奏、高强度的现代商业社会,追求独立与成功的女性常常什么都是"我自己来"。巴特拉科娃说曾几何时她本人也是如此,像一个"穿裙子的将军"。而真情实感仿佛被封装了起来。职场上演的通常是按男人规则进行的游戏。参与其中的女性,必须随时做好防御。在这种情形下,要保持温柔和亲切非常困难。女人可以打扮得光彩照人,但同时,要抑制住自己的情感,时刻准备伸出保护的"针头"。随着时间的推移,这些女性开始自动伸出"针头",就像某种条件反射,并且常常不由自主地针对亲人。还有一些人,她们看起来成功、富裕,但内心深处空空荡荡。于是,不断寻求新的刺激,但常常于事无补。

巴特拉科娃主张既要积极进取,自立自尊,又要珍惜和凸显女性特有的心理与情感体验、角色身份。作品中,她始终把真正的爱置于最高地位,视为带来幸福的源泉和治愈一切伤痛的良药。有了爱,就会有理解、尊重、同情、宽容和慰藉。在与读者的见面会上,她强调,"爱意味着一切,就像父母唱过的那首老歌里说的:'怎么可能在没有爱的世界里生活?'"她用这样的诗句呼吁女性们去追求和享受真诚的爱:"送给自己一段罗曼史,让自己坠入爱河……","……您就承认吧:您已经梦见它了,这朵甜美的春天的曼陀罗……"一个女人,不管她有多么坚强,内心里,总会渴求真正的爱情——能够带来支持、希望的爱情。

另一个在巴特拉科娃作品中反映得特别明显的观念是"永远不要沮丧"。

她的忠实读者都听过她讲的一个故事:一个雨天的早晨,匆匆忙忙的她仿佛什么都不顺,汽车也没能立刻发动起来,她觉得自己"倒霉透了"。这时,她突然看到一只小鸟被猫抓住,毫无逃生的希望。于是她对自己说:"与这只小鸟相比,我遇到的一切算什么?!无论情形有多么糟糕,总有一些东西对你来说是积极的,把握住这些东西。关键是不要沮丧,否则会滑入生活的深渊。"

无论反映生活中的哪种侧面——暖色调的还是冷色调的,巴特拉科娃的作品最终总能给人以爱的照拂和温暖的关怀,作家抚痛舐伤般的叙说总不让人绝望。这就是为什么有一天一位女读者对她说:"您拯救了我的生命!"原来,女读者曾罹患重病,在等待手术期间,一度万念俱灰。友人给她带来了巴特拉科娃的小说,她读了一本又一本,之后,她恢复了生的愿望,愿意活下去,与病魔斗争,还想"去爱和被爱"。

巴特拉科娃写作的目的就是讲好一个个好故事,她相信每个人都希望读那些与本人相似的人有关的故事,想知道人们如何应对困难,并藉此树立一切都会好起来的信心。同时,她又把写作看成是与读者之间进行的平等交流,因而从不孤芳自赏。她不追求评论界的赞扬、权威的认定和获得奖项,认为对于作家来说,最重要的是作品受到读者的喜爱,供不应求,图书馆里排队借阅,多年之后还会再版。

巴特拉科娃的小说特点鲜明，辨识度很高。

1. 延循经典文学的传统，通过对个人的情感经历、家庭生活、事业发展的描写，反映广阔的时代背景，进而展开对人性、价值、道德、生活意义的思考与评析。

2. 鲜明的现实主义，对爱及其胜利力量的高度肯定与赞美。同时又带有一定的后现代元素，反映社会秩序的破裂和家庭秩序的衰退，一定程度上人心的恐慌，人的可怜、美的渺茫，人格的冲刷、道德的崩溃和人在自己世界中的孤独。

3. 对应当代城市生活的内容与节奏，情节丰富，一个接着一个，连绵不断，推动故事迅速发展。

4. 在快节奏的故事叙述中，人物的心理依然得到细腻的展现和深入的开掘。

5. 运用诗歌引导、梦境描写等手法，增强象征含义，由此拓展叙述的内容空间和提升情绪的饱满程度。

6. 虚构的故事在真实的时空中展开。作品中的城市、机场、街道、商店、庭院、住宅楼……多数情况下都是生活中的现实存在。阅读时，读者仿佛身临其境，有强烈的"在场感"。

这些特点也体现在巴特拉科娃的代表作《永恒的瞬间》当中。

小说以首都明斯克的记者卡佳·普罗斯库琳娜的一段生活与感情经历为主线，聚焦文学的永恒主题——爱情：它由什么萌生？怎样护卫它？如何原谅心爱的人，如果他/她的所作所为差点毁了你的生活？在情感生活中，承认自己的错误，是胜利还是失败？等等……

对这些问题的思考与解析通过铺陈一个曲折的故事来完成。书中，哀伤的瞬间与幸福的瞬间、迷茫的瞬间与智慧的瞬间，无数内涵多重的瞬间在明斯克的时空里联成"永恒的瞬间"，构成对"爱情"的当代白俄罗斯的诠释与表达。

译后记

两个成年人之间的爱情故事在时代大背景下展开。读者在为主人公命运起伏感叹的同时，也得以窥见当代白俄罗斯和白俄罗斯人生活的多维截面，感受到个人与时代的关系以及在民族身份确定、国家形象塑造、继承发扬传统、自觉加入全球多元文化对话语境下当代白俄罗斯文学的一些特质。

弗拉基米尔·纳博科夫曾经说过，要读懂《安娜·卡列尼娜》，必须能够想象19世纪中叶一列从莫斯科开往彼得堡的火车的样子。在一定意义上，也可以说，要读懂《永恒的瞬间》，必须能够想象当代白俄罗斯的世态人情。翻译这样一本思想内容丰富、艺术手法独特的作品，而且既要符合目的语读者的接受习惯，又要保持原文的语言风格，尤其是文化气息，不是一件容易的事情。翻译活动历来不仅限于语言层面的转化，更是两种文化之间的接触碰撞。对于译者的语言水平、理解能力、历史文化知识的储备、对白俄罗斯当今社会生活的了解和熟悉程度等，都有非常高的要求。

译者自知在各方面还远远不够，但接受任务之后，尽己所能，努力翻译，力争传递出作品的风格意蕴。但不足之处必定难免，期待得到大家的指正帮助。

衷心感谢"一带一路"国家当代文学精品译库项目提供翻译《永恒的瞬间》的机会，这也是一次难得的学习机会；感谢责任编辑岳永红老师的鼓励、指导和帮助，感谢作者纳塔莉娅·巴特拉科娃女士的大力支持。

贝文力

2021年8月